SEX FRIENDS
PAS DE CONTRAINTES,
QUE DU PLAISIR !

Du même auteur dans la collection

Luv

Perfect Boss
Noël, toi & moi

GWEN DELMAS

SEX FRIENDS
PAS DE CONTRAINTES,
QUE DU PLAISIR !

Luv

À tous ceux qui ont osé, osent ou oseront
passer outre leurs préjugés et le regard des autres
pour vivre leur plus grande histoire,
être heureux.

1

– Ça roule bien aujourd'hui. On devrait arriver d'ici quinze minutes. Voyage d'affaires ?

Je n'ai pas très envie d'entretenir la discussion avec le chauffeur de taxi, mais je lui réponds d'une voix mécanique quoique charmante.

– Non, au contraire. J'en reviens.

Oh oui, je reviens ! Et avec deux jours d'avance de surcroît !

Voilà qui mérite bien une fin d'après-midi de détente et même – qui sait ? – un goûter dans mon salon de thé favori. Il est un peu tard pour grignoter, mais qu'importe. Ma mission à Barcelone a été si prenante que je n'ai pas tout à fait respecté mon équilibre alimentaire. Heureusement, j'ai dormi mes huit heures par nuit, seule façon de m'assurer une mine éclatante. Je suis heureuse. J'ai fini cette présentation toute seule. Mes patrons, ici à Paris, et leurs homologues espagnols n'ont pas tari d'éloges à mon égard. « Le comble de l'élégance pour représenter l'élégance à son comble », a même précisé Javier, le représentant espagnol de la société de communication pour laquelle je travaille.

Pour l'heure, dans le taxi qui me ramène de l'aéroport, je prépare la suite de ma journée.

Mon bon travail me vaut bien une fin de journée au repos. Et je sais exactement ce que je vais en faire. Exit le salon de thé et mon café gourmand. Je vais aller rejoindre Cody sur son lieu de travail.

Je débloque mon Smartphone pour lui envoyer un message, mais me ravise. Pour une fois, je vais faire preuve d'un peu de spontanéité et aller surprendre l'homme de ma vie. Du bout des doigts, je caresse la photo de nous deux qui me sert de fond d'écran.

Ses parents l'ont prise l'été dernier à l'occasion de la fête nationale, sur la terrasse de leur maison des Hamptons. Oui, Cody est américain. Franco-américain. Sa mère est française. C'est une amie de pensionnat de la mienne. C'est comme ça qu'on s'est rencontrés. Cody est né aux États-Unis. C'est heureux pour la future carrière politique que ses parents lui construisent depuis des années. Selon Nikki, ma future belle-mère – qui préfère ce surnom à son trop franchouillard « Nicole » –, notre portrait serait un parfait lancement pour la campagne au Sénat.

Les « Kennedy du XXIe siècle », selon ses mots. J'ai esquissé un sourire poli, comme on m'a si bien appris à le faire, mais j'aurais aimé la détromper. Cody est bien plus séduisant que JFK. Bien plus moral aussi. C'est un spécimen qui se rapproche dangereusement de l'homme idéal, un homme solide, qui sort des meilleures écoles. Il vient d'une bonne famille et maîtrise tous les codes qui régissent ma vie. Avec lui, je suis en sûreté, d'autant qu'il a des plans pour nous. Notre mariage est programmé pour l'année prochaine et, idéalement, notre premier enfant dans la foulée. Il en aimerait trois ou quatre. Sa façon de tout planifier me fait sourire. Sa beauté me transporte. Ses cheveux sont d'un blond doré à peine plus soutenu que les miens et ses yeux verts ont une profondeur rare. Lorsqu'ils se posent sur moi, je serais prête à tout.

Comme à accepter de mettre en berne ma carrière pour soutenir ses ambitions et m'occuper de la famille que nous fonderons.

Je ne suis pas enchantée par cette idée mais, comme le rappelle ma mère, derrière chaque grand homme, il y a, non pas une grande femme, mais une femme dévouée.

Je ne suis pas sûre d'être très à l'aise dans ce rôle décoratif. Mais sa mère m'a déjà assuré que je ferai ça très bien. J'ai reçu l'éducation adéquate. D'ailleurs, maman aussi est une championne du genre.

Et lorsque je vois cette photo, je suis d'accord avec tout le monde. Dans nos tenues coordonnées, bermudas bleus, chemisettes blanches et pull rouges sur les épaules, je pourrais presque imaginer le slogan « America, nous voilà ! »

Tout à mes réflexions, je suis parvenue au pied des locaux que la banque Porter occupe à Paris.

Avant de quitter le taxi, je vérifie que ma tenue est parfaite, ma jupe bien droite, mon chemisier soigneusement fermé, avec juste un petit bouton détaché comme une invitation. Mes cheveux blonds retombent gracieusement sur mes épaules, mon maquillage est soigné, en tout cas pour le moment. Un petit frisson coquin me traverse.

C'est en partie pour cette raison que je suis aussi pressée de le rejoindre. Avec un peu de chance, il aura un petit moment pour fêter mon retour comme il se doit. Après tout, je rentre avec deux jours d'avance et nous ne rejoignons ses parents dans le Vermont que dans trois jours. Qu'importe si je sors de son bureau la peau rouge de ses baisers et la coiffure de travers ! Cette pensée décadente me fait sourire. Ça ne fait pas très « future Mme Porter » ! Cette idée d'une très légère transgression me fait frémir d'avance.

Au bureau, pourtant, on m'annonce qu'il a posé son après-midi. Un rendez-vous imprévu. Ce sont des choses qui arrivent, lorsqu'on rentre par surprise. Je cache ma petite déception sous un sourire tout en maîtrise et prends le chemin de son appartement.

Pour des questions de convenances, nous ne vivons pas encore ensemble. Mais j'ai ses clefs et je vais m'en servir. Ça me donnera le temps de nous préparer un plateau gourmand pour fêter dignement mon retour et mon succès, peut-être même de m'apprêter dans une tenue un peu osée.

Après un détour par les traiteurs chics que Cody affectionne, je me glisse dans son immeuble avec un sourire de conspiratrice. En passant, j'ai acheté un petit ensemble de lingerie qui, j'en suis sûre, lui fera beaucoup d'effet, du moins tant que je le garderai sur moi.

Cette idée m'arrache un frisson d'anticipation.

L'appartement est plongé dans la pénombre, à l'exception d'un rai de lumière en provenance de la chambre principale. Mon étourdi a dû oublier d'éteindre en se levant. Il a encore des progrès à faire en économie d'énergie. En avançant dans le couloir, je trébuche sur un objet.

Je me fige. Un escarpin de douze centimètres, de piètre qualité. Une chaussure très vulgaire qui n'a rien à voir avec ce que je porte, encore moins en journée.

Le cœur à l'arrêt, je perçois soudain ce que je n'avais pas encore noté : un bruit incongru vient de la pièce éclairée. Je reconnais ces râles gutturaux. Cody me les réserve dans les moments très intimes.

Une partie de moi me commande de faire demi-tour. Mais un besoin puissant monte du plus profond de mon ventre tordu d'angoisse. Une nécessité absolue guide mes mouvements, saccadés, jusqu'à la porte entrouverte. Je l'ouvre sans précaution et perds toute capacité à me mouvoir.

Cody – mon Cody – est allongé sur le lit. Son pantalon et ses dessous sont baissés sur ses chevilles, écrasés par les genoux d'une femme. Je le suppose à la forme de ses hanches voluptueuses et au porte-jarretelles d'un corail criard qui enchâsse ses cuisses.

Je ne vois rien d'autre que sa croupe rebondie. Sa tête disparaît entre les jambes de mon fiancé.

Les yeux fermés, Cody semble particulièrement apprécier la fellation qu'elle lui prodigue à grand renfort de bruits de succion qui me répugnent instantanément. Je lutte de toutes mes forces contre la nausée qui presse mes lèvres. Pas contre le son étranglé que je glapis.

Cody ouvre brusquement les yeux et son regard de menthe fraîche trouve aussitôt le mien.

Sa surprise ne dure qu'un instant avant qu'il se reprenne et passe sa main dans les cheveux, d'un blond mal teint, de la femme qui se trémousse au pied de notre lit.

– Bébé, un instant.

Je hoquette. « Bébé »? Carrément? C'est un mot bien trop tendre pour une rencontre impromptue. Malgré moi, un rire nerveux m'échappe.

Ne te fais pas plus bête que tu n'es, Aurore! Tu imaginais quoi? Une voisine qui a perdu son chemin et qui trébuche jusqu'à finir nue, dans notre chambre, la bouche autour du sexe de ton fiancé?

Nos réactions ont raison de l'activité dudit « bébé » qui se redresse brusquement et a tout de même le bon goût de paraître gênée.

Pour ma part, je suis… écœurée… mortifiée… humiliée… et si furieuse envers cette fausse blonde que je me sentirais de taille à lui lacérer le visage et à déchiqueter tous ses vêtements.

Mais j'ai appris à ne pas me donner en spectacle. Je me contente de considérer l'intruse – en supposant que ce soit elle qui mérite ce titre – avec tout le mépris dont je suis capable.

Il me sert de carapace pour l'heure, alors que j'ai l'impression d'entendre les bruits sinistres de mon cœur qui se fissure.

La femme ramasse rapidement une robe qui va certainement

bien à son genre – pas trop couvrante et vite enlevée – et elle quitte la chambre sans m'accorder un regard.

Je ne fais même pas mine de m'écarter, la contraignant à s'aplatir contre le mur. C'est certainement très froid contre sa peau aux trois quarts nue. Bien fait !

Mon attention reste entièrement concentrée sur Cody.

J'essaie de comprendre ce qui a bien pu se passer pour qu'il s'égare ainsi. Subrepticement, la voix teintée de réprobation de sa mère revient à mes oreilles : « Il n'est pas bon de laisser trop longtemps son mari livré à lui-même. » Elle m'a tenu ces propos pas plus tard que la semaine dernière lorsque je lui ai expliqué, pour la dixième fois au moins, les raisons pour lesquelles Cody et moi ne pouvions les rejoindre plus tôt. Ses mots étaient-ils une mise en garde ? J'imagine mal ma future belle-mère cautionner ce genre d'incartade. Une autre voix, plus douce mais tout aussi persuasive, la rejoint. Celle de maman : « Je n'ai pas ressenti de sacrifice en décidant de rester près de ton père en toute occasion, prête à répondre à ses moindres besoins. »

Je ne suis pas sûre pas qu'elle pensait à ce type de besoins. L'image, totalement déplacée, de mes parents dans une position compromettante achève de me déstabiliser.

Ai-je une part de responsabilité dans ce que j'ai interrompu ? Un soupçon de révolte me prend. Moi aussi, je suis éloignée de Cody une partie du temps. Moi aussi, je reçois des sollicitations. Hier encore, notre directeur en Espagne m'a clairement indiqué que… Mais ce n'est pas pour autant que je l'ai invité dans ma chambre, parce que j'ai des valeurs, et que j'ai Cody et notre avenir… Du moins, je crois.

Le doute m'assaille de plein fouet.

Ma voix est donc pleine de trémolos lorsque je tente de chercher une explication.

– Je ne comprends pas, Cody, je suis ta fiancée…

Cody inspire lentement. Je ne sais pas comment, mais il a eu la décence de se rajuster.

– Mais bien sûr, *sweetheart*. Je suis désolé.

L'étau de larmes qui enserre ma gorge relâche un peu son emprise.

– Je ne comprends pas ce que tout ça signifie, Cody. Toi et moi…

– Tout ceci n'a rien à voir avec toi et moi, Aurore. Je ne vais pas te quitter pour Mandy, ni pour personne d'autre. C'était très indélicat que tu assistes à ce… moment. Je ne t'attendais pas aujourd'hui.

Un séisme d'amplitude maximale n'aurait pas pu m'ébranler davantage. Mais étrangement, au lieu de m'effondrer, je réagis avec une pugnacité qui me surprend moi-même et lui adresse un regard glacial. Sérieusement, c'est tout ce qu'il trouve à dire pour sa défense ?

– Pourquoi ? Si j'étais rentrée après-demain comme prévu, ta poule aurait retrouvé son trottoir ?

Ma voix crisse comme une craie sur un tableau. Le parfait modèle du dédain et de la colère maîtrisée, alors qu'intérieurement, c'est plus tsunami et typhon.

– Mandy n'est pas une poule, c'est l'une de mes assistantes.

Je tourne la tête vers le couloir qu'a emprunté ladite Mandy.

– On appelle ça une assistante ? Soit. Par contre, tu te trompes, Cody. Je ne sais pas qui c'est – ça ne m'intéresse pas, d'ailleurs – mais une chose est certaine : elle *était* l'une de tes assistantes.

– Non.

La sentence tombe. Nette et sans émotion. J'écarquille les yeux et domestique difficilement le dragon qui déchire mes entrailles pour sortir ses griffes. Si je le laissais faire, il attaquerait l'individu froid et cynique qui me fait face, à peine gêné par la position dans laquelle je l'ai trouvé. Pour un peu, je me demande s'il ne va pas me proposer de prendre la place de Mandy.

Je respire calmement et répète.

– Non?

– Non! dit-il à nouveau, sans se démonter. Mandy est mon assistante. Je ne vais pas la renvoyer parce que tu n'es pas capable de te comporter en adulte.

Oh?

Pas capable de me comporter en adulte?

Une bordée de jurons digne des pires marins me vient à l'esprit. Ma langue me picote de les lui lancer en salves meurtrières. Évidemment, je n'en fais rien. Une dame ne se donne pas ainsi en spectacle. Je me contente de donner à ma voix des intonations clairement réprobatrices.

– Si tu penses que je vais accepter de côtoyer une femme que tu as troussée, sans rien dire.

Cody explose de rire. Il rit?

– Allons, Aurore, décoince-toi un peu. Oui, je baise Mandy. Ce n'est pas la seule, d'ailleurs! Grandis un peu, *sweetheart*.

Le sol se dérobe sous mes pieds. L'infidèle m'avoue son méfait et en confesse volontairement d'autres, sans aucune gêne? C'est une plaisanterie? Il y a une caméra cachée quelque part?

– Mais je suis ta fiancée, lui répété-je. On doit se marier… plaidé-je faiblement.

Cody hausse les épaules, visiblement agacé par la discussion que je lui impose.

– Et je ne vois pas ce que ça change. Toi et moi, nous sommes une équipe, une vitrine. Tu auras mon nom, ma protection, tu seras la mère de mes enfants. Tout ceci est socialement très acceptable. Pour le reste, ne sois pas naïve, Aurore! On te croirait tout droit sorti d'un film à l'eau de rose. Je suis un homme…

– Hiiiiii!

Un hurlement m'échappe – ou quelque chose qui s'apparente peut-être davantage au couinement d'un rongeur en y pensant bien.

– Si tu me parles des besoins des hommes qui seraient différents de ceux des femmes…

– Eh bien quoi, Aurore, oui ! Tu seras une épouse charmante. Tu en as tout le pedigree, toute l'éducation. Mais pour le reste, avouons tout, tu ne corresponds pas vraiment aux femmes que je fréquente habituellement.

Pardon ? Personne ne s'est jamais plaint de mes « talents » dans ce domaine. Non pas que je ne m'en sois jamais préoccupée, ceci dit. Cette discussion prend un tour trivial qui me met mal à l'aise.

Je tente une dernière sortie.

– Mais je croyais que tu m'aimais.

Cette fois, Cody explose de rire. Un rire froid, méprisant. À mille lieues du rire chaleureux qu'il me réserve en société et qui me transforme en guimauve. Là, il me toise et finit de se rhabiller comme si je n'étais pas là.

– Allons, ne fais pas l'enfant ! Tu ne vas pas verser dans ces niaiseries. Je te parle de mariage, pas de sentiments !

Je m'entête, de plus en plus soufflée par ses déclarations.

– Et si moi, je veux les deux ? Ne me dis pas que ça n'existe pas !

De nouveau, son rire attaque peu à peu mes neurones au point que je deviens sourde à toute pensée raisonnable.

– Tout dépend ce que tu veux. Si tu es prête à te contenter d'un individu médiocre, d'un petit provincial, alors tente ta chance ! Mais si tu veux devenir « Mme Porter », ce sera à mes conditions. Je pensais que tu en avais conscience. Tu ne pourras plus dire que tu n'es pas au courant.

À prendre ou à laisser !

Dans cette phrase qui conclut froidement notre discussion, Cody met tout mon avenir en balance.

Mes rêves de vie parfaite se sont fracassés à chaque nouvelle révélation. Avec toute la dignité qu'il me reste, je retire l'énorme solitaire qui ornait ma main gauche et la jette sur le lit. Je le rate. Dommage.

Je tourne les talons et regarde une dernière fois par-dessus mon épaule.

– Oh, et considère que ceci est ma façon socialement incorrecte de rompre. Pauvre type !

Ma dignité me fait garder la tête haute jusqu'à la porte de l'immeuble. Dans le taxi, la façade se lézarde, mais je tiens encore bon. Hors de question de me répandre sur le cuir confortable de la berline. Les appels récurrents de Cody, que je rejette avec détermination, entretiennent ma colère. Mais à l'instant où les portes de mon confortable appartement se referment sur moi, je ne suis plus que douleur, déception et sanglots bruyants qui explosent en convulsions.

Depuis toujours je fais ce qu'on attend de moi, et je me retrouve seule. Pire, mon image lisse a donné l'impression à Cody qu'il pouvait me traiter ainsi, comme une simple image. L'image parfaite de la femme parfaite… Parfaitement inutile, oui ! Inutile, exploitée, et finalement rabaissée au simple rang d'ornement.

Je m'autorise un long apitoiement à coups de glace et de chocolat, et analyse la voie que j'ai suivie jusque-là et ses conséquences. Je me suis brimée, limitée, et tout ça pour quoi ? Pour réaliser que je suis à côté de la plaque.

Subitement, je prends conscience de ce qui est tapi au fond de moi depuis longtemps : j'ai envie de plus. De mener de front carrière et vie familiale. De rencontrer un homme qui me respecte et ne me prenne pas juste pour un bibelot utile. De m'autoriser, moi aussi, un petit grain de folie, et plus de liberté.

Mais plus que tout, en cet instant, j'ai envie – non, j'ai besoin – de fuir ce téléphone qui ne cesse de sonner et les murs trop étroits de mon appartement. J'ai besoin de grand air, de rires tonitruants et de jurons bien sentis. J'ai besoin de câlins à écraser la cage thoracique et d'une bonne dose de bêtises débitées sous emprise glycémique maximale.

Et je sais parfaitement qui pourra me fournir ce cocktail détonant !

2

Brrr, je ne sais pas qui s'imagine le sud de la France comme un endroit éternellement beau et chaud, mais il n'a jamais atterri à Marseille un jour de grand mistral.

Sinon il saurait que j'ai cru ma dernière heure arrivée à l'atterrissage au milieu des bourrasques et que je suis frigorifiée en attendant mes valises. J'ai envoyé un message à Angie. Elle m'attend déjà. Et moi, je piaffe d'impatience, sous le regard clairement réprobateur du quinquagénaire dégarni qui m'a servi de voisin. Après avoir tenté de nouer la conversation, il a peu à peu voulu restreindre mon espace vital en s'étalant de plus en plus dans son siège. Et sans le moindre sourire hypocrite d'excuse, qui plus est.

L'ancienne Aurore serait certainement passée outre et se serait faite toute petite. Mais aujourd'hui, je résiste… En tout cas, j'ai calé mes coudes assez largement sur les accoudoirs pour le renvoyer de son côté. Ce n'est pas la grande action spectaculaire mais, à mon échelle, ça se rapproche d'un exploit. Mieux, je n'ai presque pas rougi en le faisant et je suis restée totalement stoïque malgré ses soupirs peu discrets. Cette petite victoire me fait sourire.

Presque autant que la perspective de retrouver mon « amie inavouable ». C'est ainsi que maman l'appelait, à chaque fois qu'elle refusait de l'inviter, prétextant qu'Angie ferait tache parmi mes amies.

Angie – que seuls les suicidaires se risquent à appeler Angélique, comme le prévoit l'état civil –, c'est la boule d'énergie par excellence. Je l'ai rencontrée à mon cours de danse, lorsque j'avais 13 ans. Évidemment, Angie ne fréquentait pas la classe de danse classique. Non, elle attendait son cours de hip-hop en commençant ses échauffements. Pendant des semaines, je l'ai regardée de loin. Jean troué, mèches colorées, langage peu châtié. Mes amies d'enfance, Agathe et Rose, lui trouvaient un mauvais genre et la regardaient de travers. Je l'ai trouvée… vivante.

On a commencé à parler, presque par hasard, en cachette. Lorsqu'en seconde, elle a rejoint l'établissement privé très huppé dans lequel j'étudiais, j'ai cru qu'on pourrait devenir des amies inséparables. Mais c'était avant le jugement sans appel de ma mère : trop quelconque, trop vulgaire et socialement incompatible.

Elle a été l'une de mes premières rébellions – nuance, ma seule rébellion notable –, au point que maman nous a cru attirées l'une par l'autre, ce qui n'a pas arrangé notre cas.

Et si, après le lycée, nos routes se sont écartées, elles ne se sont jamais séparées totalement. J'étais là lorsque Angie est tombée amoureuse de « monsieur X », du nom du seul cadeau qu'il lui a laissé : un chromosome X qu'il a transmis à ma filleule, Zélie.

J'étais là quand, future mère célibataire, ma geek préférée a décidé de repartir dans le Sud rejoindre ses parents pour ne pas élever sa puce seule.

Et elles sont là, dans le hall d'arrivée, un large sourire sur le visage. Quant à moi, j'ai la certitude que je suis exactement où je dois être pour me remettre sur pied et me reconstruire.

Zélie, du haut de ses 3 ans et demi, se jette dans mes bras et commence un joyeux babillage. Il meuble le silence initial entre sa mère et moi. Au téléphone hier soir, j'ai hoqueté l'essentiel et je n'ai entendu qu'une phrase en réponse : « À quelle heure tu arrives ? »

Entre Angie et moi, les choses se passent ainsi. Pas de grands discours, d'emportements superflus. Quand je serai prête, mon amie écoutera le récit de mes malheurs et je ne doute pas un instant de toute l'étendue de son vocabulaire pour caractériser le félon, alors que nous frôlerons toutes deux l'overdose glucidique. Mais pour l'heure, elle se contente de me dévisager, son regard azur pétillant de toute son énergie, avant de conclure son inspection :

– Y a pas à dire, Blondie, il était temps que tu viennes nous rejoindre. Tu as une mine à faire Halloween sans maquillage.

Et voilà, en une phrase je reconnais mon Angie, brute de décoffrage, mais toujours le mot pour atténuer les chocs. Un instant plus tard, je me retrouve dans ses bras et là encore, rien n'est superflu. Les bises sont sincères, l'étreinte solide, juste ce qu'il faut pour que je me sente accueillie, mais rien qui me laisserait aller aux larmes.

Et ce surnom qui me rappelle tout ce qui fait d'Angie un être à part. Outre le fait qu'un prénom de princesse lui semblait une bonne prémonition, ma mère l'a choisi car il ne permet aucun diminutif évident. Qu'à cela ne tienne, Angie, aussi brune au naturel que je suis blonde, a contourné la règle. Encore.

Nos embrassades sont interrompues par la petite main de Zélie qui cherche mon attention. Je me penche vers elle, un peu gênée par la jupe serrée que je porte encore. Je suis partie à l'aéroport à la dernière minute, sans prendre le temps d'enfiler des vêtements plus confortables. Un coup d'œil à mon amie me montre, une fois de plus, nos différences. Parfaitement moulée dans un jean slim – difficile de croire qu'elle a eu un bébé, avec cette ligne – et juchée sur des bottines à très hauts talons comme elle les affectionne, Angie est frileusement emmitouflée dans un manteau épais et son visage disparaît presque dans une étole bariolée.

– Je crois que ma puce a très, très envie de voir sa marraine, presque autant que sa mère. Tu peux y aller sans crainte, elle n'a rien mangé de salissant.

Zélie tend les bras. Vers moi ? Sans doute pas. Je redoute de la prendre contre moi. Je serais mortifiée si elle se mettait à hurler dans l'aéroport, mal à l'aise dans les bras d'une étrangère. Parce que c'est exactement ce que je suis pour elle, malgré mes quelques séjours. Une étrangère. Subitement, cette idée me blesse.

– Elle n'attend que ça, précise Angie comme si elle lisait dans mes pensées.

Je soulève alors Zélie pour la serrer contre moi et ressens ce contact comme une décharge d'émotions pures. Elles se télescopent si durement dans mon esprit que j'en suis submergée. Je m'enfouis un instant dans le petit manteau turquoise pour cacher mes yeux humides et mon sourire tremblant.

– Y a marraine, on va à la fête maintenant, maman ?

Je relève la tête, hume avec gourmandise le parfum frais de ma filleule et j'attends l'explication qui ne tarde pas à venir.

– On est attendues chez mes parents, précise Angie.

J'acquiesce d'un signe de tête. À la différence des miens, les parents de mon amie ont toujours été très accueillants. Une part de moi est ravie de les revoir. Une autre aurait préféré panser ses plaies au calme, au lieu de devoir donner le change en société.

Mais je ne dis rien et suis rapidement mon amie. Au moment d'entrer dans la voiture, elle reçoit un message qui la fait sourire.

– On a intérêt à se bouger sinon, invitées ou pas, mes cousines vont engloutir toute la sangria que mon père a préparée.

Intérieurement, je me décompose. Si je comprends bien, on est loin de la petite soirée en famille. Je ne sais plus combien Angie a de cousins et cousines, mais ça risque de faire beaucoup. Trop pour moi, ce soir.

– C'est-à-dire que je pensais, enfin je croyais… Bref, si tu veux, dépose-moi chez toi sur le chemin.

– Chez moi? répète Angie en se crispant. Oh non, Blondie! À moins que tu sois crevée de ta journée et du boulot, sinon tu es la bienvenue chez mes parents. Ils sont avertis de ta venue. Et pour tout te dire, ils t'attendent même.

– Si tu es sûre que je ne dérange pas… abdiqué-je, avant de sursauter. Je n'ai rien apporté! Ça ne se fait pas d'arriver comme ça, les mains vides…

– Blondie, on va en famille, on vient comme on est. Tu n'as pas besoin de carton d'invitation, ni de quoi que ce soit d'autre que toi. D'accord?

Angie prend le temps de vérifier que je suis un peu rassurée. Ce n'est qu'une fois qu'elle en est sûre que la tornade refait surface. En quelques minutes, mes valises sont dans le coffre, ma filleule harnachée derrière moi et la puissante voiture s'élance sur les routes provençales.

Le crépuscule ne me permet pas de bien distinguer le paysage, ce qui ne m'empêche pas de me tordre le cou pour emplir mes yeux de ce qui m'entoure. Chacune de mes visites a été si brève que je n'en ai jamais eu le temps.

– Si tu veux, demain, on t'emmène faire du tourisme. Ça te convient? On pourra aller faire un peu de shopping et déjeuner en ville.

Quoi? Angie propose de faire les magasins? Cette attention me fait chaud au cœur. Mon amie n'a pas juste recueilli la « célibataire malgré elle ». Elle fait vraiment en sorte de me faire plaisir. Je ne souhaite rien d'autre.

– Si ça ne te gêne pas, je préférerais que tu m'emmènes dans les lieux que tu aimes.

– Alors Blondie, j'espère que tu as pris de bonnes chaussures, parce que tu vas souffrir!

***

Mais où suis-je tombée?

En fait de petite soirée en famille, je me retrouve, comme l'avait annoncé Zélie, au cœur d'une fête dont le bruit dépasse de loin tout ce que j'avais imaginé. Apparemment, notre arrivée est attendue et une escouade d'enfants nous saute littéralement dessus. Pour dire vrai, c'est Zélie qui est la cible de toute la petite troupe, qui nous l'enlève aussitôt. J'esquisse un geste de protection, mais Angie laisse filer sa fille sans manifester la moindre inquiétude, elle aussi happée par de longues minutes d'embrassades, de rires et de discussions à voix nettement plus fortes que dans les soirées que je fréquente. On me présente dix personnes. Je crains de ne pas retenir plus de trois noms et ne recouvre un semblant de quiétude qu'à l'instant où Corinne, la mère d'Angie, me prend dans ses bras.

En un instant, je retrouve tout: le parfum frais de chèvrefeuille que je lui ai toujours connu, ses rondeurs maternelles si éloignées de la finesse chèrement entretenue de ma mère, son accent chantant et ses paroles accueillantes.

– Enfin, tu trouves le temps de venir, Aurore. Cette fois, j'espère que tu restes au moins quelques jours! On ne te voit jamais ! Et tu as besoin de bon air et de bien manger, tu as une toute petite mine.

Visiblement, mon état lui fait vraiment pitié car je me retrouve presque aussitôt avec une assiette de pizza entre les mains. Je n'ose faire remarquer qu'il n'y a pas de couverts. Apparemment, tout le monde s'en accommode sans problème. Jean-Pierre, son époux, veut déjà me servir à boire et me propose un verre de son redoutable cocktail, bien trop sucré pour être honnête.

– Merci, mais je ne bois pas d'alcool.

– Allez Blondie, juste un petit verre.

Je secoue la tête poliment.

– Tu sais que je tiens mal l'alcool, rappelé-je avec un petit sourire d'excuse. Après, je ne suis plus tout à fait raisonnable.

Angie marmonne quelque chose au sujet de lâcher prise, mais elle me propose un verre d'eau gazeuse au citron vert. Mon amie a beau me taquiner, elle connaît mes habitudes et les respecte.

Je reste prudemment en retrait. Cette position discrète me convient parfaitement. J'en profite pour détailler la décoration un peu rustique, les nombreuses photos qui ornent les murs, les poutres apparentes qui donnent un cachet fou à l'ensemble. Et que dire du feu de cheminée qui réchauffe l'atmosphère et lui confère une ambiance cocooning? Angie a eu raison de m'amener. Dans cet environnement chaleureux, je me laisse porter par l'énergie ambiante.

L'animation bruyante du salon noie mes états d'âme, d'autant que les plats arrivent en flot continu et que les rires fusent de toutes parts.

Je renonce rapidement à évaluer le solde calorique des mets qui défilent. Tout ce qui est raisonnable en moi me hurle de contrôler ma gourmandise. Mais un regard d'Angie me précise le fond de sa pensée. Au diable la raison, ce soir!

Tout le monde y met du sien et peu à peu, je me détends, ma filleule dans les bras, un nouveau morceau de pizza dans une main. Ce n'est clairement pas très raffiné, mais qu'est-ce que c'est bon! Je ne prête pas garde au courant d'air froid qui m'arrache un frisson.

– Salut, tout le monde? Je vous manque pas trop, on dirait!

Une voix de stentor me fait sursauter. Elle ne ressemble pas à celles que j'ai déjà entendues ce soir. C'est un mélange indéfinissable. Celui qui la possède semble habitué à être entendu. Mais en même temps, elle a une forme de douceur qui enveloppe et caresse. En tout cas, c'est un hôte apprécié, à en croire les interjections joyeuses qui l'accueillent. Même Zélie se tortille en riant.

– Heureusement qu'on ne t'a pas attendu pour commencer, Dex ! s'exclame Jean-Pierre. Laisse-moi deviner, tu n'as pas vu l'heure passer ?

– Tu me connais, oncle JP, rit le nouveau venu en ponctuant son récit des bises qu'il distribue au fur et à mesure de sa progression.

– Je prends les paris. Jeune, jolie et inquiète ? hasarde l'un des cousins d'Angie – Marco, je crois.

– Presque. Jeune, jolie et insatiable, rétorque le nouveau venu. Eh oui, « Dexter aux doigts agiles » a encore frappé !

Les deux hommes échangent une accolade. Je ne vois toujours pas le nouveau venu. Mais ses propos me mettent mal à l'aise. Dexter ? Comme le tueur en série ? Sérieusement ? Non, je me tranquillise aussitôt. La famille d'Angie compte un certain nombre d'originaux, mais rien qui ressemble à un psychopathe !

Dexter aux doigts agiles.

Il n'en faut pas plus pour que mon imagination s'emballe dans des contrées où la bienséance n'a pas sa place. M. Doigts Agiles au service de jeunes femmes insatiables ?

Malgré moi, des idées très déplacées m'envahissent comme autant de bouffées de chaleur.

Vite, vite, Aurore, pense à quelque chose de très banal pour t'éviter de te lever.

Me lever ? Pourquoi ? Pour m'enfuir loin de ce personnage ou pour voir à qui appartiennent cette voix terriblement sensuelle et ces doigts agiles.

– En tout cas, j'ai hâte de découvrir le résultat !

Quoi ? Mon amie vient vraiment de prononcer cette phrase au milieu de l'enthousiasme général ?

Mais où suis-je tombée ? On va loin, en présence d'enfants ! Et des parents d'Angie qui partagent l'euphorie du moment !

Raisonnablement, je devrais m'éclipser avant de me retrouver dans une situation très embarrassante. Pourtant, je n'en fais rien. Je pourrais dire que ma bonne éducation me retient, ou la façon dont Zélie trépigne en entendant la voix du nouveau venu. Mais la réalité est tout autre. Ma curiosité est piquée au vif. Enfin, Jean-Pierre s'écarte, et je me félicite d'être restée assise. Sans quoi, je serais retombée lourdement sur les fesses, devant le spécimen de mâle qui se dresse devant moi.

Un mètre quatre-vingt-cinq au moins de pure virilité. Une barbe fournie, des yeux bleu-vert qui brillent sous une mèche rebelle. Et en contraste avec cette silhouette presque sauvage, une tenue très classique, avec chemise légèrement détachée et veste sombre.

L'ensemble est étrangement harmonieux, du moins jusqu'à ce que je voie ses bras.

Deux bras virils, à la musculature sèche mais bien marquée. Deux bras nus jusqu'aux coudes, barrés par une chemise retroussée. Deux bras encrés de motifs multicolores.

Sous mon nez, un dragon aux écailles d'un rouge sombre se dirige tout droit vers Zélie.

– Hey, salut toi, tu vas bien, poupette ?

Je sursaute et bafouille.

– Oui, oui, merci, ça va bien et vous ?

Un silence stupéfait tombe sur la pièce, avant qu'un grand rire ne le rompe, bientôt suivi d'autres en cascade.

Allons bon ! Je viens de déclencher l'hilarité familiale à mes dépens.

Je redresse le menton et balaie la pièce d'un regard plus froid.

Finalement, venir ici était une très mauvaise idée. Je me relève à demi, le rouge aux joues, les lèvres crispées pour retenir quelques larmes de rage. Je n'ai pas l'habitude d'être l'objet de la risée générale et j'ai déjà eu ma dose d'humiliation chez Cody.

Deux mains se posent simultanément sur mon poignet. L'une, aux ongles soigneusement vernis d'un grenat sombre, est celle de mon amie. L'autre porte la marque d'écailles menaçantes.

Je me dégage de l'une et de l'autre d'un haussement d'épaules soigneux. Je n'oublie pas que je tiens contre moi ma filleule qui babille gaiement.

– Tout va bien, Blondie, chuchote une voix à mon oreille. Personne ne t'agresse. Relax. Tu es juste… hilarante sans le vouloir. Tout va bien, OK ?

Les mots d'Angie me troublent. Depuis quand est-elle aussi protectrice avec moi ? J'incline simplement la tête. Je respire calmement et plaque un sourire sur mes lèvres.

– Voilà, c'est mieux, reprend-elle, toujours sur un ton de confidence. On a juste ri du quiproquo. Je crois que ce n'était pas à toi que Dex s'adressait. Il a beau être direct, je ne l'autoriserais pas à t'appeler « poupette » dès le premier soir. Ni aucun autre, d'ailleurs, ajoute-t-elle après réflexion, en retirant sa main de mon poignet.

Le rouge monte à nouveau à mes joues. Mais cette fois, il n'a plus rien à voir avec de la gêne. Plutôt avec une chaleur inopportune qui s'empare de tout mon épiderme. La faute à mon voisin qui ne me quitte pas du regard.

– Dex, je te présente mon amie Aurore. Aurore, voici Robin, mon cousin. Le tatoueur de la famille.

– Oh d'accord ! Enchantée ! « Doigts agiles », alors, c'est juste pour les tatouages ?

Pardon ? C'est vraiment de ma bouche que vient de sortir cette insanité ?

Je me cacherais bien derrière mes mains, mais elles sont prises par ma filleule et l'une d'entre elles est toujours sous la peau de

M. Doigts Agiles à qui je viens quasiment de dire que j'avais pris ce surnom pour un sobriquet d'acteur porno.

J'ose à peine lever les yeux vers le nouveau venu et quand je m'y résous enfin, c'est presque pire. Les yeux écarquillés, la bouche grande ouverte, il a l'air sous le choc de ma phrase.

Vite, qu'on me donne une pelle pour m'enfouir à six pieds sous terre.

Mais contre toute attente, alors que je balbutie quelque chose qui ressemble à des excuses, Robin explose de rire.

– Voilà, voilà ! Si tu permets, on va glisser sur cette phrase et je vais récupérer ma poupette. Oh, et avant qu'il n'y ait confusion, je parle de cette demoiselle-ci, précise-t-il en désignant du menton Zélie qui tend les bras vers lui.

– Oh oui, bien sûr, je te… vous la passe. Euh, bonsoir, au fait.

Maintenant que mes mains sont libres, je lui en tends une pour le saluer. Mais Robin ne l'entend pas de cette oreille. Il cale avec souplesse Zélie sur sa hanche. La puce s'accroche aussitôt à sa barbe et y fourrage avec plaisir. Je souris de cette vision, du moins jusqu'à ce qu'un bras se glisse autour de ma taille et que je me retrouve serrée contre l'homme en question. Serrée ? Que dis-je ? Je peux presque ressentir les boutons de son gilet contre ma peau. Malgré mes talons, je me sens minuscule. Si je ne levais pas les yeux, je serais à peine collée contre son cou, à la découverte d'un parfum ambré, un peu sauvage mais très classique, qui lui va parfaitement.

– Enchanté, Aurore, sourit-il en posant deux baisers sur mes joues.

Ses baisers sont à mille lieues des bises guindées de mes habituelles connaissances, où il s'agit de ne pas déranger un maquillage ou une coiffure. Rien à voir ! Là, la pulpe de ses lèvres entre en contact direct avec mon épiderme délicat. J'en ressens la chaleur, une certaine rugosité qui me fait dire qu'elles sont légèrement gercées, aussitôt chassée par le chatouillis de sa barbe.

C'est une sensation insolite. Je me souviens du contact crissant de la repousse de Cody lorsqu'il se la jouait garçon-négligé-avec-barbe-de-trois-jours. Mais là, c'est tout autre chose. Sa barbe est un savant mélange d'une douceur un peu râpeuse et d'une griffure veloutée. Quelque chose d'inopiné qui m'arrache malgré moi un frisson.

Je sursaute et recule d'un demi-pas, dans une réaction qui, je l'espère, échappe à tous.

Cet homme représente à peu près tout ce que je fuis. Il est tatoué et apparemment, pas qu'un peu. Il parle fort et tout son être dégage quelque chose de sauvage, très éloigné des hommes que je fréquente. Un instant, l'image de Cody se superpose à la sienne et je ne peux retenir un sourire. Je ne crois pas qu'on puisse envisager deux hommes plus opposés. L'un est raffinement, l'autre engloutit avec une régularité de métronome des bouchées géantes de pizza – du moins quand ma filleule n'y mord pas avant lui – et de généreuses gorgées de bière. L'un est toujours absolument maître de lui, même quand sa fiancée le trouve dans une position compromettante, tandis que l'autre menace de faire vibrer les vitres sous l'effet d'un fou rire dont je n'ai pas saisi la cause.

La seule chose que je sais, c'est qu'au moment où ses yeux brillants se posent sur moi, je me sens inexplicablement prise dans ses filets et je ne peux dérober mon regard au sien.

Tous les bruits alentour se confondent dans un brouhaha indistinct, alors que je ne parviens pas à tourner la tête et à faire comme si son air indompté n'agissait pas sur moi.

Voyons Aurore. Tenir tes émotions à distance, arborer en toutes circonstances ce masque de réserve polie, tu sais faire ! Tu as été élevée pour ça ! Tu as été capable de mener une discussion civilisée avec Cody, tout en ayant, tatouée dans l'esprit, l'image de sa trahison. Tatouée... très mauvaise association d'idées.

Je secoue la tête pour me défaire de cette emprise, furieuse de réagir comme une midinette.

Dieu merci, l'animation est telle que Robin est rapidement sollicité par les autres convives et détourne son regard magnétique du mien, non sans m'avoir décoché un sourire chaleureux.

Je jette quelques regards à la ronde. Mon trouble est passé inaperçu dans le joyeux tumulte de la soirée. Mais pas quand je croise le sourire d'Angie. Que pense-t-elle ? Qu'Aurore la Coincée est subjuguée par un bad boy avec barbe, cheveux indisciplinés et tatouages à volonté ?

En savoure-t-elle l'ironie ? À en croire son regard bienveillant, je ne le crois pas. J'ai failli oublier qu'il n'y a pas de méchanceté dans l'attitude de mon amie à mon égard. Ses mots sont sincères, parfois dérangeants parce que trop francs. Mais on ne peut l'accuser de travestir ses pensées, ni son inquiétude en cet instant, lorsqu'elle s'enquiert de mon état.

Je confesse un brin de fatigue, visiblement partagée par Zélie, endormie dans les bras de sa grand-mère. Il n'en faut pas plus pour qu'Angie décide de lever le camp.

Le trajet jusqu'à sa maison est rapide. Je ne me souvenais plus qu'elle habitait aussi près de ses parents. Je ne prends même pas le temps de deviner la piscine dehors ni le chemin qui descend jusqu'à la petite crique où j'aime nager, pas plus que la vue spectaculaire qui s'offre à moi depuis la grande baie vitrée de son salon.

Pour l'heure, j'aspire juste à retrouver la chambre d'amis où j'ai l'habitude de dormir.

J'y ressens presque aussitôt un bien-être intense. Aucun doute, j'ai bien fait de venir chercher ici le réconfort pour mon cœur et mon orgueil. Et peu importe si ce dernier a été écorné lors de ma rencontre avec Dexter, le tatoueur non psychopathe mais au regard si magnétique. Cette soirée en famille, dans ce cocon vivant et bruyant, est un doux baume sur mes plaies encore à vif.

Le prélude à des vacances aux vertus bienfaisantes.

3

À croire qu'en dépit de mon hygiène de vie irréprochable, j'avais besoin de récupérer : le soleil filtre déjà généreusement à travers les volets lorsque j'ouvre un œil. Je pourrais dire que j'ai bien dormi. Ce n'est pas exactement vrai. Là où hier, j'ai dormi d'un sommeil de plomb, alourdi par mes larmes et mes projets fracassés, cette nuit, ce sont des écailles de dragon mouvantes qui ont perturbé ma quiétude.

Je me moque de moi-même. Quelle réaction démesurée pour un homme que j'ai juste croisé le temps d'une soirée et que je ne reverrai plus ! Heureusement d'ailleurs que je n'aurai plus l'occasion de le côtoyer ! En sa présence, mon self-control semble fragilisé.

Je m'étire un instant et entreprends de me préparer rapidement. Une odeur délicieuse me presse. Du café et une pâtisserie, à en croire les effluves de beurre chaud et de sucre qui descendent depuis la cuisine. J'en ai l'eau à la bouche. Mais hors de question pour autant de me présenter en tenue négligée, même à ma meilleure amie. Exit donc le pyjama en satin bleu ciel, assorti à la couleur de mes yeux. Je tiens compte des recommandations d'Angie et enfile une tenue confortable : un pantalon cigarette, des ballerines plates et une blouse à encolure large. J'attache mes cheveux en un chignon flou, effleure mon visage d'un voile léger de maquillage.

Je remonte rapidement les quelques marches qui mènent à l'espace de vie et me fige en entendant un rire grave en réponse aux bavardages de ma filleule.

Je ne savais pas qu'Angie hébergeait un homme. Aux dernières nouvelles, elle ne fréquentait personne assez sérieusement pour lui présenter Zélie. Quelle égoïste je fais ! Tout à mon malheur, je ne me suis même pas préoccupée de savoir si je la gênais !

En m'avançant prudemment, je ne vois d'abord qu'un dos. Rectification, je tombe d'abord sur un fessier masculin bombé, pour autant que l'ample short gris qui le recouvre le laisse deviner. Appuyé sur ses deux coudes à l'îlot central, pour être à la hauteur de la fillette, l'inconnu m'offre une vue imprenable sur ses mollets musclés et recouverts de tatouages d'entrelacs sombres.

– Marraine, viens vite, Robin a fait du pain pe'du ! hurle ma poupée qui, à en croire sa bouche pleine, doit être en pleine dégustation.

Son vis-à-vis tourne lentement la tête et m'adresse un regard pénétrant par-dessus son épaule. Je souris gauchement. Je ne m'attendais pas à croiser le cousin d'Angie avant même ma première tasse de café.

J'en viendrais presque à remercier maman et sa manie d'exiger que je sois toujours impeccable dès la seconde où je mets un pied hors de ma chambre. Ça me permet de me sentir un peu plus sûre de moi en cet instant.

Je lui adresse un petit signe de la main tout en m'approchant. Robin se relève, déploie son grand corps à peine couvert par un débardeur lâche et se tourne vers moi. Comme hier, il pose délicatement sa large main sur ma hanche et me gratifie de deux baisers appuyés.

Je me raidis, mal à l'aise de cette familiarité et du brusque rosissement de ma peau. La sienne est fraîche et, pourtant, elle garde l'odeur d'un chaud soleil.

Je ne peux m'empêcher d'observer son visage une seconde de plus que nécessaire. Ça m'évitera de noter que les tatouages couvrent presque l'intégralité de son torse et que sa tenue bâille, m'ouvrant un trop large panorama de sa musculature. Ses cheveux, luisants de quelques gouttes d'eau, ont été ramenés en arrière à la va-vite.

Cette fois, ils me dévoilent entièrement son regard clair et pétillant.

– Je ne t'ai pas réveillée, j'espère! En revenant de mon footing, il me fallait une douche avant de cuisiner pour cette jeune fille, et je n'ai réalisé qu'après coup que ma salle de bains était à côté de ta chambre.

– Ta… ta salle de bains? m'étonné-je en lorgnant son mug de café.

Surprenant mon regard, Robin s'empresse de m'en servir une belle quantité, de me proposer du sucre – que je refuse – et de poser entre mes mains le breuvage brûlant.

– Oui, ma chambre est au même niveau que la tienne.

– Ta… chambre?

Bon sang, Aurore, secoue-toi un peu, ma fille! Tu ne vas pas répéter bêtement tous les lieux qu'il énonce!

À en croire son sourire, il doit se faire une remarque similaire et entreprend de m'éclairer d'une voix caressante. Je tique et me force à prendre un peu de recul. Sa voix est juste grave, enveloppante, chaleureuse.

– J'ai l'habitude de dormir ici. Je suis comme qui dirait le colocataire d'Angie. Je pensais que tu le savais.

Le colocataire? Voilà autre chose! Je tente de faire face à ma surprise en rebondissant sur ses mots.

– Comment ça, « comme qui dirait »?

J'arque les sourcils dans l'attente de sa clarification. Mon ton est un peu trop snob, à en croire son sourire goguenard? Qu'importe! On parle de ma meilleure amie tout de même, et de mon amour de filleule. J'ai le droit de savoir ce qui se passe dans sa vie et si un gars tatoué qui a le luxe de traîner en tenue de sport à neuf heures du matin, vit à ses crochets, cousin ou pas.

– Disons que c'est cette adresse que je donne quand on me demande où j'habite, et que c'est là que je dors. La plupart du temps.

– La plupart du temps…

Apparemment, j'ai laissé mon filtre social à Paris ? Qu'importe ce qu'il entend par cette précision ! Tout ceci ne me concerne en rien. Il est plus que temps de mettre fin à cette discussion gênante.

– Je vois.

J'aurais pu trouver mieux, comme formule percutante, ou carrément me taire.

Robin acquiesce en silence, s'adosse au plan de travail et porte son mug à ses lèvres charnues sans me quitter des yeux.

– Tu m'en diras tant, lâche-t-il, un sourire énigmatique vissé aux lèvres.

Que veut-il dire par là ? Je me mords la langue pour ne pas lui demander, à lui aussi, d'être plus explicite. À la place, je détourne les yeux précipitamment et rejoins Zélie qui engloutit de bon appétit une belle tranche de pain perdu, dorée à souhait.

– Ça te tente ? Je ne savais pas ce que tu prenais. Zélie a dit « toya » comme elle, mais j'ai eu un doute. Ceci dit, si tu préfères du chocolat toi aussi…

– Non, non, le café noir, c'est parfait. Et je prendrais juste un…

J'esquisse une protestation lorsque, d'un geste souple, le cuisinier dépose devant moi une assiette généreusement garnie d'une tranche de pain perdu et d'un ramequin de salade de fruits.

Le cordon-bleu est visiblement très fier de lui. Je me garde bien de lui dire que je ne déjeune pas autant. Je vais manger la salade de fruits, croquer dans la bombe calorique par politesse et me prétendre repue. Sous son œil attentif, je croque dans les morceaux de fruits fondants à souhait. Aucun doute, c'est du fait maison.

– La poupette ne mange volontiers ses fruits que si elle les prépare, m'explique-t-il.

J'acquiesce en silence. Robin semble très impliqué dans la vie de ma filleule. Sans m'en rendre compte, je dévore de bon appétit les fruits frais et coupe soigneusement un petit morceau du pain perdu.

Oh là là ! C'est diaboliquement bon !

Je ne peux retenir un soupir de contentement qui fait glousser le cuisinier. Impossible après ça de prétendre que je n'ai plus faim. Je dois m'empêcher de lorgner vers le reste du plat.

Après tout, la journée concoctée par Angie compensera largement cet écart de gourmandise. Sans compter que ce serait parfaitement impoli de ne pas finir ce qu'il s'est donné tant de mal à préparer.

Mauvaise foi ? Peut-être bien.

Après avoir soigneusement fini mon assiette et résisté à la tentation d'une autre part que je compense par mon vice – une deuxième tasse de café –, je m'inquiète d'Angie. Dort-elle toujours ?

– Je l'ai croisée en revenant de courir, à sept heures. Elle a dû partir à son bureau pour une petite heure et m'a annoncé son retour vers neuf heures trente. Je pensais qu'elle te l'avait dit, tu es déjà prête à partir, précise-t-il avec un regard un peu trop insistant.

Je rougis malgré moi et replace une mèche de cheveux imaginaire.

Vite, Aurore, trouve quelque chose à dire pour rompre cet instant que tu ne sais comment gérer et en apprendre un peu plus à son sujet.

– Si tu dois partir travailler, ne t'inquiète pas, je peux m'occuper de Zélie.

– Ne t'en fais pas, je commence plus tard aujourd'hui. Je vais chouchouter la poupette le temps que vous passiez votre journée entre filles et lorsque ce sera mon heure, je la déposerai chez ses grands-parents.

– Je dérange tout le monde, m'excusé-je.

– Eh !

D'un bond que je n'ai pas anticipé, Robin est devant moi. Sa stature impressionnante me force à lever les yeux vers lui.

Et mon corps s'emballe. Chaleur intempestive aux joues, peau qui picote, bouche sèche… Je ne vois qu'une explication. Je fais une allergie à son parfum ! Quoique. Ça me paraît improbable. Il sent tellement bon ! Je me retiens in extremis de le humer profondément, juste pour vérifier s'il est bien responsable de ma réaction. Mais la voix chaude du colocataire cuisinier me tire de mon hébétement.

– Tu ne nous déranges pas du tout. Je te l'ai dit, j'adore passer du temps avec cette gamine. Les avantages d'un enfant sans les E.M.M.E.R.D.E.M.E.N.T.S, épelle-t-il pour ne pas jurer devant la fillette. Et Angie mérite de prendre du temps pour elle. Elle est très heureuse de ta venue. En tout cas, elle était surexcitée quand elle m'a dit que tu venais. Alors rattrapez le temps perdu. Je gère. Et puis l'avantage d'être mon propre patron et d'avoir ma réputation, c'est que je fixe moi-même mes rendez-vous.

J'écarquille les yeux. Il a sa propre affaire ?

Mon ébahissement, visiblement peu discret, le fait rire bruyamment.

– Ça ferait prétentieux de te dire de me googliser mais, pour faire simple, disons que je suis parti trois ans aux États-Unis et que j'y ai acquis une expérience et un nom enviables. Je peux même te faire une confidence. Cet après-midi, je tatoue une actrice américaine en lice pour les Oscars, qui vient de finir un tournage dans la région.

Ma bouche s'ouvre en un O parfait. Je ne connais rien au tatouage, mais je connais un peu les actrices en vue. Et si c'est bien celle que je crois, il doit vraiment être bon. Cette actrice est aussi réputée pour son talent que pour les tatouages qui ornent sa peau et rendent folles les maquilleuses de tous les plateaux de tournage.

– Je t'en ai déjà beaucoup dit. Je ne divulguerai ni le motif ni l'emplacement de mon travail. Mais si ça t'intéresse de venir voir par toi-même…

Je ne retiens pas un frémissement.

– Si ça m'intéresse? Euh, non. Très peu pour moi. Tu sais, j'ai plutôt l'habitude de prendre soin de ma peau…

– Apparemment, concède-t-il. Je ne vois pas vraiment le rapport.

– Abîmer volontairement une peau saine en y dessinant des chaussures de sport et des femmes en tenue légère, ça te paraît peut-être exaltant. Pour ma part, je suis d'un tout autre avis!

Comme la veille, Robin a le chic pour délier ma langue au-delà de ce que je dirais, habituellement, à un étranger.

– Des chaussures et des femmes à poil? rétorque-t-il, un sourire froid plaqué sur le visage. Il faut arrêter de regarder les émissions bidon à la télé! Ton regard sur cet univers est tellement réducteur! Chacun des tatouages que je porte a une histoire. Idem pour ceux que je crée. C'est plus qu'un dessin. C'est une œuvre et un échange entre l'artiste tatoueur et la personne qui lui confie sa peau. Et on en prend soin. Du client, de la peau et de l'œuvre.

Si je me laissais aller, je lui dirais que les seules œuvres d'art valables, je les trouve dans un musée. Pas sur la peau d'une actrice ou d'un sportif. Mais je me rappelle que je suis chez Angie et que ce prétentieux qui me toise de toute sa hauteur est son cousin ET son colocataire.

– Enfin, tempéré-je en retrouvant un ton plus posé. Je suppose que c'est une question de point de vue. Mais je vais décliner ta proposition.

Robin m'adresse une courbette moqueuse avant de tourner les talons. Je l'observe partir, lui et ses tatouages, et je reprends mon souffle. Vraiment ? Je n'avais pas remarqué que je le retenais. Certainement un peu de crainte face à cet homme bien moins policé que ceux que je côtoie. Aucun rapport avec la façon dont j'ai répondu, du tac au tac, à sa provocation.

Pour une raison qui m'échappe, cet homme me fait sortir de l'habituelle réserve que j'adopte, comme une seconde nature, envers tous les étrangers à mon cercle. Je devrais être mortifiée de m'être ainsi emportée. Je me sens, au contraire, pleine de vigueur et de fougue, prête à affronter le programme concocté par Angie.

C'est une bonne chose car la porte s'ouvre à la volée sur une tornade à la crinière colorée, bien décidée à prendre ma situation en main.

4

– Allez, viens, Blondie ! On va se poser là. Avec tout ce que tu as marché, tu as bien mérité un bon repas avec vue sur mer.

Je ne retiens pas un soupir de soulagement avant de m'asseoir sur une chaise. À en croire le sourire d'Angie, je me suis plutôt échouée sur le premier siège en poussant un gémissement de fin de vie. Ses lèvres sont pincées, mais ses yeux pétillants ne trompent pas. Je renforce ma plainte.

– J'ai mal partout. Mon empire pour un verre d'eau fraîche ! C'est inhumain ce que tu m'as infligé ! Et dire que tu es mon amie…

Son sourire grandit encore et se mue rapidement en un irrépressible fou rire devant mes geignements.

Je tente de prendre une mine de chien battu, de lui adresser un regard sévère, mais toutes mes mimiques n'ont qu'un effet : renforcer son hilarité qui finit par me gagner. Je ris à gorge déployée, comme je ne l'avais plus fait depuis longtemps, probablement notre dernière virée ensemble. Entre ma coiffure en vrac, mes joues rougies par l'effort autant que par le rire, et les baskets tout sauf glamours que mon bourreau m'a forcée à acheter sur le chemin, je ne ressemble certainement en rien à l'habituelle Aurore, mais je passe un moment de détente parfait.

– Je t'aurais crue plus résistante que ça ! Rappelle-toi de nos après-midi de folie à Paris. On en parle de la montée au Sacré-Cœur au pas de course, juste pour y être au coucher de soleil?

Je hausse les épaules en étirant mes jambes douloureuses. Je me souviens de ce jour-là. On était rentrées après la nuit. Ça avait fait toute une histoire avec mes parents. Prendre les transports en commun, de nuit, avec Angie! J'en ai entendu parler pendant des semaines. Pourtant, j'ai beau être la reine du shopping et des longues marches parisiennes, elle vient de m'infliger bien pire et ça mérite une compensation.

Ce doit également être son opinion, car elle me prend le bras et me guide vers l'intérieur du restaurant.

Je reste un instant bouche bée en y pénétrant. Au fond de la salle lumineuse s'ouvre une terrasse avec vue imprenable sur la Méditerranée. Angie me consulte du regard une fraction de seconde et demande une table sous la pergola.

Elle ne triomphe pas face à mon air ébahi. Pourtant, je lui aurais volontiers concédé que ce petit coin de paradis valait bien la marche forcée dans les chemins chaotiques des calanques.

Un couple s'installe à une table voisine et trouble notre quiétude.

La jeune femme porte un élégant tailleur-pantalon, et sa coiffure et son maquillage sont irréprochables. Un jour normal, elle serait mon clone. Aucun doute, elle n'est pas passée par la même route que moi. Je lance un regard accusateur à mon amie qui fait mine de ne rien remarquer. Elle ne résiste pas longtemps à mon air sévère et reconnaît d'une voix faussement contrite:

– Il se pourrait qu'on puisse accéder à la calanque par une route carrossable. Mais ça aurait été nettement moins drôle, non? Et tu aurais eu plus de remords à savourer le délicieux déjeuner que le chef va nous concocter.

– Peut-être, mais je me serais au moins présentée au restaurant dans une tenue convenable.

– Arrête, Blondie. On nous a laissées entrer, non? Écoute-moi.

Je suis plus que ravie que tu sois là. Que tu m'aies choisie moi pour panser tes blessures. On en parlera quand tu seras prête. Et sache que tu restes aussi longtemps que tu veux...

– Mais?

Je sens derrière ses phrases, trop précautionneuses, une contrepartie. Et je sens qu'elle va me déplaire.

– Mais pendant ton séjour, je ne te demande qu'une chose et je sais qu'elle va déjà être gigantesque pour toi: ne te préoccupe pas de ce que les autres pensent, de l'image que tu renvoies. Mange ce que tu veux, reste en pyjama toute la journée si ça te tente, ris aussi fort que tu voudras, bref, éclate-toi, vraiment! Je suis sûre que, quand tu rentreras à Paris, tu retrouveras sans peine toutes les contraintes qui font ta vie. Mais tu n'es pas restée à Paris, justement. Tu es venue me rejoindre parce que tu sais qu'ici, tu vas respirer librement. Alors commence maintenant. D'accord?

Angie me sonde d'un regard franc et plein d'affection. Je n'y résiste pas longtemps et hoche la tête en m'efforçant de suivre ses consignes. La première m'est rappelée presque aussitôt.

– Pas de blague! Tu prends ce qui te fait envie sur la carte. Interdiction de réfléchir calories, ligne parfaite et autres! Tu es superbe et, d'après ce que j'ai constaté ce matin, je ne suis pas la seule à le penser, conclut-elle en m'adressant un clin d'œil complice.

Je ne comprends pas ce qu'elle entend par là. Angie a souvent un temps d'avance sur mes réflexions. Mais je sais aussi que lorsqu'on parle régime et contrôle alimentaire, elle voit rouge. Inutile de troubler ce moment de complicité.

Encore moins pour parler de Cody. Ce sujet-là est encore trop sensible pour l'aborder.

En une poignée de minutes, j'ai perdu mon fiancé, mes projets et un morceau de mon cœur, jetés aux orties. Angie est bien placée pour savoir que, quand on se trompe en amour, l'addition peut être salée. Elle a beau adorer Zélie, je doute qu'elle se soit rêvée mère célibataire.

Avec Cody, c'est aussi mon orgueil qui a été piétiné. Et ça, je ne suis pas prête à le reconnaître, moi qui me rêvais en femme mariée et – qui sait? – en *First Lady* au bras du quarante-septième président des États-Unis?

Aussi, je reste muette, plongée dans le paysage de cette mer agitée qui me correspond tout à fait.

– Tu comptes fixer le large jusqu'à ce qu'Aquaman arrive par la mer? ricane-t-elle.

– C'est une possibilité que j'étudie.

Angie ne retient pas un rire franc, peut-être un peu fort pour le lieu. Elle n'en est pas le moins du monde gênée.

– Laisse tomber, il n'arriverait pas à la cheville de Dex.

– Ton cousin? Je ne vois pas le rapport!

Le sourire de mon amie se fait plus moqueur, son regard plus pointu. Pas de doute, elle m'analyse. Visiblement, je la laisse dubitative.

– Ne me dis pas que tu n'as pas remarqué. Tu lui as tapé dans l'œil.

Je hausse les épaules. Pas assez nonchalamment pour faire oublier que mes joues s'empourprent.

– Pff, n'importe quoi. Je doute que j'intéresse un homme comme lui. Ton cousin est…

– Canon? Splendide? Gaulé comme un dieu? Bon cuisinier?

– Je confirme! Mais il est aussi plein d'autres choses! Barbu, tatoué, probablement en couple…

Cette fois, un sourire goguenard me répond.

– Et je suppose que ta question est totalement désintéressée. Non, Dex n'est pas en couple et il est même à classer dans la catégorie des incasables.

Je relâche ma respiration. Je « quoi »? J'ai retenu mon souffle en attendant sa réponse? Non, certainement pas! Je ne suis pas intéressée pour deux sous par… par… par ce spécimen unique dans ma galaxie.

Je ne comprends même pas d'où me vient cette réaction. De la déclaration saugrenue d'Angie, certainement.

Il n'y a rien qui puisse faire le lien entre Robin et moi. Son cousin me prend certainement pour une femme coincée et hautaine. Pour ma part, les tatouages et les cheveux indisciplinés chez un homme sont dans le top 10 des caractéristiques que j'exècre, au même titre que la mauvaise haleine, les ongles rongés et les tenues de sport. Quoique. Pour ce dernier point, celle de Robin ce matin était très loin de l'image du vieux jogging informe à laquelle je pense. Sans être excessivement musclé, il jouit d'une carrure très agréable à l'œil, que son short ample et son débardeur très lâche ne laissaient pas ignorer. Je chasse cette idée d'un mouvement de tête. Angie me fait penser n'importe quoi!

Je clarifie d'ailleurs les choses.

– Tu sais quand même que je ne suis pas en recherche. Je commence à peine à réaliser ma… situation et je ne suis pas du genre à avoir des aventures d'un soir.

– Et je ne te dis pas de te jeter à la tête de mon cousin. Je te demande juste de laisser une chance aux gens sans être aveuglée par le prisme de tes habitudes. Dex est une merveille de la nature. C'est un artiste incroyable. Avec une aiguille, des crayons, des pinceaux. Tu sais qu'il a même été graffeur ? Et pas des graffitis vite faits, non, des fresques de *street art* qui ont une certaine renommée. C'est lui qui a peint le décor de la chambre de Zélie. Mais il est bien plus que ça. C'est un homme d'une gentillesse rare. C'est l'un des repères dans la vie de ma fille. Ça te donne une idée de la confiance que je lui accorde. S'il en était autrement, jamais je ne le laisserais côtoyer ma fille et jamais non plus je ne l'aurais laissé dormir dans la chambre à côté de la tienne.

Je hoche la tête devant ce qui ressemble à une déclaration d'amour quasi fraternel.

– C'est un mec bien, reprend Angie. Mais je dois te mettre en garde. Si tu envisages de passer un bon moment avec lui, amicalement ou autre, fonce. Même si son look change de tes canons de beauté, tu ne risques rien avec lui. Par contre, n'en fais pas un instrument de vengeance contre M. Chaud Lapin. Je l'aime autant que je t'aime et je n'apprécierais pas que tu te serves de lui. Mais plus que tout, s'il doit se passer quelque chose, n'espère pas davantage qu'un bon moment. Il a tiré un trait sur toute idée d'engagement.

– Quoi? Mais je ne pensais absolument pas à...

– À d'autres, Blondie. Je vais faire mine de croire en ta bonne foi, mais lui, je le connais. Tout comme je sais parfaitement que ma fille aurait aussi bien bu un jus de fruits et mangé des céréales. Ce n'est pas pour elle qu'il a cuisiné en priorité. Tu lui plais, j'en mettrais ma main à couper. Je te dis juste ça. Rien de plus. Et si jamais il te plaît aussi... Bref. Ne t'arrête pas aux apparences. Et pas que pour Dex. Profite de ce séjour pour lâcher prise, pour être celle que tu veux être. Pour prendre soin de toi sans te pourrir la vie avec l'opinion des autres.

Son ton posé et sincère remue quelque chose en moi. C'est ce que j'aime chez Angie: sa capacité à être une véritable tornade, l'amie boute-en-train par excellence et par moments, au contraire, l'oreille attentive, la voix de la sagesse, le regard bienveillant. En tout cas à mon égard.

– D'accord, je vais faire un effort.

– Non, Aurore, pas un effort. Aucun effort. Juste toi, en moins parfaite. Ou en tout cas, en moins parfaitement contrôlée.

– Avec un énorme dessert au chocolat? demandé-je, soudain alléchée par cette idée sortie de nulle part, seule capable de couper court à cette discussion embarrassante.

Heureusement que je connais son absolu point faible.

– Au chocolat, aux fruits exotiques, à la pistache, ce que tu veux, mais avec un énorme dessert, ça va de soi, renchérit-elle en saisissant au bond ma tentative pour détendre l'atmosphère, ce qui nous entraîne instantanément à la page sucrée du menu.

Oh mon Dieu, je vais peut-être opter pour un repas composé exclusivement de desserts. Quoique. Les entrées sont savoureuses… et les plats!

Mon estomac trahit toute velléité de sagesse par un gargouillement fort à propos. Angie a raison. Au diable les régimes et la raison. Pendant la durée de mon séjour, tout est permis ou presque.

Et cette idée fait instantanément monter à mon cerveau des yeux clairs et un dragon mouvant. La faute d'Angie et de ses capacités de suggestion! Certainement!

***

Il n'y a pas trace, ni du dragon ni de son propriétaire, lorsque Angie, Zélie et moi rentrons de notre folle virée. Je ne sais pas si j'en suis soulagée ou déçue. Je n'ai pas vraiment le temps de m'en préoccuper. Je ne sens plus mes pieds, ma peau est rougie de ma première exposition au soleil et Zélie, après avoir passé la journée chez ses grands-parents, est intarissable.

Avec l'accord d'Angie, je m'occupe de son bain et parviens à sortir ma filleule de sa pataugeoire avant que toute la salle de bains ne soit inondée. Le repas de la princesse est vite expédié. Son coucher une quasi-formalité, si l'on excepte l'excitation de la fillette qui n'accepte de s'endormir qu'en échange de la promesse d'une journée en tête à tête demain.

Je reste un long moment près d'elle et ne peux m'empêcher de détailler les fresques sur son mur : des fées et des princesses aux couleurs très douces, mais très expressives. Angie n'a pas tort. Son cousin a un talent pour croquer les personnes, notamment la petite fée mauve qui ressemble comme deux gouttes d'eau à l'occupante des lieux.

Je quitte la chambre sur la pointe des pieds, après avoir laissé le souffle régulier de la fillette apaiser un peu plus mon cœur encore fissuré par Cody.

– Tu n'étais pas obligée, pour Zélie. Tu es en vacances, après tout, me souffle Angie tout en préparant un plateau gourmand pour notre soirée.

Je me crispe malgré moi de l'autre côté de l'îlot central.

– Tu ne crois pas que je puisse m'en sortir seule, c'est ça ?

– Fais gaffe à toi, Blondie, ou je vais te servir un verre à chaque fois que tu dis une ânerie ou que tu te dévalorises. Et rien que pour ça, tu mériterais la moitié de la bouteille ! Je suis ravie que tu passes du temps avec Zélie, et elle aussi. Ne te sens obligée de rien. Tiens, ton verre. Et rassure-toi, ce n'est rien de très fort, juste ton péché mignon. J'ai fait des réserves en prévision de ta venue.

Je regarde l'étiquette et lui accorde un sourire. Elle est redoutable, dans son genre, en choisissant le vin blanc sucré que je préfère.

La soirée peut commencer ! Angie allume des lumières douces et ordonne un plateau pour toutes nos envies, une réserve de vin blanc et de l'eau gazeuse. Et elle attaque l'interrogatoire. Il n'est plus question de sujets légers comme ce midi.

Non, cette fois, elle annonce la couleur. Je n'irai pas dormir tant que je n'aurai pas vidé mon sac à propos de Cody. Je ne me fais pas prier. Je confesse tout. Dès leur première rencontre, le courant n'est pas passé entre eux. Angie ne me le rappelle pas, mais elle m'avait mise en garde contre lui. Avec mon père, elle faisait partie des personnes les plus mitigées au sujet de cette rencontre. Quant à mon ex-fiancé, il trouvait qu'une mère célibataire et geek ne collait pas avec l'entourage idéal de sa future épouse.

Je n'ose imaginer ce qu'il penserait s'il me savait ici, cohabitant de surcroît avec un beau mâle tatoué ! Non pas que son avis compte encore. Mais depuis deux jours, ma mère et lui alternent les messages de même teneur : celle qui me demande de cesser de me comporter comme une enfant, d'assumer mes engagements et de revenir prendre mon avion pour le Vermont. Papa, pour sa part, m'en a envoyé pour s'assurer que tout allait bien et me conseiller de prendre tout le temps dont j'avais besoin pour prendre mes décisions. Je lui ai répondu en priorité. Quoi que je fasse, je le sais de mon côté.

J'ai ignoré Cody. Je n'ai pas non plus répondu à ma mère sur le fond. Je lui ai juste assuré que j'allais bien, sans lui en dire plus sur les causes de ma fuite, et lui ai confié le lieu de ma retraite pour ne pas qu'elle s'inquiète. Je ne me fais guère de souci. Elle ne risque pas de débarquer ici, chez Angie qu'elle apprécie toujours aussi peu.

Je ne sais ce que Cody a raconté à mes parents mais, visiblement, il a su s'en tirer à bon compte. En même temps, je le vois mal dire à ma mère : « Edwige, votre fille est un peu en colère contre moi parce qu'elle m'a trouvé emmanché dans le gosier de mon assistante. »

Angie pouffe de rire devant ma description, mais elle ne ménage pas ses commentaires.

Une fois que, sous le feu nourri de ses jurons bien sentis et de ses menaces claires sur l'anatomie de Cody, j'ai fini le récit de mon humiliation, il ne me reste plus beaucoup de larmes… ni de vin dans la bouteille. La nuit est tombée depuis longtemps et le salon d'hiver, en contrebas de l'espace de vie, est baigné dans une douce pénombre. Elle est apaisante et facilite mes confessions.

– En bref, je me retrouve célibataire et humiliée comme jamais. Mais surtout, il y a une question qui tourne en boucle. Est-ce que Cody a raison de penser que je ne mérite pas mieux que ça, une façade idéale qui cache des fondations douteuses ?

– Si ton ex pense ça, non seulement tu as eu raison de le larguer, mais il ne mérite pas le premier des Kleenex que tu as utilisés ce soir ! gronde une voix grave dans mon dos.

5

Je sursaute et ne peux retenir un cri en découvrant Robin accoté au mur d'entrée du salon.

J'ai aussitôt la tête qui se met à tourner. Le vin n'est pas totalement compatible avec mon équilibre, apparemment!

La lumière de la cuisine, quelques marches au-dessus de nous, éclaire son corps imposant à contre-jour, ce qui me masque son visage et son regard. Il porte à sa bouche une bouteille de bière et s'approche de nous, de la démarche assurée de l'homme sûr de lui.

Je profite du silence pour me faire une idée plus précise de son corps.

Un jean sombre moule ses jambes solides. Une chemise claire est rentrée dans la ceinture, complétée par un veston anthracite du plus bel effet. Sa chemise entrouverte laisse apercevoir une parcelle du tatouage que j'ai deviné ce matin. Ses manches sont relevées sur ses avant-bras. Le tout dessine un mélange inédit d'une élégance un peu désuète et d'une grande décontraction. En tout cas, ça lui va bien.

– Désolé, je ne voulais pas écouter aux portes. Vous ne m'avez pas entendu entrer. Par contre, je maintiens ce que j'ai dit. Si ce mec estime que, parce qu'il a un nom, une réputation ou du fric, il peut te traiter comme une simple décoration, alors il ne mérite pas la première larme que tu as versée ce soir, ni celles qui t'ont menée ici.

Je vais pour protester, objecter qu'il ne connaît pas Cody et que je ne lui permets pas de juger un homme qu'il n'a jamais vu, ni mes propres réactions. Mais je reste coite.

Robin avise la bouteille vide sur la table.

– Vous avez eu le temps de faire le tour de la question, on dirait. Maintenant, on va prendre l'air. Prenez un pull ! Angie, attrape le babyphone de Zélie, je me charge du reste.

J'arque un sourcil. Le tatoueur adopte un ton autoritaire dont je n'ai pas l'habitude qu'on use à mon égard. Je suis tentée de lui dire que je n'obéis pas aux ordres d'un inconnu.

Au lieu de quoi, je me surprends à remonter docilement jusqu'à la cuisine, à traverser la pièce à vivre et redescendre jusqu'à mon aile.

J'aime la disposition de cette maison tout en demi-paliers et dénivelés même si, à l'heure actuelle, elle me montre surtout que j'ai un peu trop bu. Je hausse les épaules. Je ne suis pas ivre non plus, juste un peu plus… bancale. Mais les émotions en sont sans doute aussi responsables que l'alcool. J'enfile un pull, mes nouvelles baskets, jette un regard à mon téléphone saturé de messages, que j'ignore encore et toujours, et rejoins mes deux colocataires.

– Tu n'as pas plus chaud comme pull ? La température va descendre ce soir. Attends-moi un instant.

Je n'ai pas le temps de lui en demander plus que Robin revient, un lourd pull irlandais sur le bras, un plaid sur l'épaule, et entreprend de fourrer tout un tas d'objets dans un grand panier en osier. Angie nous rejoint au même moment, une lampe de camping à la main.

Dehors, le froid me saisit. Robin n'a pas menti, les températures clémentes de la journée ne sont qu'un lointain souvenir.

Deux mains se posent sur mes épaules, y déposant en douceur le pull promis.

Je remercie mon bienfaiteur d'un hochement de tête et m'empresse de m'emmitoufler dans la laine chaude. Évidemment, mes mains disparaissent dans les manches bien trop longues et je pourrais porter ce pull comme une robe, mais je m'y sens instantanément à mon aise. Le parfum ambré qui m'enveloppe aussitôt y est-il pour quelque chose ?

Angie ouvre la marche. Elle tient la lampe à bout de bras pour éclairer le chemin que j'identifie sans peine.

Un frisson d'excitation me saisit, celui du léger goût d'interdit. Je n'ai jamais fait le mur quand j'étais adolescente. Ça peut paraître ridicule, mais c'est ce que je ressens en cet instant.

Robin ferme la marche, chargé de notre matériel de camping improvisé.

Les deux cousins connaissent le sentier par cœur, de jour comme de nuit. Je les soupçonne de ne pas en être à leur première expédition. Je n'ai ni leur expérience, ni leur aisance et je trébuche à deux reprises. Je me tords la cheville et me rattrape, maladroite, à la paroi rocheuse.

– Aïe !

Aussitôt, Robin est près de moi et m'éclaire de son portable.

– Ça va ?

– Oui, oui, je me suis juste égratigné la main.

Il vérifie, malgré mes protestations, que ce n'est vraiment rien de grave, et reprend sa marche sans lâcher mon bras.

J'apprécie ce contact pour la sécurité qu'il me procure, mais je ne peux empêcher ma peau de surréagir. Cette main sur ce pull, le tout sur ma peau. Voilà qui réchauffe aussitôt tout mon corps et y diffuse une énergie aussi grisante que celle du vin.

À part pour m'indiquer de quelques mots brefs les obstacles à éviter, Robin ne me parle pas. Ça ne me dérange pas. Je savoure les bruits ténus de la nuit dans ce lieu reculé. Bientôt, le clapotis de l'eau se fait plus présent. L'humidité de la brise marine aussi. Angie s'arrête, dépose sa lampe. Robin lâche mon bras et entreprend immédiatement d'allumer un feu.

J'admire en silence l'adresse que donne l'habitude, pour ne pas admettre que j'ai bien plus froid maintenant qu'il s'est éloigné. Question de température ambiante, sûrement.

La preuve, le feu de camp improvisé, dont les premières flammes s'élèvent déjà et donnent à son profil des reflets dorés, fait instantanément bouillir ma peau. Angie fouille dans le panier, en sort des bières qu'elle décapsule aussitôt et distribue à chacun.

Pour prévenir mon refus, elle éclaire son portable et me montre ce qu'elle a choisi pour moi. Une bière blanche aux fruits rouges, bien plus légère que celle qu'elle présente à son cousin ou celle qu'elle se réserve. Assis autour du feu, sur le plaid que Robin a pris la peine de prendre, nous sirotons nos boissons en silence.

– Avec des chamallows, ça aurait été parfait, soupiré-je en m'étendant à demi sur les coudes pour ne rien perdre du spectacle.

– Tss tss, c'est des goûts d'Américains, ricane Robin tout en bricolant je ne sais quoi dans le panier.

Il en ressort trois brochettes improvisées. Je me tords le cou pour en deviner le contenu, mais son large dos occulte mon champ de vision. Je me tortille dans tous les sens. Il rit doucement.

– Ne pense même pas à tricher, curieuse ! Encore quelques minutes de patience.

Angie et moi discutons à mi-voix, à demi bercées par la quiétude de l'instant. De fait, je sursaute lorsqu'une assiette en carton atterrit en douceur sur mes genoux, les irradiant instantanément d'une chaleur intense.

Mon amie glousse de plaisir et, sans tenir compte des

recommandations de son cousin, se jette sur la brochette, avant de jurer abondamment parce qu'elle s'est brûlé la langue.

Il éclate de rire, elle râle et les deux complices se chamaillent comme des enfants.

Pour ma part, je fixe, dubitative, la banane noircie dans mon assiette.

– Banane-chocolat à la braise, explique notre cuisinier du soir. Si, à la différence de ma goinfre de cousine, tu attends un instant, voici une cuillère pour éviter de te brûler et savourer.

Banane au chocolat? Décidément, je vais ressortir de ce séjour totalement accro au sucre et aux desserts régressifs de mon colocataire improvisé!

Un peu réticente face à l'aspect de sa mixture, je prends le temps de le regarder déguster sa préparation. Il agit avec une forme de minutie, décolle soigneusement la chair fondante de la peau, la mélange au chocolat corsé dont les effluves émoustillent mon odorat et la savoure lentement, les yeux fermés, la tête à demi inclinée vers le ciel.

Et l'évidence me saute aux yeux. Cet homme est incroyablement séduisant. Trop diablement sexy. Tout en lui suinte une forme d'attractivité sensuelle qui me fait frémir de la nuque à la pointe de mes orteils qui se recroquevillent malgré moi dans mes baskets.

Quant à mon ventre, il est contracté autour d'un brasier qui ne demanderait pas grand-chose pour prendre feu.

Cette réaction me désoriente. Je ne réagis jamais ainsi à la présence d'un homme. Même Cody dans nos premiers instants n'a pas fait crépiter toute ma peau de l'envie mordante de m'approcher. Si je ne m'écoutais pas, je le ferais certainement. D'ailleurs, chaque seconde qui passe rend la distance plus frustrante.

Est-ce la faute de l'alcool si tout mon corps se montre aussi réactif? Voilà pourquoi je ne bois pas. Pour ne pas me retrouver dans cette douce euphorie que réchauffent d'autres sensations, bien plus brûlantes.

Robin sent-il mon regard lourd sur lui? Il se tourne lentement et me dévisage en silence. Son regard intense suffirait sans doute à me déstabiliser, si je ne l'étais pas déjà tant.

– Un problème? demande-t-il à mi-voix.

Je secoue la tête. Que pourrais-je lui dire? Que mon esprit est contaminé par des idées très déplacées dont il est systématiquement le point d'orgue? Assise à quelques décimètres de moi, Angie ne dit rien mais elle n'en pense pas moins. Je me retiens de lui décocher une bourrade. Après tout, si elle n'avait pas passé le déjeuner à me chanter les louanges de son cousin, je n'en serais pas là.

Tourné vers moi, Robin attend visiblement une réponse. Je hausse les épaules, incapable de lui donner une explication valable, en tout cas honnête. Ce silence l'induit en erreur. Tout en souplesse, il nous rejoint sur le plaid, me prend la cuillère des mains avec délicatesse et entreprend de me donner la becquée. Oh. Là. Là. Ces mains, longues et solides, qui se rapprochent dangereusement de mon visage. Des bouffées de chaleur montent en moi par vagues. Je ferme les yeux, entrouvre les lèvres et déguste en silence.

Bon, c'est une banane et du chocolat. Rien de phénoménal jusque-là. Sauf que…

Un bruit insistant rompt la magie de l'instant. Le babyphone de Zélie s'est déclenché. La puce pleure et réclame sa maman. Je n'ai même pas le temps de me redresser qu'Angie est déjà sur ses pieds. Il n'y a plus trace d'insouciance en elle, ni de la douce griserie qui la tenait il y a encore quelques instants.

– On vient avec toi? demandé-je, déjà prête à la suivre.

– Non, non, restez là! Quand elle démarre comme ça,

généralement, ça finit par une partie de la nuit au pied de son lit.

– Ne râle pas ! objecte Robin. En vrai, tu adores ça parce que tu sais que ça ne durera qu'un temps. Ne t'embête pas, on remontera les affaires.

Une bise à chacun et Angie file vers sa puce et ses appels. En quittant la crique, elle emporte apparemment la lumière et le son.

6

Robin prend la place laissée vacante, à mes côtés. Je reste muette, plongée dans le charme du foyer pour ne pas accorder trop d'attention à mon voisin.

Ressent-il la tension qui m'habite ? Sans doute pas. Il doit être familier des damoiselles en semi-pâmoison. Il prend une nouvelle bière, m'en propose une. J'accepte sans même penser que je dépasse de loin ma consommation habituelle. C'est un jeu dangereux ! J'impute déjà aux trois verres de vin blanc mon hyper-réactivité à son égard, et voilà que j'en redemande ! Je frémis instantanément quand nos doigts se frôlent.

– Froid ?

Je secoue la tête sans répondre davantage.

– Tu veux en parler ?

Cette fois je sursaute. De quoi parle-t-il ? Je cherche déjà une riposte lorsqu'il précise.

– De ton ex.

– Ah, ça ? Non. Merci. Ne le prends pas mal, mais on ne se connaît pas.

Il opine lentement.

– Exactement. Justement. On se confie souvent plus facilement aux inconnus.

– Sans vouloir t'offenser, tu n'es pas ce type d'inconnu. Tu es le cousin de ma meilleure amie. Et puis, tu es un homme.

Il pouffe.

– Vraiment, tu avais remarqué ? Tu sais, dans mon métier, j'ai l'habitude de tout entendre. Quand tu passes cinq heures à recouvrir le tatouage qu'elle avait fait pour l'amour de sa vie, tu as le temps d'écouter une jeune femme éplorée ou en colère. Et je fais ça plutôt bien. Allez, viens, je vais te faire découvrir une de mes spécialités.

Il se relève en souplesse, me tend la main. Zut, mes doigts tremblent carrément entre les siens. Malgré moi, mon cerveau s'emballe encore vers des activités interdites aux mineurs. Il faut que je me calme. Cet homme est un attrape-fantasmes. Comme un attrape-rêves, mais pour pensées érotiques. Je chasse ces idées et proteste mollement.

– Je ne veux pas d'un tatouage.

Son rire profond secoue nos mains entrelacées.

– C'est heureux ! Dans le noir, en milieu non stérilisé, avec une malheureuse brochette comme aiguille, j'aurais dit non, même si tu avais usé de ton charme sur moi.

Gloups !

– Non, plus sérieusement, je sais exactement ce qu'il te faut, dit-il tout en guidant mes pas de plus en plus près de l'eau.

Je renâcle, craignant une blague puérile.

– Hors de question de me baigner là-dedans ! L'eau doit être glacée.

Ce serait peut-être une bonne idée pour refroidir mes ardeurs, mais je ne risque pas de le lui avouer.

– Oh, vraiment, tu ne serais pas aventureuse au point de tenter un bain de minuit avec moi ? rétorque Robin, amusé.

Je bénis l'obscurité qui camoufle mes joues écarlates et bouillantes.

– Trêve de plaisanterie, c'est ici que j'enterre tout ce qui me blesse. Fais-en de même. Tu dis que tu es venue ici pour repartir du bon pied après ta rupture. Fais-le vraiment.

Sa remarque me pique au vif.

– Je ne réponds à aucun des messages de Cody et je sais parfaitement que je suis résolue à ne plus le voir. Ça veut bien dire que j'ai tourné la page, non?

– C'est de la fuite, tout ça. C'est sain dans un premier temps. Ça t'a permis de te mettre à l'abri face à la pression, de ne pas craindre ta propre faiblesse. Mais tu ne pourras pas tourner la page sans avoir fait face.

– Mais tu es quoi? Une sorte de gourou?

De nouveau, Robin m'offre son rire, un son chaud et réconfortant qui glisse sur ma peau et la parsème de frissons.

– Non, je ne suis pas un gourou. Disons que j'ai une certaine expérience de la vie, de ce que j'ai vécu et de ce que je vois, et que la psychologie humaine m'intéresse. Ce soir, tu vides ton sac et demain, tu verras, tu commenceras vraiment à aller de l'avant.

Sa voix habituellement forte se fait de plus en plus sourde et caressante. Elle surpasse à peine le bruit des vagues et me fait plonger dans une douce griserie. L'alcool que j'ai consommé au-delà de mon habitude n'en est pas le principal responsable. L'atmosphère du lieu et l'ambiance que cet homme vient d'y créer en sont plus probablement la cause.

Robin prétend comprendre l'âme humaine. Je ne sais s'il se vante. Mais une chose est certaine, il maîtrise l'instant où je cède.

– Allez, détends-toi, pose le masque. Savoure. Il n'y a personne à part nous.

Je hausse les épaules.

– Je ne veux pas casser ton enthousiasme, mais je ne vois pas vraiment ce que je pourrais fêter.

Un sifflement bref et autoritaire me fait sursauter.

– Faute ! On ne se sous-estime pas. À chaque fois que tu le feras, je te donnerai un gage.

Je hausse les épaules à nouveau et lâche un soupir. On n'est pas à la maternelle, non plus ! Ma protestation ne fait ni chaud ni froid à mon psychologue improvisé.

– On va en trouver du positif. Du boulot ?

– Oui, que m'a fourni un ami de mon père.

– Avertissement ! gronde-t-il. C'est un demi-dénigrement ! Allez, je suis grand prince, je te donne une autre chance. Est-ce que tu es bonne dans ton boulot ?

– Je crois.

À la façon dont il se tend près de moi, je reprends :

– Oui, oui, on peut dire que je me débrouille bien. Je viens d'obtenir ma première mission en solo. Et le bilan est positif.

Robin claque la langue avec satisfaction.

– Parfait, donc tu as un boulot où tu réussis. Un appartement ?

– Payé avec l'argent avancé par mon père.

Un sifflement strident retentit si près de mon oreille que je sursaute et m'éloigne de deux pas.

– Cette fois, tu l'as cherché ! ricane mon bourreau en glissant une main autour de ma taille pour me rapprocher de lui. On va dire que t'as un banquier plus sympa que la moyenne. Tu es jolie ?

– Mmm… Je ne sais que répondre à cette question. Je corresponds aux critères recherchés par la majorité des gens, voilà tout.

– Ce n'était pas une question, précise Robin.

Mon cœur saute un battement avant de partir dans une folle cavalcade.

– Et en plus, tu passes de super vacances dans un cadre enchanteur, et avec nous. Tu devrais voir la vie en rose.

– Mouais. Tu oublies deux ou trois détails dans ton panorama idyllique. Tous mes plans d'avenir viennent de se prendre le mur.

Mon fiancé me trompe mais il pense que je dois me contenter de ce qu'il m'offre et, selon toute vraisemblance, c'est aussi l'avis de mes proches.

– Tu ne veux plus de ton mec? La belle affaire! Tu as eu le choix et tu as pris les choses en main. Je me suis fait larguer par mon amour de jeunesse. Elle est partie avec mon meilleur pote et associé, le contenu de tous nos comptes, personnels et professionnels, sans compter un bout de mon âme.

Sa phrase s'interrompt brusquement et Robin prend quelques pas de distance. Apparemment, il assume mal ses propos. Pourtant, au vu de ma propre situation, je ne risque pas de prendre la sienne en pitié.

En revanche, son éloignement me plonge dans un grand froid qui me désarçonne. Je n'aime pas le fossé qui nous a instantanément rejetés des deux côtés de nos ruptures. Je reprends d'une voix mal assurée.

– J'ai été quittée par mon fiancé.

– Ah non! objecte-t-il d'une voix plus heurtée, comme s'il reprenait son souffle. Tu l'as largué et tu as bien fait, selon moi.

– Oui mais quand je le lui ai dit, il n'a rien fait pour m'en dissuader et je suis certaine qu'il ne cherche à me recontacter que parce qu'il perd la face par rapport à ses parents et à tous ceux qui nous attendaient dans le Vermont.

– Eh ben, si c'est sa seule motivation, ça se confirme, c'est un gros connard! lâche-t-il.

J'acquiesce d'un signe de tête. Robin a raison. Ça fait du bien de m'autoriser à le penser.

– Dis-le!

Sa voix gronde davantage. Plus autoritaire, elle s'insinue sous chaque parcelle de ma peau. Je n'ai pas l'habitude qu'on me parle de cette façon. Pourtant, tout en moi réagit. En cet instant, il pourrait me demander n'importe quoi, je crois que je céderais à tout. Ou presque.

– Dire quoi ?

– Que Cody est un connard, ronronne-t-il à mon oreille.

Oh mon Dieu ! Je n'avais pas réalisé qu'il s'était rapproché au point que son souffle fasse voler les mèches échappées de mon chignon improvisé. Cette proximité me trouble tant que je peine à trouver mes mots. La gorge sèche, je bois une longue gorgée de bière et balbutie.

– Cody est… ce que tu as dit.

– Allez Aurore, lâche-toi. Tu peux dire un gros mot, promis, je ne le répéterai pas. Rien de ce qui se passe ce soir ne compte. On dira que c'est l'alcool, l'air marin. Rien de grave, susurre-t-il, toujours trop près de moi.

– Cody est un… con.

– Un con ? OK, on démarre à ton rythme. Plus fort.

Robin accompagne son ordre de ses mains posées sur mes hanches. Elles y exercent une légère pression. Rien de douloureux, mais juste ce qu'il faut pour réveiller mon corps, et ma voix.

J'obéis donc et répète mon insulte, un ton plus haut.

– Plus fort, m'intime-t-il en renforçant sa prise.

Il fait très chaud, d'un coup. Sans doute un effet du réchauffement climatique. Rien à voir avec ce corps sculpté qui se presse contre le mien.

Mon choix est fait. Si le dérèglement du climat tourne à une nouvelle ère glaciaire, Robin sera ma protection anti-froid personnelle.

À peine cette idée germe-t-elle dans ma tête qu'elle y sème un élan de panique. Je tente de fuir cette étreinte bien trop tentante, mais mon coach du soir semblait s'attendre à une telle réaction. Il ne me relâche pas d'un millimètre, au contraire. Il n'y a rien de menaçant dans son étreinte, à part peut-être pour la survie de mon intimité. Mais il ne cesse de parler et laisse glisser une main solide sur mon ventre qu'il presse, domestiquant mon souffle erratique.

– Lâche tout, Aurore ! Crie, tempête, vide ton sac. Qu'est-ce que t'inspire Cody ?

Je me débats encore, contre ma douleur, contre l'excitation inédite qui monte en moi, contre la vague de colère qui déferle depuis le cœur de mon être, juste là, sous la main qui presse la peau de mon ventre, sous l'autre qui vient de se poser à plat entre mes omoplates et caresse le haut de mon dos de petits cercles électriques. Elle monte, enfle, me submerge peu à peu. Je tente encore de l'endiguer. Mais la voix de Robin, les images de Cody et de sa trahison, tout se mélange jusqu'à exploser en un geyser d'invectives.

– Cody est un connard qui laisse des rognures d'ongles partout. Il est incapable de prendre une décision si sa vipère de mère n'a pas validé le planning pour son petit de plan de carrière. C'est un enfoiré qui se tape une blonde mal colorée ! Un éjaculateur précoce pas foutu de faire un cunnilingus correct…

J'ai le souffle soudain coupé de ce tsunami d'insanités qui a franchi sans filtre la barrière de mes lèvres. Si ma mère avait entendu autant de gros mots d'un coup, elle m'aurait lavé la bouche au savon. Quant à mes confidences…

– Hiiiiiii !

Non, non, non, je n'ai pas pu dire ça ! C'est mon double maléfique qui a pris possession de mon esprit ! Je me cache le visage dans les mains, à peine consciente de celles de Robin toujours fermement en prise sur mon corps agité de soubresauts anarchiques.

– Eh ben, dis-moi, quand tu lâches les vannes, tu ne le fais pas à moitié, rit-il doucement, bien trop près de ma peau incandescente.

Toute l'adrénaline de l'instant se relâche. Mon corps tremble, en proie à un vertige indescriptible. Je bafouille.

– Tu veux bien oublier ce que tu viens d'entendre ?

Robin courbe son front contre mon épaule. Mais le tressautement qui l'agite ne me trompe pas. Il rit ; pire, il se moque de moi. Je me raidis et me tortille pour échapper à son étreinte. Peine perdue. Il reprend son sérieux, mais ne s'éloigne pas d'un cheveu.

– Pardon, mais je ne pensais pas que tu te lâcherais à ce point-là. Qu'est-ce que tu n'assumes pas ? Les vilains mots ou les confidences ?

Face à mon silence, il reprend.

– C'est vrai ?

Je hausse les épaules. Mes filtres ont lamentablement fondu entre ses bras. Un peu plus, un peu moins…

– Je ne sais pas, dans les livres, les nanas adorent. Là, c'était juste… baveux.

– Encore une ligne sur l'ardoise de Cody le Baveux. Je te déclare officiellement en voie de guérison, conclut-il en posant un baiser sur la ligne de ma mâchoire.

Ce baiser me fait vaciller. Je ne sais ce qui traverse mon corps ou mon cerveau mais, subitement, impérativement, il m'en faut plus. Beaucoup plus. Je lâche ma bouteille de bière, me retourne brusquement.

Je heurte sa mâchoire au moment où mes bras s'enroulent autour de son cou. Je ne m'excuse même pas. Mue par une urgence presque vitale, je tire son visage vers moi et écrase mes lèvres sur les siennes.

Elles sont aussi chaudes et palpitantes que je les avais imaginées. Les poils de sa barbe chatouillent délicieusement ma peau. Je picore sa bouche, surprise de mon initiative.

Apparemment, Robin est dans le même état. Il bouge à peine,

se contente de recevoir mes baisers, sans y participer vraiment. Du bout de la langue, je dessine les contours de sa bouche charnue. J'y sens le goût malté de sa bière, l'amertume du chocolat et un je-ne-sais-quoi qui me donne envie de plus. Tellement plus. Je passe les mains dans ses cheveux et crispe mes doigts contre son crâne que je griffe légèrement.

Robin grogne et happe ma lèvre inférieure du bout de ses dents. Je frémis, à plus forte raison quand ses mains se resserrent autour de ma taille. Elles se font pressantes. Mon bassin se retrouve bientôt intimement collé au sien. Sous la toile épaisse de son pantalon, je ne peux ignorer un renflement appréciable. Il m'arrache un grondement guttural. Malgré moi, je me trémousse dans une danse impudique. Mon intimité pulse furieusement, en demande ardente d'une fusion totale.

Jamais, je crois, je n'ai eu autant envie d'un homme. Et il faut que ce soit celui-ci, aux antipodes de mes habituels critères ! Les baisers de Robin se font plus enflammés également. Il semble vouloir me dévorer et me posséder, juste en prenant possession de ma langue. Peu importe le lieu, l'heure, la température ou Angie qui pourrait revenir, je n'ai qu'une certitude : je dois assouvir ce besoin vital. Tout de suite. Même ici.

Mes mains quittent sa tête pour s'aventurer plus au sud. Elles dévalent son dos solide, en appréciant la tension et finissent leur course sur un fessier parfaitement contracté qu'elles empoignent dans un geste incontrôlé. N'importe quoi pourvu que son corps vienne combler un peu du manque qui me fait presque hurler d'impatience.

Ce geste fait sursauter Robin. Comme frappé par la foudre, il recule d'un bond et croise ses mains derrière sa tête pour les tenir le plus loin possible de moi.

– Non. Non. Non. Merde, Aurore. Pardon. Je ne peux pas faire ça !

7

Comment ça, « *Je ne peux pas faire ça* » ?

Impuissante, je dévisage Robin ou, du moins, je cherche un indice sur son visage à peine éclairé par le feu. Il fixe un point loin derrière moi. Je ne prends même pas la peine de me retourner. Je suis sûre qu'il n'y a personne. Pire, il me tourne le dos et s'éloigne de quelques pas, me laissant interdite, mortifiée et incroyablement frustrée.

Alors que j'hésite entre une confrontation dont je ressortirais certainement honteuse et une fuite qui ne le serait pas moins, sa voix s'élève, sèche, froide, totalement différente de celle qui s'est nichée au creux de mon oreille.

– Je crois que tu ferais mieux de remonter. Je rangerai tout.

Je retiens à grand-peine un grognement de déception.

– Et m'expliquer ce qui vient de se passer, ce ne serait pas une meilleure idée ?

Je ne sais ce qui, de mes paroles ou de mon ton, a fait mouche mais Robin daigne enfin m'accorder un regard par-dessus son épaule. Je ne dois pas être belle à voir. Échevelée, les mains posées sur les cuisses pour reprendre mon souffle, je m'efforce pourtant de me relever avec dignité.

Il souffle longuement, cherche ses mots.

– Pas maintenant, Aurore. Ce soir, c'est trop… Bref. S'il te plaît, ne rends pas ça plus difficile.

D'accord, je lui ai sauté dessus, mais je ne crois pas qu'il en ait été gêné. Et subitement, ce revirement? Je suis perdue, mortifiée. Si je m'écoutais, je le supplierais de m'expliquer ce qui vient de se passer. Est-ce que, une fois passée la compassion qu'il a éprouvée pour moi, lui aussi trouve que je ne vaux pas plus que ça ?

Cette idée me blesse. Pire, elle me déçoit. J'ai baissé la garde face à lui comme jamais je ne l'avais fait. Je me suis découverte moralement et dépouillée physiquement pour prendre cette initiative. Je ne sais ce qui, de la colère ou de l'humiliation, va prendre le dessus dans les minutes qui viennent. Mais je ne lui offrirai ni la rage de la première, ni les larmes de la seconde. Je ne suis pas de celles qui se rabaissent. J'ai su garder mes bonnes manières face à Cody. Je ne m'imposerai pas à un homme qui, visiblement, ne veut pas de moi.

Avec toute la dignité qu'il me reste, je fais demi-tour et m'engage sur le sentier accidenté. Tant pis pour mes chevilles. L'essentiel est ailleurs. Je veux quitter au plus vite ce lieu où mon corps s'est senti tellement vivant, et mon orgueil plus malmené encore que dans la chambre de Cody.

Je ne retrouve un semblant de calme que sur le seuil de la maison. Je ne sais pas si Angie dort déjà, mais je ne suis pas de taille pour une discussion sereine.

Je me rue dans ma chambre, fonce me laver les dents avec une énergie désespérée. En dépit de l'heure tardive, j'arrache presque mes vêtements, à commencer par son pull que je vais jeter sans ménagement au pied de sa porte, et je me savonne avec un acharnement masochiste.

La peau rougie de ce traitement, mais sans avoir trouvé le moindre apaisement, je me roule en boule sous la couette et tente de fermer mon esprit à tout.

Dans le brouillard de ma nuit, je crois un instant entendre la poignée de ma porte s'abaisser. Je me fige, feignant un sommeil qui me fuit. Mais je me rends rapidement à l'évidence. Si Robin a eu l'intention d'entrer dans ma chambre, ce n'est que dans mes rêves agités.

***

Le matin ne me trouve ni reposée, ni apaisée. J'ai longuement hésité à refaire mes valises. J'y ai renoncé aux petites heures de l'aube, lorsque le soleil a commencé à balayer mon balcon privatif. Non, le balcon que, selon toute vraisemblance, je partage avec mon bourreau… « Qui a aussi été d'un sacré réconfort », me souffle la petite voix de l'objectivité.

Au milieu de ma colère, de mon humiliation, je dois bien le reconnaître, sa « thérapie de plage » m'a fait un bien fou. Du moins jusqu'à ce que…

Non, non, non ! Je ne vais pas retomber dans les méandres où je me suis perdue toute la nuit. Je ne laisserai pas M. Girouette gâcher mon séjour, à commencer par la journée que j'ai prévue avec Zélie.

Au moment de me préparer, je me souviens de la discussion que j'ai eue hier avec sa mère. Je vais passer la journée avec une tornade de presque 4 ans, autant me préparer en conséquence. Un pantalon de yoga, une longue tunique au décolleté rond et à manches longues, des baskets, une queue-de-cheval haute qui balaie mes omoplates et le tour est joué.

Je jette un œil à ma montre. Avec un peu de chance, ma filleule n'est pas encore réveillée et je pourrai prendre mon café et remettre mes idées en ordre avant que ma mini-tornade ne pointe le bout de son nez.

Quoique. Si Zélie dort encore, ce n'est pas le cas des deux

adultes de la maison qui sirotent un café autour de l'îlot central. En dépit de mes bonnes résolutions, la vision du corps complaisamment peu couvert de mon colocataire refait monter en flèche mon envie et ma frustration. Impossible de penser à une coïncidence. Non content d'avoir empoisonné ma nuit, il veut aussi me narguer dès le réveil?

– Salut Blondie! Je ne t'aurais pas crue si matinale, remarque Angie en venant poser un baiser sur ma joue. Je suis désolée de ne pas vous avoir rejoints hier. Je me suis endormie comme une souche au pied du lit de la puce.

Je hausse les épaules négligemment.

– Rassure-toi, tu n'as pas raté grand-chose d'intéressant. Je n'ai pas trop traîné non plus.

Je mens effrontément? Tant pis. Ce matin, c'est la colère froide qui a pris le pas sur les autres sentiments. Je suis incapable de croiser le regard de Robin par peur d'y lire tout ce que je redoute, de pitié, de regret pour avoir laissé la situation partir dans une direction qu'il ne souhaitait pas? Pas très grave. Je vais me contenter de l'ignorer, réduisant ma salutation au hochement de tête minimal. Rien de trop, ni rien de suspect, il ne me reste qu'à éviter de me trouver dans son orbite immédiate.

Pas évident alors que, gentleman en retard d'une guerre, il dépose devant moi un cachet d'aspirine et un jus de fruits visiblement fraîchement pressé. Je repousse l'un et l'autre, le contourne et fonce à la machine à café, en ignorant totalement le mug brûlant qu'il a visiblement préparé à mon intention. Hors de question de le laisser s'en tirer à si bon compte!

– Bonjour, Aurore. Tu veux manger quelque chose? demande-t-il d'une voix mesurée en se rapprochant de moi.

Je le fixe un instant en silence, prête à lui dire ses quatre vérités, mais je me ravise. Angie est avec nous. Peut-être se doute-t-elle de l'atmosphère tendue, mais je ne veux pas la mettre au milieu de ce non-événement.

– Non merci, je n'ai pas besoin qu'on me materne. Ça peut te paraître surprenant, mais je sais m'occuper de moi comme une grande!

Zut. Pour une réponse posée, on repassera. Tant pis. C'est ce que je pouvais faire de mieux. Cette fois c'est sûr, Angie me dévisage et se demande ce qu'elle a raté. Qu'elle ne compte pas sur moi pour le lui expliquer, d'autant que je n'ai pas compris grand-chose!

À la place je m'enquiers du programme de sa journée.

– Je vais partir travailler d'ici une demi-heure. Si tu veux que je te laisse ma voiture, je peux prendre celle de Dex.

– Pourquoi, tu ne travailles pas aujourd'hui?

Mince, Aurore! Comment veux-tu ignorer ce malotru si tu le questionnes, à peine deux minutes après être arrivée?

– Rien avant la fin de la journée. Je suis en nocturne ce soir, et au pire, j'ai ma moto.

J'arque un sourcil et ne retiens pas un sourire moqueur. Ça s'appelle comme ça dans son jargon, « être en nocturne »? Je me mords la langue pour ne pas lui demander de précision et me contente de hausser les épaules.

– Je n'ai pas encore fixé mon programme. Tu m'autorises à sortir avec Zélie?

– Du moment que tu sais comment fonctionnent les attaches de son siège auto, je te la confie les yeux fermés.

Je ne lui avoue pas à quel point sa confiance me touche et acquiesce d'un signe de tête.

Après quelques minutes de discussion banale, Angie nous quitte pour passer quelques minutes avec sa fille. Je vais pour m'éclipser, mais une voix me cloue sur place.

– Reste…

Je lâche un rire froid.

– Sérieusement? Hier soir, tu m'as dit de partir alors que je voulais rester, ce matin tu me demandes de rester alors que je n'aspire qu'à m'éloigner de toi. Qu'est-ce que tu veux, à la fin?

– Tu ne le sauras pas si tu ne restes pas, rétorque-t-il avec un sourire qui se veut peut-être apaisant mais qui m'apparaît comme une provocation supplémentaire.

– Des explications? Quand j'en voulais, tu n'étais pas d'humeur. Ce matin, c'est moi qui n'ai pas envie d'entendre ce que tu as à me dire. Il faut croire que ça n'a pas tant d'importance, après tout.

Je tourne les talons, assez fière de moi, mais ses mots me percutent encore.

– Encore une fuite? Je ne suis pas sûr que tu aies autant avancé que ça…

– Et tu vas faire quoi? Me donner un gage? ricané-je en lui jetant un regard assassin par-dessus mon épaule.

Quelques minutes plus tard – à peine le temps de domestiquer mon rythme cardiaque –, on gratte à ma porte.

Une jeune demoiselle entre en boulet de canon, se jette dans mes bras et entreprend de me raconter sa nuit, chassant en un clin d'œil tous les nuages.

– Je vais y aller. Tu es sûre que ça ne t'ennuie pas? s'inquiète Angie. Tu n'es pas obligée. Si elle te fait tourner en bourrique, mes parents ne sont pas loin et Dex reste là pour le moment.

Malgré moi, je ne peux retenir un mouvement instinctif à cette évocation. Il me vaut un coup d'œil digne de l'Inquisition, un de ceux qui me rappellent qu'il n'y a pas que les systèmes informatiques que mon amie décrypte en une fraction de seconde.

– Bon alors, ma puce, qu'est-ce qu'on fait aujourd'hui?

Dix idées franchissent en une minute les lèvres de ma filleule.

Je ris et fais le tri avant de lui proposer un planning chargé. Je ne sais pas qui, d'elle ou moi, demandera grâce en premier, mais une chose est sûre, on ne risque pas de faire long feu ce soir. D'une certaine façon, ça m'arrange. Si je m'effondre de sommeil, je ne risque pas de me languir d'une autre soirée avec mon tentateur.

Zélie trépigne par avance. Un pique-nique dans le jardin, une virée shopping qui intègre des vêtements et une peluche au moins, une séance de peinture qui me fait déjà trembler, mais, pour commencer, un petit déjeuner. Évidemment. Il fallait que ma filleule me ramène en territoire ennemi. Avec un peu de chance, Robin aura eu la délicatesse de décamper. Mais il faut croire qu'on est en manque de chance ou de délicatesse. Et vu comme Zélie se jette dans ses bras, je n'ai guère le choix. J'attends qu'ils en aient fini de leurs embrassades. Mais ma traîtresse de filleule ne l'entend pas de cette oreille.

– Dex, je veux du « toya ». Et marraine…

– N'a besoin de rien.

J'interromps rapidement la petite fille à la langue trop bien pendue et me hâte de préparer ce qu'elle veut. Du lait au chocolat et des céréales.

J'ai déjà mon plan. Tout préparer et lui proposer un moment en tête à tête sur la terrasse, avec vue sur la Méditerranée et la pinède. Pour peu que je lui prête une de mes paires de lunettes de soleil, je devrais m'en tirer à bon compte et me débarrasser de l'intrus qui me regarde en riant ouvrir tous les placards à la recherche de la précieuse denrée… qu'il attrape du premier coup, dans le placard au-dessus de lui. Pff, facile quand on vit ici. Sans se départir de son sourire satisfait, il dispose sur un plateau à licornes tout ce qu'il faut pour faire plaisir à Zélie.

Pire, il le porte jusqu'à la terrasse, en déjouant mes plans.

Je pince les lèvres. Hors de question de le laisser gâcher ma journée. D'ailleurs, il disparaît presque aussitôt, nous laissant enfin en tête à tête. Je respire un peu plus librement et m'abîme dans le décor féerique à mes pieds, tout en répondant au joyeux babil de ma filleule. Si le sentier dérobe à mes yeux la crique d'hier, la vue sur les arbres et la mer d'un bleu profond me coupe le souffle à chaque fois. Je comprends le coup de foudre d'Angie. La maison est trop grande pour elle, trop luxueuse aussi. Qu'importe. Je ne peux qu'approuver sa décision immédiate de faire de cette villa de designer un foyer chaleureux pour elle et sa fille… et son cousin, dont la voix grave interrompt soudain le fil de mes pensées.

– Café pour la plus grande, casquette, lunettes adaptées et crème solaire pour la plus jeune. Quoique. Tu devrais aussi penser à la crème, m'indique-t-il à mi-voix. Il paraît que tu en prends grand soin. Tu as une peau claire et les premiers soleils ne sont pas recommandés pour elle. Tu es déjà toute rouge à certains endroits.

Je sursaute. L'idée que Robin se souvienne de notre accrochage d'hier me gêne. Qu'il s'intéresse à ma peau me trouble plus que de raison. Et ça m'agace prodigieusement. Je fais mine de l'ignorer pendant qu'il étale une couche généreuse de crème sur les joues et les bras de sa petite-cousine qui se laisse faire en gloussant. À mon corps défendant, je ne peux m'empêcher de détailler les mouvements rapides et parfaitement assurés de ses mains et le sourire qui éclaire son visage quand il rit avec Zélie.

Bien évidemment, c'est à ce moment qu'il redresse la tête et me surprend en pleine observation. Je me détourne mais, à en croire le petit sourire qu'il esquisse, le mal est fait.

Il se penche sur Zélie, lui chuchote quelque chose à l'oreille et quelques instants plus tard, ma filleule s'approche, les mains blanches de crème.

– Dex a raison, précise-t-elle doctement. Pas de crème, pas de soleil !

Elle entreprend de m'en tartiner généreusement le visage. Je me laisse faire, mais décoche un regard assassin au conspirateur, qui s'amuse beaucoup de la situation. Il sait parfaitement que je ne peux rien refuser à ma filleule. D'ailleurs, je la hisse sur mes genoux pour faciliter son travail. Pour autant, bien sûr, les mouvements manquent de précision et les dérapages sont nombreux.

Robin doit se faire la même remarque. Il s'approche, enlève en douceur Zélie et approche ses mains de mon visage. Je le repousse d'une tape instinctive qui nous surprend tous deux. Je ne suis pas d'un naturel violent, mais mon instinct me hurle de ne pas le laisser me toucher. Pas après cette nuit. Pas alors que je ne comprends pas sa position, ni le trouble qu'il impose à mon corps.

– Surveille-la, ordonné-je en me ruant dans ma chambre.

Mes joues sont toutes rougies. Contrairement aux allégations de Robin, le soleil n'y est pour rien. Je reprends le chantier de ma filleule et me laisse le temps de redescendre en pression. L'entreprise est longue et aléatoire. Je dois me rendre à l'évidence : après les événements de la nuit dernière, je suis trop vulnérable à son charme indompté, à ses sourires séducteurs et à son regard lumineux. Et je ne parle même pas de ses cheveux vaguement domestiqués dans lesquels j'ai aimé perdre mes doigts, de sa barbe qui frottait ma peau, ou des tatouages à nu que j'aimerais suivre des doigts, ou de toute autre partie de mon corps.

Zut ! Flûte ! Carabistouille ! Merde !

Leur simple évocation affole de nouveau mon rythme cardiaque, couvre ma peau d'une fièvre irrépressible et me fait réagir d'une façon qui échappe à mon habituel sens du contrôle.

Dans ces conditions, une seule stratégie s'impose. Elle risque de lui donner raison. Qu'importe !

Je saisis mon sac et remonte au pas de course, comme si

j'avais le diable aux trousses. Ce qui n'est pas si éloigné de la réalité si on admet que le diable peut avoir un corps parfait et un tempérament de feu.

– Zélie, changement de programme! On part faire du shopping et on mange entre filles! claironné-je d'une voix très enjouée.

Ma filleule, à plat ventre sur le sol avec mon démon tentateur, lève la tête vers moi. Je jette un coup d'œil à la grande feuille entre eux. Ils dessinent ensemble. En fait, c'est plus que ça. Zélie griffonne avec le talent d'une enfant de son âge et l'artiste exprime tout son art en improvisant autour de ses motifs enfantins. Le résultat est d'une grâce insoupçonnable. Je suis saisie de la même émotion que celle que m'ont inspirée ses fresques dans la chambre. Allons bon, si même ses dessins me mettent en transe, la suite de mon séjour s'annonce particulièrement épineuse!

Zélie lève une petite main dans ma direction pour m'inciter à patienter. Son geste m'arrache un sourire. Elle est le clone de sa mère, en plus blonde tout de même. Mais tout le reste est si ressemblant que c'en est frappant. La langue coincée entre ses lèvres pincées, elle fronce ses petites narines pour rythmer son effort.

Je devrais m'impatienter. En différant ainsi notre départ, elle prolonge ma torture, d'autant que Robin m'adresse un geste d'invitation. Je refuse d'un signe de tête. Mais la complicité entre eux transparaît de nouveau.

– On demande à marraine de nous aider? suggère-t-il.

Zélie hoche vigoureusement la tête et hésite un moment, le front plissé de concentration, avant de me tendre un crayon turquoise. Coup de chance, c'est ma couleur fétiche. Par contre, je me heurte à un problème de taille. Je suis incapable de dessiner correctement. Je regarde un moment le crayon de cire comme s'il pouvait m'apporter une solution. Contre toute attente, c'est de Robin que vient ma planche de salut.

– Et si je dessinais une princesse pour marraine, tu l'autoriserais à la colorier?

Zélie réfléchit avec un sérieux qui nous arrache un sourire complice avant d'acquiescer. Je retrouve aussitôt une attitude plus froide, presque contrariée. Je ne lui donnerai pas la satisfaction de partager un instant de trêve. Pas après la nuit dernière.

En quelques coups de crayon, il dessine une esquisse incroyablement élégante. En y regardant de plus près, j'écarquille les yeux. Il y a quelque chose dans sa réalisation qui ressemble… à moi.

Je sursaute et croise pour la première fois depuis un long moment son beau regard. Son sourire en coin me fait rougir. Je retiens in extremis une réaction déplacée et me plie en deux pour poser des couleurs sur cette princesse à la tenue élégante.

En dépit de la souplesse que m'ont conférée mes années de danse classique et de yoga, je ne suis pas dans la meilleure posture.

– Tu serais plus à l'aise allongée. Pour dessiner, précise-t-il, en référence à leur propre position.

J'ai failli sursauter sous l'effet de sa voix de velours et des images que ses mots font naître en moi. Je dois être totalement folle ou sacrément frustrée pour entendre autre chose qu'une indication pratique. J'hésite. Je suis venue pour le fuir, et voilà que je me retrouve encore plus près de lui.

Zélie, en me tirant par le bras, décide de la suite des événements. Je me retrouve donc allongée entre les deux artistes, très appliquée pour ne pas ruiner leur travail, malgré toute la peine que je ressens à me concentrer.

– On fait une photo pour maman?

La petite voix pleine d'enthousiasme de Zélie me coupe dans mon élan. Une photo de ce factice instant parfait? Et puis quoi encore ! Comme de bien entendu, Robin trouve son idée géniale et dégaine son portable. Zélie se glisse entre nous deux et m'offre un espace salutaire.

– Allez les filles, on sourit pour maman ! claironne-t-il en passant un bras autour de mes épaules pour me rapprocher de lui.

Je me crispe pour endiguer le frémissement qui ne demande qu'à remonter du creux de mes reins jusqu'à ma nuque. Dès que le cliché est réalisé, en plusieurs prises pour être sûr de sa réussite, je me dégage d'un geste presque brusque.

– Zélie, on finira le dessin plus tard, non ? Si tu veux même, on va aller chercher des nouveaux crayons. Et on déjeune en tête à tête, tu te souviens ?

– Le restaurant des princesses ? demande ma filleule avec un nouveau pic d'excitation.

Le premier depuis au moins trois minutes.

Je balbutie, prise au dépourvu. Je me ferais arracher un ongle plutôt que de l'admettre, mais je ne sais pas exactement ce qu'elle aime manger. J'avais envisagé sans plaisir un fast-food gras à souhait, mais ma filleule en décide autrement.

– Dans la zone commerciale. À dix kilomètres environ en direction de Marseille. Tu ne peux pas le rater. C'est fléché partout. Et si tu as un doute, Zélie est capable de te guider presque par cœur en partant d'ici. Pas vrai, championne ? demande-t-il en lui présentant son poing fermé.

– Je veux, mon n'veu, répond-elle, pleine d'aplomb en répondant à son *check*.

Son vocabulaire et sa réaction spontanée me font sourire. J'adore ma filleule et sa façon de grandir, avec des règles fixes mais l'espièglerie du bonheur. Son père n'a jamais souhaité faire partie de sa vie. Il ne sait pas ce qu'il rate !

– Oh eh, Zélie, pas de blague !

Une voix grave, presque paternelle, interrompt le cours de ma pensée.

– Tu connais les règles. C'est coca ou glace ! Et au moins deux feuilles de salade. Pas la peine de jouer le joli cœur pour convaincre marraine. Ne te laisse pas embobiner, elle est très forte pour entourlouper son monde.

Je ne réalise pas aussitôt qu'il s'adresse à moi. Je lui réponds d'un regard noir. Il pense peut-être que je n'apprécie pas ce rappel des règles ! Ce serait me croire amnésique en plus du reste.

– Talent familial, je suppose, lâché-je en le fixant froidement, jusqu'à ce qu'il détourne le regard.

Fière d'avoir eu le dernier mot, je me saisis de mon sac et du paquetage qu'a préparé Angie – clés, papiers, sac de la puce – et direction l'aventure !

Je ne jette pas un regard à celui que je laisse derrière moi. Plus précisément, je détourne mon regard aussitôt après avoir noté que, bras croisés sur son torse coloré, il observe, depuis le perron, la voiture s'engager dans l'allée.

Que croyait-il ? Que je ne saurais pas attacher convenablement ma filleule, ni prendre la main sur la puissante voiture de mon amie ?

Je refuse de me poser davantage de questions, règle le GPS, m'enquiers des goûts musicaux de Zélie et passe prudemment le portail pour rejoindre la route à lacets qui va nous ramener vers la civilisation, juste assez loin de Robin pour ma santé mentale.

8

Je ne pensais pas qu'une aussi petite chose pouvait receler autant d'énergie !

La journée passe en un clin d'œil. D'une grande surface spécialisée dans les loisirs créatifs et la littérature, à trois boutiques de vêtements, en finissant par la peluche promise, je vis un marathon shopping parisien, avec quelques différences notables mais un plaisir que je ne pressentais pas aussi grand.

Il n'y a qu'un domaine pour lequel elle a été intraitable, tout ce qui touche au dessin.

– Non, non, il n'y a que Dex qui m'achète mes crayons et ma peinture ! C'est pour ça que je dessine trop bien, pas vrai, marraine ?

Je m'empresse d'approuver. Je n'ai pas beaucoup de références en matière d'enfants mais, à coup sûr, ma puce est une artiste.

– Même que Dex, il est trop beau et que, quand je serai grande, je me marierai avec un prince comme Dex, avec plein de barbe et des tatouages.

Je me retiens de rire face aux goûts peu conformistes de cette jeune demoiselle. J'opine en silence, rassurée tout de même qu'elle ne m'annonce pas tout de go vouloir épouser son référent masculin.

– Même que c'est dommage, parce que Dex, il a dit qu'il se mariera jamais. Mais que s'il avait choisi une fille, ça serait une princesse, comme moi. T'es une princesse, toi, marraine ?

Holà ! J'ai l'impression que la discussion vient de déraper dans une direction que je ne veux absolument pas suivre, sans que je ne me rende compte de rien. Je hausse les épaules légèrement et cherche désespérément autour de nous quelque chose qui puisse distraire ma curieuse. J'avise un kit pour faire des gâteaux de princesse. Ça a l'air très bien, ça. Inutile de préciser que je ne suis pas la reine des fourneaux, encore moins des gâteaux. Tout pour me soustraire à cet interrogatoire.

– Tu le trouves beau, toi, Dex ? insiste pourtant Zélie en dédaignant totalement mon moule, ma pâte à sucre et mes décors.

– Euh, je sais pas. Je n'y ai pas réfléchi.

Oui, je sais, c'est très laid de mentir à des enfants, mais il y a des cas de force majeure, non ? Le regard de ma filleule n'en a visiblement pas conscience. Comme si sa mère était face à moi, je subis un véritable détecteur de mensonges. Je fais au plus court.

– Si, il est très beau. Oh, tu as vu ces moules rigolos pour faire des cupcakes ?

– Et tu voudrais pas être sa chérie ? Parce que tu es une princesse, toi aussi.

J'hésite entre la couvrir de bisous pour cette remarque désarmante d'affection et la bâillonner pour qu'elle arrête de mettre le doigt à l'endroit exact où mon orgueil est à vif.

– Oh, des emporte-pièces de princesse !

Alléluia ! Ma petite tornade a repéré de quoi détourner ses pensées. Je suis sauve. Ma carte bleue un peu moins, mais ce n'est pas un problème. Pour une fois que ce n'est ni pour moi, ni pour offrir à Cody un cadeau qu'il regardait à peine…

Je me gifle mentalement. Laisse Cody où il est ! Au diable si possible, ou très près. Il y est très bien.

Au restaurant, où Zélie a visiblement ses habitudes, elle suit à la lettre les consignes de Robin et, coiffée de son diadème en strass, elle déguste très cérémonieusement ses crudités. Je vais en faire une photo pour prouver à sa mère que tout se passe à la perfection. Mais, après quelques minutes de fouille frénétique, je dois me rendre à l'évidence : j'ai oublié mon portable à la maison. À Paris, je serais en pleine crise de panique. Ici, ce qui me dérange surtout, c'est que si Angie m'appelle pour s'assurer que Zélie va bien, elle risque de s'inquiéter. Devrais-je rentrer le récupérer? Et laisser Robin croire que j'utilise n'importe quel prétexte pour le voir? Plutôt partir à la recherche d'une cabine téléphonique à pièces, si ça existe encore dans la galaxie!

Je n'ai heureusement eu besoin ni de portable, ni de cabine à pièces pour finir la journée. Mais là où je pensais réussir une arrivée discrète – en profitant même, qui sait, du départ de mon colocataire –, je retrouve Robin dans la même posture que celle où je l'ai laissée. Il a passé sa journée sur le perron ou quoi?

Il descend les marches dès que je sors de la voiture, sans doute soulagé de mon retour saine et sauve avec la puce. Il s'approche de sa portière et, amusé de trouver la petite endormie, il relève la tête vers moi.

– Laquelle des deux est la plus épuisée?

Je hausse les épaules, volontairement légère.

– Je ne me suis pas assoupie sur le chemin du retour, moi.

Il acquiesce et entreprend de détacher Zélie.

– Je la porte dans son lit, si ça te va.

– Bonne idée, je vais vider le coffre.

Curieux, Robin me suit pour mesurer l'ampleur des dégâts. Il ne peut réprimer un éclat de rire, qu'il camoufle très vite derrière sa main pour ne pas réveiller la fillette. Mais ses yeux parlent pour lui. J'en ai rarement vu d'aussi expressifs. En cet instant, ils pétillent d'un amusement qui le rajeunit considérablement.

– Angie m'avait averti qu'il faudrait sans doute une pièce de plus après ce shopping, mais je croyais qu'elle exagérait. Au fait, elle a demandé que tu la rappelles en arrivant.

Aussitôt, ma fausse grimace d'excuses s'efface au profit d'un air alarmé.

– Oh non, elle doit être morte d'inquiétude ! J'ai oublié mon portable, elle ne voudra plus jamais me confier Zélie.

– Eh ! m'interrompt Robin en posant une main apaisante sur mon bras.

Ce simple geste m'assène une décharge d'énergie que mon vis-à-vis doit également ressentir, si j'en crois la rapidité avec laquelle il prend ses distances.

– Eh, reprend-il. Je te l'ai déjà dit, arrête de te rabaisser. Angie n'était pas du tout inquiète. Elle pense même que tu es sans doute l'adulte la plus responsable de la maison. Bon, je ne sais pas si elle dira encore ça quand elle aura vu tes achats. Elle voulait juste savoir si tu t'étais régalée. Rien de plus.

De nouveau prise de court par la gentillesse qui émane de lui et dont je ne sais que faire, je ne réponds pas et me hâte de déposer mes paquets dans la salle à vivre avant de partir à la recherche de mon téléphone.

Je le trouve bien plus rapidement que prévu. Sur le plan de travail. Or s'il y a une chose dont je suis certaine, c'est que je ne l'y ai pas laissé. Ce qui veut dire que quelqu'un a touché mon téléphone. Pire, que quelqu'un est entré dans ma chambre pour le faire.

– C'est moi.

Je me tourne d'un bloc pour faire face à Robin. Je ne l'avais pas entendu entrer. Il a dû déposer Zélie dans son lit. C'est aussi bien, je n'aimerais pas hurler devant ma filleule, encore moins pour dire à son héros ma façon de penser.

– Je l'ai laissé bien en évidence pour t'en parler. J'ai fait quelque chose. Il se peut que tu n'en sois pas ravie.

– Quelque chose comme fouiller ma chambre ? Ça, je confirme, je n'en suis vraiment, mais alors vraiment pas ravie !

Robin, d'un calme olympien, me fait signe de sortir sur la terrasse. Alors que je fais mine de protester, il me désigne d'un geste le babyphone de Zélie. Je m'exécute de mauvaise grâce, mais il a raison. Hors de question que des éclats de voix la réveillent.

Je retiens in extremis un remerciement lorsqu'il revient quelques instants plus tard avec deux cafés. Je ne lui ferai pas la joie d'avouer que j'en rêvais. J'en avale la première gorgée sans prendre le temps de le laisser refroidir. Je me brûle la langue ! Qu'importe ! C'est tellement bon que je lâche un petit soupir. Robin me sourit, se détend imperceptiblement.

Pas si vite !

– Tu disais donc, pour mon portable...

Robin soutient un instant mon regard, puis il se détourne, fixe l'horizon, passe ses mains dans ses cheveux. Bref, tous les symptômes du mâle mal à l'aise. Je mentirais en disant que je ne me délecte pas de le voir gêné – pour une fois que ce n'est pas moi – mais son attitude met ma patience à rude épreuve.

– Angie a appelé vers midi pour savoir si tu allais bien. Elle cherchait à te joindre sur ton portable et tu ne répondais pas. Je suis allé à la porte de ta chambre vérifier si j'entendais la sonnerie...

– Elle est coupée.

Robin acquiesce.

– À ce moment, je ne le savais pas, et je ne savais surtout pas pour quelle raison.

Son regard se repose sur moi, plus sévère. C'est à mon tour de détourner les yeux. Je sais ce qu'il a découvert et je commence à imaginer ce qu'il a fait.

– Je me suis donc permis d'entrer dans ta chambre. Le portable était sur la commode en entrant. Je n'ai donc rien fouillé, rien regardé. De toute façon, la seule chose que j'aie vue, c'est rien. C'est-à-dire un rangement impeccable. Mais au moment où j'allais partir, il s'est éclairé. Et c'est là que j'ai constaté que tu avais reçu quelque chose comme trente messages et dix appels en absence. Tous avec le même expéditeur. Je suis resté en arrêt un instant. Et il a appelé. Je ne voulais pas m'en mêler. Promis. Mais je suis resté jusqu'à la fin de l'appel. Et les messages ont recommencé à arriver. Puis il a rappelé encore. J'ai craint qu'il soit arrivé quelque chose de sérieux, explique-t-il en détournant le regard.

Sa fuite m'est comme un aveu. Je toussote pour lui montrer ce que je pense de cette excuse pitoyable.

– Bon d'accord, il se pourrait que, dans un coin de mon cerveau, j'aie eu envie de te donner un petit coup de main pour te défaire de ce mec. Pardon de te le dire, mais ton ex est odieux. Il m'a d'abord pris pour un voleur, puis pour un larbin, et m'a parlé comme tel. Mais d'un coup, j'ai senti dans sa voix quelque chose, comme un doute. Et il se peut que je me sois un peu engouffré dans la brèche.

Je ne dis toujours rien, me contente de le dévisager. Et oui, moi aussi, je sais faire le « regard sérum de vérité ».

– Disons qu'il est bien possible que j'aie fait quelques allusions qui lui ont laissé croire que tu passais de très bons moments ici.

Je sursaute.

– Tu lui as dit où j'étais?

Robin me détaille comme s'il m'avait poussé une deuxième tête, puis il explose de rire.

– Tu es un phénomène à part entière, Aurore! Je te dis que j'ai, au détour d'une phrase, fait savoir à ton ex qu'un cunni réussi est la base du bonheur conjugal et que tu étais de fait très, très heureuse et toi, tu t'inquiètes juste de savoir si je lui ai dit que tu étais ici?

– Oui, c'est à peu près ça. Je ne veux pas prendre le risque de le voir débarquer. Je ne lui ai pas dit où j'étais. Mes parents le savent mais, apparemment, ils n'ont rien dit. Ils n'aiment pas beaucoup Angie et je crois qu'ils ne comprennent pas que... Attends! Tu lui as dit quoi?

Ma voix s'éteint dans un couinement. La phrase du tatoueur percute brusquement mon cerveau. Je m'empourpre totalement et laisse tomber mon front sur mes bras joints sur la table. J'ajuste mal mon geste théâtral et entre en collision brutale avec le bois, mais ce n'est pas le plus important. Une fois que j'ai repris mes esprits, je relève la tête, furieuse de son initiative.

– Mais qu'est-ce qui t'a pris de lui raconter ce genre de choses? Que va-t-il croire maintenant?

Robin, surpris, me sonde du regard. Visiblement, mes réactions le désarçonnent.

– Je te dirais volontiers qu'on s'en fout de ce qu'il croit, mais que je pense qu'il va te foutre la paix, au moins pour un moment.

– En me prenant pour une traînée qui me console dans les bras du premier venu, merci bien! C'est un challenge de m'humilier quoi que tu fasses?

– Mais en fait, tu es incroyable dans ton genre! Comme chieuse de classe mondiale, je ne pense pas que tu aies beaucoup de concurrence. Hier, j'ai cru que c'était juste un manque de confiance en toi. Mais c'est bien plus que ça!

– Ah oui! Et tu vas sans doute m'expliquer ça alors que toi, tu as joué au psy de pacotille une soirée, tout ça pour te dérober après m'avoir allumée comme un malade.

– Mais ce n'était pas mon but, merde!

J'explose d'un rire méprisant. Face à cet homme insupportable d'arrogance, je suis capable de monter au front sans filtre. Et ça fait un bien fou.

– Pas ton but de quoi ? De m'allumer ? Laisse-moi rire ! Tu vas aussi me dire que tu es vierge en la matière !

– Mais non ! Je ne voulais pas que ça dérape. Pas alors que tu étais à moitié bourrée ! Je ne suis pas ce genre de connard ! Ça ne t'a pas traversé l'esprit que je ne voulais pas abuser d'une situation que tu ne maîtrisais pas ?

– Mais bien sûr ! Et toutes tes âneries, tes gages, tout ça, ça n'avait rien de sexuel !

Robin écarquille les yeux et en perd la voix quelques instants. Lorsqu'il reprend, son ton est totalement modéré, presque glacial.

– Absolument rien. Je pensais à des trucs à la con : une mèche rose, un karaoké, une visite à mon salon de tatouage sans aucun engagement. Mais si tu crois que j'allais exiger de toi un baiser… Dans ton esprit, le deuxième gage, c'était quoi ? Une pipe ? Ou alors ça, c'était le troisième ?

À mon tour, je ne sais quoi répondre. Une part de moi aimerait le croire. Mais on ne peut pas dire que la confiance aveugle m'ait beaucoup réussi ces temps-ci. Pour autant, je ne peux rester sur cette dispute.

– Je suppose que je dois te remercier ? tenté-je d'une voix plus posée.

Robin se détourne et hausse les épaules. Les bras croisés, ce qui renforce encore l'impression de puissance qui émane de lui, il laisse son regard errer au large.

– Pour avoir été un gentleman. Pour avoir rembarré Cody.

Son rire fissure mon assurance.

– Tu n'as pas à me remercier ! C'est un vrai plaisir de faire chier les connards coincés ! assène-t-il en me décochant un regard polaire par-dessus son épaule. Maintenant, excuse-moi, mais je dois mettre fin à cette discussion pas particulièrement distrayante. Je suis attendu en ville dans une heure. Oh, et ne t'inquiète pas pour ta vertu ce soir, je ne rentrerai probablement pas !

Je voudrais réitérer mes excuses pour qu'il ne parte pas fâché, lui répondre que ça ne me concerne pas, rétorquer que je m'en moque éperdument.

La vérité, c'est que je reste sottement muette lorsqu'il traverse la terrasse d'un pas énergique d'où suinte toute sa colère. Je ne me tais pas seulement parce qu'il ne me laisse pas le temps de former mes pensées. C'est surtout parce que je suis incapable d'isoler précisément ce que je voudrais lui dire. Je ne sais qu'une chose : la perspective de son départ pour une folle soirée qui débouchera certainement sur une nuit de débauche, bouleverse un peu trop mes émotions pour que ce ne soit qu'une contrariété d'orgueil.

9

– Angie, tu vas me détester ! Si tu veux que je reparte, je comprendrais. Je suis vraiment bonne à rien !

– OK, Blondie, tu vas me laisser poser mon sac, embrasser ma fille, faire mine de te gronder pour l'avoir gâtée comme une princesse – mais sans en penser un mot parce que j'adore voir briller ses yeux comme ça – et ensuite tu sortiras le fouet pour que je te punisse !

Mon amie assortit sa pseudo-menace d'un grand clin d'œil et fond sur sa fille, qui a absolument tenu à faire un bracelet et à enfiler la chemise de nuit froufroutante que je lui ai achetée.

Je ne remercierai jamais assez sa présence et son énergie. Elles m'ont évité de me lamenter sur mon sort, voire de boucler ma valise pour repartir d'où je viens.

Avec l'aide de Zélie, j'ai préparé une grande salade pour nous trois, un gâteau un peu roussi mais qui sera sûrement mangeable, et je lui ai même donné son bain pour qu'Angie n'ait qu'à profiter des bons moments avec sa fille. Peut-être oubliera-t-elle ainsi que je viens quasiment d'insulter son cousin, de le flanquer à la porte, et même probablement de le jeter dans les bras de nymphettes pas trop regardantes. Jalouse, moi ? Allons donc ! Et de quoi ? De savoir qu'il va offrir à d'autres ce qu'il m'a refusé ? De son regard intense, capable de voir à travers moi, mais aussi de me figer sur place? De son sourire charmeur? Et pourquoi pas aussi de ses tatouages, sa barbe et ses cheveux un peu trop longs, sa capacité à tout vouloir régenter et son incapacité à me dire clairement ce qu'il me veut, pendant qu'on y est!

Mon soupir de frustration doit être bien moins discret que je le croyais parce qu'Angie hausse un sourcil, tout en prêtant la plus grande attention à sa fille, et m'adresse ce regard que je ne connais que trop. Celui qui m'assure que je ne perds rien pour attendre. Un instant, je pense sérieusement à aller me coucher. Si, si, à dix-neuf heures trente. Vu la journée et la nuit qui ont précédé, ça pourrait être crédible. Mais je connais assez mon hôtesse pour savoir que ça ne l'empêcherait pas de me cuisiner jusque dans ma chambre.

Aussi j'attends mon heure avec la résignation du condamné à mort devant son bourreau. Mélodramatique? Absolument pas! Ma vie est en lambeaux. Je suis inexplicablement attirée par un homme qui ne veut pas de moi et dont, objectivement, je ne devrais pas vouloir non plus et, dans quelques minutes, je risque même de me retrouver sans filleule ni meilleure amie. Mais tout va pour le mieux dans le meilleur des mondes. Et dire que c'est pour fuir mes ennuis que je me suis réfugiée ici! Bravo! Pour un peu, je m'applaudirais.

Contrairement à mes craintes, Zélie ne se fait presque pas prier pour aller se coucher. Lorsque Angie sort de sa chambre, la vaisselle est faite, la cuisine rangée. J'ai même trouvé un sachet de nos friandises préférées en gage de bonne volonté.

– Bon, et si tu me racontais ce que tu as fait de si terrible pour mériter le goudron et les plumes? demande Angie en gobant instantanément une poignée de bonbons.

J'hésite à tout lui confier. J'ai longuement préparé ce que je veux lui avouer, les confidences que je suis prête à lui faire. Mais je ne peux pas faire ça. S'il y a une personne avec laquelle je n'ai jamais triché, c'est elle. Alors je lui déballe tout. Je lui parle même de notre baiser, de mon trouble, de la vilaine mise en scène que Robin a jouée à Cody et de notre ultime accrochage.

– Et maintenant, il va découcher avec Dieu sait qui, te demander de choisir entre lui et moi, et je l'aurais pas volé, balbutié-je, la voix entrecoupée de larmes que je n'ai pas senties apparaître.

Angie reste silencieuse quelques instants, assez longtemps pour que je me demande si je n'ai pas intérêt à prendre mes valises et à quitter de moi-même la maison.

– Et tout ça en trois jours ! C'est pas des bonbons, c'est du pop-corn que tu aurais dû servir ! Je suis au spectacle, là ! Attends-moi un instant. Avant qu'on démêle les fils de ton histoire, il nous faut de quoi boire. Piña colada !

– Non ! Pas d'alcool ! Tu n'as pas compris que c'est à cause de ça qu'hier soir...

– Oh non, Blondie ! C'est sûrement pour plein de raisons, mais pas pour ça. Il n'y a que mon chevaleresque cousin et ma princesse pour croire ça ! En vérité, ça s'appelle plutôt l'attraction ! Alors ? Cocktail ?

– Non, eau gazeuse.

Je campe sur mes positions et, malgré sa moue, c'est ce que nous sert Angie en revenant, le plateau chargé de cochonneries à grignoter.

– Et sans râler ! précise-t-elle en surprenant mon regard sur les caramels et autres chocolats qui trônent sur le plateau. Ton cas mérite au moins ça ! Alors, par où je commence ? D'abord par l'évidence. Tu n'es pas nulle ! Tu es ma meilleure amie, la marraine de ma poupée et l'une de ses idoles désormais, même s'il paraît que côté dessin... passons, me taquine-t-elle pour détendre l'atmosphère. Pour le reste, j'en reviens à ce que je te disais hier midi. Dex est un type bien. Compliqué, mais bien. Il a estimé qu'hier, il aurait abusé de la situation. Donc il s'est contrôlé. Tu peux en dire ce que tu veux, mais moi, je trouve ça plutôt très classe.

– Sauf que je suis sûre que ce n'est pas la vraie raison. Je pense surtout que je ne l'intéresse pas. Que ça l'amuse de jouer au psy et de se payer l'ex de la fille coincée. J'ai bien compris qu'il a eu le cœur brisé. Ce n'est pas une raison pour s'en prendre à tout le monde.

Angie s'étouffe.

– Il t'a parlé d'Ambre ?

Je hausse les épaules.

– Il ne m'a pas donné de nom. Il a juste dit que son ex était partie avec son meilleur ami.

– Et après, tu diras encore que tu ne comptes pas ! Je ne savais même pas qu'il était capable d'en parler. Je vais te raconter l'histoire. Pas pour t'amadouer, mais pour que tu comprennes mieux pourquoi il n'est pas n'importe quel mec. Elle s'appelle Ambre, son ex. Avec Dex et Nico, ils formaient le trio parfait. On les accueillait partout comme une seule entité. Dans la famille, ils étaient comme le frère et la belle-fille. Et puis il s'est passé le truc le plus stupide du monde – tu vas voir, ça va te parler –, Dex est rentré plus tôt que prévu d'une convention.

J'écarquille les yeux devant la coïncidence.

– Il les a surpris au lit, lui aussi ?

– Non, mais c'est presque pire. Elle pleurait et Nico était en rage. Elle venait de se faire avorter parce qu'elle était incapable de savoir avec certitude lequel des deux garçons était le père du bébé qu'elle attendait. Elle ne comptait pas en parler à Dex, bien sûr. Mais Nico, lui, l'a appris.

Je retiens un haut-le-cœur en imaginant son état. Mais Angie continue ses confidences. Je suppose que Robin n'aimerait pas savoir qu'elle m'en dit autant. Tant pis. Ça me le rend un peu moins étranger.

– Il les a confrontés. C'est comme ça qu'il a appris que ça durait depuis des mois. Deux ans pour être exacte. À un moment où, moi-même, j'ai plus ou moins eu une histoire avec Nico. Bref, le truc bien pourri. Dex a disparu pendant des jours. Pas loin d'une semaine. Nous, on n'aurait rien su si les deux autres n'avaient pas débarqué avec leurs têtes d'hypocrites navrés, pour déposer ses affaires. Quand il est revenu, pas mal amoché et avec une tête de fin de tonneau, tout était fini. L'affaire liquidée, l'appartement rendu et les comptes vidés.

Je hoquette.

– Mais c'est illégal !

– Sans doute. Dex m'a raconté un jour en rigolant que c'était sa faute. Quand il a tout découvert, Nico lui a demandé aussitôt ce qu'ils allaient faire de leur salon. Ça a tellement été le coup de grâce, de comprendre qu'ils n'attendaient que ça pour en finir, qu'il a répondu que quitte à lui avoir tout pris, il pouvait terminer. Apparemment, ils l'ont pris au pied de la lettre. Il n'avait plus qu'un compte perso qui n'était pas joint à ceux d'Ambre. À peine de quoi se payer son billet pour Nashville et rejoindre un tatoueur hyper réputé qui lui avait proposé de passer un moment avec lui lors d'une convention. Le « moment » a duré trois ans.

J'ai du mal à reprendre mes esprits. Comme moi, Robin a tout perdu en un claquement de doigts. Mais ça lui a aussi coûté son travail et un hypothétique enfant. Je comprends qu'à côté de ça, mon banal chagrin d'amour ait pu lui sembler quelconque. Pourtant, il a pris le temps de m'aider à l'extérioriser. Mieux, il a aussi fait en sorte d'éloigner Cody. Était-ce seulement, comme il l'a dit, pour être désagréable envers mon ex méprisant? A-t-il vu en lui un reflet de sa propre déconvenue? À moins qu'il n'ait vraiment voulu m'aider?

– Pourquoi est-il revenu?

– Notre grand-mère n'allait pas bien. Il voulait profiter du temps avec elle.

Je réfléchis. Je connais bien leur grand-mère. Une petite boule d'énergie avec la langue bien pendue.

– Mais je ne comprends pas. Elle est toujours vivante!

– Oui, le retour de ses deux terreurs l'a comme qui dirait ressuscitée. Je suis revenue en même temps. La suite... Tout ça pour te dire que c'est une période de sa vie dont il ne parle jamais, en temps normal. S'il t'en a parlé, à toi...

– C'est parce que, sur le coup, je lui ai fait pitié. Je comprends mieux pourquoi il s'est senti en empathie avec moi. Mais au moment où les choses ont dérapé, il s'est rendu compte...

– Qu'il n'était pas un enfoiré qui profiterait de l'état de ma meilleure amie et aurait des comptes à me rendre.

Je hausse les épaules, peu convaincue. Ma réaction agace Angie.

– Tu aurais préféré quoi? Qu'il se laisse aller et qu'au matin, tu n'assumes pas? Merde, princesse, tu ne vas pas lui reprocher de s'être conduit comme un mec bien.

Holà, « princesse »! Le mot à ne pas employer! La pire insulte entre nous, ou presque! Angie sait comment m'affecter. Moi aussi, j'ai des armes.

– Si tu m'appelles encore « princesse », je t'appelle « marquise », Angélique, précisé-je en détachant chaque syllabe.

La réaction est instantanée. Angie s'équipe d'un oreiller. J'en fais de même, profitant de mon ambidextrie pour doubler la menace.

– Oh, toi! Tu joues avec ta vie! me défie-t-elle.

– Tu crois?

– T'es pas de taille, Blondie. Je matais des commandos sur mon PC quand tu apprenais à te faire les ongles !

– Arrête, je tremble ! J'ai été capable d'emporter LE sac Gucci de mes rêves le premier jour des soldes ! asséné-je en redressant le menton sur ce fait d'armes au-dessus de toute compétition.

Nous nous toisons du regard quelques instants avant d'exploser de rire de concert. Qu'importent les hommes, même celui-ci, tant que nous sommes toutes les deux ! Je ne lui signale pas que l'absence de son cousin ce soir ne plaide pas en faveur de sa définition de « mec bien ». Inutile qu'elle sente que sa défection m'agace, qu'elle me blesse même un peu.

Là où mes regrets ne sont pas éteints, il tourne la page avec une facilité bien plus grande, créant une nouvelle entaille dans mon estime. Mais Angie ne se laisse pas détourner de son but. Elle veut connaître mes intentions.

Je réponds d'un geste nonchalant. Ce n'est pas moi qui suis absente ce soir !

– Ne te fie pas aux apparences. Donne-lui une chance.

– Une chance de quoi ?

– Je ne sais pas. De te montrer que tout n'est pas ce qu'il paraît et qu'il y a peut-être du bon à tirer de tout ça.

– Je t'ai déjà dit que je ne coucherai pas avec lui, rétorqué-je.

– Mais je ne te parle pas de ça, Blondie. C'est peut-être toi qui as un problème parce que, quoi que je dise, tu vois du cul partout.

Je me mords les lèvres pour ne pas répondre, ni reconnaître que j'ai plongé tête la première dans son piège. Son regard triomphant est bien assez limpide. Visiblement, elle voit clair en moi. Peut-être même bien plus que moi. Face à son sourire, je préfère battre en retraite et chercher un sommeil qui me fuit de nouveau. L'oreille dressée, je ne peux m'empêcher de guetter un hypothétique retour de mon voisin de chambre. Le sommeil me trouve bien avant lui.

10

Je ne sais pas où est le mec bien que vante Angie mais, lorsque je me lève, un peu mieux disposée à l'égard de mon colocataire suite aux confidences que j'ai reçues, je constate qu'il n'est pas rentré. Je ne dis rien, bois mon café en silence et fais mine de ne pas sentir l'attention de mon amie.

Elle a posé une matinée pour emmener Zélie chez le dentiste. Avec une lâcheté assumée, je décline l'offre de l'y accompagner. Rien qu'en imaginant ma filleule sous la menace d'une affreuse roulette et d'une effrayante fraise, j'en ai des sueurs froides. Elles font rire les deux filles qui partent main dans la main dompter la « menace Carie ».

Comme l'a suggéré Angie, je m'accorde un moment à moi.

Pour la première fois depuis mon arrivée, la maison est entièrement vide. J'adore la présence des deux filles, je suis même venue chercher cette chaleur, mais pour moi qui ai l'habitude de calme et de quiétude, c'est un choc. Il est agréable la plupart du temps parce que ça m'évite de réfléchir. Mais ce matin, je suis heureuse de me ressourcer.

Je profite de la terrasse pour faire une séance de yoga. Une brise douce agite mollement les plantes du jardin et rafraîchit un air que le soleil méditerranéen a déjà bien chauffé.

Sous mes pieds nus, la terrasse en pierres claires diffuse une douce tiédeur. Les conditions ont rarement été aussi idéales. Pourtant, malgré mes années de pratique et l'atmosphère totalement propice, la séance ne m'apporte pas la sérénité attendue.

Je ris. Avec la somme d'idées qui se bousculent dans ma tête, j'en avais douté ne serait-ce qu'un instant?

Tant pis. La terrasse, mon tapis, mes lunettes de soleil à portée de main et mon téléphone, je lance une de mes playlists favorites en sourdine et m'accorde une séance de bronzage improvisée. Un instant, je me rappelle des mises en garde de Robin sur ma peau. Robin... Encore Robin. Je hausse les épaules. Ce n'est certainement pas en restant un petit moment au soleil que je vais ruiner ma peau, mais rentrer à Paris avec un léger hâle est une perspective plus qu'alléchante.

Je ne sais combien de temps je reste ainsi. Je crois même que je me suis endormie et que le temps s'est gâté. À la place du soleil qui dardait de délicieux rayons sur ma peau, une ombre nuageuse apporte un peu de fraîcheur bienvenue. Je me redresse pour m'assurer qu'aucune ondée ne menace, mais je sursaute aussitôt. Ce n'est pas un nuage qui m'a caché le soleil, mais un corps, grand et bien proportionné.

Le contre-jour n'y change rien, je sais pertinemment qui se dresse ainsi.

Jean déchiré tombant bas sur les hanches, tee-shirt ajusté sur sa musculature sèche, cheveux en broussaille et lunettes aviateur sur les yeux, il exsude un charme sauvage, très éloigné de son allure habituelle. Pourtant, c'est tout aussi efficace pour mettre mon corps en émoi.

Mais une deuxième observation me montre aussi son blouson en cuir négligemment posé sur une des chaises. Pas de doute, il vient à peine de rentrer, en fin de matinée, après avoir passé la nuit ailleurs, dans des bras plus accueillants que les miens. Cette perspective a raison de mes bonnes dispositions.

– Les filles sont chez le dentiste. Je ne savais pas que tu étais là.

– C'est là que j'habite, tu te rappelles?

Je finis de me relever, sans prêter attention à son intonation peu amène. Apparemment, il m'en veut encore de notre chamaillerie.

Je passe devant lui d'une démarche altière et lâche au passage:

– Si tu le dis.

J'ignore son grommellement, replie soigneusement mon tapis et le porte jusqu'à ma chambre. En me retournant, je ne peux retenir un petit cri. Robin se tient sur le seuil, sa large carrure déployée dans tout l'encadrement. Ses bras en appui au-dessus de sa tête, il semble prêt à se projeter contre moi. En tout cas, il obstrue délibérément le passage.

– On peut savoir ce que tu entends par là?

Je redresse le menton, bien décidée à lui montrer que son timbre de voix plus rauque que d'habitude ne m'impressionne pas du tout – en tout cas, j'espère le lui faire croire et prie pour que ma peau arrête de frémir.

– Rien de plus que ce que j'ai dit. Tu peux me laisser sortir ou tu comptes encore inspecter ma chambre?

Il grogne et fait un pas en avant. Ces quelques centimètres bouleversent totalement mon équilibre. Robin est dans ma chambre. Dans mon espace. Il l'occupe dangereusement et mon corps est aussi tenté de le laisser approcher que mon esprit a envie de le fuir.

– Sors de ma chambre.

Étonnamment, ma voix reste calme et posée. Mon regard, lui, ne sait où se fixer. Il évite son visage crispé, s'interdit de s'attarder sur ses lèvres charnues, bifurque avant de glisser sur sa musculature. Mais surtout, il cherche un moyen de fuir cette présence trop attractive.

– Arrête de fuir. On va régler ça, maintenant. Angie t'aime. J'aime Angie. Zélie, je ne t'en parle même pas. Donc la guerre s'arrête. Maintenant. Et on ne sortira pas d'ici tant que ce ne sera pas fait.

Robin s'approche de deux pas de plus. Je recule d'autant et me retrouve rapidement contre la baie vitrée entrouverte. Sans réfléchir, je sors. Il me suit, enlève posément ses lunettes pour que je ne rate rien de son regard étincelant.

Ses cernes sombres ravivent ma colère. Il semble avoir très peu dormi, cette nuit. Cette idée me dicte ma conduite. Au diable les réactions sensuelles de mon corps, je dois mettre de la distance entre nous. Justement, la baie vitrée qui donne sur sa propre chambre n'est pas fermée. M. l'Indiscret va voir à quel point c'est désagréable de voir son espace privé violé par un regard étranger! Sans réfléchir, je rentre dans sa chambre, note sans même m'y arrêter des tonnes de dessins et de photos aux murs, avant de réaliser mon erreur.

Quelle naïve je fais, à entrer ainsi dans la chambre d'un homme, surtout de celui-ci. Je sens sa présence dans mon dos, ne perds même pas un instant à tourner la tête pour m'en assurer. Je me rue sur la porte que je claque derrière moi sans ménagement en criant.

– Alors, t'as vu comme c'est désagréable que quelqu'un vienne fouiller chez toi!

– Techniquement, tu n'as pas eu le temps de fouiller. Et moi, je ne me le suis pas permis, je te l'ai déjà dit, tonne sa voix derrière moi, me figeant sur la première marche de l'escalier. Et si tu arrêtais, pour une fois, de tout juger du haut de tes idées toutes faites! T'en as pas marre de n'être que ça toute la journée? Jugement sur toi, sur les autres, sur ce qu'ils pensent de toi, ou plutôt sur ce que tu penses qu'ils pensent de toi!

Ses mots me crispent, parce qu'il n'a pas entièrement tort.

Pourtant, je contre-attaque en reprenant ma marche.

– Je ne fais pas ça !

– Bien sûr que si ! C'est même une deuxième nature, chez toi. Tu regardes, tu juges, tu mesures à l'aune de tes préjugés, princesse !

– « Princesse » ? Et ça, c'est pas un préjugé, peut-être ?

– Ça n'a rien d'un préjugé. Ça colle parfaitement avec ton prénom et ta façon d'être. Tu as beau faire, ça se voit dans tes yeux. Dès la première seconde. Quand tu as appris que j'étais le coloc d'Angie, j'ai deviné ton opinion. Tatoué, coloc. Un pauvre paumé à la charge de sa cousine.

– Je n'ai pas pensé ça !

– Ah non ? J'aurais presque pu l'entendre, rien que dans ta façon de me regarder.

Je me retourne pour lui faire face. Je n'ai rien à craindre, rien à cacher et quoi qui sorte de cette discussion, autant vider mon sac.

– Non ! Tu te donnes trop d'importance. Je me suis juste fait du souci pour mon amie et sa fille, monsieur « C'est-là-que-je-dors-quand-je-ne-suis-pas-occupé-ailleurs » !

Robin se fige à ma hauteur, me détaille et éclate de rire avant de partir vers la cuisine. Nonchalant, il se fait couler un café, réfléchit un instant et en lance un second sans cesser de sourire.

Il m'agace ! Toute cette attitude me hérisse ! Pourtant, je ne dis rien. Il sent l'effet qu'il a sur moi. Pire, il en joue et attend que je lui tende une perche. Je ne le ferai pas, pas plus que je ne saisis le café qu'il me tend et qu'il finit par poser sur l'îlot central entre nous.

– C'est donc ça ! Tu es jalouse ?

– Quoi ?

Je sursaute, soutiens son regard en priant pour ne pas m'empourprer et saisis son fichu mug dont j'avale une grande gorgée, sans me soucier de sa température.

– Dis-moi, tes encres, elles sont toxiques et ça te monte au cerveau ou c'est juste ton ego surdimensionné qui te fait dire des âneries pareilles?

Robin ne se départit pas de son sourire. Pire, il a l'air de beaucoup s'amuser.

– Ni l'un ni l'autre, princesse. Mais quand tu t'énerves, tout ton cou prend des teintes rosées qu'on ne peut pas rater. Là, tu es carrément écarlate, et ça n'est pas complètement dû à ton exposition irresponsable au soleil, mademoiselle Je-prends-grand-soin-de-ma-peau. Mais dis-moi un peu pour voir. Tu crois que je fais quoi quand je ne dors pas là?

Il me défie ouvertement. C'est sadique de sa part, parce qu'il sait que je ne suis pas à l'aise avec les mots crus. Je le suis encore moins avec l'idée qu'ils m'évoquent, mais ça, il n'a pas besoin de le savoir. Je soutiens son regard, peu décidée à me laisser déstabiliser. Pour autant, trouver les mots…

– Tu sais bien…

Robin s'adosse au plan de travail, croise les bras, ce qui fait saillir ses muscles et place sous mon nez les écailles de son dragon. Son sourire s'élargit, plus carnassier, pendant qu'il me toise.

– Eh bien non, justement, je ne sais pas. Mais je suis sûr que tu vas partager ton incroyable science en ce domaine.

– Oh c'est bon! Arrête de te moquer de moi. On sait, toi comme moi, ce qui s'est passé cette nuit! Combien en as-tu baisé, de ces filles qui se sont pâmées sous ton aiguille, Doigts Agiles?

Robin ouvre grand la bouche et me dévisage comme s'il me voyait pour la première fois. Je dois être pitoyable. Mes joues sont rouges – je le sens – de colère autant que de gêne. Mais je ne me détourne pas. Pire, je plante mes poings sur mes hanches, relève le menton et guette sa réaction. Il ne va pas démentir, tout de même!

Je m'attends à tout. À ce qu'il me réponde que ça ne me concerne pas. À ce qu'il s'étende en détails scabreux pour m'humilier. Mais pas à ce qu'il éclate de rire. Pourtant, c'est ce qu'il fait. Encore. Il rit fort, longtemps. Sa poitrine tressaute et sa barbe frémit pendant qu'il se moque ouvertement de moi. Sa réaction me donne des envies violentes. Le faire taire d'une gifle magistrale ? D'un baiser torride ? Je ne sais pas encore, mais la situation est hautement inflammable et peut déraper en toute direction n'importe quand.

– Je peux savoir ce qui vous fait rire comme ça ?

Mon Dieu ! Mais quand le karma cessera-t-il de s'acharner sur moi ? Il ne manquait plus que ça, l'intervention d'Angie, que je n'ai même pas entendue entrer !

De nouveau, Robin met mon courage à l'épreuve. Son regard est une invitation nette à dévoiler à mon amie le sujet de notre discussion. Je le foudroie. Il sait parfaitement que je ne peux pas lui dire que ce cousin qu'elle aime tant se révèle être le roi des goujats.

– Oki doki, déclare avec légèreté ma tornade en passant entre nous deux. Pardon de mettre fin à je-ne-sais-pas-trop-quoi, le défi du regard ou quelque chose de nettement plus torride, mais j'ai soif, déclare-t-elle tout de go en ouvrant le frigo américain. Quelqu'un veut quelque chose ? Je vous suggère un bol de glaçons, parce que c'est bouillant par ici.

– Ton amie m'expliquait sa brillante théorie quant à mes absences nocturnes, énonce calmement Robin alors que je le pensais déterminé à se taire.

– D'accoooord. Et ? Ça ne m'explique pas pourquoi je vous retrouve au milieu de ma cuisine, à deux doigts de vous sauter dessus, pour vous étriper ou vous dévorer, je ne sais pas trop.

Je glapis. Angie et ses éternelles idées mal tournées ! Robin me décoche un sourire provocateur.

– C'est marrant que tu dises ça parce que mademoiselle est persuadée que je passe mes nuits loin du nid, à m'envoyer en l'air avec toutes celles que je tatoue !

Angie me dévisage, visiblement choquée que j'aie énoncé cette idée clairement, puis adresse le même regard à son cousin.

Finalement elle secoue la tête avec la même mimique que lorsque Zélie renverse pour la deuxième fois son verre lors du repas et lâche son verdict.

– Vous êtes des sales mômes. Tous les deux ! précise-t-elle face à nos protestations unanimes. Toi, assène-t-elle en se postant à mes côtés, de penser que tous les mecs sont comme ton ex et que Dex est un serial baiseur, surtout sachant que jamais il ne couche avec une de ses clientes.

Je m'empourpre sous le regard triomphant de l'arrogant.

– Et toi, reprend-elle à son intention, en se penchant par-dessus l'îlot, geste qu'il imite aussitôt, en la laissant se fourvoyer au lieu de lui dire simplement que quand tu n'es pas là, c'est généralement que tu es en convention ou en salon, et que cette nuit…

– Angie, stop, tu n'as pas besoin de lui dire…

– Que cette nuit, reprend-elle comme s'il ne l'avait pas interrompue, tu étais à…

– Angie, la ferme !

– Oh, tu me parles pas comme ça ! Tu veux que je pratique la torture de l'oreille ? Regarde bien, Blondie.

Robin gronde.

– Eh, c'est déloyal !

– Pas du tout. Je rééquilibre. Tu sais où taper pour la déstabiliser – la confiance en soi –, donc je lui montre quelque chose pour se défendre contre toi.

– Parce que tu crois que je te laisserai approcher d'assez près ? ricane l'insolent.

Moi qui connais Angie depuis longtemps, je ne sais si j'admire son courage crâneur ou si je tremble de son audace. Mais sans doute la connaît-il mieux que moi parce qu'elle se radoucit et hoche pensivement la tête avant de formuler sa réponse.

– Ça, mon chou, c'est pas un problème.

Elle n'a même pas fini sa phrase qu'elle se jette par-dessus l'îlot central. J'ai juste le temps de sauver l'essentiel – le café – qu'elle le tient déjà, ses ongles plantés dans le cartilage de l'oreille qu'elle tord sans pitié. Je pouffe de rire tandis que Robin gémit, tempête et menace.

– Je disais donc que tu es dégueulasse de ne pas lui avoir dit qu'hier soir, tu étais à un grand rassemblement, que tu organises d'ailleurs, où des pros tatouent des rescapés d'un cancer pour faire de leurs cicatrices une œuvre d'art. Voilà où il était hier, Blondie, conclut-elle en lâchant son oreille.

Il se frotte en la fusillant du regard, une situation que mon amie ignore magistralement. Je n'en mène pas large.

Voilà comment on se retrouve bêtement face à, non pas un trousseur de grand chemin, mais une sorte de héros altruiste qui, loin de se glorifier de sa bonne action, semble gêné de la voir ainsi mise en lumière.

– Voilà, voilà, reprend Angie en nous dévisageant alternativement. Et pour que les choses soient complètes, tu as fini de tatouer à quelle heure?

Robin ronchonne mais répond tout de même. Maintenant que son secret est éventé…

– Une heure et demie. Plus le temps de tout ranger, de lancer les stérilisations, de prendre une bière avec ceux qui restaient… je suis resté dormir au salon. Seul! précise-t-il en m'adressant un regard noir.

Je ne réponds rien, me contente de hocher la tête et esquisse un sourire qui tient lieu d'excuses temporaires.

– Et maintenant, conclut notre juge de paix, au lieu de vous balancer des a priori et des idées stupides, je vous invite fermement à aller vous promener tranquillement pour enterrer la hache de guerre et apprendre à vous connaître vraiment. Je suis trop jeune pour être la mère de deux ados capricieux ! dit-elle en assénant à chacun une petite tape derrière la tête.

11

Et voilà comment, comme deux gamins grondés pour leur sale caractère, nous nous retrouvons punis et contraints de partir en balade. Il y a sans doute pire comme sanction, mais hors de question de le reconnaître.

Je suppose que Robin, qui m'adresse un regard noir, en pense de même.

– Et je vous préviens, pas d'entourloupe. Vous ne rentrerez pas ici sans être vraiment réconciliés. Ni l'un, ni l'autre. J'ai été claire?

Je marmonne un « d'accord », imitée par mon compagnon de retenue. C'est même le premier à faire preuve de bonne volonté.

– Tu veux te changer pour être plus à l'aise? demande-t-il.

J'acquiesce poliment, ce qui nous vaut un sourire approbateur.

– Eh ben voilà, quand vous voulez!

J'échange un regard avec Robin. Il ne lui en faudrait pas beaucoup pour noyer sa cousine dans la piscine. Et pour tout dire, je serais disposée à lui prêter main-forte.

Je ne prends que deux minutes pour enfiler une tenue moins détendue. Je ne m'accorde pas davantage de temps ou je risquerais de me poser trop de questions, à commencer par la première, la plus cruciale sans doute: tenue décontractée ou tenue sexy?

En temps normal, je ne me poserais même pas la question. Je choisirais une tenue élégante mais fonctionnelle. Seulement voilà…

Je ne sais ni où l'on va aller, ni ce que l'on va faire, ni combien de temps il nous faudra pour être suffisamment réconciliés aux yeux d'Angie.

La raison voudrait que j'opte pour une tenue très neutre. Mais je vais me retrouver face à cet homme qui fait bouillir mon sang. Et je n'ai pas envie d'être raisonnable.

J'enfile donc un pantalon sombre qui met en valeur ma taille fine et mes longues jambes, et un top moulant qui dégage mes épaules. Je lui adjoins une chemise négligemment nouée, attache mes cheveux dans un chignon flou et chausse une paire de bottines à hauts talons pour ne pas me sentir trop petite face à lui. Deux nuées de parfum, un trait de crayon et une touche de gloss irisé – bien en deçà du minimum acceptable pour ma mère – et je sors de la chambre, impatiente et un peu anxieuse de connaître la suite des événements.

La suite, dans l'immédiat, c'est la discussion que je surprends entre les deux cousins.

Inutile d'être devin pour supposer qu'on parle de moi. Je reste dans un angle à l'abri des regards. La curiosité est un vilain défaut? Peut-être, mais elle est sacrément utile!

Elle me permet d'entendre la voix terriblement sensuelle de Robin, qui module dans tous les graves de la contrariété.

– Tu n'avais pas à faire ça…

– Pourtant, mon petit doigt me dit que l'un comme l'autre, vous avez besoin d'un coup de pouce.

– Mais un coup de pouce pour quoi, bon sang?

Un petit rire répond à cette question. Il fait naître un sourire sur mes lèvres. Je sais parfaitement ce qu'il signifie. Que Robin tente vainement de paraître innocent, mais qu'il a été lamentablement démasqué. Même moi, son ton agacé ne me convainc pas. Alors Angie…

– Je ne sais pas. Peut-être un coup de pouce pour que tu arrêtes de te comporter comme un homme des cavernes et que tu admettes simplement qu'elle te plaît.

Quoi ? Je ne sais si Angie soupçonne ma présence et qu'elle me donne à moi aussi l'impulsion nécessaire pour que je change de point de vue sur son cousin. Je m'approche d'un pas encore, au risque de me découvrir.

– Bien sûr qu'elle me plaît, la question n'est pas là.

Je plaque ma main sur ma bouche. Je manque me mettre le doigt dans l'œil par la même occasion, mais l'essentiel n'est pas là. L'essentiel est dans cet aveu qui, presque malgré moi, me soulage d'un poids immense. Pour un peu, je repartirais dans ma chambre pour enfiler une tenue digne de le rendre fou.

Cette hardiesse me surprend. Ce n'est pas ma faute, mais celle de mon amie qui fait monter la pression. Même la voix de Robin ne me fait pas redescendre de mon nuage.

– Oui, elle me plaît, mais il n'empêche. Putain, Angie, tu sais qui je suis…

– Et je sais qui elle est, et ce qu'elle vit, l'interrompt sa cousine de sa voix autoritaire. Et je vois aussi comment elle te fait réagir. Je n'agis pas à la légère, ni pour vous faire du mal. Merde, Dex, tu lui as parlé d'Ambre, ça veut dire quelque chose.

Aïe ! J'aurais préféré qu'elle garde ce détail pour elle. Quelque chose me dit que Robin ne doit pas être ravi de mon indiscrétion. Il y a sans doute mieux pour commencer notre opération réconciliation.

Dans ce contexte, autant faire connaître ma présence. Je tousse tout en montant bruyamment les marches.

– Je suis prête !

Robin sursaute de mon irruption, comme s'il m'avait oubliée.

– Tu as préparé un sac ? Au cas où ça vous prendrait du temps de mettre fin aux hostilités ? demande Angie, un sourire espiègle sur le visage.

La peste soit de ma carnation trop claire ! Elle ne masque pas le brusque embrasement de mes joues, face aux idées qui foisonnent.

– Ne l'écoute pas. Tu la connais comme moi. Elle râle juste de ne pas être invitée à notre virée touristique.

Robin m'adresse un sourire plus doux que ceux auxquels il m'a habituée. Le laïus de sa cousine aurait-il porté ses fruits ? J'opine du chef, salue avec effusion mon amie, saisis mon sac et, après un instant d'hésitation, mon portable. Si Cody veut de nouveau me contacter, je suppose que mon compagnon de séjour n'aura rien contre une piqûre de rappel.

Celui-ci me tend le bras avec une fausse déférence. Je ricane en posant délicatement ma main sur son bras nu. Faute ! Mon corps réagit instantanément. Ma peau vibre de l'énergie qui se propage entre nous. Mon premier réflexe est de rompre le contact. Il ne l'entend pas ainsi et pose sa main sur la mienne comme un cavalier au bal.

Sans tenir compte des gloussements d'Angie qui ne cherche même pas à être discrète, Robin m'accompagne jusqu'à la portière passager qu'il débloque, sa main toujours sur la mienne.

– Sans vouloir être désagréable, si on veut partir, et accessoirement cesser d'être le point de mire d'Angie, tu ferais mieux de reprendre possession de tes mains.

Robin acquiesce, me gratifie d'un sourire charmant et s'installe au volant de son puissant bolide. Je n'y connais pas grand-chose en voiture, mais je sais que ce modèle de décapotable n'est pas commun.

Les sièges en cuir véritable sont parfaitement entretenus, tout comme le tableau de bord en bois.

– Je ne t'imaginais pas dans ce type de voiture, soufflé-je alors qu'il prend de la vitesse sur la petite route qui sillonne au-dessus de la mer.

– Vraiment ?

Robin hausse un sourcil par-dessus les lunettes qu'il a rechaussées. S'il est surpris par mon entrée en matière inattendue, il n'en laisse rien paraître.

– Laisse-moi deviner. Tu pensais que je roulais en moto de biker ? Ou peut-être en fourgon banalisé ?

Je souris de ces images et me garde bien de lui dire que je l'ai entendu évoquer sa moto pas plus tard qu'hier matin.

– Je ne sais pas. Je n'y avais pas pensé. Je ne suis pas une experte. Mais on dirait la voiture de Dylan McKay. Tu sais, dans *Beverly Hills*.

Robin me dévisage et éclate de rire. J'aime ce son quand il n'est assorti d'aucune moquerie, ni de cet esprit caustique qui m'agace tant.

– J'oubliais qu'Angie et toi êtes fans de séries, notamment de celle-là. Sais-tu que j'ai dû en voir tous les épisodes ou presque avec elle ?

Je lui adresse un faux regard de compassion qui nous fait pouffer de rire tous les deux.

– Dylan, hein ? Le bad boy ? Je t'aurais davantage imaginée amoureuse de l'irréprochable Brandon.

– Tu plaisantes ? D'abord, il n'était pas aussi irréprochable que ça. Et puis je fréquentais ce genre de spécimen toute la journée. Dylan, c'était, je ne sais pas, l'interdit, l'aspect un peu transgressif, mais pas trop quand même.

Mon chauffeur hoche la tête en silence et se concentre sur la route. Il y enchaîne les virages avec la maîtrise de l'habitude. Moi que la vitesse effraie quelque peu, je me sens inexplicablement en sûreté. J'en connais la cause, à bien y réfléchir. Tant qu'il pilote, Robin ne me parle pas et je n'ai pas à affronter tout ce qui tourbillonne en moi.

Un instant, je regrette de ne pas avoir été assez audacieuse en prenant Angie au mot et en préparant un sac pour la nuit. Mon attitude me déstabilise. Je ne suis pas irréfléchie. Cody a dû patienter quatre mois avant notre première nuit. Je connais cet homme depuis quatre jours, et encore ! Mais je sais que, sur un simple geste de sa part, je serais prête à tomber dans ses bras. Sans promesse, sans idée de lendemain, juste pour laisser, pour une fois, mes envies gouverner mon comportement.

Ça fait de moi une fille facile ? Peut-être. Mais c'est terriblement tentant, pour une fois, d'oublier entièrement celle que je suis à Paris.

Fort de cette résolution, mon corps est pleinement conscient du charisme de mon voisin, de l'énergie qu'il projette et qui m'enveloppe d'une aura euphorisante.

Mes doigts me démangent de les poser sur sa peau, de vérifier s'il est aussi réactif à mon contact que la réciproque est vraie. Je ne lui fais certainement pas le même effet. Angie me l'a bien dit : Robin est libre et vit comme tel alors que, pour ma part, le nombre de mes amants tient sur les doigts d'une main.

Même si ce que j'ai entendu tout à l'heure est exact, si je lui plais, je me doute qu'il ne doit pas ressentir cet émoi qui m'assaille par intermittence.

Pour m'assurer que mes mains restent sages, je les glisse sous mes cuisses et détourne le regard vers le paysage. Inutile de flatter l'ego de mon pilote en le dévorant des yeux comme une gourmandise unique.

Le panorama est à couper le souffle. Par-delà le relief escarpé de la côte qui rend toute imprudence suicidaire, la mer scintille sous un soleil radieux. Je rabats mes lunettes de soleil sur mes yeux et m'immerge dans le spectacle.

– Tout va bien? Tu es bien silencieuse.

Je me tourne vers mon pilote. Son regard pèse sur moi. S'il n'est pas encore référencé comme arme de déstabilisation, ça ne peut être qu'un oubli. Il a soulevé ses lunettes de soleil et son regard est plus bleu que vert par cette luminosité. Il est surtout totalement attentif, peut-être même un peu inquiet de mon mutisme.

– Tout va très bien, ne t'en fais pas. Et ne te formalise pas de mon silence. Je ne suis pas quelqu'un de très bavard.

Il rit doucement dans sa barbe.

– Pas une grande bavarde? À d'autres! Je te rappelle que je t'ai vue avec Angie.

Je rejoins son sourire.

– Oui mais Angie… c'est Angie.

– Tant que ce n'est pas parce que je te mets mal à l'aise.

On ne peut pas lui reprocher de prendre des chemins détournés pour obtenir des informations.

– Non, pas mal à l'aise. C'est juste que, entre nous, j'ai l'impression que nos discussions ont été soit des successions de confidences gênantes, avoué-je en rougissant, soit des séries d'attaques et de cris. Je ne sais pas tout à fait comment me positionner autrement.

– En même temps, précise Robin tout en manœuvrant habilement sa voiture pour se garer dans une place improbable au fin fond d'une calanque, je n'ai rien contre tes confidences gênantes.

Il m'adresse un clin d'œil taquin devant lequel je m'empourpre et baisse la tête. Mais Robin ne l'entend pas de cette oreille. Il pose sa main sur mon poignet et se penche assez pour trouver le chemin de mon visage.

– Hey, je plaisante. J'aime juste les moments où tu parles sans filtre, où tes mots dépassent ce que tu t'autorises à dire. J'aime même beaucoup ça. Mais je suppose que ce n'est pas très habituel chez toi.

Il plisse les yeux, à la recherche sans doute de toute trace d'agacement. Il n'en trouvera pas. Il énonce une simple réalité. Par contre, s'il ne modère pas l'intensité de son regard, je risque fort d'entrer en combustion spontanée.

Mouais, détendre son visage par un sourire en coin ne calme pas mes ardeurs, tant s'en faut.

– Il y a du progrès, reprend-il, une fossette creusée par son amusement. Tu ne me sautes pas à la gorge après avoir baissé la garde.

– Vraiment? Ça veut dire qu'on a enterré la hache de guerre et que la punition de maman Angie est levée?

J'adopte un ton léger et une mine espiègle mais, à l'intérieur, je n'en mène pas large. D'autant que Robin, qui n'a toujours pas fait mine de quitter l'habitacle de sa voiture, se penche plus près de moi. Pire, il prend mon visage entre ses mains solides.

Système respiratoire en détresse, tachycardie en cours, risque de surchauffe cérébrale! hurle dans ma tête ma petite voix de fan de série médicale, capable d'établir un diagnostic plus vite qu'un interne en première année du Grey-Sloane Memorial!

– C'est vraiment ce que tu veux?

Une attaque cérébrale générée par un trop-plein de phéromones? Non, non, je ne crois pas. D'ailleurs, je secoue la tête, sans savoir précisément la question qu'on me pose.

– Rentrer chez Angie, mettre fin à notre journée, ronronne Robin de plus en plus près de moi, au point que je pourrais compter les paillettes d'argent qui illuminent son regard changeant.

– Non, non, pas envie de rentrer tout de suite.

Robin expire lentement une haleine légèrement mentholée qui menace de me faire perdre la tête. Quoi? Lui aussi a retenu sa respiration l'espace de quelques instants?

Il se redresse lentement, comme à regret et quitte son siège.

Un couinement m'échappe. Adieu self-control et bonnes manières ! Si cet homme ne m'embrasse pas avant la fin de la journée, je risque de finir au poste pour agression aggravée.

Galant, il me tend la main. Je m'empresse de l'accepter et la garde un peu plus longtemps qu'il ne faudrait certainement. On ne peut pas parler d'une attaque franche et directe mais, pour moi, c'est beaucoup. Visiblement, Robin se fait la même réflexion. Pensif, il lisse sa barbe et pince sa lèvre inférieure entre son pouce et son index.

Je suis incapable d'en détourner les yeux et reste fixée sur cette bouche charnue bien trop attractive. Sans y penser, je passe ma langue sur mes lèvres soudain trop sèches.

– Je me suis dit qu'on serait bien pour parler ici, ça te va ? demande Robin en désignant d'un geste désinvolte la mer à quelques pas. À la maison, tu sembles toujours hypnotisée par sa présence.

– Et tu penses que, une fois hypnotisée, je serai moins pénible ? persiflé-je.

Robin soupire.

– On peut parler de ça autour d'un café ou d'une eau gazeuse ?

J'opine simplement de la tête. J'aurais aimé qu'il me détrompe, au lieu de quoi il parle boissons. Je réprime un geste de contrariété.

– Oh, et bien évidemment, tu n'es pas pénible, lâche-t-il en passant, un petit rire faisant frémir son grand corps alors qu'il frôle ma main au passage. Juste frustrante.

Une fois installée à une table, à l'ombre d'un pin parasol, avec vue plongeante vers la mer, je crois bon de m'expliquer.

– J'aime la mer. Il faut dire que ça change de mon décor quotidien, expliqué-je comme une excuse. Je ne me plains pas. Montmartre, le Louvre…

– Orsay, le musée Rodin, les Beaux-Arts, le Grand Palais.

Je me bats contre mon visage pour ne pas le laisser se marquer d'une trace de stupéfaction. Mon effort n'échappe pas à Robin qui masque son sourire dans sa bière fraîche.

– Tu as le droit de te montrer surprise, plaisante-t-il. Je suis amateur d'art, c'est un fait. Ça te surprend?

Je hausse les épaules.

– Un peu. Donc art, mer…

– Non. La mer, ce n'est pas exactement ma tasse de thé. Dès qu'il fait beau, il y a trop de monde. Quand c'est vide, c'est que l'eau est trop froide. J'aime nager. Mais j'avoue que je le fais le plus souvent en piscine. Je cherchais juste un endroit où, toi, tu serais à l'aise.

J'incline la tête, sensible à cette délicate attention. Les mots d'Angie sur les bons côtés de son cousin affleurent aussitôt.

– Si tu avais choisi sans tenir compte de moi, tu m'aurais emmenée où?

Robin prend à peine un instant pour réfléchir. Je le vois à la façon dont ses yeux brillent. Par contre, il prend plus de précautions dans la formulation de sa réponse.

– Dans ce cas, je t'emmènerais voir des lieux que j'aime, mais qui nous prendraient plus d'un après-midi. Quelque chose comme un jour ou deux, au moins. Tu en dirais quoi?

Il y a clairement un défi dans ses paroles. D'ailleurs, il plante son regard dans le mien, en quête d'une réaction. Un frisson d'excitation remonte tout le long de ma colonne vertébrale, mais pour rien au monde je ne détournerais les yeux.

– Un ou deux jours, sans en savoir plus, ce serait aventureux, non?

Le sourire narquois s'efface légèrement de ses lèvres appétissantes. Son regard prend une teinte qui se rapproche davantage de l'émeraude. Son corps même semble marqué d'une nouvelle tension.

– Tu nous as entendus. Tout à l'heure. Angie et moi.

J'écarquille les yeux. Ce n'est pas une question, mais une affirmation.

– C'est pour ça que tu es plus détendue depuis que nous avons quitté la villa, plus réceptive. Que tu ne me dis pas, par exemple, que ce serait une folie de partir tous les deux seulement, sans même parler de contingence comme le lieu où l'on va dormir, ou le nombre de chambres que je vais réserver, ni même le nombre de lits dans ladite chambre.

Je déglutis difficilement, prise dans les filets de l'aura de cet homme. Quoiqu'à une cinquantaine de centimètres de moi, tout son corps exerce une attraction que j'endigue de plus en plus mal. Si je me fie à son souffle plus court, à la façon dont ses yeux se plissent pour m'examiner plus en détail, aux millimètres qui fondent imperceptiblement entre nous, Robin sent tout ça, et même plus.

– Et si effectivement, je t'avais entendu, que ce que j'ai entendu m'avait rassurée et que je te disais d'accord pour cette virée, tu ferais quoi?

Sa bouche gourmande s'étire en un sourire paresseux. Une lueur de triomphe traverse son regard à l'instant où il passe une main le long de ma joue, pour crocheter ma nuque.

– Dans l'hypothèse que tu avances, je ferais ce que je rêve de refaire depuis l'autre soir, sans marche arrière cette fois.

Oui. *Oui.* OUI! Ses lèvres prennent possession des miennes. Ce n'est pas vraiment un baiser. Plutôt une reconnaissance de territoire inconnu. Robin en est l'explorateur, prudent mais curieux. Ses lèvres se pressent calmement contre les miennes. Elles se déplacent subrepticement tout au long de ma bouche, en cernent les contours avant d'en rejoindre le cœur.

Le pouls battant, je me laisse faire. Jamais on ne m'a embrassée ainsi. C'est terriblement intime. Cet homme ne m'embrasse pas, il fait connaissance avec mes lèvres.

Lorsque son exploration lui semble suffisamment précise, sa

langue prend le relais et dessine, à son tour, les contours ourlés de ma bouche. Je ne retiens ni un soupir de plaisir, ni le désir de m'entrouvrir légèrement pour lui. Mon corps entier entre en réaction. Je suis à la fois totalement coupée du monde autour de nous et en même temps parfaitement consciente de tout, en particulier des volumes, des contours, des odeurs et des sensations qui le concernent.

Mes mains s'accrochent à ses avant-bras musculeux et je m'avance à sa rencontre. Nos langues entament un ballet langoureux, prélude à une félicité que je ne peux qu'imaginer mais que je désire avec une intensité presque douloureuse.

En douceur, l'initiateur de cet instant de communion s'éloigne. Il colle son front au mien, entoure mon visage de ses pouces qui en détaillent le tracé.

– Je ne mets fin à rien, précise-t-il en référence à notre autre premier baiser. Je veux juste être absolument certain qu'il n'y a pas de malentendu entre nous. J'ai très envie de passer ces quelques jours avec toi. Il n'y a plus de mystère, tu me plais. Beaucoup. Je ne crois pas me tromper en disant que tu es d'accord avec ça. J'ai envie de plus que ce baiser. Mais je veux que tu comprennes ce qu'englobe ce « plus ».

Je rougis.

– Je ne suis pas si niaise, Robin. Je crois que j'en ai une petite idée.

Il sourit, d'un sourire canaille qui lui donne l'air plus jeune, plus insouciant.

– Je ne parlais pas de ça. Enfin si, mais dans ce cas, je ne suis pas adepte des grands discours, plutôt des actes. Mais toi et moi, on ne mène pas nos vies de la même façon. Enfin, ce que je veux dire…

– Je sais ce que tu veux dire. Enfin, je crois. Je ne cherche ni le mariage, ni le gendre idéal. J'ai déjà donné. Je suis ici en vacances. Ma vie est ailleurs, autrement.

Je n'ajoute pas qu'elle n'implique pas de personnes de son profil. Nous le savons tous les deux. Une aventure sans lendemain, façon amourette de vacances ? C'est vraiment ce que je suis en train d'accepter ? Non, en réalité, c'est ce que je recherche.

Face à un homme de cette envergure, il est difficile de refuser ce moment hors du temps, renforcé du piment des instants volés à nos réalités.

Cette idée, loin de m'affoler quant aux perspectives d'avenir, aux plans, aux listes que j'ai l'habitude de dresser pour un oui ou pour un non, me donne un influx d'enthousiasme qui fait pulser mon sang avec plus d'entrain.

– Bien, dans ce cas, je suggère qu'on ne perde pas un instant, décrète mon complice en tapant d'un coup bref sur la table. Viens !

12

– Où m'emmènes-tu ?

Robin pose l'index sur ma bouche, y presse légèrement la pulpe de son doigt.

Je ne résiste pas à la décharge délicieuse qui me traverse à ce simple geste.

– Pas encore. Pour le moment, on a besoin de quelques affaires, à commencer par une crème solaire. Ta peau rosit. Il faut qu'on fasse quelque chose ou tu seras brûlée avant ce soir. Tu as un grain superbe, bien entretenu, bien hydraté (il caresse ma peau d'un geste professionnel mais qui esquisse une route de frissons sous le tracé de ses doigts) mais si tu ne fais pas plus attention au soleil, tu vas lui faire du mal. C'est bête, on aurait presque dû écouter Angie et préparer un sac pour toi.

– Avec de la crème ?

Il sourit de ma difficulté à suivre ses idées. Il faut dire que son corps si proche du mien ne facilite pas ma réflexion, pas plus que le tourbillon dans lequel je me laisse emporter sans lutter.

– Avec de la crème, oui, mais aussi des affaires de rechange et ta trousse de toilette. Je n'ai pas envie de te laisser t'éloigner de moi ce soir.

Je déglutis avec un bruit qui n'a rien de très élégant, mais l'amuse beaucoup. Je tente de me reprendre.

– Angie est au travail, on peut passer en toute discrétion.

– Excellente idée. Pendant ce temps, j'appelle M.

– Comme dans *James Bond*?

Je touche le fond. À croire que mes neurones sont tellement centrés sur les heures à venir qu'ils n'arrivent plus à construire une pensée cohérente.

– Non, M comme Emmeline, mon assistante. Mais ça va plus vite. Et elle aime bien.

– J'ai du mal à comprendre. C'est joli comme prénom, Emmeline. M, ça fait, je ne sais pas, masculin. Pourquoi tout le monde veut absolument un surnom?

Robin se fige un instant, en proie à une intense réflexion.

– Mais c'est vrai. À part Blondie, tu en as un, toi?

– Non, et c'est volontaire. Mes parents ne voulaient pas qu'on dénature mon prénom.

– Pas dénaturer, sublimer, sourit-il, visiblement confronté à un défi dont je crains le pire.

Il laisse le sujet de côté, le temps d'appeler la fameuse Emmeline.

J'écoute la discussion sans même y penser. Il faut dire que depuis Cody, les assistantes et moi…

– M, annule tous mes rendez-vous des prochaines quarante-huit heures.

– Annuler? Tu es malade?

La voix de l'assistante est énergique et teintée d'un je-ne-sais-quoi qui me rassure. Pas de roucoulades, une inquiétude franche, un ton énergique et sans fioritures. Jusque-là, ça me va.

– Non, j'ai besoin de prendre deux jours de vacances.

– Laisse-moi deviner. Zélie?

– Si on te demande…

Robin sourit en secouant la tête, visiblement amusé de cet interrogatoire qu'il prend plaisir à rendre plus complexe.

– Tu m'inquiètes, boss. Tu n'es pas malade, ce n'est pas Zélie. Tu ne nous plantes jamais pour un prétexte à la con style gueule de bois ou nana, alors quoi ?

Cette inquiétude me rassure un peu. Visiblement, il n'est pas coutumier de l'école buissonnière pour ce type de prétexte.

– Tu veux que je transfère tes rendez-vous aux garçons ?

– Hors de question. J'honore toujours mes engagements. Si tu vois que ça râle trop, propose une réduction. Quinze pour cent. Sinon, reprogramme. Peu importe l'heure.

Ces mesures me flattent. J'ai été dure avec lui. Notre escapade représente un véritable effort qu'il semble consentir sans ciller, malgré la dernière inquiétude d'Emmeline.

– Tu auras le temps avant de partir ?

Cette fois, il se trouble un peu et lui demande de faire au mieux, quitte à décaler franchement. Pourtant, contrairement à mes craintes, à peine l'appel achevé, il s'explique.

– Je vais devoir un peu chambouler mon programme. En fin de semaine, je pars pour une convention en Allemagne. Un gros évènement de quatre jours. Je repasse quarante-huit heures, puis direction les USA pour une quinzaine. Je vais faire quelques milliers de kilomètres, quelques salons et revoir mon mentor américain.

Il y a un peu d'inquiétude dans sa voix. Je la repousse d'un sourire. Ce planning de ministre, loin de m'attrister, me facilite la vie. Si j'ai bien compté, je repartirai avant qu'il rentre d'Allemagne, éliminant tout risque d'adieux larmoyants et de promesses pseudo-sentimentales hors de propos.

Le hasard fait bien les choses !

J'espère que ce superbe spécimen de mâle beau à s'en décrocher la mâchoire les fait tout aussi bien ! Comme s'il lisait dans mes pensées, Robin se tourne vers moi alors que je suis en flagrant délit de gourmandise visuelle. Taquin, il hausse un sourcil et m'adresse un sourire craquant. Il creuse une fossette que je meurs d'envie d'embrasser.

– J'ai encore un coup de fil à passer. Une surprise, à vrai dire. Donc, si tu pouvais aller finaliser ton sac…

Depuis ma déconvenue, cette façon de me congédier pourrait me perturber. Mais la lueur qui brille dans le regard du conspirateur m'inspire confiance.

L'appel de Robin est visiblement plus bref que mes préparatifs, même si j'ai fait vite.

Il semble un peu contrarié, et moi aussi, par ricochet. Je me compose un visage neutre.

– Bon, on a un contretemps, commence-t-il en glissant ses doigts dans sa mèche rebelle pour la plaquer en arrière.

Évidemment ! C'était trop beau pour être vrai.

– Ça n'a pas d'importance. L'idée était sympa, déjà. Bon, eh bien…

En veillant à garder mes épaules bien droites, je fais demi-tour, en ravalant ma déception.

– Hep, hep, hep ! Où crois tu aller comme ça ?

Je sursaute. Cet homme est champion du monde de triple saut ? Je ne sais comment il a fait, mais il est déjà contre moi, la main sur le sac de voyage que je m'apprête à rapporter dans ma chambre.

– Ne te donne pas la peine d'inventer une quelconque excuse. Dis-moi simplement que finalement tu n'en as pas envie, que tu ne peux pas…

– Fais attention à toi, Aurore. Si tu recommences, je peux te certifier que cette fois, les gages seront vraiment à connotation sexuelle, ronronne-t-il en entrelaçant nos doigts et en ramenant nos mains dans mon dos.

Je me retrouve collée contre son corps solide, les sens émoustillés par sa proximité autant que par ses mots.

Loin de me rendre de l'espace, Robin ploie sa haute stature, déclenchant un séisme de frissons dont l'épicentre est le point où sa bouche se positionne, assez près de mon oreille pour que je l'entende et à distance suffisante pour que ses longs cils effleurent mes joues.

– Je suis contrarié parce que l'hôtel où je comptais t'emmener est complet ce soir, ce qui décale mes projets à demain, rien de plus.

– Oh !

Je relâche mon souffle et réfléchis aussi vite que mon cerveau saturé de flux hormonal me le permet.

– Tu veux dire qu'on remet nos projets à demain ?

Mon détachement ne le leurre pas un instant, à en croire la façon dont il se presse encore un peu plus contre moi.

– Hors de question. Je change juste de planning. Mais si ça te convient toujours, je ne te libérerai pas avant deux jours. Et ce soir, on va se balader sur Marseille et dormir chez moi pour prendre le départ demain dès la première heure. Mon autre chez-moi. L'appartement que je possède au-dessus de mon salon. Là où j'ai dormi cette nuit.

Je me mords la langue pour ne pas lui demander si c'est une habitude d'emmener ses conquêtes dans sa garçonnière. Il devance ma question.

– Je n'ai pas très envie qu'on passe cette nuit à proximité de Zélie et d'Angie, même si elle n'a certainement aucun doute sur notre programme. Alors je vais faire une entorse à ma ligne de conduite en t'emmenant chez moi. Je peux te faire confiance pour ne pas m'y harceler, pour ne rien casser et ne pas mettre le bazar partout ? Alors viens vite, avant que ma cousine ne nous trouve dans une situation très embarrassante.

Son clin d'œil finit de me déconnecter de la réalité. Je ne lui demande pas de recommandation sur ma tenue. La seule idée qui me torture, c'est de savoir à quel moment la situation va devenir vraiment embarrassante. Je devrais être gênée de cette idée. Mais chaque seconde supplémentaire met ma raison à rude épreuve.

D'autant plus quand il apparaît que mon humeur est partagée. Le départ de la villa d'Angie nous libère tous deux. Robin se montre plus tactile. Il conduit avec une main posée sur ma nuque qu'il masse de petits mouvements circulaires. Dès que notre virée touristique nous entraîne dans les paysages de la cité phocéenne, il ne quitte plus ma taille, me gratifie de petits baisers qui me rendent folle, mais sans me laisser à aucun moment prendre le contrôle. Pire, il semble beaucoup s'amuser de mon impatience. Il en fixe chaque expression en multipliant les clichés, sous le prétexte de garder trace des étapes de notre pérégrination.

Je ne comprends pas vraiment sa stratégie. Cherche-t-il à me pousser dans mes derniers retranchements jusqu'au moment où je vais précipiter les choses ou veut-il juste me faire profiter de la vue imprenable sur la Méditerranée et sur les monuments que nous parcourons main dans la main?

Je n'ose le questionner à ce sujet, mais savoure cet étrange ballet de la séduction qui nous mène d'un bout à l'autre du Vieux-Port, jusqu'à un dîner au crépuscule. Le cadre est enchanteur, la nourriture délicieuse, mais je suis de plus en plus perdue.

– Pardon pour ce dîner aussi tôt dans la soirée. Mais je voulais que tu puisses profiter du paysage quand le jour tombe. C'est un moment incroyable et, d'habitude à cette heure-là, je travaille encore. Je suis plus familier des aurores, en fait. C'est un signe, non? demande-t-il en me décochant un sourire charmeur. Et puis comme ça, on a encore une belle soirée devant nous. Tu as des idées de ce que tu veux faire?

Nous y voilà. Je ne me trompais pas. Tout cet après-midi de touristes était un test. Pour un peu, je rentrerais dans son jeu et j'exigerais de me promener encore.

– Je croyais que tu avais dit qu'on devait se lever tôt demain, on pourrait peut-être rentrer. Si je ne dors pas suffisamment, je peux être franchement désagréable.

Robin pose son café et fait peser sur moi son regard pétillant. Il sonde la sincérité de mes paroles. Amusée de son petit jeu, je soutiens cette joute silencieuse et m'offre le luxe d'un sourcil haut levé le plus innocent du monde.

– Donc, tu as sommeil, énonce-t-il calmement en se penchant par-dessus la table.

Sa grande main se pose tout près de la mienne, sa peau hâlée contre ma peau claire, ses doigts d'artiste à quelques centimètres de mes ongles manucurés. Un infime mouvement suffirait à entrer en contact. Il en est aussi conscient que moi. Je sais comme lui qu'il n'esquissera pas le premier geste. Sa façon de faire m'émoustille. Le feu qui brûle mes joues en est un rappel.

– Je crois n'avoir rien dit de tel. Mais peut-être que toi, tu es fatigué…

À mon tour, j'abolis un peu la distance entre nous lui offrant une vue sur mon léger décolleté, et humecte mes lèvres du bout de ma langue.

Intérieurement, je n'en reviens pas. Ça n'a l'air de rien mais, assise face à cet homme qui allonge maintenant ses jambes pour frôler les miennes avec une lenteur toute calculée, je me sens prête à prendre des initiatives que je ne me suis jamais permises. Comme celle de participer à cet étrange pas de danse sous la nappe. Mon mouvement le fait sursauter et plisse ses lèvres d'un sourire joueur.

Je viens de faire monter les enchères. Les yeux mi-clos pour ne laisser passer qu'un rayon plus perçant, Robin retourne ma main gauche et entreprend de dessiner du bout des doigts des arabesques, de la paume à l'intérieur de mon poignet. Il me révèle ainsi une zone que je n'aurais jamais soupçonnée chatouilleuse.

À moins que ce ne soit l'ensemble de mon corps, en attente de délivrance, qui réagisse démesurément au moindre contact.

– Monsieur Choste, vous désirez autre chose, un digestif peut-être ?

La voix qui interrompt notre face-à-face me fait sursauter. Robin se maîtrise mieux, mais s'amuse de ma réaction. Néanmoins, après m'avoir consultée, il refuse et se lève.

Il ne s'absente que quelques minutes, mais je maîtrise à grand-peine mon agitation. Si tel était son but, Robin l'a parfaitement atteint : je suis au bord de l'incandescence. Son regard semble porter le même message lorsqu'il me rejoint, tire galamment ma chaise et tient ma veste le temps que je l'enfile. Ses mains restent un peu trop longtemps sur mes épaules ? Pas de problème. Je sais que dans quelques minutes, j'en demanderai infiniment plus.

– Prête ? demande-t-il lorsque je lui fais face.

Ce simple mot est chargé de sens multiples. Ma réponse est sans appel.

– Oui.

Trois simples lettres pour engager toute une nuit que je devine délirante, une escapade que j'imagine à l'avenant et une entorse à mon habituelle raison qui me paraît purement délicieuse.

Nous ne sommes même pas parvenus à la voiture que Robin pose ses mains sur mes épaules et, d'un geste souple, me retourne face à lui. Sans attendre, il prend possession de ma bouche, son grand corps pressé contre le mien.

Enfin ! Un sourire triomphant m'échappe. Le fier tatoueur a perdu le contrôle en premier ! Mais il s'efface bien vite devant l'afflux sanguin qui irrigue plus fort toutes mes terminaisons nerveuses. Je ne sais pas quelle substance dopante se cache dans ce baiser, mais il a une efficacité apte à ranger la potion magique au rang de tisane relaxante !

Brusquement, Robin s'arrache à notre étreinte.

– Je me suis retenu toute la journée pour être sûr de ne rien faire qui puisse t'indisposer et je te promets que si tu me dis que tu veux juste dormir ce soir, je me tiendrai à carreau. Mais si c'est le cas, il serait plus prudent que je ne t'embrasse plus.

Sa voix est presque… vulnérable. Pire, ses mains vibrent sur ma peau, comme sous le coup d'une émotion trop forte. J'explose d'un rire aussi nerveux qu'incontrôlable. Cette réaction saugrenue risque de me classer dans la catégorie des folles à lier? C'est possible. Elle est surtout l'expression de toutes les tensions qui cohabitent dans un espace trop restreint, le désir n'en étant pas la moindre.

– Dormir? Oh oui, je dormirai. Mais bien plus tard, j'espère. Je me suis laissé dire que si une femme s'endort dans ces moments-là, ce n'est pas bon signe.

Robin se détend imperceptiblement, prend mon visage en coupe et exige mon regard dans le sien.

– Tu es vraiment sûre de toi?

Argh! Son inquiétude manifeste devrait me toucher. Là, tout de suite, pourtant, elle m'excède. Elle me renvoie à cette image de petite chose fragile qui me donne envie de sortir les griffes.

Pour toute réponse, j'attrape sans douceur la nuque de mon hôte – heureusement qu'il était penché sur moi ou j'aurais dû me livrer à de lamentables petits sauts – et écrase sur ses lèvres un baiser décidé. Je mords légèrement sa lèvre inférieure au passage, tant pis pour lui! Il me répond en passant les mains au creux de mes reins pour me serrer contre son bassin impatient? Ça me convient déjà mieux. Il me plaque au mur le plus proche en m'embrassant furieusement? Ouiiiii!

– Définitivement, halète-t-il avec un grognement de frustration, il faut que j'arrête de t'embrasser… le temps de rentrer chez moi.

J'aime mieux ça et saisis sans hésiter sa main pour atteindre au plus vite sa voiture, son appartement et, je l'espère instamment, son lit.

Si sa conduite est une indication de son excitation, on peut dire sans risque que Robin est aussi impatient que moi. Il traverse les avenues et les petites rues avec adresse et nervosité, flirte avec quelques feux orange. En un temps que j'imagine sans peine bien inférieur à ce que préconise le Code de la route, il se gare au pied d'un petit bâtiment, que je regarde à peine. Pourtant, la devanture graphique et élégante me laisse peu de doutes. C'est son salon de tatouage. Quelques lumières y sont encore allumées, mais je n'y prête pas plus attention que lui. Prévenant, Robin sort mon sac de son coffre et revient en un éclair ouvrir ma portière et saisir ma main. Il m'entraîne à sa suite avec des enjambées si grandes que je dois trottiner pour le suivre. L'escalier n'est pas très long mais, le temps de le gravir, il n'y a plus de réserve à notre patience.

13

Robin jure en s'y reprenant à deux fois pour ouvrir la serrure. Pressée dans son dos, je ne peux empêcher mes mains de me glisser sous son tee-shirt et de flatter sa peau chaude.

Cette caresse ne facilite pas sa concentration. J'en reçois la sanction dès lors que la porte a cédé. Mon hôte la claque d'un geste décidé et m'y adosse, emprisonnant d'une main mes deux poignets au-dessus de ma tête.

Sa bouche est déjà à l'assaut de la mienne avec une brusquerie qui n'a rien de violent. Elle ne m'effraie pas. Bien au contraire, je me tortille pour le caresser de mon corps, puisque mes mains ne peuvent lui montrer à quel point je le veux.

Il me relâche quelques instants, juste le temps d'ôter ma veste et de passer ses mains sous mes cuisses.

Je me laisse hisser sans effort contre son corps musculeux, frémis longuement de sentir la preuve de son désir et me cramponne de tous mes membres à mon porteur du soir, laissant à mes lèvres le soin de poursuivre leur exploration.

Je tressaille quand son grand torse ploie et que je sens une surface ferme sous mon dos. Je me tords le cou pour découvrir ce qui est certainement sa chambre. Mais il est de retour au-dessus de moi. En appui sur ses avant-bras, il ne m'écrase pas, mais la pesanteur au creux de mon corps suffit à me rendre folle. Ses deux mains encadrent mon visage, ses yeux capturent les miens.

– J'ai envie de toi, Aurore. Putain, si tu savais à quel point !

– Je crois que je sais, murmuré-je avec une assurance que je ne me connais pas. Mais si tu me demandes encore si je veux attendre…

Un rire gronde quelques instants sous sa peau, juste avant qu'il ne fonde de nouveau sur moi. Ses lèvres et ses mains rivalisent de hardiesse dans une exploration qui me rend folle. Je ne suis pas en reste et parcours son corps avec un appétit inédit.

Nos vêtements s'envolent progressivement dans tous les coins de la chambre. Bientôt il ne reste que nos dessous comme seule barrière à notre désir et ses tatouages comme horizon. Je retiens un soupir de soulagement. Bénie soit ma mère qui m'a toujours appris à porter des dessous élégants et coordonnés !

Penser à ma mère en cet instant, et imaginer son effarement si elle voyait sa fille parfaite prête à passer la nuit avec un quasi-inconnu au style aussi peu conventionnel, m'arrache un gloussement nerveux.

Robin suspend le geste qui l'entraînait tout droit vers ma poitrine galbée.

– Ce n'est pas exactement la réaction que j'ai l'habitude d'engendrer, remarque-t-il, vaguement perplexe.

– Non, non, ce n'est pas toi ! Je pensais à ma mère.

– De mieux en mieux…

Cette fois, Robin fait mine de se relever, sans doute vexé. Oh non ! Hors de question qu'il m'abandonne, alors que la simple sensation de ses mains sur ma peau nue me porte vers des cimes de désir. Mes propres mains entament une exploration déterminée vers son corps appétissant.

– Je vois, persifle-t-il. Il faut employer les grands moyens pour maintenir ton attention intacte ? Je pense pouvoir le faire.

Sa mine arrogante devrait m'agacer. Elle me tient sous tension, parce que je suis certaine, de surcroît, qu'il ne se vante pas en vain. Il passe une vitesse supérieure que je n'attendais pas et gobe mon sein par-dessus ma lingerie. Je me tortille pour défaire mon soutien-gorge. Il m'en empêche d'un geste. Son regard rivé au mien m'incite à être patiente et à le laisser faire. Je m'exécute avec plaisir, sensible à sa façon de faire croître mon excitation.

Je ne suis pas novice en la matière, du moins je ne le pense pas. Mais Robin aborde le sexe d'une manière que je ne maîtrise pas. Il prend tout son temps alors que le frémissement de sa peau ne laisse pas le moindre doute, il est aussi impatient que moi.

Il aurait pu me prendre sans préliminaires contre la porte de son appartement, j'aurais été prête. La part la plus délurée en moi aurait même adoré ne pas avoir le temps de monter son escalier. Mais plus les secondes s'écoulent entre ses mains expertes, plus je me demande si je ne vais pas m'offrir un orgasme de première qualité avant même qu'il ne soit en moi. Mes seins exaltent toutes leurs capacités sensorielles, mon intimité palpite d'impatience. Mais Robin se contrôle encore. Pire, il semble éprouver une satisfaction diabolique à me torturer de plaisir.

On va voir s'il est si résistant qu'il y paraît ! Je laisse mes mains glisser sous l'élastique de son boxer, caresse d'un geste hardi son fessier bombé et reviens sans crainte vers son bas-ventre.

En réponse, il abaisse du nez le bonnet de ma lingerie et referme ses dents sur mon mamelon érigé. Je sursaute de la légère douleur qui en émane mais transmet des ondes de désir jusqu'au creux de mon ventre. Je gémis doucement et aventure mes doigts sur sa hampe toujours prisonnière. Robin expire brusquement, se tortille pour se défaire de son vêtement. Je l'y aide de mon mieux et ne peux empêcher mon regard de suivre la peau ainsi mise à nu. Mon Dieu, il est juste splendide. Seul un éclairage ténu révèle sa peau ambrée, largement marquée de tatouages. Mais ce que je vois me donne des palpitations. Il est parfait !

Plus que parfait. Trop parfait pour quelqu'un comme moi. Une vague de panique monte peu à peu. Robin, attentif à mes changements d'humeur, y remédie par des caresses enivrantes.

Il se redresse, laisse descendre sa bouche le long de mon ventre. Il évolue lentement, en longues spirales élégantes.

– Tu as une peau superbe ! remarque-t-il en soufflant sur mon épiderme chauffé à blanc. Parfaite, lisse, douce.

– Heureusement que je connais ton métier, sans quoi je te jure que ce serait bizarre comme fétichisme.

Ma plaisanterie n'est guère plus qu'un couinement qui monte dans les aigus au fur et à mesure qu'il approche du cœur de mon excitation.

– Tu as raison. Ta peau est une inspiration à elle seule. Sans une imperfection. Ah, si, des grains de beauté là, souligne-t-il de sa langue en repérant le trio de nævus qui ponctue ma hanche de points de suspension.

– C'est un problème ? demandé-je en me dressant sur les coudes pour suivre son regard.

– Non, ils sont parfaits, conclut-il tout en finissant son trajet.

Ses dents crochètent le bord de mon tanga. Un instant, je me souviens de mes lectures où les hommes sont capables de tout un tas d'exploits avec des petites culottes, les déchirer à mains nues, les enlever avec les dents… Est-il de ces virtuoses ? Venant de lui, je serais prête à tout croire. Mais c'est de façon bien plus conventionnelle que Robin fait glisser ma lingerie le long de mes jambes. Je soulève mon bassin pour l'y aider, m'avançant involontairement à sa rencontre.

En un clignement de paupières, je me souviens de mes confidences sur Cody le Baveur et je me demande s'il va immédiatement me prouver son talent.

– Plus tard, promet-il dans un clin d'œil comme s'il lisait dans mes pensées.

Pour l'heure, il vérifie d'un geste doux que je suis aussi prête que je le semble et s'interrompt dans un juron avant de partir au pas de course.

Abasourdie, j'ai à peine le temps de me demander ce qui lui prend encore qu'il est de retour de la pièce attenante, quelques emballages dorés entre les doigts. Il les jette à côté de moi, n'en garde qu'un qu'il ouvre précipitamment.

Fascinée, je le regarde dérouler un préservatif sur son sexe au garde-à-vous.

Mon corps réagit malgré moi. Pupilles dilatées, souffle court, cuisses spontanément entrouvertes. Je n'attends plus que lui. Et je n'attends pas longtemps. Il s'insinue entre mes jambes, joue quelques instants avec mes chairs brûlantes et glisse en moi d'une seule poussée, lente et maîtrisée.

J'exhale un gémissement langoureux. Sur le qui-vive, Robin s'assure que tout va bien. Je lui décoche un sourire qu'il me rend avant de se retirer, avec une lenteur diabolique, semant des ondes de plaisir qui parcourent mon intimité, et de renouveler son manège. Sa maîtrise m'impressionne, sa patience me rend folle, son rythme changeant décuple mes sensations. Je m'emballe malgré moi, plante mes ongles dans son dos avant de me raviser dans un sursaut. Je risque d'abîmer son tatouage, non ?

– Je ne suis pas en sucre, ne te retiens pas, souffle-t-il en ancrant sa main dans ma hanche pour donner plus de profondeur à ses mouvements.

Toute pensée organisée m'échappe progressivement. À l'instar de cette folle journée, je ne suis plus qu'un entrelacs de sensations qui tissent une toile aux motifs complexes. Elles se déploient subitement en un patchwork de volupté qui n'épargne ni mon plaisir ni mes gémissements.

Robin ne retient plus ses mouvements et me prend à un rythme de plus en plus soutenu. Malgré toute mon envie de résister à la houle qui ne cesse d'enfler dans mes reins, je ne tiens pas longtemps face à cette intensité. Une première vague de plaisir m'emporte vers des sommets de jouissance que je lui abandonne dans un petit cri. Elle n'a pas le temps de refluer que la seconde prend le relais, plus forte, plus intense, plus dévastatrice. Tout en moi se contracte sur mon plaisir, l'accueille par spasmes d'une puissance inouïe. Elle pousse tout mon corps à la rencontre de son bienfaiteur. Son sexe emprisonné dans ma chair ne peut que subir ma réaction incontrôlée. Il pulse en moi, m'écartèle, me comble et entretient le brasier. Je m'accroche à lui et plante même mes dents dans son épaule solide pour atténuer l'ampleur de mon cri.

Entraîné par les contractions de mon corps, Robin me suit de près dans la jouissance, avant de s'abattre sur moi et de m'envelopper de ses grands bras solides.

Je voudrais lui confier l'intense émotion que je viens de ressentir, la gêne que génèrent mes réactions impudiques, ma gratitude pour cet instant hors de tout contrôle. Je me sens à peine glisser dans une douce brume de redescente érotique.

14

Tous mes sens assaillis en même temps m'extirpent d'un sommeil que je n'ai pas senti m'emporter. Un peu désorientée, il me faut quelques instants pour identifier la cause de mon réveil, ou plutôt LES causes.

Un rayon de soleil indiscret s'est faufilé entre les stores et a choisi, avec un brin de sadisme, l'angle exact de mes yeux pour laisser deviner la belle journée qui se profile. Il suffirait de lui tourner le dos pour reprendre mes rêves au point exact où je les ai laissés. Un point particulièrement délicieux, comme me le rappelle un frisson voluptueux. Ce simple geste me confirme quelques courbatures. Elles ne sont pas toutes dues aux nombreux kilomètres de marche d'hier, même si les multiples dénivelés de la cité phocéenne ont été coriaces. Je sais qu'une partie de mes tensions musculaires a des causes bien plus sensuelles. Elles me ramènent à une sensation particulièrement agréable, celle de deux grandes mains qui caressent, sans hâte ni pression, mon dos et mon visage.

J'hésite à feindre le sommeil quelques instants de plus, juste pour profiter de ce massage totalement respectueux, mais qui enflamme chaque pore de ma peau. Pourtant un dernier élément emporte le débat. Mes narines se plissent malgré moi pour l'une de mes odeurs matinales préférées !

Un rire profond glisse sur ma peau.

– Je crois savoir pourquoi tes parents t'ont appelée Aurore. Quand tu dors, on dirait une vraie Belle au bois dormant. J'aurais eu le temps de débroussailler toute une forêt et de combattre le dragon avant que tu daignes ouvrir les yeux. Finalement, j'ai tenté le café. Je n'étais pas sûr que le baiser… au matin…

Je souris de son trait d'humour et ouvre un œil pour ne pas rater le mug.

Je prends à peine le temps de le remercier avant d'avaler la première gorgée brûlante.

Miracle ! Tous mes neurones se reconnectent les uns aux autres, suffisamment pour que j'analyse sa dernière phrase. « *Je n'étais pas sûr que le baiser… au matin…* »

Discrètement, je vérifie mon haleine. Tout va bien de ce côté-là. Je ne me pose même pas la question pour celle de mon hôte. Ses cheveux mouillés qui gouttent encore sur son torse nu ne laissent guère de doute. Il s'est préparé pendant que je dormais et a pris une douche sous laquelle j'aurais bien aimé le rejoindre.

Mais ça n'explique pas cette histoire de baiser, ni l'imperceptible distance entre nous.

– Je n'ai plus l'habitude de me réveiller à deux, confesse-t-il sans préambule.

J'écarquille les yeux et ramène le drap sur moi pour masquer mon corps nu, soudain gênée de cette impudeur. Aurais-je dû prendre mes affaires et rentrer à la villa hier soir ? Je n'ai pas les codes pour ce type de dérapage, sans doute ai-je commis une maladresse.

– Eh !

Il intercepte mon geste en douceur et passe son index sous mon menton pour m'inciter à lui faire face.

– Je m'exprime mal. Je disais juste que je ne savais pas quel serait ton état d'esprit ce matin. Par rapport à tout ce qui s'est passé depuis hier. Et je ne voulais pas que mon empressement te mette mal à l'aise. Tu vois, tu dormais si profondément. Alors se réveiller parce qu'un presque inconnu t'embrasse et te caresse… C'était moyen. Mais c'est juste ça, m'assure-t-il en me laissant l'accès à son regard limpide.

Si je comprends bien, il n'est donc pas embarrassé, juste prévenant. C'est mignon et, pour tout dire, je ne m'attendais pas à ça. Je ne réfléchis pas plus avant et prends l'initiative d'une salutation plus langoureuse.

Le charme opère en un battement de cils. Mon cœur s'emballe, ma peau crépite du désir impérieux de retrouver la sienne. D'ailleurs, mes mains partent à l'assaut de son torse encore humide. Il frémit sous mes caresses. J'entoure sa nuque de ma main et tente de le faire basculer avec moi.

Robin rit contre mes lèvres.

– Oh non, ma tentatrice ! Quoique ce projet soit des plus tentants, j'en ai d'autres pour nous aujourd'hui. Tu te souviens ce que je t'ai dit ? Aujourd'hui, pas de plage ! Je t'emmène dans les coins que j'aime. J'espère que tu as des chaussures confortables, on va marcher.

– Marcher ?

Je ne retiens pas mon gémissement.

– Encore plus qu'hier ?

Robin éclate de rire et dépose un baiser léger sur le bout de mon nez.

– Plus encore, mais dans un autre cadre et je te jure que le décor en vaut la peine. Allez, paresseuse. Et si tu es sage, il se pourrait que ce soir, tu aies droit à un massage ou quelque chose d'approchant. En attendant, je t'ai préparé des serviettes dans la salle de bains. Je vais en profiter pour voir comment M a modifié mon planning. Tu veux me rejoindre au salon?

Je le dévisage, méfiante. Non seulement je ne me vois pas mettre les pieds dans un salon de tatouage mais, surtout, je ne comprends pas son raisonnement. Je suis une simple aventure de vacances. On ne présente pas à ses collègues la femme avec qui l'on passe quelques nuits. Et je n'ai pas l'habitude d'être présentée ainsi, comme celle qui est, pour le moment, en tête de liste des coups d'un soir.

Un peu plus sèchement peut-être, que nécessaire, je décline sa proposition.

– Je ne serai pas long, promet-il en m'embrassant, assez profondément pour me rendre impatiente de son retour, mais avec le détachement nécessaire pour ne pas laisser la situation s'emballer.

Il dit vrai. Je finis juste d'ordonner mes cheveux qu'il est de retour, prêt au départ pour deux jours coupés du monde ou presque.

Il a concocté un itinéraire que je ne connais pas. Il me promet que je vais être sous le charme et voir son univers sous un autre jour. À travers les routes de l'arrière-pays, il se mue en guide touristique, passionné par les sites qu'il photographie volontiers et parcourt en tous sens, tout en s'assurant parfois que je tiens le coup. Je souris de son enthousiasme. Mon tatoué, fan de sites gallo-romains et de villages provençaux pittoresques? Il faut le voir pour le croire! D'ailleurs, mon sourire doit être révélateur.

– Gomme tout de suite ce sourire narquois de tes lèvres, Aurore, ou ça va barder!

Le pétillement de ses yeux montre que sa phrase n'est en aucun cas une menace, à part peut-être pour ma vertu. Je tente de me justifier en luttant contre un rougissement hors de propos.

– Je ne t'imaginais pas passionné à ce point-là par l'art, classique en tout cas.

– Ce qui confirme ce que je te disais hier. Tu ignores plein de choses sur moi. J'ai fait les Beaux-Arts, tu le savais ? J'y suis entré pendant mon cursus universitaire en histoire de l'art et archéologie.

– D'où l'Antiquité.

Robin sourit, creuse la fossette que je meurs d'envie d'embrasser et reprend.

– Je voulais travailler dans l'art, créer, conserver, transmettre… Je ne sais pas exactement. Et puis un jour, j'ai eu la révélation. J'ai été me faire tatouer parce que c'était une envie que j'avais depuis longtemps et j'ai cru que j'allais squatter à vie le salon du tatoueur. Vince. Mon premier mentor. Mais je garde des séquelles de mes années d'études.

J'approuve sans un mot. Je ne m'attendais pas à ces confidences. J'aimerais lui en demander plus encore, savoir comment ses parents ont réagi, s'il ne regrette pas ce qu'il a laissé derrière lui.

Mais je tiens ma langue. Nous ne sommes pas destinés à ce genre de relation, celle où l'on apprend à connaître son partenaire. D'ailleurs, mon guide doit se faire une réflexion similaire. Il m'entraîne dans la suite du périple et je dois avouer que son engouement est contagieux.

Les endroits qu'il me fait découvrir sont de petits bijoux pour les yeux et pour les sens. Ça ne ressemble en rien à ce que je ferais durant un week-end de détente à Paris, mais j'y prends un plaisir fou. Pire, je préfère aux magasins me gorger d'un marché typique ou des paysages changeants auxquels le soleil donne un éclat unique.

L'œil avisé de mon guide n'y est pas pour rien. Il connaît les meilleurs points de vue, anticipe avec talent ce qui va me faire réagir. Et il tape dans le mille à chaque fois, à plus forte raison lorsqu'il me demande, presque timide soudain.

– Tu es toujours d'accord pour rester avec moi cette nuit encore ?

J'acquiesce d'un signe de tête. Je préfère ne pas dire un mot.

Je craindrais qu'il ne ressente que trop bien le plaisir que je prends à cette escapade et qui risquerait fort d'alarmer mon indépendant compagnon de virée.

Je passe – il faut bien l'avouer – deux jours de rêve ; une parenthèse enchantée qui, j'en suis certaine, résonnera longuement dans la routine que je ne suis pas si impatiente que ça de retrouver. J'ai décidé de laisser derrière moi tous mes soucis et toutes les responsabilités le temps de ce court séjour. Ils me retrouveront sans problème, après.

– Un penny pour tes pensées, sourit Robin en passant une main sous mes cheveux.

Voilà justement le genre de choses qu'il vaut mieux éviter. J'opte pour une semi-vérité.

– Je savoure. Le cadre, la détente. La compagnie, ajouté-je après un instant d'hésitation.

– Idem, reconnaît mon pilote en saisissant ma main pour la porter à ses lèvres.

Je sursaute. C'est un geste anodin pour lui, mais il essaime des frissons tous azimuts.

– Mais je crois qu'on va garder cette info pour nous, ajoute-t-il.

Je me contente d'approuver, plaque un sourire d'apparat sur mes lèvres pour ne pas reconnaître le soupçon de déception qui pointe d'un coin malvenu de mon cerveau.

– Sans quoi Angie va nous soûler à l'infini en se glorifiant de sa merveilleuse idée.

Je me tourne vers lui et sonde la sincérité de sa phrase. Il profite d'un ralentissement de la circulation bien opportun, soulève légèrement ses lunettes de soleil pour que je croise son regard limpide.

Je me détends imperceptiblement, mon sourire aussi.

– À la bonne heure ! Je retrouve ton vrai sourire, pas celui de ton masque. Tu sais, Aurore, dans mon métier, je suis habitué à décoder le langage du corps, des yeux, du visage. Je commence à peine à connaître le premier. Tu caches habilement les seconds sous tes jolies lunettes. Il ne me reste que le dernier. Et quand tu passes en mode « contrôle », tu as une très légère crispation. Juste là, précise-t-il en effleurant ma mâchoire du bout de ses doigts d'artiste. Et là, ajoute-t-il en longeant la ride du lion qui se dessine entre mes sourcils. Et aussi là, complète-t-il en laissant son index glisser juste en dessous de ma lèvre inférieure.

Je déglutis difficilement, hypnotisée par son regard et sa caresse anodine. Sur ma peau, elle est tout sauf inoffensive. J'en bénis presque la circulation qui se fluidifie. Robin redémarre et m'offre un répit bienvenu. Mon hyper-réactivité me surprend. J'ai davantage de contrôle en temps normal. Mais ce moment est tout sauf mon univers habituel. De la même façon que le lieu où s'engage la voiture de Robin quelques minutes plus tard est loin d'être classique.

Il s'arrête devant le porche d'un mas traditionnel, en partie encastré dans la roche, en contrebas de la cité médiévale des Baux-de-Provence. Je reste muette de plaisir. Je connais le lieu de nom, mais je n'ai jamais eu l'occasion d'y venir. Du moins jusqu'à aujourd'hui !

– J'espère que ça te plaît, s'inquiète Robin. La saison est encore trop peu avancée pour que les lieux soient pris d'assaut. Et le patron, qui est aussi un de mes clients, a pu nous réserver une chambre spéciale pour ce soir. Si ça te va…

Pas de calcul, de masque ni de retenue dans le sourire radieux que je lui décoche. Pour un peu, je me pendrais à son cou et le gratifierais d'un baiser. Mais je ne suis pas sûre que ça se fasse dans ce contexte.

L'arrivée du maître des lieux ne me donne guère le temps de

m'interroger. À en croire l'accolade qu'ils échangent, c'est plus un ami qu'un client auquel Robin me présente.

– Mademoiselle, soyez la bienvenue. Depuis le temps que je propose à ce bourreau de travail de venir se détendre ici, il accepte enfin. Et accompagné, en plus ! Je suis ravi de faire enfin la connaissance de celle qui te fait lever le pied. Et désolé de n'avoir pas pu te fournir la chambre que tu voulais hier. Elle est prête. Je vous montre le chemin ?

Le débit volubile de notre hôte à l'accent chantant m'empêche de rectifier la vérité. Il me prête une place que je n'ai pas. Robin ne le détrompe pas non plus. Il prend nos sacs d'une main, passe l'autre autour de ma taille et suit l'hôtelier jusqu'à une entrée indépendante.

Le cadre est incroyable. À l'extérieur, des murs de pierre dans la tradition provençale donnent un aspect typique à l'hôtel. Au pied de notre chambre, un salon extérieur nous permettra même de prendre un petit-déjeuner en tête à tête si le temps le permet, précise le professionnel. Mais à l'intérieur ! Une chambre troglodyte, me renseigne-t-on. Taillée à même la roche. La forme en est forcément particulière : on a adapté l'architecture de la pièce aux éléments, ce qui n'empêche ni un grand lit à la tête composée de branches enchevêtrées, ni une baignoire sur pieds qui n'attend que moi.

– Dex, comme je te l'ai dit hier, il y a une moto à votre disposition et j'ai fait le nécessaire pour une réservation prioritaire demain à la carrière. Je vous garde toujours une table pour ce soir ?

Robin me consulte du regard et face à mon sourire, confirme notre réservation.

De plus en plus conquise par ce moment en aparté, je fais le tour de la chambre et ne peux m'empêcher de dégainer mon portable pour prendre des photos.

Deux grandes mains se posent sur mes hanches à l'instant

exact où des lèvres chaudes fondent dans mon cou. Je me laisse aller, dans un soupir, contre le torse solide de Robin qui resserre son étreinte.

– Ça te plaît?

Je me retourne entre ses bras et passe les miens autour de son cou.

– Tu es fou? J'adore! Je n'ai jamais vu un hôtel comme ça! Merci de me faire découvrir tout ça!

– De rien, c'est un vrai plaisir, déclare-t-il en parcourant mon visage de baisers. D'ailleurs, en parlant de plaisir, il me semble que je t'ai promis un massage pour te féliciter d'avoir autant marché presque sans râler.

Ma respiration se heurte. Ses mains. Sur ma peau. Nue de préférence. Ma bouche s'assèche d'excitation.

– Tu veux dire maintenant? couiné-je d'une voix étranglée.

Robin pétrit déjà de petits gestes tout en profondeur mes épaules tendues sous la blouse légère qui nous sépare. Il pose son front contre le mien. Je devine son sourire.

– Je ne sais pas, ronronne-t-il. Je ne parle pas d'un massage à la va-vite. D'abord, je vais te faire couler un grand bain chaud, avec quelques gouttes d'huiles essentielles. Lavande, orange douce, peut-être menthe poivrée pour te détendre.

Sa voix associée à ses mains alanguit mes membres. Je me sens déjà presque immergée dans l'eau bienfaisante.

– Avec un peu de chance, tu me laisseras même laver tes cheveux. Je ne suis pas fétichiste, mais j'adore les voir détachés. Tu vas rester dans l'eau jusqu'à ce que tous tes muscles soient détendus.

– Tu y viens avec moi?

Robin prend le temps de la réflexion. Nos regards se posent sur la large vasque. Je suis certaine qu'elle peut nous accueillir tous deux, peut-être un peu serrés, mais pour les projets qui bouillonnent sous mon crâne, ce n'est que mieux.

– Mmm, ça pourrait se faire, m'accorde-t-il en laissant glisser ses mains tout le long de ma colonne vertébrale avant de remonter jusqu'à mon cou. Puis, quand tu seras détendue au point d'en être presque physiquement malléable, je te poserai sur ce lit, là, désigne-t-il d'un signe du menton.

Je regarde à mon tour la confortable couche, d'un mètre quatre-vingts de largeur. Il ne m'en faut pas plus pour m'imaginer m'y livrer à ses caresses langoureuses et me donner à lui pour toute la soirée.

– J'y masserai chaque centimètre carré de ton corps, de la racine de tes cheveux à la plante de tes pieds, en passant par plein d'endroits inavouables, susurre-t-il au creux de mon oreille.

Mon corps se tend d'un spasme voluptueux. Mon tentateur ne peut le manquer. Mieux, ses mains se crispent légèrement sur mes omoplates. J'humecte mes lèvres desséchées. Je sens son regard les parcourir avec envie.

– Et puis je te goûterai tout entière. La lavande et toi. Un mélange absolument délicieux, j'en suis certain.

Un soupir gémissant franchit malgré moi mes lèvres et mes ongles se crispent sur sa peau. Si Robin ne met pas toutes ses idées à exécution dans les deux minutes…

– Mais je vais écouter la voix de la raison et remettre tout ce projet à ce soir. On va d'abord aller faire une première visite au village.

Quoi ?

Je glapis ma frustration et mon dépit, et ne retiens que de justesse un coup pour ce tortionnaire qui, non content de m'avoir enflammée de ses simples mots, prétend maintenant me laisser dans cet état particulièrement inconfortable.

Pire, il s'éloigne et croise les mains dans son dos, un air faussement innocent plaqué à son visage.

– Tu te moques de moi ?

Mes joues sont embrasées. Mais cette fois, la colère en est aussi responsable que le désir. L'amusement qui pétille dans son regard l'attise encore.

– Juste ce qu'il faut pour te voir sans fard. Et putain, qu'est-ce que t'es belle comme ça !

Je hausse les épaules, encore très énervée, malgré le plaisir que ses mots distillent savamment.

– Et je ne me moque pas, promet-il à mi-voix.

Je suis à deux doigts de lui demander de changer la modulation de sa voix. Sous quel motif ? Qu'elle est directement connectée à un point très précis de mon intimité et que je risque d'entrer en autocombustion dans les secondes qui arrivent.

– Tout ce que je t'ai dit, je te le ferai. Ce soir. Pour le moment, il y a deux obstacles. D'abord, je n'ai pas sous la main tout ce qu'il me faut, les huiles pour le bain, le massage.

Je hausse les épaules. S'il n'y a que ça, il peut utiliser un savon de Marseille ou demander une fiole d'huile d'olive aux cuisines ! Je signe quand même.

– Ce serait bête, alors qu'il y a dans le village des boutiques qui vendent tout ce qu'il nous faut. Mais la deuxième raison est plus pragmatique. On est attendus pour dîner ce soir. Et je veux prendre tout mon temps pour profiter de cette nuit.

Le souffle me manque un instant. Celui qu'il faut à mon amant pour apaiser ma colère et faire remonter en flèche mon envie de me plier à tout son programme.

Mon corps, ce traître impatient, porte encore les marques de mon excitation. Je croise les bras bien inutilement pour dérober à sa vue mes seins douloureusement pointés sous ma lingerie.

Un sourire doucement arrogant se dessine sur les lèvres appétissantes de Robin. Ça l'amuse ? Voyons voir si je sais jouer, moi aussi. Féline, mue par une assurance que je ne me connais pas, je me rapproche de lui, jusqu'à coller mon corps au sien. Je pose mes bras sur ses poignets colorés, me hisse sur la pointe des pieds. Ce faisant, mes seins se frottent sans pudeur contre son torse dur. Son bassin tressaute imperceptiblement. Je mords ma lèvre inférieure pour masquer un sourire de triomphe et laisse ma langue traîner sur son cou, y recueillir son parfum ambré, gravir sa pomme d'Adam qui monte et descend rapidement. Je mordille le lobe de son oreille, parsème de caresses humides sa barbe et dépose un unique baiser, léger comme une plume, au coin de ses lèvres.

Robin exhale un soupir, se penche pour happer mes lèvres. Je recule d'un pas.

– Tu as raison. Rien ne sert de se précipiter. On reprendra ce soir. En espérant que je ne sois pas trop fatiguée.

Beau joueur, Robin éclate d'un rire qui dévale ma colonne vertébrale en y déployant des milliers de picotements délicieux.

– Parce que tu crois que ce soir, je te laisserai t'endormir ? Voilà qui promet une fin de journée des plus passionnantes ! promet-il en m'enlaçant de nouveau, satisfait de ma réaction épidermique.

15

Robin n'est pas un menteur, c'est certain ! La fin de journée dans les petites rues et les boutiques de la cité est enchanteresse, le dîner est délicieux et animé. Les discussions sont aisées avec lui. Je me surprends à rire souvent de ses traits d'esprit et à boire ses paroles. Il a beaucoup voyagé et rend ses récits vibrants de toute sa vivacité et de l'acuité de ses observations. Quant à la nuit, elle est tout simplement indescriptible, et pourtant totalement conforme au programme annoncé.

L'attente a exacerbé mon état de tension. La maîtrise de mon amant et notre complicité croissante ont fait le reste. Je ne compte pas le nombre de fois où mon corps a décollé sous l'assaut d'un orgasme foudroyant. À chaque fois, j'ai cru que je ne pourrais monter plus haut vers les cimes de la jouissance. À chaque fois, mon amant m'a prouvé que j'avais tort.

Et que dire de la journée qui nous attend ! C'est la dernière de notre escapade et je suis certaine que Robin en fera encore un moment exceptionnel. Il commence dès ce matin par la visite des Carrières de Lumières. Il paraît que c'est un site incontournable de la région, une ancienne carrière de calcaire sur laquelle on projette chaque année des images spectaculaires. Présenté ainsi, ça n'a pas l'air particulièrement enthousiasmant, mais à la façon dont il en parle, j'ai un doute. Je l'ai écouté hier me raconter que des cinéastes ont été fascinés par ce décor, qu'il ne rate pas un seul des spectacles qui y sont présentés chaque année et que, même s'il y fait toujours froid et qu'il déteste ça, rien ne pourrait l'empêcher de s'y rendre. Malgré mes réticences premières, son entrain est contagieux et j'ai hâte de voir si le site mérite tout ce battage. Pour l'instant, je profite de ce réveil. Contrairement à hier, Robin est encore étendu près de moi. Dans son sommeil, il m'a enveloppée de tout son corps. Je n'ai pas l'habitude de ce contact, mais aucune envie d'y mettre fin. Je m'efforce de garder un souffle posé pour savourer encore un peu le moment.

Une nuée de baisers sur mon épaule m'avertit de son réveil.

– Je pensais que tu dormirais encore, murmure-t-il dans mon cou. Prête à te lever?

J'hésite un instant. Une part de moi aimerait juste rester dans ses bras et savourer un réveil langoureux. Mais j'ai encore tellement à découvrir. La présence de Robin me donne une vitalité inédite.

À peine le temps pour un baiser enflammé et je m'enfuis de ses bras en riant.

– Eh! Tu me laisses comme ça? Tu veux pas revenir te coucher? dit-il en faisant mine de se plaindre.

– Non, non! Je file prendre une douche! Tu peux commander le petit-déjeuner pendant ce temps?

J'éclate de rire, ravie de ma petite rébellion. Elle fait naître une réaction similaire chez mon amant.

– Qui êtes-vous et qu'avez-vous fait de la princesse de ce lieu, qui ne se serait certainement pas permis de manquer ainsi à l'étiquette?

– Je crois qu'elle a disparu à l'instant où tu l'as traitée de princesse coincée ou quelque chose du genre!

– Alors tu m'en vois ravi. Si outre cette escapade plus qu'agréable, je t'ai aussi servi à ça et, qu'en plus, j'ai un peu refroidi Cody le Baveux, j'ai rempli ma mission.

Je m'esclaffe devant son air faussement suffisant.

– Une mission? Dis tout de suite que je suis ta bonne action de la semaine, pendant que tu y es!

– « Bonne action », répète Robin, songeur en me déshabillant du regard. C'est un concept intéressant. Je valide.

Et voilà comment je me retrouve à régler la douche au plus frais pour modérer ma température qui remonte en flèche.

Main dans la main, après un petit-déjeuner des plus copieux, nous remontons la pente raide qui mène à la fameuse Carrière des Lumières. Malgré ce que Robin m'en a dit, rien ne m'a préparé à ça. Ni au froid intense qui règne dans les lieux, ni au décor onirique.

Pour le premier, le gilet que j'ai pris n'est clairement pas à la hauteur. Je ne suis même pas surprise de sentir une grande veste à capuche se poser sur moi. Elle est encore chaude du corps qui l'a imprégnée de son parfum. Bien sûr, mes mains disparaissent dans les manches que je joins comme des manchons fourrés. Je souris de l'image que je dois renvoyer dans cette tenue. Je m'en moque. J'ai chaud, c'est l'essentiel. Je porte le pull de mon amant – comme une *cheerleader* la veste du capitaine de l'équipe – et j'aime ça. Je m'inquiète pour Robin qui referme sa veste en cuir. Il me rassure et m'attire contre lui. Les mains qu'il glisse sous son gilet et mes vêtements, jusqu'à ma peau nue, n'ont rien de froid, bien au contraire.

Étrangement fusionnés, nous parcourons à notre rythme les centaines de mètres carrés où s'enchaînent les images féeriques, sur chaque mur et au sol sous nos pieds. Les irrégularités des parois et leurs formes variées ajoutent au charme émouvant des œuvres projetées.

Je tremble d'un émoi que je ne cherche même pas à camoufler.

Attentif aux réactions qu'il décrypte sans peine, Robin renforce son étreinte et se perd dans mon cou.

– Je suis heureux que ça te plaise, avoue-t-il à mi-voix, renforçant mon trouble par quelques habiles baisers.

Je frissonne longuement et, cette fois, le froid n'est coupable de rien. Seul compte l'embrasement que mon guide sait faire naître d'un simple geste. J'en viendrais presque à regretter que cette parenthèse s'achève ce soir.

C'était le marché de départ et, sur le papier, il me convient totalement. Je vais profiter de ces quelques jours avec Angie et Zélie et chacun va retrouver sa vraie vie, une existence où je n'ai pas de place pour un homme tatoué et tatoueur, ni lui pour une bourgeoise attachée aux apparences.

Sur le principe, je suis totalement d'accord. Mais au moment où nous franchissons le seuil du site, une pointe de regret me saisit. Bien sûr, il est à peine midi et notre escapade a encore quelques heures devant elle. Mais je ressens déjà, alors que le soleil provençal m'aveugle, un arrière-goût de fin de vacances.

Je cligne des yeux, gênée par la luminosité trop crue, et abaisse précipitamment mes lunettes.

– Ça va ? demande aussitôt Robin, inquiet.

– Soleil, grommelé-je entre mes dents.

Je me sens incapable d'en dire plus sans laisser percer cet instant de vulnérabilité qui, selon toute vraisemblance, aura disparu dans quelques minutes. Il n'est pas plus loquace, se contente de me couver d'un regard attentif et de m'enlacer farouchement.

Allons bon ! J'aime qu'on prenne soin de moi mais, en cette seconde, cette initiative m'apparaît comme la pire des idées. Elle laisse Robin se faire des idées sur mon état passager et m'offre une inopportune raison de m'attendrir.

– On remonte au village ?

Aussi brusquement qu'il m'a offert un rempart de ses bras, Robin lance de nouvelles réjouissances que j'accueille avec enthousiasme.

Peu importent mes mollets qui protestent du rude traitement qu'aucune séance en salle ne leur a réservé, je savoure ces dernières heures, tous deux enlacés sur les contreforts des Alpilles.

Robin les prolonge autant que possible, et le soleil décline déjà lorsqu'il reprend le volant pour nous ramener à notre réalité.

Le retour est plus silencieux que l'aller. Soûlée de soleil et de la beauté des lieux, épuisée de ces heures intenses, de jour comme de nuit, je me laisserais facilement aller au sommeil. Mais une part de moi lutte, pour ne pas perdre un instant de la fête.

Pourtant, la « vraie vie » reprend déjà ses droits. Le téléphone de Robin sonne à plusieurs reprises. Il confirme à son assistante des rendez-vous nombreux dès l'aurore demain matin. Il répond dans un allemand à la fluidité déconcertante à l'un des organisateurs du salon où il se rend ce week-end.

De mon côté, je me décide enfin à reprendre pied dans ma réalité, et ça commence par le tri des nombreux messages que j'ignore depuis mon arrivée. Je réponds en priorité à mon père.

[J'ai rouvert un atlas à cause de toi.
Pour vérifier si le Sud est si loin
qu'il t'empêche de répondre
à mes messages?]

Je reconnais son humour qui lui évite de me dire qu'il est juste inquiet ou en manque de nouvelles.

[Maintenant, j'envisage de faire appel à la NASA.
Ils auront peut-être un satellite inoccupé
pour te retrouver!]

[En fait, je vais contacter directement
James Bond. Il paraît que même
ta mère n'arrive pas à te joindre.
C'est que l'heure est grave !]

[Rassure-toi, ni NASA ni CIA.
Je te rappelle le principe des vacances?
On déconnecte !]

Aussitôt, sa réponse me saisit. Elle m'informe que, malgré son ton léger, il était inquiet.

[Déconnecter, d'accord.
De son vieux père, jamais !]

J'esquisse un sourire. Je l'imagine sans peine assortir sa tirade d'une fausse grimace mélodramatique.

[Arrête, tu n'es pas vieux !]

[Non, mais je suis abandonné !]

[Tout ça pour deux jours
sans nouvelles de ta fille chérie?
Comment aurais-tu fait
si j'avais traversé l'Atlantique?]

Cette fois, sa réponse est un peu plus longue à venir. J'imagine qu'il cherche les mots les plus justes. C'est l'une des forces de mon père, sa capacité de passer en un instant du trait d'humour à la discussion sérieuse.

[J'avoue que je réfléchissais à la question.
Mais si j'ai bien compris,
tu l'as résolue toute seule.]

Je me fige un instant. Finalement, je n'aime pas beaucoup ces messages écrits. Dans un appel, j'entendrais la tonalité de sa voix et je saurais s'il approuve ou non ma décision. En face de lui, son regard me rassurerait. Enfin, je crois. Là, je n'ai aucun de ces indicateurs. Mais, forte de ma nouvelle assurance et protégée par la distance, je m'enhardis.

[Oui, comme une grande.
Si tu en es content pour moi,
pas la peine de gâcher mes vacances
en me forçant à penser à lui.
Si tu désapprouves…
tu désapprouveras encore à mon retour.
En attendant, tu peux rassurer
les services secrets, la NASA et maman.
Je vais bien. Plus que bien même !]

Je complète ma réponse de quelques photos prises dans la journée – sans rien qui permette d'identifier Robin, tout de même – et souris de recevoir sa bénédiction pour une telle escapade.

Les kilomètres me rapprochent de chez Angie et de la fin de mon expédition. Je réalise progressivement l'ampleur de mon ignorance. Comment met-on fin à ce type de parenthèse ? On se fait la bise, on se dit au revoir et à la prochaine ? On se suit sur Instagram et Twitter ? On s'envoie un petit mot aux anniversaires et des citations rigolotes ?

Je me vois mal envoyer au modèle de virilité à côté de moi

une vidéo de chatons trop mignons. Cette idée me fait sourire et tourner le regard vers Robin. Je sursaute de voir qu'il fait de même.

– Je me demandais... commence-t-il, en cherchant ses mots. Si ce soir, je dormais chez Angie...

Je hausse les épaules. Il est là-bas chez lui, si je ne m'abuse.

Son sourire se fait un peu moqueur.

– Toujours ce besoin d'être rassurée, murmure-t-il comme pour lui-même. Je voulais juste m'assurer que ça ne te posait pas de souci. Même si, par hasard, je finissais la nuit dans ta chambre.

Sur le principe, je ne demande rien de mieux. Mais sa question me renvoie à une autre réflexion. Alors, pendant qu'on en est aux mises au point, je m'éclaircis la voix, consciente que je vais en demander beaucoup.

– Je dois savoir quelque chose. Tu le sais, Angie et moi, on n'a pas été aussi proches que je l'aurais voulu ces dernières années. À cause de Cody, à cause de mon boulot, et de mauvaises raisons. Mais elle m'a manqué. Zélie grandit trop vite et je n'ai plus envie de rater ça. Alors je me demandais. J'aimerais beaucoup revenir plus souvent. Pas pour toi. Enfin, je m'exprime mal. Je veux passer plus de temps avec Zélie et Angie, et je serais ravie de te revoir. Je veux juste savoir...

– Si ta présence me poserait souci? Absolument aucun, bien au contraire. Ce serait super de te voir souvent dans notre décor. À quel titre? Je dirais que ça dépendra d'où en sont nos vies. Je serais très heureux de te revoir comme amie si c'est ce que tu souhaites. Ou d'une façon plus... sexy si l'occasion se présente de nouveau. Le tout, c'est qu'on soit sur la même longueur d'onde. Sans contrainte ni promesse.

J'acquiesce, soulagée de cette discussion aussi aisée que les autres.

– Merci. Pour cette escapade, pour ce que tu m'as fait découvrir. Merci, pour tout.

– Tu ne regrettes pas les quelques jours passés avec le bad boy que tu as vu en moi le premier soir? sourit-il en couvrant ma main de la sienne.

– Ni toi les nuits partagées avec la princesse coincée?

Robin lâche un petit rire.

– Tu es une princesse, c'est sûr. Mais ça n'a rien de péjoratif. Et tu n'es certainement pas coincée, reconnaît-il en portant mes doigts à ses lèvres.

Elles enflamment déjà mes terminaisons nerveuses, prémices à une excitation que je commence trop bien à identifier.

– Et toi, tu n'es pas un bad boy.

– Chuuut, souffle-t-il en riant. Tu veux ruiner ma réputation?

Je glousse, émoustillée de ce flirt presque innocent.

– Ça va, je ne t'ai pas non plus traité de prince charmant.

Oups. Il se tend légèrement, mais suffisamment pour que je ressente sa contrariété. Je me tourne davantage et cherche à renouer le contact qui vient de s'étioler.

– Ça, je peux te le confirmer, princesse. Je n'en suis pas un.

Je pose une main apaisante sur son visage légèrement crispé. Robin cherche ses mots et, je le pressens, son hésitation n'est pas très bon signe.

J'inspire lentement, force tout mon corps à se détendre. Inutile de lui montrer que je m'attends à ce que ses mots me blessent.

– Je ne suis pas un bad boy, répète-t-il. Par contre, je ne voudrais pas que tu te fasses de fausses idées. J'ai adoré ce moment, mais je veux être sûr qu'on est bien d'accord. Je ne cherche pas plus.

– À cause de ce que je suis?

La question m'échappe malgré moi. Je me mords la lèvre. Une phrase de lui et je me retrouve exactement là où je ne voulais pas, à quémander de quoi me rassurer.

Robin en a sans doute conscience. Il me regarde avec une

telle intensité que je peux presque sentir ses mains autour de mon visage.

– Absolument pas, princesse. C'est à cause de ce que moi, je suis. Ou de ce que je ne suis plus, d'ailleurs, difficile à expliquer. Toi, je t'interdis de te trouver moins bien que tu ne l'es en vrai. J'ai beaucoup aimé ces quelques jours avec toi. Plus encore que je ne l'avais pensé. La preuve, je vais rester ce soir, malgré ce que j'avais prévu. Mais…

Je pose un doigt sur ses lèvres, en savoure la chaleur et l'élasticité.

– Ne dis rien de plus, Robin. Je ne te demande rien. Tu ne me dois rien. On a été très clairs là-dessus. Tu as été le plus merveilleux guide dont j'aurais pu rêver.

Je laisse le silence se poser entre nous. Il sait aussi bien que moi que je ne parle pas seulement de tourisme.

– Et tu as été la plus exquise des invitées, glisse-t-il en mordillant mes doigts.

Je m'efforce de dompter le brasier sensuel qui ne demande qu'à enflammer mon intimité et ordonne mes pensées. Je n'ai pas le moindre regret sur cet interlude sensuel. Il m'a appris tellement sur moi. Sur mon corps et la façon dont il réagit au plaisir, bien sûr, mais aussi sur la femme que je suis lorsque je m'autorise à briser le carcan de mes habitudes. Rien que pour ces raisons, ces quelques jours me sont précieux. Et puis, il y a lui. Lui dont le souffle plus lourd montre qu'il a, autant que moi, l'intention de profiter du temps qui nous est laissé avant de nous séparer.

16

– Mademoiselle Farni, quelle joie de vous voir de retour !

Avec un sourire, je réponds au salut de Mme Moira, la responsable d'accueil de mon immeuble. Je suis heureuse que son visage souriant soit le premier que je voie en arrivant chez moi.

– Je vous ai monté votre courrier pendant votre absence. Oh, et les fleurs que M. Porter vous a fait livrer tous les jours.

– Je suis désolée de vous avoir donné toute cette peine.

À son sourire un peu embarrassé, je sens qu'il y a autre chose.

– Il est passé plusieurs fois, pour vous voir. Votre maman est passée aussi, hier. Elle pensait que vous seriez déjà là. Elle m'a dit de vous rappeler que vous étiez attendue demain midi.

J'acquiesce en souriant. C'est bien maman de passer par des voies détournées pour s'assurer que je m'exécuterai. Comme si j'avais l'intention de me dérober à mes obligations ! Et le brunch du dimanche en est assurément une.

Je défais rapidement toutes mes affaires. J'ai encore l'impression de sentir le soleil et la bonne humeur de la maison d'Angie. Je souris en prenant dans ma main le porte-clefs en licorne que Zélie a choisi pour moi. Je l'accroche aussitôt à mon trousseau. Je dispose aussi les petits cadeaux de sa mère. Puis je sors de ma valise, conservés bien à plat, les deux souvenirs de Robin. Ce sont deux dessins de sa main que j'ai trouvés sur mon oreiller, le matin de son départ.

Si leur auteur est parti au petit jour, bien avant mon réveil, il m'a laissé ses créations. Comme si j'avais besoin de quelque chose pour me rappeler ces quelques jours !

Ce n'était certes pas indispensable, mais je savoure pleinement que notre escapade l'ait inspiré. Je n'avais jamais été le modèle de personne avant lui.

Le premier dessin, aux couleurs pastel, représente la vue de notre chambre d'hôtel. À travers une fenêtre ouverte dont les rideaux s'envolent, on aperçoit un paysage, dans les minutes qui précèdent l'aurore. Dans son champ de vision, on devine aussi mes cheveux blonds en nuage sur l'oreiller et la courbe arrondie de mon épaule. Il n'y a rien de clairement sexuel dans sa représentation. C'est bien plus. D'ailleurs, je frissonne encore aux souvenirs qu'elle évoque en moi.

L'autre dessin, moins travaillé, sans doute croqué sur le vif, est sans équivoque. Malgré le drap remonté au milieu de mon dos, dans cette esquisse en noir et blanc, on ne peut ignorer que je suis nue. Endormie, certains me trouveraient peut-être vulnérable. Mais je sais que je dors du sommeil de la femme comblée des bons soins de son amant. Cette fois, il n'y a ni décor, ni fioritures, juste le résultat de ce que Robin voit en moi. Sans savoir exactement pourquoi, je suis certaine qu'il a mis sur le papier notre dernière nuit. En tout cas, c'est ainsi que j'aime l'imaginer.

Un instant, j'hésite à les encadrer et les accrocher dans ma chambre. Le talent de Robin est indéniable, sans compter qu'il y a quelque chose d'incroyablement grisant à être une muse, même pour quelques jours.

Mais je préfère les ranger dans ma table de nuit. Non pas que quiconque soit destiné à entrer prochainement dans mon cadre intime. Mais je préfère garder mon jardin secret.

Un sanglot monte dans ma gorge.

Dis plutôt que tu n'as pas envie qu'on ait l'occasion de se demander qui, et dans quelle circonstance, a pu t'approcher d'assez près pour réaliser ces nus.

Incapable de me confronter à une telle réflexion, je me contente de ranger précautionneusement les œuvres de Robin, non sans les avoir caressées du bout des doigts.

***

Onze heures cinquante-huit. Je souris en tirant sur les pans de ma lavallière bleu ciel. Inutile de vérifier ma jupe, ni mon chignon. Ils sont impeccables comme chaque fois que je franchis le seuil de l'appartement familial. C'est fou comme les habitudes reprennent rapidement leurs droits. Pendant quinze jours, j'ai adopté un style nettement plus détendu. J'ai même laissé, selon la suggestion de Robin, mes cheveux détachés en sa compagnie. Il y a passé les mains, s'y est noyé et a joué à m'en voiler le corps. J'y ai pensé, songeuse, ce matin, pendant que je domestiquais une lourde natte pour former ce chignon dont rien ne dépasse.

Exceptionnellement, maman vient m'accueillir en personne, en lieu et place d'une employée de maison. Elle m'accorde une brève étreinte et me tient quelques instants à bout de bras.

– Enfin tu nous reviens, ma petite fille. Sais-tu que nous nous sommes fait un sang d'encre ?

Je me crispe légèrement face à cette critique. En une phrase, maman me rappelle ce qu'elle a pensé de l'inconséquence de ma fuite et l'inquiétude qu'elle en a formée. Mais il est bien trop tôt pour que je lui en dévoile les causes. D'un geste apaisant, elle pose néanmoins une main sur ma joue qu'elle caresse en douceur.

– Tu as bonne mine. Un peu trop de soleil, peut-être.

J'esquisse un sourire. J'ai protégé ma peau délicate, pourtant.

Inutile de lui dire qu'entre Zélie et Robin, je ne risquais pas de me dérober à cette précaution.

– Oui, j'ai profité d'un bel ensoleillement.

Ma réponse laconique ne lui suffit pas.

– Je sais que chez ton amie Angélique, le niveau d'ensoleillement est plus que convenable en cette saison. Je ne pensais pas, par contre, que le réseau téléphonique serait si mauvais qu'il t'empêcherait de me donner davantage de nouvelles.

Je lance à ma mère un regard amusé. Je connais par cœur sa façon de faire. Mais aujourd'hui, je n'ai pas envie de rentrer dans son jeu. Aussitôt, elle se renfrogne. Tiens, ça fait apparaître quelques rides au coin de ses yeux et sur son front. Si j'étais un peu moins polie, je lui en ferais la remarque.

– Angélique va bien? demande-t-elle finalement sans se départir d'une demi-grimace qui laisse à penser qu'elle vient de boire une gorgée de citron pur.

Loin de me troubler, cette défiance persistante m'amuse. Il y a quelques années, cette phrase m'aurait fait trembler à l'idée de lui déplaire. Mais le temps passe. Nous sommes devenues des adultes tout de même, et je me sens libre de choisir mes amies sans me soucier du qu'en-dira-t-on.

Je chasse d'un geste agacé la pointe de doute qui m'assaille. Serais-je aussi à l'aise pour sortir avec Angie si elle habitait encore à Paris, où son style et son mode de vie dépareraient tant dans mon habituel entourage?

Mon incapacité à répondre clairement à cette question me rend un peu plus sèche dans ma réponse.

– Angie va on ne peut mieux, maman. Elle te salue d'ailleurs. Et si tu avais vu Zélie! J'ai pris des tonnes de photos. Elle est tellement adorable et vive…

– Tu me raconteras tout ton séjour après, ma chérie. Je brûle d'en savoir plus. Mais le brunch est prêt, et tu sais que ton père a horreur d'attendre. Passons au salon.

Je traverse le hall et pénètre dans le salon bleu où m'attend mon père… et son invité. En effet, Cody est installé dans un fauteuil Richelieu et converse comme si de rien n'était. Quel culot !

Je contrôle mon envie de le chasser de mon salon manu militari et me penche d'abord vers mon père que je gratifie d'un baiser léger.

– Bonjour, papa.

– Bonjour, ma chérie. Je suis content de te voir, sans NASA ni James Bond, plaisante-t-il. Tu as bonne mine, ma fille. À croire que tes vacances t'ont fait le plus grand bien.

Je ne mesure précisément le niveau d'ironie de sa remarque. Sans prêter attention à l'importun qui semble attendre une salutation aussi chaleureuse, je me retourne vers ma mère et l'interroge du regard. Évidemment, son sourire reste parfaitement serein et son regard glisse sur moi comme si mon déplaisir n'y était pas tatoué.

Tatoué… En un instant, j'imagine ce que penseraient Robin et Angie de cette manœuvre. Penser à eux me donne un sursaut de caractère.

Pas assez pour coller une gifle bien méritée à Cody lorsqu'il se lève comme si de rien n'était pour m'embrasser, mais suffisamment pour dérober mes lèvres aux siennes et ne lui offrir qu'une zone vaguement comprise entre ma joue et mon cuir chevelu.

– Surprise ! claironne ma mère avec un enthousiasme surjoué, mais certainement convaincant pour un public néophyte.

C'est oublier qu'il n'y a personne d'autre que nous dans cette pièce et que cette relative intimité me donne des ailes.

– Surprise, comme tu dis. Et pas des meilleures !

Je passe outre l'exclamation réprobatrice de ma mère, devine à peine le sourire en coin de mon père et me plante devant mon ancien fiancé, assez loin pour être hors de portée de ses mains qui ont traîné je ne sais où, mais suffisamment près pour qu'il sente que je ne le crains pas.

– Que fais-tu là? Tu n'es pas dans le Vermont?

Cody esquisse un de ses sourires séducteurs.

Dieu que j'y étais sensible avant. Dieu que j'aimerais le lui effacer de la manière la plus désagréable désormais. Il adopte un ton presque plaintif, non sans s'assurer du coin de l'œil que ma mère, en spectatrice attentive, ne rate rien du show. Mon père se trouve comme relégué au simple rang de figurant. Je suis prête à parier qu'il n'en est rien et qu'il est, bien au contraire, dans sa posture favorite, celle du chasseur à l'affût.

– Comme tu vois, *sweetheart*. Je n'ai pas eu le cœur d'y aller alors que tout le monde nous attendait pour apprendre la date de notre mariage.

Son soupir trouve un écho opportun chez maman. Je l'aurais parié. Cette réaction – si réussie que je me demande même si elle n'a pas été préparée – fait naître un petit sourire sur mon visage.

Ils vont pouvoir attendre!

– Je pense que tu aurais mieux fait de prendre cet avion pour aller directement dire à tes proches qu'il n'y a plus de date. C'est plus correct que de les avertir par mail. Enfin, pour ce que j'en dis...

Évidemment, cette déclaration arrache une nouvelle réaction de dépit en tandem. Loin d'en être affectée, je regarde le numéro de duettiste avec une forme d'amusement. Malgré le désintérêt affiché, je sais que mon père en fait autant.

– Aurore, je t'en prie, ne prends pas de décision hâtive, plaide ma mère.

– Je suis d'accord, abonde Cody. On n'a pas eu le temps de se parler, au calme. J'étais follement inquiet. Je ne savais pas où tu étais, si tu allais bien.

Je hausse les épaules avec dédain.

– C'est faux et tu le sais parfaitement, Cody. Je t'ai dit que j'étais en vacances, tranquille, bien entourée...

Mon ancien fiancé fronce les sourcils, peu habitué à ce que je lui tienne tête, à plus forte raison en public. Quant à la discrète allusion à Robin et à leur discussion, elle porte ses fruits. Cody s'empourpre, cherche ses mots. Avec mes parents à côté de nous, il est un peu trop gêné aux entournures pour me dire ce que son regard furibond traduit trop bien. Mon sourire lui montre le peu de cas que j'en fais.

– Allons, allons, les enfants, intervient Maman, consciente de la tension entre nous. Si nous prenions le temps de nous poser pour trouver une solution, tous ensemble ? Aurore, Cody est venu nous trouver. Il nous a raconté ce terrible malentendu...

– Oh, vraiment ?

Tant pis pour son sens des convenances, j'interromps vivement ma mère et toise du regard son protégé. C'est avec lui que j'ai un compte à régler. Je suis persuadée qu'il a trouvé face à ma mère les mots adéquats pour la gruger. Cody se trouble. Très bien.

– Un « malentendu ». Vraiment, Cody ? C'est ainsi qu'on appelle « ça » ? Eh bien, soit. Que dois-je expliquer sur ce « malentendu » ?

Le changement de visage de mon ex serait presque comique. D'ailleurs, mon sourire n'a rien de la bienveillance de façade qu'on m'a toujours appris à arborer.

– Aurore, je ne pense pas qu'il soit nécessaire de se donner en spectacle, objecte-t-il avec un aplomb qui vacille.

– Vraiment ? Alors explique-moi la signification de ce guet-apens chez mes parents.

– Tu sais ce qu'on dit. En amour comme à la guerre, tous les coups sont permis, assène-t-il en croisant les bras, sûr de son fait.

Son assurance me donne des bouffées de chaleur. Si je m'écoutais, je la lui ferais ravaler et partir en rampant. Mais je suis d'une autre étoffe. Il va apprendre à ses dépens qu'il ne faut pas se fier aux apparences... Tiens, cette phrase éveille de l'écho. Dans un regard clair et des écailles rouge sang, je puise un regain de combativité.

– Parce que tu t'estimes en guerre, sérieusement? J'ai bien compris ce que tu penses de l'amour. Inutile de jouer le numéro du gendre idéal, j'ai parfaitement entendu ce que tu places derrière! Et je crois que je t'ai dit très clairement quelle était ma position là-dessus.

– Tu parles de la réaction sanguine que tu as eue lors de notre dernière entrevue. J'ai préféré ne pas en tenir compte. Tu avais perdu tes nerfs, tu n'étais pas en état pour une explication à cœur ouvert.

Oh le mufle, le malotru, le goujat, le connard! Je suis à deux doigts de raconter par le menu ladite entrevue. Mais je me contiens encore. Mes parents n'ont pas à connaître les détails sordides de notre rupture.

L'atmosphère est difficilement respirable. Cody n'avait pas tort, je suis prête à la guerre. J'aurais bien besoin d'un grand verre d'eau gazeuse, à défaut du soutien de mes alliés sudistes, mais le déroulement de ce brunch fait même perdre ses bonnes manières à ma mère. Elle tente de reprendre pied dans ce face-à-face dont rien de bon ne peut sortir.

– Aurore, ma chérie, je t'en prie, reprends-toi. Il n'y a aucun piège, aucune mauvaise intention de quiconque. Vous avez besoin d'un espace neutre pour discuter, et ton père et moi pouvons servir de médiateurs si besoin est. Tu sais, en trente-deux ans de mariage, nous avons traversé notre lot de turbulences.

– Reste en dehors de ça, maman… s'il te plaît, ajouté-je, pour ne pas la blesser dans ce bras de fer qui ne la concerne pas vraiment.

Je me tourne vers Cody. Je bouillonne d'une énergie contenue mais qui doit se voir sur mon corps ou mon visage, à en croire l'étonnement qui se peint sur les traits réguliers de mon ex.

– Donc tu veux qu'on règle ce malentendu. Fort bien. Mandy travaille toujours sous tes ordres?

Mes sourcils se dressent de façon suggestive sur la fin de ma phrase. Ce geste provocateur n'échappe pas à son destinataire qui bégaye légèrement.

– Je ne vois pas le rapport.

– Vraiment?

J'écarquille les yeux et offre à tous le parfait regard de la biche étonnée.

Ne cherche pas, Cody, à ce jeu-là, tu n'es qu'un amateur.

Je connais toutes les mimiques efficaces. Eh oui, c'est ça, le « privilège » de la jeune fille bien formatée. Elle doit faire passer par n'importe quel geste discret une kyrielle de sentiments. Et si tu es tombé dans le panneau, je peux te certifier que ma mère, à deux pas de là, se pose sérieusement quelques questions. Je m'autorise un sourire assuré.

– Merci de ta non-réponse, Cody. J'en déduis qu'*elle* est toujours là. Je n'ai pas besoin d'en savoir davantage. Tu peux repartir d'où tu viens. Et la prochaine fois, épargne-toi la peine de mêler mes parents à cette mascarade particulièrement gênante.

Du coin de l'œil, j'observe leur réaction. Celle de maman est en demi-teinte. Elle est mortifiée du scandale à venir, mais je sens le doute s'insinuer en elle. Mon père, lui, arbore un sourire qui finit de me rassurer. Il ne prend jamais parti dans ce genre d'affrontement, mais sa réaction me réchauffe le cœur.

Les mains tremblantes des émotions de cette entrevue, je me sers d'autorité à boire et déguste mon verre d'eau pétillante sans attendre le départ définitif de Cody le Fâcheux. Je tourne le dos à une partie de ma vie et je me sens libérée. Pour un peu, j'en aviserais dans l'instant Angie. J'esquisse un demi-sourire. Ce ne sont pas ses seules félicitations que j'aimerais entendre pour ma prise d'indépendance.

– Je ne sais pas exactement ce que tu as fait pendant tes vacances, mais tu as décidément oublié beaucoup de ta bonne éducation. Ce sont tes parents qui m'ont invité.

Quoi? J'ai peut-être perdu mon éducation, mais lui, de manière certaine, ne sait pas à quel moment une présence devient importune. Il veut poursuivre ce jeu mesquin? Eh bien soit, finissons-en dans les normes.

Je me retourne, lisse les plis de ma jupe et me tourne vers mes parents avec juste ce qu'il faut d'obséquiosité.

– Maman, papa, pouvez-vous signaler à votre invité que sa présence est déplacée dans une réunion de famille?

Papa sourit franchement en lissant sa moustache. Maman triture nerveusement son rang de perles en évitant nos regards à tous les deux. La réalité me saute soudain aux yeux. Mes parents étaient en désaccord au sujet de la venue de Cody, et ma mère n'est pas dans le clan des vainqueurs! Je vais un peu aider son choix.

– Si tu préfères, maman, je peux repartir.

– Ce ne sera pas la peine, Aurore. Je n'ai pas l'habitude de m'imposer là où l'on ne veut pas de moi.

J'accueille cette mise au point d'un sourire narquois. Il résiste à la mesquinerie de Cody.

– De la même façon que je ne m'arrête jamais pour regarder en arrière, ni pour jouer les voitures-balais. Aussi, le jour où tu seras revenue à la raison… inutile de me rappeler. Il n'y a pas de place auprès de moi pour celles qui ne savent pas tenir leur rang.

– Rassure-toi, Cody, il n'y aura pas de retour en arrière pour moi non plus. Et je te sais gré de ta déclaration. Elle me donne l'assurance que tu ne satureras plus ma messagerie ? C'est une bonne nouvelle qui va m'éviter le désagrément de changer de numéro ou de signaler à qui de droit ce que certains considéreraient sans doute comme du harcèlement. Adieu, Cody.

Ma réaction, totalement dénuée de regrets, n'est pas du goût du *golden boy* peu habitué aux échecs. Son regard se durcit encore et se teinte de couleurs que je ne lui connais pas lorsqu'il me toise une dernière fois de toutes ses certitudes.

– Je ne sais pas exactement ce qui s'est passé chez ta copine. Mais si ton ambition, c'est de ressembler à ce genre de filles, alors je me dis que finalement je ne perds pas au change.

– Bien, c'en est assez !

La voix profonde de mon père s'élève soudain dans le salon.

– Vous avez entendu Aurore. Votre présence ne lui est d'aucun plaisir. Il y a bien longtemps que vos grands airs ont le même effet sur moi. La porte est par là, je suppose qu'un homme aussi doué que vous la retrouvera sans aide.

Déstabilisé par cette intervention aussi rare que puissante, Cody tourne enfin casaque. Je me retiens in extremis de me jeter dans les bras de mon père – ce n'est pas le genre de nos relations – mais j'apprécie.

Comme si de rien n'était, il occulte totalement les dernières minutes, manifeste son appétit et distribue la parole entre les deux femmes de la maison, repoussant ainsi le moment des discussions plus délicates.

Maman, quant à elle, reste fidèle à elle-même. D'aucunes auraient crié, vociféré, exprimé clairement leur contrariété. Pas elle. Ça ne cadre pas avec son mode de fonctionnement. Si elle est troublée, elle le cache bien et agit avec son habituelle subtilité. De discrets – mais profonds – soupirs servent de ponctuation à ses réflexions silencieuses.

Elle picore du bout des lèvres, chipote le très bon déjeuner qu'on nous a concocté.

Je connais cette réaction. En temps normal, papa ou moi aurions déjà cessé de manger pour nous enquérir de son état et elle aurait pu confier les causes de sa contrariété. J'aurais fait un pas vers elle, elle aussi, et toutes nos dissensions auraient été aplanies. C'est notre modus vivendi. Aujourd'hui, avec l'état nerveux dans lequel m'a laissée ma confrontation avec Cody, elle trouve une fille peu conciliante et un dialogue difficile à nouer.

Mais il y a autre chose dans sa façon de temporiser. Ma mère sait toujours quoi penser, comment adapter son comportement. Et là, elle doute.

À en croire sa façon de plus en plus nerveuse de passer la main dans ses cheveux impeccablement coiffés, c'est une situation qui la déstabilise grandement.

Pourtant, je n'ai pas l'intention de me justifier, ni sur ma rupture, ni sur mes vacances.

Je pousse mon avantage jusqu'à faire mine de prendre congé. Son regard d'azur prend des teintes orageuses. Enfin!

– Tu penses vraiment partir comme ça? s'offusque-t-elle.

– Eh bien, oui. Je reprends le travail demain, j'ai encore des choses à mettre en ordre, des dossiers à revoir. Tu veux que je débarrasse la table?

Maman hoquette de stupeur et même mon père ne peut réprimer un petit rire.

– Cesse de faire comme si tu ne comprenais pas, Aurore. Je pense que nous devons parler de Cody, se décide-t-elle à lancer.

– Oh, vraiment? Tu veux sans doute t'excuser d'avoir interféré dans une décision très claire en te rendant complice de sa tentative pitoyable de réconciliation ? Ne t'en fais pas, maman. Je ne t'en veux pas. Je suis bien placée pour savoir comment il peut embobiner son monde.

Ma réponse n'est pas seulement bienveillante. Ma mère le sait. Elle s'empourpre. Difficile de se sortir de ma remarque doucereuse ! Et c'est exactement le but.

– Non, il s'agit de ta décision. Je ne la comprends pas. Agathe et Rose non plus. Je les ai appelées pour avoir des informations. Tu ne m'as rien dit, Aurore, rien expliqué.

– Je t'ai dit l'essentiel, maman. Que ma relation avec Cody ne m'apportait pas les garanties dont j'ai besoin pour construire mon avenir.

– J'ai entendu tes mots. Mais pas ce qui t'a mené à cette conclusion. Explique-moi, ma chérie. Pas plus tard que la semaine avant ton départ irréfléchi, on comparaît les créateurs pour ta robe de mariée.

Ce rappel me met un coup au cœur. Ce n'est pas du regret, malgré la pointe d'amertume que je vois passer dans le regard de ma mère. C'est plus de la colère contre mon aveuglement et une forme de soulagement.

– Est-ce que tu imagines ce qu'on va dire de cette rupture ? Tu as attiré beaucoup de regards en tombant amoureuse de Cody. Tous ne seront pas bienveillants. Tu as laissé échapper un beau parti…

– Et ça a plus d'importance que mon bonheur ?

Ma question claque dans l'air en même temps que ma main s'abat sur la table. Ma mère sursaute, interloquée de la violence de ma réaction. Même mon père se redresse dans le fauteuil où il lisait un livre, sans rien perdre certainement, de notre discussion.

– Pardon, je ne voulais pas crier, maman.

Celle-ci acquiesce d'un signe de tête. Elle pose sa main sur la mienne et cherche un regard que je lui dérobe.

– Ton bonheur importe plus que tout, ma chérie. Et Cody, à bien des égards, me semble être celui qui t'y mènerait le mieux. Il est celui dont tu as toujours rêvé. Lui non plus ne comprend pas. Il pense, pour sa part, que tu as paniqué devant l'engagement. Et toi, tu ne me donnes aucune explication pour justifier ce coup de tête. Imagine mon incompréhension. Donne-moi une raison valable au moins. Et pour couronner le tout, tu t'es réfugiée chez Angélique. C'est d'elle que vient l'idée?

Cette fois, je me lève carrément. Je retiens de justesse la chaise qui a failli basculer en arrière sous la force de mon impulsion.

– Angie n'a rien à voir dans ma décision. Si tu en regardes la chronologie, tu le sais! Je suis capable de prendre seule mes décisions et je n'ai pas à m'en justifier, maman! Si je te dis que je ne veux plus jamais voir Cody Porter, c'est que j'ai mes raisons et tu devrais les accepter simplement et être de mon côté.

Ma voix se fêle sur ce dernier constat. Ce n'est pas seulement les apparences qui nous séparent en cet instant. Ce qui me blesse le plus, c'est que maman ne fasse pas confiance à mon jugement et qu'elle accuse Angie de tous les maux. Je n'imagine même pas ce qu'elle penserait si je lui assénais le coup de grâce: « Angie n'a rien à voir avec ma rupture, mais tout avec le dieu tatoueur avec lequel je sors. »

Je sursaute. D'où est venue cette idée? Je ne sors pas avec Robin.

J'inspire lentement et cherche à retrouver mon calme pour formuler clairement mes arguments sans tomber dans la rancune ou la guerre ouverte.

– Disons, pour faire simple, qu'il y a un grand pas entre rêve et réalité. Et que parfois, lorsque la réalité paraît trop belle pour être vraie, c'est qu'il y a un accroc quelque part, comme les petites lignes en bas d'un contrat. Et ce n'est pas de ce type d'alliance dont je rêve, peu importe ce que Nikki et toi aviez prévu pour nous.

Ma remarque n'éclaircit pas l'humeur de maman. Bien au contraire.

– Je t'entends, et loin de moi l'idée de t'imposer un mariage dont tu ne veux plus, même si tu ne m'enlèveras pas de l'idée que tu agis sur un coup de tête. Et j'espère que tu ne le regretteras pas.

Je hausse les épaules. Inutile d'argumenter davantage en exposant, même en famille, mon infortune. Je laisse passer quelques minutes raisonnables avant de prendre congé. Maman m'embrasse sans rien ajouter. Mais je sens dans son regard de la déception et, pire encore, une incompréhension qui me blesse.

Mon père pose son livre pour m'embrasser. Il me serre un instant contre lui. C'est une réaction inhabituelle. Je l'écoute attentivement verser un de ses rares conseils au creux de mon oreille.

– Laisse ta mère digérer sa déception. Tant que tu seras en accord avec tes principes, tes aspirations, tu auras toutes les chances d'être heureuse. Et c'est tout ce que nous voulons pour toi, n'en doute jamais!

17

Le sage précepte de mon père reste dans mon esprit les semaines suivantes. Il me soutient dans la reprise de ma vie quotidienne et, pour être honnête, ce n'est pas du luxe.

J'ai du mal à reprendre mes marques. En apparence, peu de choses ont changé, en dehors de l'absence de Cody. Mais si l'on y regarde de plus près, rien n'est plus tout à fait comme avant.

On ne peut pas dire que la situation s'arrange avec maman. Elle a compris que je ne lui en dirai pas plus. Elle ne me presse plus de questions. C'est presque pire. Elle semble éviter tous nos moments mère-fille, ne me croise que lors du brunch hebdomadaire. Même là, son comportement est significatif. Elle arbore une fausse bonne humeur que dément son regard et met un point d'honneur à n'aborder aucune question d'ordre privé. Je l'ai déçue et, plus encore, blessée par mon silence qu'elle interprète comme un manque de confiance. Elle ne me le dit pas directement, mais il est difficile de ne pas le sentir.

Papa a beau faire, il ne maintient qu'une apparence de normalité dans nos rencontres.

Et comme si ça ne suffisait pas, je dois faire face à mon cercle d'amis. Plusieurs d'entre eux semblent avoir perdu mon numéro de téléphone depuis la rupture de mes fiançailles. Ceux qui restent ne font guère mieux, plaidant sans relâche la cause de

Cody. Les plus acharnées sont sans conteste Rose et Agathe, les compagnes présentables qui me suivent depuis la première année d'école. Je soupçonne maman de leur avoir demandé de me raisonner. Après tout, je sais qu'elles ont parlé ensemble de ma séparation. De fait, chacun de nos rendez-vous thé et babillages tourne autour du sujet Cody Porter et de ma « folie passagère ».

– Mais puisque je vous dis, les filles, que je ne veux pas retrouver ses bonnes grâces !

Pour la dixième fois ce soir, je répète mon point de vue. Mais c'est à croire qu'elles ne m'écoutent pas. Assise sur mon canapé, Rose hésite entre plusieurs rouges à lèvres de la nouvelle collection de mon principal client. Habituellement, ces séances cosmétiques sont l'occasion de déguster des cocktails Mimosa et des macarons.

Mais ce soir, elles n'ont rien à faire de la « prune gourmande » et du « marron givré ». Non, ce soir, la seule chose qui les intéresse, c'est la façon dont j'ai délaissé Cody le Pleureur.

La sonnerie de l'entrée me libère au moment où je me demande comment on peut éliminer deux commères avec dix tubes de rouges à lèvres et cinq vernis à ongles.

Mme Moira se tient devant moi, visiblement terrassée par une vilaine sinusite.

– Pardonnez-moi, mademoiselle Farni. Je ne vous ai pas vue rentrer. Un colis a été déposé ce matin pour vous.

Je remercie la préposée et me retourne. Mes deux amies sont déjà sur mes talons et ne cachent pas leur réprobation face à ce délai qu'elles jugent inacceptable.

Je ferme mon esprit à leurs jugements de valeur sur la difficulté de recruter du personnel de qualité. Mme Moira est bien plus qu'une employée de l'immeuble. Mais je ne perds pas de temps à le leur expliquer pour la centième fois, non, d'autant que mon regard est hypnotisé par le nom de l'expéditeur. Un nom que je m'efforce d'oublier depuis mon retour, comme on classe les souvenirs de vacances, au rayon « passé, à oublier »: Robin Choste.

Depuis que je suis rentrée, je me refuse à l'appeler pour ne pas déroger à notre accord. Tout au plus, je suis son périple par sa cousine. Angie m'a parlé de son séjour américain qui a été un succès et d'un congrès à Londres qui a été tout aussi réussi.

Par-delà la fierté qui pointe sous chaque phrase, je sais qu'il y a aussi l'attention de me tenir au courant. C'est adorable de sa part; très loin de ce que nous avons convenu, mais adorable tout de même. Aussi, ce soir où le nom de Cody Porter menace de me générer une crise d'urticaire géante, ce colis me paraît comme un clin d'œil du destin.

– C'est de Cody? piaille Rose, à deux doigts de trépigner sur place.

Je me rappelle qu'elle est l'une de mes plus proches amies et que j'ai été son témoin de mariage pour éviter de la malmener. Je me contente de secouer la tête et prétexte un peu de fatigue pour remettre notre soirée à plus tard.

Agathe, plus observatrice que sa sœur, me dévisage, suspicieuse. Au moment où elle me prend dans ses bras, je note même très clairement qu'elle tente de déchiffrer l'étiquette. J'ai beau la ramener vers moi le plus discrètement possible, je ne suis visiblement pas aussi douée qu'elle.

– Je me demande bien ce qu'Angélique t'envoie que tu ne peux partager avec nous… glisse-t-elle, sans bienveillance excessive.

Je vais pour la contredire mais me ravise. Je ne sais si cette fouineuse a vu le nom ou la ville d'origine. Mais je sens déjà tout le dédain dans sa voix. Inutile d'en rajouter en lui révélant que ce n'est pas mon inavouable amie qui cause cette impatience, mais son séduisant cousin.

Je ne suis pas très fière de mon manque de courage, face à Agathe et Rose. Je joue la carte de la facilité en tenant à distance mes amies si antinomiques. Qu'importe. Vu leur inimitié spontanée, il y a peu de chances que nous nous retrouvions toutes autour du même cocktail. Ce n'est sans doute pas une raison pour leur cacher que, depuis que je me suis réfugiée chez elle, je trouve bien plus de points communs entre Angie et moi que nous n'en avons désormais. Je les blesserais inutilement. Sans doute rejoindraient-elles aussi le camp de ceux qui pensent – depuis que Cody a pris soin de laisser filtrer l'information – qu'Angie n'est pas étrangère à ma rupture et que j'ai même eu un comportement répréhensible au détriment de mon pauvre fiancé au cœur brisé.

Lorsque j'ai découvert cette fable, par une confidence gênée de Rose, j'ai failli rappeler Cody, juste pour rétablir la vérité et me livrer à mon tour à quelques confidences aptes à alimenter les ragots des soirées prochaines.

Ce serait lui faire trop d'honneur. Je sens quelques regards égrillards. Je devine des sourires en coin et des interrogations, mais je passe outre. Qu'importe ce que pensent les gens. Dans une certaine mesure, je suis les conseils d'Angie et de Robin. C'est déjà un grand progrès, non? Pour autant, je me refuse à mentir en prétendant que rien n'a changé depuis mon séjour dans le Sud. Et je suis tout aussi incapable d'admettre que, mis à part une très opportune erreur de chronologie, il n'y a pas que du faux dans les allégations de mon ancien fiancé.

Partant de là, je ne dirai rien aux deux sœurs qui s'éternisent en salutations inutiles.

J'attends quelques minutes après leur départ – pour m'assurer que l'une d'entre elles ne revienne pas inopinément pour cause de babioles oubliées – puis je me penche vers le petit carton que m'a envoyé Robin.

Je l'ouvre avec mon habituelle minutie. Pourtant, ce n'est pas l'envie qui me manque de tout déchirer pour aller plus vite. Mais les habitudes ont la vie dure. Une enveloppe apparaît d'abord. Lourde, à ce que je peux sentir en la soupesant. Je la pose pour le moment et retire du colis une étoffe soyeuse bien pliée. Je souris en reconnaissant le chemisier que j'ai taché au restaurant. Il est parfaitement nettoyé mais porte, au loin, un parfum ambré qui parle à mes sens.

Les objets que je déballe ensuite me font sourire. Huiles essentielles pour massages, confiture de griottes, véritables guimauves américaines s'entassent bientôt sur ma table comme autant de clins d'œil à ces petits riens qu'il a soigneusement observés. Il y a encore d'autres petits souvenirs dont je ne comprends pas la signification, du moins sans avoir lu la lettre de Robin, qui tombe de l'enveloppe avec plusieurs photos de notre bref séjour.

Hello princess,

En anglais, c'est moins agaçant, on est d'accord?

Pris dans le tournis de mes déplacements, j'ai oublié de te renvoyer ton chemisier. Je l'avais embarqué par erreur. Je l'aurais bien gardé pour moi, mais ma peau s'accorde moins bien que la tienne avec la soie.

Et puis au cours de mes derniers déplacements, alors que, bien sûr, je ne pensais pas du tout à toi, je me suis surpris à trouver des petits objets qui me rappelaient ton séjour avec moi. Et aussi d'autres que j'aurais pu te montrer parce qu'ils révèlent un peu de moi. Et puis en développant des clichés de tatouages, j'ai vu ces quelques photos de toi, de nous.

Tu connais la suite. Un emballage, un détour par la poste, et le voilà entre tes mains. J'espère que tu auras autant de plaisir à le découvrir que moi à le composer.

Alors, je te dis à très bientôt… au titre que tu voudras.

Robin

PS : Lorsqu'on a parlé, le dernier soir, de ne pas prendre d'engagement, je ne pensais pas avoir exigé de silence de ta part. Alors, si toi aussi, tu ne penses pas du tout à moi et que je ne te manque pas le moins du monde, n'hésite pas à me le faire savoir.

Je relis lentement cette lettre.

Du fait du silence respecté de part et d'autre depuis mon retour de Marseille, je ne l'attendais pas, mais la surprise décuple mon plaisir. Robin a pris la peine de composer ce colis. Il ne contient rien de financièrement précieux. C'est plus que ça. C'est la preuve qu'il a repensé aux moments passés ensemble et à ce qui pourrait me plaire. Même mieux, il me donne des clefs pour le comprendre. On ne fait pas ça pour quelqu'un qu'on n'a pas l'intention de revoir, si ?

D'ailleurs, on ne lui adresse pas non plus ce genre de lettres. Je souris de toutes ces petites piques pour me certifier qu'il ne pense absolument pas à moi.

Mon premier réflexe serait de lui renvoyer la pareille, ou mieux de l'appeler. Je me rends subitement compte que j'en meurs d'envie.

Pourtant, je retiens le geste qui me pousse à prendre mon Smartphone. Je me souviens de son exigence lors de notre dernière nuit. Pas de promesse, pas d'engagement. Juste ces petits clins d'œil, si je comprends bien.

Je dois en être capable, sans problème. Enfin, je pense. Au bout d'une demi-douzaine d'essais, je dois admettre que ce n'est pas si simple. Lui faire savoir que moi aussi, je pense à lui mais qu'il ne me manque pas, tout en occupant un morceau de mes pensées. Le tout sans être trop aguicheuse, trop niaise, trop, trop, trop…

Incapable de trouver l'image satisfaisante, je m'endors frustrée de lui pour la première fois. Pour un peu, je lui en voudrais de cette réapparition qui fiche en l'air ce que je pensais être un équilibre satisfaisant. Au réveil, je suis à peine apaisée. Longtemps, cette nuit, mon corps s'est rappelé le sien et la façon dont ils se sont accordés.

Ce n'est pas une très bonne idée, à l'aube d'une présentation importante sur laquelle je travaille d'arrache-pied depuis la fin de mes vacances. Vite, il me faut un café.

L'évidence me saute aux yeux alors que je me saisis de mon mug fumant. Avant de reculer une nouvelle fois, j'attrape mon smartphone, prends un cliché au cadrage approximatif. La légende me vient plus naturellement.

[Mon petit déj. Pas de pain perdu,
pas de salade de fruits, pas encore goûté
ta confiture de griottes. Pas de toi.
Mais rien ne me manque, tout va bien.]

J'appuie sur « Envoi » instantanément. Hors de question de me poser encore toutes ces questions qui empoisonnent ma vie. Robin a fait le premier pas pour reprendre contact. Je ne fais que répondre à ses plaisanteries. Qu'est-ce que je risque, après tout ?

Absolument rien, en fait. Mis à part une petite pointe de déception en constatant quelques minutes plus tard, au moment de quitter mon appartement, qu'il ne m'a pas répondu. Je hausse les épaules. Plus d'un mois sans nouvelles. On ne peut pas dire que nous soyons de grands communicants.

Je rejoins mon bureau comme si tout était parfaitement normal.

– Aurore, les clients sont en avance. Vous pouvez être prête dans dix minutes?

Simon Chérion, le grand patron en personne, passe la tête dans mon bureau avant même que j'aie posé mon sac. Je n'avais pas compris qu'il assisterait à notre réunion. À l'aube de la soixantaine, il a de plus en plus tendance à laisser la main à ses enfants, Martha et Victor. Sa présence ajoute une petite dose de stress dont je me serais bien passée. Je suis vraiment une idiote d'avoir passé ma nuit à laisser mon escapade sudiste remonter à la surface et à guetter une réponse qui ne viendra pas, alors que je devrais être focalisée sur l'impression que je vais faire dans la prochaine heure.

– Donnez-moi cinq minutes et je serai prête.

Il me faudra même moins que ça pour vérifier que ma mise est impeccable et attraper mon ordinateur portable déjà calibré pour la présentation.

Après un instant d'hésitation, je prends aussi mon téléphone. Je suis assez professionnelle pour ne pas le regarder toutes les cinq minutes au risque de ruiner ma crédibilité.

Il émet un léger bip à l'instant où je l'empoigne.

Mon cœur s'emballe aussitôt. Je me moque de moi. Ce portable doit contenir une centaine de contacts. Quelle probabilité que le message provienne de Robin ?

J'ignore de combien elle était, mais le fait est que c'est bien lui qui me répond.

[Pardon, j'étais déjà au boulot.
Un client matinal.
Pas comme si j'avais espéré
toute la soirée un message
de celle à qui je ne pense
absolument pas !]

Ce message – et son adorable critique sous-jacente – ramène un grand sourire sur mon visage. Il en précède de peu un autre, avec photo cette fois.

Je savoure le petit pincement au creux de mon ventre.

[Heureux de voir que je ne
te manque pas. Ça non plus?]

La photo représente un café serré et un croissant largement écorné. J'identifie surtout le lieu où elle a été prise. Robin est retourné au bord de mer, dans le petit port marseillais près de son salon, où nous avons dîné le premier soir.

Inexplicablement, cette vision et les souvenirs qu'elle fait remonter à la surface chassent tout le stress de mon intervention.

Espiègle, je lui réponds en quelques secondes.

[Je ne dis pas non pour le croissant
et pour la vue. Pour le reste...
Vu que tu ne me manques pas du tout
au moment où je dois faire une présentation
à un futur partenaire...]

La réponse arrive instantanément.

[Bonne réunion alors.
Je vais continuer à ne pas penser à toi.
Et ne pas t'envoyer toutes mes bonnes
ondes puisque tu ne me manques pas.]

Une part de moi, grisée par ce petit jeu, serait tentée de le prolonger encore. Mais mes patrons m'attendent, tout autant que la nécessité de réfléchir à cette drôle de façon de reprendre contact.

Je ne sais si les ondes y sont pour quelque chose, mais le fait est que je mène mon intervention avec professionnalisme et suffisamment de détente pour impressionner mes clients autant que mes patrons.

Simon y va même de son petit compliment alors que son fils raccompagne les futurs partenaires, visiblement convaincus par ma capacité à mener leur campagne de communication. Je crois que je viens de décrocher un très beau contrat, pour la société Chérion, bien sûr, mais sur mon nom.

– J'étais convaincu d'avoir de l'instinct en vous engageant. Mais vous dépassez mes espérances.

J'accueille sobrement ce compliment. Inutile d'en faire trop ou de sauter partout, ce serait parfaitement déplacé. Je me contente de hocher la tête en rosissant juste ce qu'il faut pour montrer que j'apprécie.

– Je suis heureux de votre investissement. Je craignais que votre fiancé ne vous convainque de nous quitter.

Je m'apprête à lui annoncer mon célibat mais me ravise. Mon patron est assez bien implanté dans la société parisienne pour le savoir déjà.

– Avant même la rupture de mes fiançailles, je ne souhaitais pas quitter la vie active. La question est réglée, désormais, ne pensez-vous pas?

À son tour, le négociateur avisé se contente d'un signe discret. Il en savait déjà long sur les vœux de Cody – somme toute assez classiques dans mon milieu –, mais aussi sur mes réticences et sur les dernières évolutions de ma vie sentimentale. Je pourrais m'en formaliser. Mais ce sont les codes avec lesquels j'ai grandi.

Si je n'avais su Victor déjà en couple, j'aurais presque craint de le voir m'entreprendre sous peu. Mon petit doigt me dit que, si j'échappe pour l'heure au défilé des entremetteurs, c'est parce que mon entourage espère que la flamme renaîtra entre Cody et moi. Ce qui voudrait dire par voie de conséquence que, malgré ses mesquineries, il attend également un signe de ma part.

Je pourrais lui en faire un qu'Angie et Robin échangent souvent pour ponctuer leurs anicroches. Mais je doute qu'il apprécierait. Sans compter que je ne sais pas faire, me laisser aller à des gestes vulgaires ou à des coups d'éclat.

Officialiser la nouvelle de ma rupture auprès d'un homme aussi influent que Simon Chérion n'est peut-être pas une bonne idée. Mais j'ai dans l'idée qu'il apprécie mon travail et ne prendra pas le risque de me précipiter dans les bras d'un spécimen semblable à Cody, qui voudrait m'éloigner de mon emploi et des satisfactions qu'il me procure.

J'accueille patiemment les différents avis quant à mon travail du matin, tout en guettant l'instant où je pourrai retrouver la quiétude de mon bureau. Pas seulement pour me faire livrer un plateau de sushis bien mérité, ni pour enlever mes chaussures si pointues qu'elles pourraient être considérées comme des armes de protection rapprochée. Non, sans même y penser, mon premier geste consiste en un message.

[Je ne sais pas si je dois te remercier
pour les ondes que tu ne m'as pas envoyées.
Mais j'ai réussi au-delà de mes espérances.
Merci de ne pas avoir pensé à moi.]

La réponse tarde un peu plus. Avec ce délai, les questions naissent. Peut-être Robin est-il pris dans un autre tatouage. Ou peut-être cherche-t-il à reprendre de la distance. C'est vrai. Il y a un écart manifeste entre son colis, ses quelques messages et ma réaction un peu trop excessive.

Je soupire. Je ne me reconnais pas dans cette frénésie qui me pousse à regarder mon portable à un intervalle régulier de moins d'une minute. C'est irrationnel. Or j'ai toujours géré mes aventures – non pas qu'il y en ait eu tant que ça – avec sagesse et mesure. Cody et moi échangions, lorsque nous étions séparés, un message le matin, un le soir, sauf urgence en journée. Et nos conversations écrites se résumaient à des échanges pratiques, jamais ou presque à ce type de flirt, si tant est que c'en soit un d'ailleurs.

[Si j'avais pensé à toi,
je n'en aurais pas douté
un instant. Heureusement,
ce n'est pas du tout le cas.]

De nouveau, la prose de Robin m'arrache un sourire et fait battre mon cœur plus vite.

Je m'oblige à observer des temps de pause entre deux messages. J'apprécie plus que de raison cette correspondance inédite. Mais je suis consciente des limites que nous nous sommes fixées. Tout autant que je sens, aux battements erratiques de mon cœur ou à ma consultation compulsive de messagerie, que j'ai plus de mal que prévu à m'y tenir.

Si j'étais raisonnable, je cesserais d'entretenir cet échange. Je laisserais Robin dans la case où il s'est classé de lui-même, celle des aventures de vacances. Je passerais à autre chose. Mais il faut croire que, lorsqu'on a commencé à déroger à ses propres règles en craquant sur un beau tatoueur, on est déjà dans la voie du moins raisonnable.

18

Je m'efforce pourtant de contrôler mes messages, de calquer leur rythme sur les siens ou sur une occasion particulière. Je le laisse en fixer la cadence. Pour le moment, il n'appelle pas. Je respecte son silence. Pourtant, j'adorerais entendre le son de sa voix rauque. Mais il a raison, d'une certaine façon. Tant que nous n'échangeons que des petits mots amusants, rien ne risque de déraper.

Ses messages et ses clichés représentent déjà beaucoup. Tous renvoient à des moments qu'on a partagés ou à des éléments qui peuvent me plaire.

Sans y prêter attention, je commence à en faire de même.

Un petit tour au Louvre en solitaire ? Je me retrouve, comme par hasard, dans le département des Antiquités grecques et romaines et ne peux résister au plaisir de lui rappeler que je ne pense pas du tout à notre visite archéologique. Un cliché d'un grand champ de lavande m'assure que c'est également son cas.

Depuis presque une semaine, mes journées sont ainsi ponctuées de ces petites incursions. Rien de plus que ces petits mots et ces quelques photos.

Aujourd'hui, alors que je suis, comme la plupart des jeudis, installée avec Agathe et Rose à la terrasse de notre salon de thé fétiche, je ne peux m'empêcher de noter un salon de tatouage dont la devanture me nargue clairement.

Je ne sais pas s'il est récent ou si je ne l'ai jamais repéré auparavant. Mais l'occasion est trop belle. Je prends le temps de cadrer la vitrine au décor élégant et compose un message.

[Comment veux-tu
me manquer alors qu'un
de tes collègues
me fait de l'œil ?]

– Enfin, Aurore, tu pourrais au moins faire semblant de t'intéresser à ce que je te raconte !

Je repose mon appareil et m'efforce de suivre le babillage d'Agathe, sans m'attarder sur son regard courroucé. Elle a raison, je ne prête pas la moindre attention à son récit des derniers événements mondains, que j'ai ratés sans regret.

En temps normal, il ne se passe pas une semaine sans que j'accompagne les deux sœurs ou mes parents à quelque événement. J'y étais la cavalière exclusive de Cody, évidemment. Mais depuis notre rupture, je n'en ai plus envie. Ni de devoir sourire à des gens qui vont se répandre en médisances et spéculations sur mon compte, ni de croiser d'autres chasseurs de dot dans son genre et encore moins de risquer de le croiser, lui.

Je pose mon menton sur mes doigts entrelacés et hoche régulièrement la tête, en m'efforçant de ne pas consulter mon écran.

– Je comprends mieux pourquoi maman bannit les portables de nos réunions de famille, assène-t-elle d'un ton sentencieux.

Parce qu'un Sudoku est plus passionnant que les ragots sur la pauvre Gladys qui n'a toujours pas retrouvé une ligne décente plus de trois mois après la naissance d'Amaury ?

Je retiens un soupir lassé et tente une pointe d'humour.

– Il est heureux que nous ne soyons pas nos mères alors…

Rose pouffe discrètement tout en piochant dans sa pâtisserie. Agathe pince les lèvres.

– Je ne vois pas ce que tu trouves d'amusant dans la conservation des bonnes manières. Fut un temps où tu y étais sensible, toi aussi.

Elle soupire longuement, ce qui n'augure rien de bon. Je ne me trompe pas.

– Je vais te dire les choses comme je les pense, Aurore, parce que je suis ta plus proche amie.

Nous y voilà. Je ne la reprends même pas pour lui rappeler que sa sœur aussi est une amie proche et qu'elle omet volontairement Angie.

– Ton évolution m'inquiète.

J'arque les sourcils, me cale posément sur ma chaise, croise les bras dans l'attente de ses révélations.

Ce n'était pas qu'une impression. Depuis ma rupture, Agathe multiplie les petites piques et les sous-entendus. Je suis assez curieuse de savoir ce qu'elle va me dire en face. Ce n'est pas comme si je n'en avais pas la moindre idée. Mais je ne lui faciliterai pas la tâche. Un sourire de façade plaqué sur les lèvres, j'attends.

– Eh bien, oui, Rose et moi pensons que…

Mon sourire s'élargit d'une pointe de sarcasme. Il est plus difficile d'aller au bout de son idée quand on est au pied du mur, non ? J'attends. Agathe ne se décide toujours pas et se racle la gorge avec toute la distinction qui sied. Je décide de m'amuser un peu, parce que je sais exactement comment cette discussion va tourner.

– Vous pensiez que ? Allons, Agathe, qu'est-ce qui te gêne ? Tu as raison, si entre amies, on ne peut pas tout se dire… Alors comme ça, tu trouves que j'ai changé ?

– Eh bien, oui, Rose, dis-lui !

Oh, si Agathe fait appel à sa sœur, c'est qu'elle est vraiment mal à l'aise. Rose, en cet instant, pique dans son assiette comme si tout ceci ne la concernait pas. C'est exactement ça, en fait. Dans le binôme des deux sœurs, la blonde Agathe domine de la tête et de la langue Rose la brunette qui a pris l'habitude de rester dans l'ombre. Elle ne représente pas une menace. Tout juste un témoin. L'adversaire est de l'autre côté de la table. Si j'en doutais, Rose ne relève la tête que quelques instants avant de revenir à sa pavlova.

– Je trouve, articule lentement Agathe, et je ne suis pas la seule dans ce cas, insiste-t-elle en guettant encore un soutien, que tu changes tellement que je ne te reconnais plus. C'est vrai ! Écoute-toi ! Depuis une demi-heure que nous sommes là, de quoi as-tu parlé ? De ton travail, presque exclusivement. Et tu sembles chercher dans ton portable je ne sais quelle révélation absolue.

C'est ce moment exact que choisit ledit portable pour vibrer sur la table. Agathe semble me mettre au défi de consulter le message. Comme si j'allais me gêner ! Je déverrouille mon appareil en hâte, identifie l'auteur de ce message et mon cœur rate un battement. Exit Agathe et sa leçon de morale, je veux savoir ce que Robin pense de ma pique.

[Hors de question que
qui que ce soit d'autre que moi
pose son aiguille sur cette peau parfaite.
Qui ne me manque absolument pas, bien sûr !]

Malgré le petit smiley qui accompagne sa réponse, toute ma peau entre en réaction. Je crois que c'est la première fois qu'il m'écrit quelque chose de si ouvertement sensuel. Il n'en faut pas plus pour que mon imagination s'emballe.

Sa peau contre ma peau. Nues, de préférence. Ses mains et son regard qui en apprécient le grain, la texture. Une toux insistante met fin à cette rêverie délicieuse. Agathe, bien sûr, qui m'arrache à cet endroit où j'aimerais me perdre de nouveau.

Passablement agacée, elle fixe l'objet entre mes mains, comme s'il était empreint de quelque marque satanique. J'hésite un instant à le poser, presque inquiète qu'elle me le confisque, puis je souris intérieurement. Comme si elle en avait le pouvoir. Décidément, son ton un peu trop parental me donne des réflexes de fillette. Aussi, je prends tout mon temps pour replacer le téléphone sur la table. Je laisse tout de même ma main dessus, à tout hasard.

– C'est un message important, que j'attendais.

Rose relève enfin la tête. Je suppose, à son regard plus vif, que la curieuse subodore une histoire croustillante. Hors de question que j'en partage la moindre miette avec elle. Robin, comme tout ce qui s'est passé ces dernières semaines, c'est mon jardin secret. Je ne compte pas le partager avec qui que ce soit. Et pas seulement parce qu'elles ne pourraient pas comprendre ce que je peux trouver à un homme si loin de notre monde. Ou alors, juste un petit peu...

Je reviens à Agathe qui n'a même pas touché à sa délicieuse tarte au citron meringuée et qui attend toujours une explication. Mon Dieu, en cet instant, sa mine sévère, sa bouche réduite à la taille d'une ligne presque invisible, son rang de perles parfaitement alignées sur son petit pull en cachemire rose pâle, un serre-tête en velours dans les cheveux, elle ressemble tant à sa mère que c'en est troublant. Enfin, un serre-tête en velours ! Qui porte encore ça de nos jours ? Mes deux amies visiblement.

Je l'imagine en train de tancer ses futurs enfants. Ils ne risquent pas de s'amuser tous les jours ! En un instant, je repense à la façon dont Angie élève Zélie. Je retiens à grand-peine un soupir d'envie. Mais je n'ai pas le luxe de m'attendrir. Je remobilise mes pensées. Autant crever l'abcès immédiatement.

– Que veux-tu que je te dise, Agathe ? Oui, je travaille. Beaucoup. Et si tu veux une confidence qui risque de te choquer davantage, j'adore ça ! J'étais désappointée de devoir y renoncer pour Cody. Mais depuis que j'ai retrouvé ma liberté, je mets les bouchées doubles, ce qui ne m'empêche pas, malgré tout, de trouver du temps pour ces moments entre filles. J'ai fait des études. Je me suis donné de la peine. Il est juste et légitime que j'en retire les fruits. La direction apprécie beaucoup ma manière de traiter les missions qu'on me donne. Le succès me rend gourmande. Je suis de plus en plus investie. Je ne vais certainement pas m'en excuser ! Ça signifie que j'ai moins de temps libre pour des activités qui vous occupent toujours autant ? C'est certainement vrai. Je ne vous reproche pas votre façon de mener vos vies. Je ne suis plus dans les mêmes envies. C'est un fait.

Imperceptiblement, Agathe secoue la tête. Manifestement, mon cas lui paraît plus désespéré encore que de prime abord. Cette attitude m'agace.

Dans le schéma idéal, nous devions épouser des hommes aux profils voisins et renouveler le mécanisme sur la prochaine génération. Tout se déroulait bien jusqu'à ce que… jusqu'à ce que je surprenne Cody vautré avec Mandy. Jusqu'à ce que je me souvienne que mon équilibre se trouve aussi dans un travail épanouissant et une amie comme Angie. Jusqu'à ce que mon séjour auprès de mon inavouable, de sa fille et de Robin me montre que je suis autre chose que cette seule poupée formatée à tenir sa place en société.

La conséquence est imparable. Mon escapade méditerranéenne a creusé entre nous un fossé dont je sonde seulement les berges.

– Qu'est-ce que cela signifie ? demande Agathe, toujours aussi réprobatrice, le front plissé d'une ride de contrariété. Que tu vas te transformer en businesswoman, sautant d'un avion à l'autre, renonçant à une famille, ou pire encore, confiant tes enfants à des mercenaires?

« Mercenaires. » Le terme m'évoque immédiatement des images de baroudeurs mal rasés avec armes et mines patibulaires. Je masque un début de rire derrière une toux bien opportune et me crispe. Ses jugements de valeur m'agacent. Je ne sais pas encore où va me mener ma carrière, ni à quel moment je fonderai une famille. Mais je me refuse à me laisser enfermer dans un moule trop étroit pour moi.

Cette évidence me saute soudain aux yeux. Elle fait monter une bouffée d'adrénaline qui se répand dans toutes les parcelles de mon corps.

Si je m'écoutais, je quitterais sur-le-champ cette table, cette discussion et ce carcan pour partir en courant jusqu'à un lieu où je pourrais respirer à pleins poumons, crier à l'envi et ne plus me soucier du regard des autres. Mais je me méfie des excès. Et ces deux femmes, quels que soient leurs défauts, sont également une partie de ma vie et de mon identité.

Le tout est d'en déterminer les limites.

– Eh bien, oui. Si j'en ai l'opportunité, je veux tout ça: une carrière, un partenaire qui en respecte les contraintes et une vie complète.

Rose hoquette et en pose sa cuillère. Agathe n'est que blâme.

– Et quelle place fais-tu aux obligations de ta vie de mère et d'épouse? Tu ne pourras pas indéfiniment rester aussi insouciante!

Je hausse les épaules.

– Je ne crois pas m'être muée en homme, persiflé-je. Et je ne vois pas pourquoi je devrais renoncer à quoi que ce soit. Pourquoi veux-tu voir ma vie de femme comme étant seulement une contrainte?

– Parce qu'à un moment ou un autre, tu devras faire un choix !

– Mais je n'en suis pas là. Je n'ai pas de projet de maternité à court terme. Quant à un éventuel statut d'épouse…

Agathe s'insurge de nouveau.

– Ne prends pas ce ton de victime à ce sujet, lance-t-elle, agacée. Je ne te comprends plus, Aurore. Pourtant, je te jure que, au nom de notre amitié, j'essaie de toutes mes forces. Mais enfin ! Quitter Cody ! L'un des plus beaux partis de la place parisienne ! J'en parlais avec lui, pas plus tard qu'hier.

Je sursaute.

– Tu as vu Cody, hier ?

Ma voix est sans doute plus acide qu'Agathe ne l'attendait. Qu'importe ? Sans avoir eu vent des détails de notre rupture, mes amies savent que Cody a fait quelque chose de l'ordre de la trahison.

En pareilles circonstances, Angie m'a immédiatement accueillie à bras ouverts. Et Agathe, ma « meilleure amie », pactise avec l'ennemi ?

Je me retiens in extremis de quitter la table avec fracas. Je passe la main dans mes cheveux, inspire lentement et attends une explication.

– Évidemment que je le vois ! Je te rappelle que Cody et Hugues sont cousins et que nous fréquentons les mêmes cercles. Toi-même, une fois que tu auras mis fin à tes bouderies, tu ne pourras pas fuir indéfiniment tes responsabilités.

– Mes responsabilités ?

Mon sang pulse dans mes veines, bouillonne à mes tempes. Je dois sortir d'ici ou dire à Agathe ses quatre vérités, sans quoi je vais exploser.

Ou pas. Comme mû par un sixième sens, c'est cet instant que choisit Robin pour m'envoyer LE cliché. Celui dont j'avais désespérément besoin en cet instant pour m'apaiser.

La crique, notre crique.

[Comme aucun de nous ne pense à l'autre,
je me suis dit que ça ne te ferait rien
de voir cet endroit où tu ne me manques
toujours pas, même quand je pense à toi.]

S'il était là, je l'embrasserais pour trouver la façon exacte de désamorcer la situation.

C'est l'estocade finale, celle dont j'avais besoin pour réagir. En un clin d'œil, je suis debout.

– Tu disais, Agathe, que les amies peuvent tout se dire. Il paraît aussi qu'elles peuvent tout comprendre. J'espère que tu as raison. Comme ça, tu comprendras que j'ai besoin de prendre de la distance. En tout cas, je l'espère. Je file.

J'envoie un baiser du bout des doigts et quitte précipitamment les lieux.

La déception devrait l'emporter. Après tout, mes amies désapprouvent clairement ma façon de vivre et restent scandaleusement proches de Cody. Mais elle est déjà concurrencée par un influx de pure énergie qui me donne envie de soulever des montagnes ou de traverser le pays pour m'assurer de mes pensées et de mes manques.

19

L'assurance qui me tenait en quittant le salon de thé s'effrite le temps de rentrer. Elle est carrément battue en brèche au moment où je prends mon téléphone pour appeler Robin et lui demander si notre jeu de séduction est supposé passer à une vitesse supérieure.

Je suis ridicule. Mon *crush* de vacances a été très clair. Ni promesse, ni engagement. Oui, mais il a aussi dit que, si jamais on venait à se revoir, il n'aurait rien contre le fait de jouer les prolongations. Il n'y a qu'à la trouver, cette occasion de se revoir.

Un coup d'œil à mon planning me confirme ce que je sais déjà. Je peux me libérer demain en début d'après-midi et être à Marseille pour le dîner.

Je m'apprête à réserver mon voyage quand un doute m'étreint. Sera-t-il content de me voir? Et surtout, sera-t-il là? Une seule façon d'en avoir le cœur net. Je ne suis pas très fière de me servir d'elle pour obtenir des informations, mais tant pis.

Angie me répond presque instantanément.

– On part à la montagne, marraine! crie Zélie d'une voix surexcitée.

Je m'étonne. À la montagne? Un jeudi soir?

– Ma boîte organise un truc entre le séminaire et le long week-end de détente et, vu qu'il y a encore un peu de neige, mon patron a obtenu qu'on mette à notre disposition les infrastructures de la station. Donc on monte en famille.

Et voilà comment mon bel enthousiasme prend un sacré coup dans l'aile et ma résolution un coup d'arrêt létal. Mon silence n'échappe pas à ma meilleure amie qui s'inquiète de la communication.

– Oui, oui, je suis toujours là. C'est juste que, j'avais dans l'idée, peut-être, de… Enfin, ce sera pour une autre fois.

– Tu veux nous rejoindre à la montagne? Zélie, calme-toi, marraine n'aime pas trop le froid ni le ski, précise Angie pour contrer le hurlement enthousiaste de sa fille.

Je grogne. Très classe de la part de ma meilleure amie de me rappeler que mon premier séjour à la neige s'est soldé par une chute si spectaculaire que je n'ai plus remis les pieds sur des skis pendant au moins quatre ou cinq ans.

– Euh, non, c'est gentil, mais effectivement, la montagne et moi… Mais tu as quelqu'un pour te garder la puce pendant que tu seras en séminaire?

J'ai dit que j'irai à la chasse aux informations, je n'ai jamais prétendu que je serai subtile. Angie doit parvenir à la même conclusion, parce qu'elle ricane sans même se cacher.

– Rassure-toi, mes patrons ont prévu un service de garderie spécial. Et si tu veux tout savoir, mes parents nous rejoignent demain.

Je serre les dents de frustration. J'adore ses parents, mais ce n'est pas d'eux que j'ai envie de parler.

– Bon, eh bien, puisque tu n'es pas sur Marseille, je suppose qu'on se verra une autre fois…

Aucun doute, je suis toujours aussi transparente pour mon amie qui reprend, nettement plus enjouée que moi.

– Je n'en doute pas, Blondie, et je l'espère. Mais toi, je ne saurais trop te recommander un week-end hors de Paris. Je ne sais pas… vers Saint-Malo peut-être.

J'écarquille les yeux. Qu'est-ce que c'est que cette nouvelle lubie?

J'aime bien la cité corsaire. Non, pour être honnête, je l'adore, mais je ne vois pas ce que j'irais y faire ce week-end. À moins que…

– Et quand tu dis Saint-Malo, tu lances ce nom comme ça à tout hasard ?

Mon amusement suinte dans ma voix. Il en est de même pour mon adorable peste.

– Non, pas vraiment. Je crois que c'est ce week-end que se déroule le championnat régional des poules pondeuses.

Je m'étouffe presque de sa réponse pince-sans-rire. Des poules pondeuses ? Elle m'aura tout fait.

– Ne rigole pas, c'est très sérieux ! Les meilleures pourront peut-être concourir au Salon de l'agriculture. Tu imagines, tu repères une jolie poulette ce week-end et bim, tu la retrouves au mois de mars à Paris ! Ah, et sinon, il se pourrait qu'il y ait aussi une convention à côté de Saint-Malo, ce week-end. Et quelqu'un dont tu n'as toujours pas prononcé le nom y sera. C'est une petite convention, mais ça a été l'une de ses premières. Il y reste fidèle. Ça, c'est si tu en avais marre des poules !

Oh mon Dieu ! Si je pouvais, j'embrasserais Angie, là, tout de suite. Ou pas. Elle vient de renforcer mon dilemme. Maintenant, je sais où est Celui-qui-ne-me-manque-pas. Je peux aisément le rejoindre. Je n'ai plus qu'à le décider. Et c'est bien là le problème. Est-ce que je veux prendre cette initiative ? Ai-je la force de résister à cette tentation ? Et si j'y vais, quoi ?

Je me souviens de notre dernière discussion. À quel titre le rejoindrais-je ?

Allons Aurore, cesse de te voiler la face ! L'hypersensibilité de tout mon corps est une réponse suffisamment explicite. Au moins une chose dont je suis certaine. Mais rien ne garantit que ce soit également son cas. Après tout, il ne m'a pas parlé lui-même de ce séjour.

Nous n'en sommes pas à échanger de longues confidences, mais tout de même. Et si je me décidais à le rejoindre, mais qu'il n'était pas seul?

Chaque argument trouve son contraire. Au moment où le sommeil me saisit, insidieusement, je n'en ai trouvé aucun qui domine l'autre.

***

Comme par un fait exprès, alors que seule une matinée de travail titanesque pourrait me sauver de ces réflexions sans fin, mes tâches sont expédiées en un temps record et je me retrouve, à dix heures trente, totalement désœuvrée. C'est certainement pour cette raison que je surfe, presque par hasard, sur l'agenda culturel de la région malouine et que je me retrouve sur le site de ladite convention, à quelques kilomètres de la ville close. Le hasard, rien de plus, si parmi les invités de prestige de cette édition, les écailles rouge sang d'un dragon mouvant me font de l'œil. Je reste en arrêt sur la photo, prise l'an dernier si j'en crois la légende.

Penché sur un thorax masculin, sec et bien dessiné, Robin dessine un motif complexe. Je ne vois pas son visage, masqué par son éternelle mèche rebelle. Mais tout le reste m'est douloureusement familier: sa tenue classique, sa nuque où je devine le corps de son dragon au moment où le rouge cède le pas à une teinte qui tire davantage sur l'orangé.

Je suffoque un instant et sursaute quand ma ligne interne sonne.

– Aurore? C'est Martha. Notre rendez-vous de cet après-midi vient d'annuler. Je partirai à midi. Tu devrais en faire autant. J'ai dans l'idée que, lorsque ce client va se décider, on sera heureuses d'avoir pris des heures de repos d'avance.

– Merci, Martha. Je finis un peu de classement et je t'imite. Bon week-end !

Je raccroche, songeuse. Je ne sais quelle divinité a décidé de s'amuser à mes dépens, mais il y a quelque chose de l'ordre de l'acharnement mythologique.

Et comme s'il en fallait encore une preuve, mon portable annonce un nouveau message. Allons bon ! Il ne manquait plus que ça ! Robin me donnera-t-il une raison de pencher d'un côté ou de l'autre de ma résolution ?

Le cliché du jour montre un ciel sombre, une mer agitée autour du Grand Bé. Il a été pris depuis des remparts que je reconnais sans peine. Je ne sais si c'est volontaire, mais Robin me confirme qu'il est bien à Saint-Malo.

[La mer est de sale humeur ce matin.
Qui sait ? Peut-être qu'à elle aussi,
tu ne manques pas du tout.]

Cette fois, c'en est trop ! Au diable la prudence et tous les motifs raisonnables qui m'intiment de rester loin de la Bretagne. Un coup d'œil à ma montre me confirme que j'ai le temps de prendre le prochain train direct – il se pourrait bien que j'aie passé une partie de la nuit à hésiter à prendre mes billets et que j'en aie mémorisé les horaires. Je réserve en un clin d'œil, avant d'avoir le temps de changer d'avis. Je vérifie que ma valise d'urgence est prête dans le placard de mon bureau. Précaution inutile. C'est l'un des premiers conseils que m'ait donné mon père : avoir toujours une valise prête pour bondir en premier sur un déplacement d'urgence – ou pour pallier tout accident gastronomique à vingt minutes d'un rendez-vous crucial.

Durant le trajet jusqu'à la gare Montparnasse, je fais mentalement l'inventaire de ma valise. Je doute qu'il y ait quoi que ce soit qui convienne à une convention de tatouage. Tant pis. Il faudra bien faire avec. De toute façon, vu la tenue dans laquelle j'arrive, le ton est donné.

Jupe crayon noire, chemisier de soie ivoire délicatement ouvert sur un caraco assorti, carré de grand couturier autour du cou et mes stilettos fétiches aux pieds. Des chaussures à semelle rouge que je me suis offertes pour célébrer ma première prime.

Lorsque j'ai revêtu mon uniforme des grands jours, ce matin, je m'attendais à devoir convaincre un client casse-pieds, pas à rejoindre mon… mon indéfinissable !

Le trajet passe trop vite pour que j'aie le temps d'arrêter une stratégie, trop lentement pour m'éviter de paniquer de ce coup de folie.

Je laisse ma valise à la consigne et m'enquiers de la convention. Apparemment tout le monde sait la situer et un taxi m'y emmène sans problème. Je suis surprise de cet engouement collectif. Mais ce n'est rien avant de voir l'affluence aux abords du site qui accueille l'événement.

Évidemment, je ne passe pas inaperçue et on me dévisage ostensiblement dès l'entrée. Je relève crânement le menton, regarde droit devant moi et pénètre dans un immense espace bruyant.

Comme il fallait s'y attendre, aucune trace de Robin et, pour ma part, aucune envie d'arpenter toutes les allées, entre les corps plus ou moins dénudés, à la recherche de la vedette du week-end. La musique tonitruante menace de me donner une migraine mémorable. Je me tourne en tous sens, un peu perdue. Je ne vois ni plan ni hôtesse d'accueil. On dirait que je vais devoir passer par-dessus ma gêne et me débrouiller comme une grande.

Première étape, trouver un point de renseignements.

J'avise une buvette où sont attablés plusieurs groupes. À l'une des tables, quatre hommes me regardent avec un sourire surpris mais pas trop insistant. J'hésite à m'approcher d'eux, mais un élément emporte le débat : le pass d'accréditation qu'ils portent tous et qui les identifie comme des exposants ou des tatoueurs.

Allez, Aurore ! Tu es venue jusque-là, tu ne vas pas te dérober maintenant !

J'arbore mon air le plus assuré et aborde le petit groupe.

– Bonsoir, je suis un peu perdue. Je cherche Robin Choste.

Les regards ne se détachent plus de moi. Ceux des quatre tatoueurs, mais aussi ceux de quelques tables voisines. Certains sont clairement moqueurs, d'autres me mettent mal à l'aise et me montrent que je ne suis pas dans mon monde.

– Qui ? demande un homme un peu plus âgé.

Bon quinquagénaire si j'en crois le vieillissement de sa peau, il paraît nettement moins au vu de son tonus musculaire. Quant au pétillement de son regard sombre, il lui donne presque des airs d'adolescent. De nombreux tatouages, exclusivement en nuances de gris, marquent ses avant-bras.

– Je cherche Dexter, précisé-je en utilisant pour une fois son nom d'artiste.

Le petit comité me dévisage plus attentivement et échange des sourires de connivence.

– Vous avez rendez-vous pour un tatouage ? demande un homme jeune, au look de rocker des années cinquante, cuir sur la peau et banane impeccable en guise de coiffure. Parce que s'il est trop occupé, je suis à votre disposition.

Je m'efforce de lui adresser un sourire détendu et de ne pas trembler à l'idée d'une aiguille sur ma peau. Mais le doyen de l'équipe lui assène une petite claque derrière la tête.

– Fiche-lui la paix, Billy. Venez avec moi. Dex est un peu l'attraction ce soir et, si je ne vous escorte pas, vous n'arriverez jamais jusqu'à lui !

Ça y est, l’heure de vérité ! J’inspire lentement et prie toutes les divinités du tatouage de ne pas avoir commis une énorme erreur en venant.

20

– Pardon, je ne me suis pas présenté, je suis Vince, un ami de Dex.

Je me demande si c'est celui dont m'a parlé Robin, son mentor. Je n'ose lui poser la question. Il veille à adapter son pas au mien et m'aide à traverser les groupes denses. Il a dit juste. L'assemblée devient plus compacte au fur et à mesure qu'on approche d'un stand très fréquenté.

Il y a beaucoup de monde, mais une petite estrade permet au public de mieux assister à la performance. De là où je suis, je peux voir le profil de Robin, penché sur la cuisse d'un homme. Tous deux discutent comme si une aiguille ne se plantait pas plusieurs fois par seconde dans la peau de l'un d'entre eux. Je ne distingue pas bien le visage de mon amant, penché sur son ouvrage.

– Dex, mon grand, tu devrais faire une pause, je t'amène une princesse ! prévient Vince que j'avais presque oublié à mes côtés, totalement perdue dans ma contemplation.

C'est la première fois que je le vois en action et la tension qui émane de son corps ajoute à son charme naturel. Mais ce n'est rien en comparaison de sa voix que je n'ai plus entendue depuis des semaines.

– Tu m'excuseras, mais je suis occupé.

Le tout énoncé sans même lever la tête de son travail. Une part de moi devrait être froissée. Je suis venue pour le voir, il pourrait se donner la peine de se tourner tout de même. Mais il ne sait pas que je suis là ! Ce qui confirme à l'hémisphère plus inquiet de mon cerveau qu'il n'est pas le genre d'homme à tout lâcher à l'annonce d'une présence féminine.

– Aucun souci, à vrai dire, je suis venue pour vérifier s'il ne me manquait rien du tout.

Est-ce ma voix ? La *private joke* récurrente de ces derniers jours ? Quoi qu'il en soit, Robin relève dans un même mouvement sa tête et son aiguille.

La surprise ne trouble qu'un instant son regard clair avant qu'un sourire franc n'éclaire tout son visage et ne propage des ondes qui relient mon corps au sien.

– Hey, princesse ! Tu as finalement compris que c'était à moi de faire ton premier tatouage et tu es venue pour réparer cette offense ? demande-t-il sans me quitter des yeux.

Le regard qui balaie tout mon corps est un défi à lui tout seul. Il semble chercher l'endroit qui conviendrait le mieux à son aiguille. Mais il y a autre chose sous cette observation toute professionnelle. Il y a un challenge. Pas seulement celui du tatouage. Celui qui attend de voir si je vais me dégonfler ou admettre que je suis venue à sa rencontre. Ma peau réagit instantanément, avec la même acuité que si ses mains la parcouraient. Les yeux plissés pour renforcer son emprise, la lèvre inférieure pincée entre ses dents, Robin attend ma réponse.

D'un geste nonchalant, je replace une mèche derrière mon oreille, me plante sur mes talons pointus et croise les bras. Inutile de lui laisser voir mes mains qui tremblent un peu.

À en croire la brusque descente de son regard plus au sud, je viens aussi de mettre mon décolleté en valeur. Robin bloque sa respiration un instant, en m'offrant l'indice que j'attendais et un regain d'assurance, bien nécessaire pour formuler ma réponse.

– Oh que non ! Tu ne me manques tellement pas que je suis venue me rendre compte par moi-même à quel point je ne prendrais aucun plaisir à te voir !

Quelques bruissements me rappellent que cette discussion a des témoins. D'ailleurs le rire étouffé du client et celui nettement moins discret de Vince montrent que notre petite joute est appréciée.

– Ah princesse, princesse, tu cherches les problèmes, déclare Robin en secouant la tête.

Il incline le visage un instant, mais pas assez vite pour que je rate le sourire en coin qu'il cherche à camoufler. Avec une maîtrise parfaite, il pose ses instruments, ôte ses gants chirurgicaux et assène deux petites tapes sur la jambe de son client.

– Mec, excuse-moi, je reviens dans quelques minutes.

Quelques protestations s'élèvent parmi les fans. Certains, bien conscients que je suis la cause de la distraction, me décochent un regard accusateur. Celui de plusieurs demoiselles est carrément hostile. Peu importe. Je ne vois que l'homme qui, dans quelques instants, va déployer son grand corps et venir à ma rencontre. J'ai encore le temps de prendre mes jambes à mon cou et de fuir, le temps de calmer les battements erratiques de mon cœur, non ?

Robin saisit visiblement mon instant de panique. Son regard se fait plus enveloppant et un autre trouble ne demande qu'à prendre la place.

– Eh, Dex, je suis à fond là, me laisse pas comme ça ! Je suis sûr que ta princesse peut attendre ! tente de plaider le client.

– Mais moi, j'ai besoin d'une pause. Alors soit je la prends, et je reviens dans quelques minutes finir ton loup, soit je finis vite fait avec une tête de Minion bigleux et on n'en parle plus.

Sans attendre de réponse, Robin saute en bas de l'estrade, glisse un mot à l'oreille de Vince et me prend par la main. Je n'ai pas le temps d'esquisser le moindre mouvement que son dragon est déjà au contact de ma peau.

– Suis-moi.

Ces deux petits mots, totalement neutres, envoient à mon cerveau tout un tas de messages que je ne cherche même plus à analyser.

Je ne réponds pas non plus. Il vaut mieux. Je risquerais de couiner de façon absolument ridicule que je pourrais le suivre partout où il le demanderait.

Il n'y a pas à dire, si cet homme a un don, c'est celui d'annihiler toute capacité de pondération.

Sans se soucier de mes états d'âme, Robin, qui ne relâche pas un instant le contact, se fraie rapidement un passage à travers admirateurs et connaissances.

Je trottine à sa suite, sans prêter attention aux regards qui nous suivent, ni aux commentaires que je devine. Tout mon univers se réduit à cette main solide et à la myriade de picotements qui parcourent mon bras.

Enfin, il arrive devant une porte barrant le passage au secteur réservé. Seuls les tatoueurs ont le droit d'y pénétrer. Leurs invités également, a priori. Robin serre plus fort ma main et ouvre la porte avec détermination avant de me faire entrer dans une mini-loge à son nom. Je ne sais pas à quoi je m'attendais, mais on est loin de l'ambiance *sex, drugs & rock'n'roll*. Dans un coin, un canapé propre – quoique d'une fraîcheur toute relative – et des fauteuils permettent à cinq ou six convives de se retrouver, juste à côté d'un petit frigidaire et d'un portant où mon tatoueur a rangé sa panoplie de tenues fétiches. Des chemises, des vestons, tout l'attirail *old school* qui contribue parfaitement au personnage que je suis venue retrouver.

La porte se referme doucement dans mon dos. Je sursaute, soudain consciente de mon coup de tête.

Je viens de débouler, sans prévenir, au milieu de son univers. Je devrais en être mortifiée. Étrangement, ce n'est absolument pas le cas. Il faut dire que Robin ne semble pas du tout contrarié de mon arrivée. Certes, mais en cet instant, il est aussi silencieux que moi. Pourtant, je sens sa respiration rapide, aussi saccadée que la mienne. Je prends mon courage à deux mains et me retourne. Adossé à la porte avec une fausse nonchalance que dément l'éclat étincelant de son regard, Robin attend. Ses mains, cachées dans le dos, ont quitté les miennes. Nous ne sommes qu'à quelques pas l'un de l'autre, mais il n'esquisse pas le moindre geste. Il me regarde comme s'il ne m'avait pas vue depuis des semaines. En fait, c'est le cas. Je me gorge de la même observation. Notre redécouverte est grisante. Elle pourrait être gênante. C'est tout le contraire. Dans le silence de cette loge qui relègue les bruits du salon dans une autre dimension, il n'y a que nous. Moi qui suis venue et lui qui ne semble pas décidé à me faciliter la tâche. Tant pis. Quitte à être là, autant aller jusqu'au bout de mon coup de folie.

– Bonjour.

Je n'ai pas dit non plus que je serai une reine d'éloquence. Juste que je ferai le premier pas, au propre comme au figuré. Malgré moi, j'avance en direction de Robin.

– Bonjour, Aurore.

Il sursaute de sa salutation, tout aussi banale que la mienne. Ses yeux prennent une teinte plus claire quand ils me parcourent tout entière, dans ma tenue de travail. Je me demande ce qu'il en pense. Sans doute me trouve-t-il trop guindée pour le lieu. Peut-être aurait-il préféré que j'adopte une tenue moins originale. Que je ne vienne pas du tout.

Sa voix me fait tressaillir.

– « Bonjour »? Mais non, hors de question que je me contente d'un simple bonjour alors que tu déboules de nulle part, aussi élégante que si on partait à la *fashion week*! C'est bien plus qu'un bon jour, Aurore. C'est un putain de bon jour, tu veux dire! Je suis surpris. Heureux de cette surprise, reprend-il aussitôt pour me rassurer. Mais surpris. Je ne sais même pas comment te dire bonjour. Comme la copine d'Angie, comme ma compagne d'excursion?

Sa réaction me fait sourire et me trouble tout autant que ses mots. Une copine? Est-ce vraiment ce qu'il veut?

Son souffle toujours aussi rapide et le va-et-vient de ses yeux sur tout mon corps n'envoient pas exactement le même message. Enhardie par toute cette journée, je m'approche d'un pas encore. Je ne le touche pas vraiment. Son torse est encore à quelques centimètres de mes seins douloureux qui se tendent vers lui. Ses mains sont assez proches pour m'effleurer s'il le souhaite. L'air qu'il expire légèrement caresse mon front et joue avec quelques mèches folles.

Je lève les yeux. Oh mon Dieu! J'avais oublié que les siens étaient si bleus. Ils naviguent sur tout mon visage jusqu'à mes lèvres que je mordille nerveusement.

– Et si tu me disais bonjour comme à celle qui ne te manque pas du tout?

Robin esquisse un sourire que je devine dans sa barbe. Je me sens fondre. Le sang pulse plus vite dans mes veines, y fait crépiter une énergie vitale qui me grise.

– C'est une idée intéressante, qui rejoint un peu la mienne. Je pourrais aussi dire bonjour à celle qui me rejoint pour vérifier qu'elle ne pense pas du tout à moi.

Sa main remonte le long de mon bras avec la légèreté d'une plume et une douceur diabolique qui me coupe le souffle. Chaque millimètre qu'il effleure se couvre d'ondes frissonnantes qui menacent de me faire perdre la tête. Il s'arrête au creux de mon cou, étire son pouce jusqu'à caresser ma mâchoire, juste là, sous mon oreille.

Juste sur ce point que je ne soupçonnais pas si réactif avant lui.

– Je... Je crois que c'est la même. Celle qui ne te manque pas, et à qui tu ne manques pas non plus.

Je m'entends à peine lâcher cette remarque dans un souffle qui glisse sur sa bouche sensuelle, à l'instant précis où elle pose, enfin, un baiser sur la mienne.

Un baiser? Le frémissement d'une aile de papillon, plutôt. Je devine les poils de sa barbe sur ma peau. Un effleurement, juste une caresse, un nuage de barbe à papa au goût fraîchement mentholé, quelque chose de si doux que je me demande un instant si je ne le rêve pas. Mon corps, lui, ne s'y trompe pas. Ce baiser, malgré toute sa douceur, l'électrise totalement. Mes jambes tremblent et je me raccroche aussitôt à sa taille.

C'est le signal dont avaient besoin nos corps pour perdre leur prudente réserve. De son bras libre, Robin me ramène contre lui. Son baiser n'a plus rien de timide. Pas plus que le mien d'ailleurs. J'ai soif de le redécouvrir, de ma langue qui entame un ballet incandescent avec la sienne, de mes mains qui parcourent les contours familiers de son corps. Je passe les doigts dans ses cheveux, m'arrime à sa nuque.

D'un geste souple mais à l'autorité certaine, mon hôte me fait tourner sur moi-même et me colle à la porte. C'est une bonne idée qui m'assure un soutien supplémentaire. Comme s'il risquait de me laisser glisser au sol!

Ainsi prisonnière entre le bois épais et son corps musculeux, je me presse avidement contre Robin, y retrouve une place évidente. Un spasme me traverse lorsque je sens, sans aucune hésitation, l'effet que ma présence a sur lui.

Ses longues mains dévalent mon corps. L'une presse un instant mon sein ultra tendu. Mon gémissement discret le fait gronder dans ma bouche. L'autre remonte impatiemment ma jupe, se glisse le long de mes bas.

Je suffoque d'excitation, puise mon oxygène dans le sien, étouffe les bruits révélateurs qui m'échappent. Bientôt, ses doigts rencontrent ma peau, par-dessus la couture de mes bas.

Ce contact direct électrocute Robin. Il suspend instantanément son baiser, ferme les yeux et pose son front sur le mien. Son souffle erratique trouve écho dans mon emballement. Je suis tétanisée, éperdue de désir et déconcertée par sa réaction.

La créature sensuelle qu'il éveille en moi lutte de toutes ses griffes pour reprendre la joute, tendre la main vers son sexe déjà raide. Mais tout ce qu'il y a de plus policé en moi ne me permet pas de me montrer si entreprenante. Un petit rire, bien incongru, m'échappe.

Il sort Robin de sa transe.

– Putain, Aurore, des bas ! Tu me tues. Comment veux-tu maintenant que je n'imagine pas ta peau, alors que je l'ai sentie sous mes doigts ?

Malgré le reproche que semble porter sa voix, il n'y a rien d'autre que du désir et de la frustration dans le regard qu'il pose sur moi. Mon frémissement ne lui échappe pas et nous arrache un sourire complice.

– Et tu veux savoir le pire ? Je vais devoir passer les prochaines heures concentré sur mes tatouages, alors que tout mon esprit va tourner en boucle sur cette pensée.

Il s'écarte légèrement de moi, plisse les yeux pour regarder

CETTE partie de mon corps. J'en hoquette, engloutie par l'arc de désir brut qui me traverse.

– Et je vais bander comme un dingue en me demandant si je pense bien.

– Si tu penses bien quoi ?

Oublions la voix sensuelle de la femme fatale, cela ressemble plus à l'insupportable couinement d'un Chipmunk. Mais il ne trouve pas à en rire, entièrement concentré sur moi.

– Que ce sont des porte-jarretelles qui les retiennent.

Je m'inquiète.

– Et ce serait une mauvaise chose ?

Robin ferme les yeux une nouvelle fois, se mord la lèvre et darde sur moi un regard capable de me mettre à nu dans la seconde.

– Ça confirmerait que tu es la définition parfaite de la tentation.

– Oh !

Je ne pensais pas qu'une phrase pouvait me mener aux portes de l'orgasme. J'avais tort. Mon corps est dans une telle effervescence que je crains pour la survie de mes sous-vêtements. Je ne suis que frémissements et rougissements. Robin m'enveloppe dans ses bras. Pourtant, je sens une certaine distance. Elle m'aide tant bien que mal à me calmer, à me concentrer sur le bien-être de ce moment qui confirme que j'ai eu raison de secouer mes habitudes.

– Voilà pourquoi les deux heures à venir vont relever de la plus délicieuse des tortures. Une façon de me punir pour t'avoir si peu manqué ? demande-t-il en glissant la pointe d'humour nécessaire au rétablissement de la situation.

– Ou le moyen d'être sûre que tu n'écriras plus jamais que tu ne penses pas du tout à moi, lancé-je en fourrageant dans sa barbe.

Je plaisante. Mais Robin prend ma remarque très au sérieux. Il tient mon visage en coupe, m'oblige à me fondre dans son regard et se livre à mon observation en toute transparence.

– Tu sais que c'était une plaisanterie ? Dire que tu ne me manquais pas, que je ne pensais pas à toi.

Je suis tentée de minauder. Mais il y a une urgence dans sa voix qui exige d'être rassurée.

– Tu me rassures, parce que si ce n'était pas le cas, j'aurais eu l'air bête.

Robin me décoche un sourire ravageur, fond de nouveau sur ma bouche, me vole un baiser exigeant, puis s'arrache à moi. À en croire son grondement, la frustration est aussi grande pour l'un que pour l'autre.

– Tu es une forme de torture inédite, tu le sais ça ? Je vais passer deux heures de rêve parce que tu es là, et en enfer parce que je vais devoir me contenter de te regarder, de loin.

– Tu préfères que je reparte ?

– T'es dingue ! Non, non, je te garde près de moi, sauf si tu as envie de faire un tour. Aujourd'hui, c'est un jour un peu spécial. En principe, le salon ne commence que demain. Donc aujourd'hui, c'est un peu un jour off. Il y a moins de monde.

Je m'étrangle à demi.

– Il y aura encore plus d'affluence le reste du week-end ?

Robin acquiesce d'un signe de tête et m'explique en deux mots la popularité de ce rassemblement.

– Je vais être très occupé, mais rassure-toi, on va trouver du temps. Alors, tu restes ?

Je réfléchis un instant, un peu gênée. Non pas à l'idée de rester deux heures plantée à regarder le travail de mon amant, du moment que je ne le dérange pas. Mais il y a quelque chose que je dois faire. Je joue cartes sur table.

– Il va falloir que je me préoccupe de trouver un hôtel.

Robin sursaute.

– Un hôtel ? Mais pour quoi faire ?

Quelle question ? La surprise a grillé ses neurones ?

– Euh, basiquement, je dirais : pour dormir. Je pensais rester… tout le week-end.

Le signe de tête de Robin confirme que ça lui convient.

– Mais vu que je suis partie sur un coup de tête, je n'ai pas eu le temps de m'en préoccuper. J'ai juste eu celui de prendre mon billet pour venir. Je ne me suis même pas préoccupée de mon retour. Donc il faut que je me trouve un hôtel.

– Tu ne comptes pas rester avec moi ? Ma chambre a une très jolie vue sur les remparts, surtout depuis sa terrasse privative, celle d'où je t'ai envoyé la photo ce matin. Elle a aussi une grande baignoire où je suis sûr qu'on tiendrait à deux, sans problème. Ah et bien sûr, j'oubliais, un très grand lit qui aurait largement la place de t'accueillir.

Oh mon Dieu ! Si on ne sort pas très vite de cette loge et si Robin ne cesse pas de prononcer ce genre de phrases, je vais porter atteinte à sa pudeur en moins de temps qu'il n'en faut pour lister les rédactrices successives de *Vogue*.

Je déglutis péniblement.

– Et si tu hésites encore, j'ai oublié de te dire… Il y a une machine à café dernier cri… Et enfin, ajoute-t-il après un instant d'hésitation, il y a moi, qui crève d'envie que tu dises oui.

Oh !! Clairement, on ne fait plus semblant. Fini les « Qu'est-ce que je ne pense pas à toi » et les « Tu ne me manques pas du tout ». Robin joue franc jeu.

– Je ne veux pas m'imposer…

Il pouffe de rire.

– J'aime bien quand tu dis des trucs idiots ! Alors ?

– Si tu es sûr que je ne te dérange pas… que tu n'attendais personne…

Robin fronce les sourcils en entendant cette supposition. Je m'éclaircis la gorge.

– Je ne suis pas dupe de certains regards gourmands sur toi, assassins sur moi. Je les ai sentis le temps que tu m'accompagnes ici. Je sais qu'elles sont nombreuses, celles qui aimeraient entendre cette proposition.

– Mais il n'y a personne à qui je l'aurais faite. Aurore, tu as des idées préconçues très moches sur moi. Depuis le premier jour, tu me prends pour un baiseur en série. Ce n'est pas le cas. Et je ne t'aurais pas envoyé tous ces messages si je pensais autrement. Alors ? J'appelle l'hôtel pour ajouter un deuxième petit-déjeuner ?

Sa voix se fait soudain plus douce, plus enjôleuse, et en même temps plus inquiète. Je ne m'y attendais pas et je me liquéfie un peu plus encore. À ce rythme, avant même de rejoindre l'hôtel, je ne serai plus qu'une flaque de guimauve dégoulinante.

Je me contente de lui adresser un sourire auquel le sien répond en écho. La tension étire entre nous un filet presque palpable. Robin pousse un soupir profond.

– Si je m'écoutais, je rentrerais de suite, avec toi. Mais j'en ai pour un moment encore. Tu viens avec moi ?

J'acquiesce avec enthousiasme. Je n'ai envie d'être nulle part ailleurs que près de lui, surtout après tout ce qu'il a dit ces dernières minutes. Et pas seulement parce que je me sens vraiment comme une intruse dans ce rassemblement. Je veux le voir à l'œuvre. Plus de doute. Cet homme me prive de tout sens commun ! Je vais passer un temps indéterminé à le regarder piquer des gens à moitié nus.

En un clignement d'yeux, j'imagine ce que penserait Agathe d'un tel programme. Cela confirmerait-il que je quitte le droit chemin ?

Je chasse cette idée, saisis la main tendue, savoure le rapide baiser dont me gratifie Robin. Je ne m'en formalise pas. Je comprends sa réserve. Elle est impérative si l'on veut sortir de cette loge. Or, de l'autre côté de cette oasis, on nous attend et je n'ose imaginer les sourires égrillards qui vont accueillir notre retour express.

21

– Prête à lever le camp?

Je sursaute. Un coup d'œil à ma montre confirme que Robin a tenu ses délais. Il a à peine dépassé les deux heures annoncées. Dans ce laps de temps, il a fini le loup qu'il avait délaissé pour moi, et réalisé deux autres pièces.

Pour respecter les normes sanitaires, je n'ai pu me placer tout près du poste de tatouage. Je n'en pleure pas, je n'étais pas sûre de mes réactions. Autant le dire, je suis fascinée.

J'ai déjà vu l'artiste à l'œuvre, mais sur papier exclusivement. Il fait preuve de la même dextérité sur la peau humaine. Aucun doute, son surnom de Dexter n'a rien d'usurpé. Le tout sans se départir de son sourire et d'une facilité de parole qui fait passer le temps plus vite.

Je bouge le moins possible, de mon côté de la table. Je ne veux surtout pas le gêner. Il me suffit de croiser son regard et son sourire ravageur à chaque fois qu'il relève le nez de son ouvrage pour me sentir bien.

Il ne dit rien, mais vérifie que je ne m'ennuie pas, que je ne suis pas mal à l'aise, que je ne suis ni dégoûtée ni effrayée.

Je ne le lui dirai pas, mais c'est tout le contraire. Je suis hypnotisée par son talent et totalement sous le charme de sa personne dans sa globalité. Et que dire de la façon, délicate mais efficace, dont il détourne les avances à peine voilées de sa dernière cliente?

Elle lui confie – d'une voix si roucoulante que j'ai envie de lui donner des graines pour la nourrir – qu'elle envisage un tatouage plus intime, du creux de l'aine au pubis.

– Tu me le feras? Je pourrais descendre à Marseille. Je devrais même pouvoir m'arranger pour venir un week-end entier, on aurait tout notre temps.

Je reste totalement immobile, mon sourire ne vacille même pas. Question d'entraînement. Mais intérieurement, je tente de me rappeler la recette du pigeon en cocotte.

Robin a les yeux sur moi. Il mesure mon état. Je cligne des yeux. Qu'il se rassure, je ne vais pas agresser sa cliente juste par jalousie. Malgré ses mots, je ne suis pas sûre d'en avoir le droit.

– Tu en dis quoi, puce? Tu me laisserais te faire un tatouage aussi intime, destiné à mon seul regard? Ce serait un sacré challenge, non?

Je sursaute. Il se moque de moi? C'est à moi qu'il s'adresse. Il m'intègre naturellement dans la discussion au sujet de ce maudit tatouage. Il exagère! Je ne veux pas d'un tatouage. Je l'ai déjà dit. Alors un tatouage là? Soudain, je comprends sa démarche. En deux phrases, il me rassure et affirme ma place à ses côtés. Mais il n'y a pas que ça. Au nez et à la barbe de tous, il continue notre petit jeu. « Puce »? Sérieusement?

– Je ne sais pas, bébé. Tu crois que tu sauras me convaincre?

Vince et un autre tatoueur – Beck, si j'ai bien retenu le nom de tous ceux auxquels Robin m'a présentée et qui assistent à cette dernière prestation de la journée – ne retiennent pas un ricanement. Visiblement, ils aiment beaucoup le nouveau surnom de leur collègue. Il m'adresse pour sa part un regard lourd de promesses. Je crois que je vais payer cher ma provocation.

– Un défi, mon chat? Tu es bien sûre de ça?

« Mon chat »? De mieux en mieux. Je n'aurais rien contre le fait de ronronner sous ses mains, très bientôt, très longtemps, très fort. Cette pensée me fait frissonner par anticipation. Avec un sourire en coin, Robin n'en perd pas une miette et semble aussi impatient que moi de passer à la suite de notre programme. Mais je ne vais pas le laisser gagner si facilement.

– On en reparlera... Il faudra que tu sois vraiment très convaincant, bébé. En attendant, je te suggère d'en finir avec mademoiselle qui doit se sentir délaissée. Tu n'es pas très gentleman, sur ce coup. Et pour tout te dire, ça ne plaide pas en ta faveur.

J'adresse un sourire doucement moqueur au tatoueur qui reprend son travail après m'avoir décoché une œillade enflammée. Un autre est destiné à la cliente clairement renfrognée. Celui-ci est d'une douceur diabolique, mais elle ne peut y rater un éclat de triomphe. Ça tombe bien, je n'ai pas l'intention qu'elle en manque le moindre atome.

– On va récupérer ta valise et on va dîner? Je meurs de faim et je suis sûr que toi aussi, chaton.

– « Chaton »? Carrément? Il faut que je cherche un meilleur surnom. J'ai combien de temps avant la prochaine brunette en chaleur?

Robin étouffe un rire dans sa barbe. Il ne semble pas le moins du monde contrarié par ma provocation. Au contraire, elle a l'air de le stimuler. Il caresse sa barbe, en proie à une intense réflexion.

– Tu as raison, « chaton », c'est trop doux. « Tigresse » conviendrait mieux quand tu sors ainsi les griffes. C'est bizarre mais te voir ainsi, un peu possessive, j'allais presque dire jalouse... ça me rend absolument fou, souffle-t-il à mon oreille qu'il effleure du bout de la langue.

Je pourrais lui dire que je ne suis pas du tout possessive, que je n'ai aucune légitimité à être jalouse.

– Je lui ai juste rappelé un peu de savoir-vivre. C'est vrai, je suis là, juste sous son nez, tout de même ! Que des nymphettes te draguent quand tu es seul, dans ta boutique ou une convention, d'accord, mais là…

– « D'accord » ?

Robin se rembrunit. Apparemment, il n'apprécie pas de me voir aussi conciliante. Je me mords la lèvre. En une fraction de seconde, je sais exactement la réponse que je vais lui faire, celle qui correspond à ce que je pense au plus profond de moi. C'est fou comme avec lui, j'oublie les filtres et les masques que j'impose quotidiennement à mes pensées.

– Que veux-tu m'entendre dire, Robin ? Évidemment que je ne suis pas « d'accord ». Ce n'est qu'une façon de parler. Mais ce n'est pas comme si j'avais mon mot à dire. Je ne suis pas en permanence avec toi pour dire à cette dinde que si elle t'approche, je la farcis ! Sans compter un très léger détail… De quel droit je le ferais ?

Robin ne répond pas tout de suite. Il plisse les yeux, en proie à une forte réflexion. Je ne sais où elle le mène, sinon sur mes lèvres qu'il emprisonne dans un baiser exigeant.

Au beau milieu de ce hall, parmi les derniers clients et professionnels qui traînent encore et qui semblent goûter au spectacle, je m'abandonne totalement à l'étreinte de Robin. Toute réserve se dissout sous ses lèvres.

J'oublie tout ce qui n'est pas ce corps parfaitement moulé contre le mien. Mon cœur tambourine au grand galop contre son torse solide. Sous ma main, le sien est tout aussi emballé. Le simple fait de le savoir réagir tout autant que moi m'enhardit. Mes doigts crépitent de l'envie folle de se glisser sous sa chemise, de sentir sa peau, nue, contre la mienne. Mon désir oscille en ondes continues. Elles se diffusent dans tout mon corps, en embrasent chaque parcelle. Mon intimité gronde du feu dévorant de retrouver enfin sa chaleur.

Je tire légèrement sur ses cheveux, pour l'éloigner un peu. Surpris, Robin respecte instantanément mon choix. Son regard éclairci dénote son désir insolent. Il ne sait où se fixer, dévore mes lèvres. Mon ventre se serre malgré moi et diffuse des frissons voluptueux qu'il ne manque pas.

– Emmène-moi.

Je ne reconnais pas ma voix. Elle est rauque, étranglée de désir. Si je ne me retrouve pas très vite à l'abri des regards, je risque fort d'oublier totalement où et qui je suis.

Robin entrelace nos doigts le long de nos corps, comme s'il ne faisait pas confiance à notre fragile contrôle. Il colle son front au mien, inspire lentement. Je l'imite, impose à mon cœur un rythme un peu plus apaisé. Il me faut quelques interminables secondes pour me reprendre. Aussitôt, je prête attention à tout, en particulier aux regards dardés sur notre couple inratable.

Notre public improvisé semble avoir apprécié le spectacle, mis à part les quelques groupies qui continuent à me poignarder du regard silencieusement. Je les ignore. De façon inexplicable, Robin a trouvé les mots et les gestes nécessaires pour apaiser – un peu – mes craintes.

Mon hôte passe son bras autour de ma taille et m'entraîne. Il va saluer ses amis.

– Je suppose qu'on ne se voit pas ce soir au bar ? lance Vince.

Je m'empourpre, m'apprête à répondre, mais Robin me devance.

– Désolé, les gars, mais ce week-end, vous vous passerez de moi.

Quelques sifflets répondent à cette sortie insolente. Je m'empourpre. Vu le spectacle que nous venons d'offrir, je doute que qui que ce soit se méprenne sur ce qui va se passer dans les prochaines minutes, mais je n'ai pas l'habitude de claironner mon intention de passer des moments intimes. Enfin, ça, c'est ce que je ressentirais habituellement. Melle Farni serait mortifiée d'être vue dans une position si indécente. Pour être parfaitement honnête, je me sens si désinhibée que le regard des autres m'importe peu, tant que celui de Robin brille avec cette intensité.

Je retrouve avec plaisir le confort de sa voiture. Évidemment, cette fois, elle est entièrement couverte. Le parfum mêlé du cuir et de l'eau de toilette de Robin n'en est que plus marqué. Je retiens in extremis un grognement voluptueux. Tout m'est déjà très familier. Tout parle à mes sens.

– Merci.

Je souffle ce simple mot sans être certaine qu'il m'ait entendue. C'est oublier l'attention de mon chauffeur.

– Tu ne crois pas que ce serait à moi de te remercier? Tu as suivi ton instinct, tu es venue me rejoindre. C'est une surprise en or.

– Oui, mais je fiche en l'air tes plans pour le week-end. Tes amis…

– J'aurai d'autres occasions de les voir. On se croise souvent…

Je lui décoche un sourire goguenard.

– Oh, vraiment? Ce n'est pas pour les voir que tu fais cette convention en particulier?

– Si mais… Attends, comment tu sais ça?

Je hausse un sourcil. A-t-il vraiment besoin que je m'explique plus clairement? Apparemment pas, parce qu'il secoue la tête en souriant.

– Tu crois qu'on devrait en vouloir à Angie, de jouer ainsi les entremetteuses?

Je rougis. Je ne pouvais pas tenir ma langue? J'avoue tout.

– Elle t'a dit? Que je l'ai appelée hier et qu'il se pourrait bien que j'aie essayé de savoir où tu étais?

– Non. Elle ne m'a rien dit. Mais elle sait que je t'envoie des messages. À vrai dire, c'est un peu sa faute. Elle en avait marre que je lui demande des nouvelles toutes les deux heures, donc elle m'a dit de me débrouiller tout seul.

Il n'y a aucune sévérité dans sa voix, mais j'y perçois un sourire. Je devine ce qu'il pense. Les intentions de sa cousine sont dénuées de toute méchanceté. Au contraire, elle donne un coup de pouce à nos hésitations. C'est ce dont nos sourires complices conviennent sans un mot. D'ailleurs, le silence est aux premières loges dans la voiture, le temps de récupérer ma valise et de rejoindre notre hôtel.

– On va monter ta valise, se rafraîchir. Ensuite, on ira dîner. Tu as une idée du lieu où tu aimerais manger?

Il est très galant de me laisser ce choix mais, pour tout dire, il ne m'arrange pas. Ce n'est pas du tout dans mes projets immédiats. Tant pis. Aujourd'hui, je repousse tout, mes limites, ma timidité, ma réserve de jeune femme formatée.

– Un restaurant? Je ne pensais pas tout à fait à ça. Ta chambre n'a pas de service d'étage? murmuré-je en me hissant sur la pointe des pieds pour glisser ma question au creux de son oreille.

22

La réaction est instantanée. Le corps de Robin se tend dans la seconde et un bras possessif me plaque contre lui. Il lutte visiblement pour ne pas se jeter sur moi à peine la porte refermée. À la place, il prend tout son temps pour poser ma valise, déboutonner son manteau qu'il replie soigneusement. Pendant ce temps, je balaie du regard la chambre au décor très design. Tout plutôt que de laisser mon regard s'attarder sur son corps ! Non pas qu'il me rebute. Bien au contraire !

Il m'attire autant qu'un tiramisu ananas-passion au beau milieu d'un régime !

Si je m'en approche de trop près, je risque instantanément de faire n'importe quoi. Bien entendu, parce que sauter dans le premier train pour venir me perdre dans une convention de tatouage n'en est pas un signe ! Un signe que cet homme au corps ciselé me rend totalement folle, oui !

Je respire, compte jusqu'à dix, regarde d'un œil avisé les teintes du mobilier et du linge, l'atmosphère de la chambre.

Elle crée un contraste original avec le cadre du bâtiment. Je secoue la tête. Mon Dieu, je dois être encore plus folle que prévu : comparer les harmonies de couleur alors que mon hôte se rapproche tout doucement. Il tire légèrement sur mon manteau. Je ne peux résister et avance d'un pas. Mais il ne m'attire pas plus vers lui. À la place, il saisit la lourde étoffe par ses deux pans fermés, la décolle de mon corps et défait lentement chaque bouton, sans me quitter un instant des yeux.

Le fourbe ! Il a clairement décidé de m'allumer !

Tout à la lenteur de son effeuillage, il ne me touche même pas. Aucun doute, son surnom « Doigts Agiles » n'est pas usurpé ! Comment fait-il pour que mon manteau quitte mon corps sans même qu'il m'effleure ? Il le dépose sur la chaise la plus proche et entreprend de s'attaquer à mon chemisier avec la même dextérité.

Seul son souffle me frôle et hérisse ma peau de vagues électrisantes. À en croire son sourire satisfait, c'est exactement ce qu'il cherche. Je me mords la lèvre pour ne pas gémir, ni le supplier d'abréger ces agaceries.

Une fois encore, le magnétisme de Robin agit pleinement. Exit la sage jeune femme. Tous mes instincts les plus primaires prennent le dessus. D'ailleurs, je me jette presque sur lui et attaque sans hésiter ses vêtements. Je ne vais pas me contenter de le frôler, moi ! Plus tard, peut-être, quand je serai un peu rassasiée.

J'ai voulu croire qu'il ne m'avait pas du tout manqué. Quelle sinistre erreur ! Je réalise à peine maintenant à quel point je suis affamée.

Son self-control m'agace alors que je suis liquéfiée de l'envie de me fondre en lui. Son veston et sa chemise quittent bientôt ses épaules solides. Hors de question que je sois aussi soigneuse que lui en repliant tous les vêtements dont je rêve de le délester. La jeune femme parfaitement ordonnée est restée à Paris avec sa jumelle réservée. La façon sauvage dont je jette ses affaires l'amuse. Sa peau nue se dévoile brusquement sous mes yeux. J'ai vu tout à l'heure la tête de son dragon. C'est maintenant son cou reptilien et ses pattes colorées qui s'offrent à moi, autour de son biceps. Je n'ai qu'une hâte. Qu'ils s'enroulent autour de ma peau et m'enserrent jusqu'à ce que j'en aie le souffle coupé.

Contrairement à son calme apparent, il est également frémissant. Ses tétons sombres pointent comme des petits boutons. Je ne résiste pas à la tentation de les agacer du bout de mes dents. Des bouffées sauvages montent en moi. Elles me grisent autant qu'elles m'effraient. Elles diffèrent tellement de celle que je me suis toujours autorisée à être. Et pourtant, je me sens parfaitement à ma place.

Robin répond à mon élan. Il quitte sa réserve au fur et à mesure que mes doigts et mes lèvres parcourent sa peau hâlée.

Mon Dieu que cet homme sent bon! Mes synapses se remplissent de toutes ces sensations incroyablement familières. Ils envoient à tous mes récepteurs la même avidité. Je la lui livre, brute, indécente, d'une voix que je reconnais à peine.

– J'ai envie de toi!

Ma brusque déclaration pourrait le faire sourire. Robin a le chic pour faire ressortir tout ce qu'il y a de moins contrôlé en moi. Mais loin de se faire moqueur, son regard s'enflamme d'un éclat aussi affamé que le mien.

– C'est si clairement exprimé, grogne-t-il en passant ses larges mains sous mes cuisses. Je serais un goujat de ne pas répondre à tes désirs, princesse.

J'enroule mes jambes autour de son bassin et fonds sur sa bouche.

Nos langues se trouvent, se mêlent, se redécouvrent avec volupté. Robin et moi atterrissons lourdement sur le lit. Ses mains sont déjà partout sur mon corps. Je ne suis pas en reste. Il m'a manqué, lui et les envies charnelles qu'il a fait naître en moi depuis la première nuit. Ma jupe glisse bientôt au sol, le long de mes jambes, et Robin ne retient pas un juron.

– Putaiiiin, je le savais. Des bas en soie, un porte-jarretelles en dentelle. Tu t'es levée ce matin en te disant que tu allais me tuer?

– Euh non, je me suis levée ce matin sans être sûre que je te retrouverais ce soir.

Il hoche la tête.

– En tout cas, je ne risque pas de me plaindre de ton choix. J'ai envie de te dévorer tout entière. Je peux?

Le regard d'un bleu étincelant posé sur moi, Robin pose bien plus qu'une question de principe. Il attend *vraiment* de savoir si je suis prête à ces retrouvailles et à me donner à lui.

Je me contente de soutenir cette étreinte silencieuse en hochant lentement la tête.

Aussitôt, mon amant glisse le long de ma peau. Les écailles de son dragon ondulent devant moi. Je ne peux m'en détacher, hypnotisée par ces mouvements colorés, tout autant que par la traînée incandescente qu'il sème partout sur son passage. Mes seins douloureux ne demandent qu'à être libérés de leur écrin de dentelle. Mon ventre frémit en ondes successives. Mais la réaction la plus folle se passe plus bas. Là où, mues par une réaction autonome, mes cuisses ne savent si elles veulent se resserrer sur mon intimité pour en soulager un peu la tension presque insupportable ou si elles veulent s'ouvrir au-devant de ses caresses expertes.

Sa mèche rebelle me chatouille. Elle hérisse mon épiderme d'un frisson continu, dont seule l'intensité se module. Joueur, il frôle ma culotte, mais ne s'y attarde pas autrement que pour laisser ses lèvres puis son nez en caresser l'étoffe. Je me cambre instantanément et me mords la joue pour ne pas grogner mon dépit.

– Sois patiente, princesse, murmure-t-il en dessinant des arabesques sur la face interne de chacune de mes cuisses.

Robin prend tout son temps. Je devine ce qu'il fait. Il me rappelle qu'il *sait*. Que je ne suis pas particulièrement fan de ce style de préliminaires. Et il met tout en œuvre pour me faire changer d'avis.

Je ne vais pas le lui avouer. Mais vu la façon dont il a déjà bousculé la plupart de mes idées reçues, je ne suis pas loin de me dire que, là-dessus aussi, il va me convertir.

Sans hâte, il poursuit son parcours. À croire qu'il a pensé sur mon corps un labyrinthe censé le mener à son but. Pour le moment, il défait délicatement les attaches de mes bas, les fait rouler sur mes jambes avec une lenteur toute diabolique. Je pourrais crier de frustration, le supplier d'achever ce tourment délicieux. Seul un gémissement étranglé passe la barrière de mes lèvres mi-closes. Le bout de son index suit tout le cheminement de ma jambe et presse ma peau fébrile d'attouchements irréguliers. Bientôt, il enlève mes talons et finit de faire glisser mes bas pour dénuder entièrement ma peau. Il caresse mes pieds, en presse des points névralgiques qui accentuent mon excitation.

Me dominant de toute sa carrure, il hésite un instant, mais me rechausse.

– Désolé, murmure-t-il. Mais tu es trop bandante comme ça. Des talons, un porte-jarretelles, un bustier pigeonnant. L'image même de la luxure.

Oh ! Ses mots percutent frontalement mon intimité qui se contracte aussitôt.

– Tu as oublié ma petite culotte !

Arrête de fanfaronner, Aurore. Avec ta voix altérée par le désir, tu n'es pas crédible deux secondes.

D'ailleurs, Robin ne s'y trompe pas.

– Je n'oublie rien du tout, me corrige-t-il en plissant les yeux. Mais dans dix secondes, elle ne sera plus dans le décor. Un, décompte-t-il en mordillant ma cheville.

« Deux. » Ses doigts remontent le long de mes mollets.

« Trois. » Sa langue agace le creux de mon genou, aussi réactif que tout le reste de mon corps.

« Quatre. » Ses pouces se fraient un chemin entre mes cuisses.

« Cinq. » Son nez longe l'élastique de ma lingerie. Il me hume sans pudeur, expire lentement. Son souffle chaud me désagrège. Je tends les mains vers ses cheveux, incapable de me contrôler davantage. Je veux sa bouche, là. Je veux connaître la sensation de ses caresses.

Je veux jouir. Fort. Maintenant. Très vite.

Bien sûr, mon amant ne l'entend pas ainsi. Il repousse en douceur mes doigts.

– Tricheuse, me gronde-t-il pour rire. Tu vas me faire perdre le compte. Je me demande si je ne devrais pas recommencer du début.

– Non !

Ma protestation véhémente m'échappe.

Robin relève sur moi l'éclat pétillant de son regard. J'y lis tant de désir que je me tranquillise. Une nouvelle fois, il fait passer mon plaisir en priorité. Et il maîtrise parfaitement son sujet.

Je ferme les yeux pour m'empêcher d'imaginer les circonstances qui ont parfait son expertise.

– Eh, princesse, reste avec moi !

Le matelas qui s'enfonce brusquement m'avertit que Robin vient de remonter pour être à mon niveau. D'ailleurs, ses mains entourent mes joues.

– Reste avec moi, répète-t-il doucement. Il n'y a que toi et moi. Aucun fantôme. Juste nous deux.

Je ne sais ce que Robin a compris de ma soudaine crispation. Mais son attention, une nouvelle fois, me serre le cœur. Je me tance intérieurement. Ce n'est pas cet organe-là qui doit être mis à contribution ce week-end. C'est notre deal. Je laisse un sourire éclore sur ma bouche et me détends.

Un baiser furtif sur mes lèvres me félicite de mon abandon.

– Où en étais-je ? fait-il mine de demander, de nouveau joueur.

– À « six ». Le moment où ma lingerie est déjà entre tes mains et où tu commences enfin à passer aux choses sérieuses !

Ma rébellion le fait rire.

– Oh, oh ! Tu essaierais de me donner des ordres, princesse ? Pour la peine, je serais tenté de ne pas du tout t'obéir.

– S'il te plaîîîîît.

De mieux en mieux ! Ma supplique a tout du bêlement. Heureusement, Robin ne relève pas. Il n'obéit pas non plus. Il fait mille fois mieux. Sa bouche prend soudain possession de mon intimité, à même la dentelle. Je plaque mon avant-bras sur ma bouche pour étouffer le cri qui m'échappe. Toujours attentif, il entrelace nos doigts et ramène ma main le long de mon corps.

Lorsqu'il est assuré de mon calme, il reprend ses caresses, glisse ses doigts sous l'étoffe moite de sa salive et de mon excitation, et entreprend d'explorer mon intimité sans même me dévêtir entièrement.

Ce geste cavalier renforce mon émoi. Cachés sous le tissu, ses doigts dessinent, modèlent, palpent, s'insinuent. Privée de la vue, je ne peux que me soumettre à son exploration et attendre de toutes mes forces que sa langue se joigne à ce tourbillon.

– Dix.

Je sursaute, éperdue, quand d'un geste souple Robin baisse ma lingerie, suffisamment pour révéler mon sexe luisant de désir. Je soulève le bassin pour lui permettre de tenir sa promesse et m'ouvre pour lui.

Sa langue est, comme tout le reste de son corps, un outil qu'il utilise pour mon seul plaisir. Curieuse, elle explore les contours de mes lèvres. Inquisitrice, elle me pénètre et ouvre la voie à un, puis deux doigts qui glissent sans peine dans mes replis secrets. Gourmande, elle lape les preuves de mon égarement. Délicieusement cruelle, elle seconde les dents de mon amant pour grignoter, suçoter et happer ma perle gorgée de désir.

Toute mon énergie se concentre sur ce petit morceau de chair, l'épicentre, en cet instant, de tous les tremblements de l'univers. Je me laisse emporter, prisonnière volontaire de la sorcellerie de cet homme qui m'arrache des cris de plaisir et tous mes repères.

Mon esprit s'égare dans un ailleurs sans bornes, mais totalement focalisé sur nos corps et plus précisément sur ce cœur qui bat, palpite et se tend à sa recherche.

De ses doigts ou de sa bouche, je ne sais plus ce qui m'emporte aussi haut. Un instant, je crains de m'émietter sous l'explosion de sensations qui se partagent mon esprit et ma chair. Je ne sais plus si je veux atteindre au plus vite les faîtes d'un plaisir que je devine cataclysmique ou si, au contraire, je veux le repousser le plus longtemps possible pour ne rien perdre de ce moment unique.

Parce que c'est comme une première fois, non? Le genre de moment qui ne reviendra jamais? Cette idée achève de me faire basculer hors de toute raison. Je m'abandonne pleinement à mon amant, renonce à tout ce qui dépasse le cadre de mes sensations.

Je ne résiste plus, mets mon esprit au repos et me contente d'accueillir. Le résultat ne se fait pas attendre. La sensation prend source dans mes reins. C'est une houle puissante qui enfle, enfle et prend possession de tout mon corps avant de se disperser en millions de particules de plaisir brut. Mon corps se tend totalement sous celui de Robin qui ralentit à peine la cadence de ses lèvres et de ses doigts.

Mon intimité convulse, l'enserre dans un écrin tordu de spasmes. À travers ses parois, je sens la pression que j'exerce sur ses doigts. Je crains même de le blesser. Mais mon corps ne m'appartient plus. Il n'est plus que la boule d'énergie qui me possède et agite tous mes membres de tremblements incoercibles.

La vague ne reflue pas. La succion de Robin non plus qui maintient mon clitoris dans une excitation presque douloureuse. Mon corps se relâche progressivement, apaisé, comblé, repu et en même temps plus avide encore.

D'un geste doux, je repousse sa tête. Mon mouvement infime suffit. Il se redresse aussitôt et me scrute attentivement. Il pourrait me sourire, suffisant, heureux d'avoir prouvé que Cody était décidément un piètre amant. Il préfère s'assurer que je vis bien ma redescente des nuages du plaisir. Je l'attire à moi, l'embrasse, surprise de sentir mon goût sur ses lèvres.

Robin me serre dans ses bras, me love contre lui. Mais mes mains repartent à l'assaut de son corps, en particulier de son pantalon. Insulte à ma propre nudité, il doit surtout être extrêmement inconfortable pour son occupant.

– Hey, tu n'as pas à faire ça, prévient-il.

– Pas à faire quoi? Me préparer à vivre un nouvel orgasme délirant? Tu plaisantes?

Étouffant son rire contre mon épaule, Robin quitte rapidement ses vêtements et entreprend de combler ces nouveaux desiderata.

23

Si l'on m'avait dit un jour que je passerais un week-end entourée de gens tatoués, percés et expansifs, de personnages atypiques qui arrivent à s'entendre malgré les décibels d'une musique tonitruante, j'aurais souri. Mais si en plus, on avait prétendu que j'adorerais ça, j'aurais sûrement indiqué l'asile le plus proche comme lieu de villégiature.

Et pourtant!

Dès ce matin, l'atmosphère est différente d'hier. Plus bruyant, plus grouillant, le lieu de la convention pulse d'une énergie communicative. Je la sens en passant le seuil du bâtiment. Je la ressens dans les doigts de Robin, étroitement entrelacés aux miens.

Comme hier, il me dirige aussitôt vers le secteur des professionnels. Ceux que j'ai déjà rencontrés hier me saluent chaleureusement. Je n'ai pas l'habitude de ce genre d'embrassades, ni des plaisanteries qui accompagnent notre arrivée et la petite mine de Robin.

Elles ne me concernent pas directement, mais je ne peux m'empêcher de me sentir mal à l'aise, malgré l'accueil chaleureux de Vince et de ses acolytes. Il y a trop de regards étonnés qui pèsent sur moi. J'imagine que mes chaussures de luxe et mon tailleur de marque dénotent lourdement. Robin ne m'a pas fait la moindre remarque à ce sujet ce matin. En même temps, je n'ai que des vêtements de ce type dans ma valise et je me sens bien dans cette tenue.

Mais en est-il de même pour lui ? Est-il embarrassé de mon look en décalage ? Je ne lui ai pas posé la question pour le moment.

D'ailleurs, à part le petit déjeuner que nous avons partagé, il semble que cette journée ne soit pas placée sous le signe du tête-à-tête.

Je savoure mon second café en parlant avec Vince, lorsque son premier tatouage est annoncé.

– Ne te presse pas. Prends un café, balade-toi sur le site et rejoins-moi quand tu en auras envie.

Je me mords la langue pour ne pas avouer que je sens déjà cette envie poindre en un endroit où elle n'a rien à faire. Je comprendrais que mon corps exprime un manque par anticipation, pas que mon cœur se serre à l'idée d'être séparée de lui pendant quelques heures.

Cette sensation me perturbe plus que de raison. Je ne résiste pas au plaisir de son étreinte lorsqu'il referme ses bras sur moi et me dérobe un baiser bref mais exigeant.

Pour rire, il fait mine de ne pas me libérer. À en croire les rires de ses amis, il a dû répondre à leurs quolibets par un geste arrogant.

– Allez, beau gosse, file bosser ! Je m'occupe de Mme Dex !

« Mme Dex » ?

Je sursaute de ce sobriquet et guette avec anxiété la réaction de mon amant. Loin de se formaliser de ce titre, il en rigole, m'octroie un baiser sur la tempe et sourit.

– À plus tard, madame Dex !

Vince tient parole. Plus encore qu'hier, il me fait visiter tous les lieux majeurs du salon. Il connaît tout le monde et me présente volontiers avec le même titre. Il fait naître autant de sourires que de regards interrogateurs sur ma petite personne. Il renforce surtout ma détestable impression d'être une usurpatrice. Cet inconfort est d'autant plus grand que le mentor de Robin se montre très protecteur envers moi et que je ne le mérite pas vraiment.

Au détour d'une anecdote vantant les qualités de Robin, je prends mon courage à deux mains.

– Euh, Vince, dis-je pour le détromper. J'apprécie beaucoup tes attentions, mais je crois que tu te fais de fausses idées.

Le quinquagénaire arque un sourcil plus poivre que sel et attend mon explication.

Je prends une grande inspiration. Quitte à plonger, autant y aller franco. Déjà, en dépit de mes habitudes, je le tutoie, comme tous ces quasi-inconnus. Je peux bien lui faire des confidences sur ma vie privée ! Après tout, ce n'est pas comme si on était destinés à se revoir.

– Robin et moi. C'est très gentil de nous présenter comme un couple, mais…

– Ah, ça ! Ne te formalise pas, miss ! Je te présente comme ça pour que les choses soient claires. Tu n'es ni sur le marché, ni ma conquête.

Je retiens de justesse une mimique d'étonnement. Vince a beau être très bien de sa personne, il ne doit pas être tellement plus jeune que mon père et il ne correspond en rien à mes modèles masculins. Alors, le considérer comme mon compagnon !

– Pour le reste, je ne te connais pas, mais je connais l'animal. Pour qu'il t'emmène ainsi avec lui en salon, c'est que tu n'es pas n'importe qui.

Là encore, je me dois d'être honnête, même si cet aveu me coûte plus que je ne l'aurais imaginé.

– Je… Je n'étais pas invitée, en fait. Je lui ai fait une surprise.

– Je sais, j'étais là. Mais il n'a pas eu l'air d'être mécontent de la surprise. Et si tu doutais encore, il t'a introduite dans le cercle, ce matin. C'est peut-être quelque chose qui se fait couramment dans ton monde. Pour nous, ça ne se passe pas comme ça.

– D'accord, je te suis. Mais il y a autre chose. On n'est pas en couple.

– Non? Vous n'avez pas passé la nuit ensemble après être partis aussi collés que des sangsues?

– Si, mais... Enfin, je veux dire, il n'y a rien d'officiel.

Décidément, cette discussion me met mal à l'aise. Je n'ai pas l'habitude de m'épancher auprès d'un étranger. Et je me rends compte que je déteste admettre que je ne suis rien d'autre pour Robin qu'une amourette de vacances qui joue les prolongations.

– Écoute, miss, j'entends ce que tu dis. C'est même réglo de ta part de me préciser ce genre de choses. Mais ce n'est pas nécessaire. Ici, les titres officiels, tout ça, on s'en fout. Le fait est que Dex a fait en sorte que chacun sache à quoi s'en tenir. Pourquoi? C'est à lui qu'il faudrait le demander. Je le connais depuis près de quinze ans. J'ai ma petite idée. Il y a des éléments qui ne trompent pas.

Je hoche la tête, rouge de gêne et d'une émotion que je ne devrais pas ressentir. Vince n'en a pas fini.

– Dex est un beau gosse. Moins que je l'étais à son âge, plaisante-t-il pour détendre l'atmosphère. Quand je l'ai connu, il était en couple.

– Ambre, murmuré-je sans pouvoir m'en empêcher, la voix altérée par une jalousie totalement illégitime.

– Voilà. Celle dont il ne parle jamais... sauf à toi, visiblement. Et depuis elle, il n'a jamais ramené quelqu'un dans le cercle.

Je hausse les épaules.

– Il n'a jamais été surpris par une fille tellement en décalage avec… tout ça, déclaré-je sommairement en montrant cet univers étranger qui nous entoure, qu'il faille la protéger.

De nouveau, le visage marqué de Vince se fend d'un large sourire. Diable, il n'a pas menti tout à l'heure. Il devait être absolument remarquable dans sa jeunesse.

– C'est étrange, mais malgré tes allures de princesse, je ne suis pas sûr que tu aurais besoin de protection. Voilà ce qu'on va faire. Je te laisse croire ce que tu veux, tu me laisses t'appeler comme je l'entends.

Je tope dans la main tendue et continue mes pérégrinations.

Elles me ramènent naturellement vers Robin. Il n'est même pas encore l'heure de la pause. Je lui ai néanmoins rapporté un grand café. Pour ne pas le forcer à enlever et remettre ses gants, je le lui tiens pendant qu'il boit.

Je fais mine de croire que sa langue n'effleure mes doigts que par hasard, que son sourire ne naît pas de mon empourprement.

Par contre, je ne me fais aucune illusion sur la tonalité rauque et viscérale de son « Approche » qui se conclut par un baiser intense. Il ne me touche pas autrement qu'avec sa bouche et sa langue, la faute à ces fichus gants. Mais je suis obligée de me raccrocher à ses bras pour ne pas chanceler de l'intensité qu'il propage en arc d'énergie dans tout mon corps.

À ma grande surprise, la journée s'enfuit à toute vitesse. Il s'accorde à peine quelques minutes pour manger. Et encore, je suis sûre qu'il le fait par délicatesse pour moi. Notre déjeuner n'a rien d'un aparté romantique. Nous restons avec ses amis. Il est régulièrement dérangé pour un selfie ou un autographe qu'il accorde toujours avec gentillesse et disponibilité, et un talent certain pour éconduire les pots de colle et les racoleuses.

Je n'en reviens pas. Angie m'avait dit qu'il avait une certaine réputation et j'ai compris sur le site qu'il est l'une des personnalités de cette convention, mais on dépasse ce que j'imaginais.

– C'est un petit salon, minimise Robin, modeste.

– Comme si c'était différent à Paris, à Londres ou à Milan, ricane Billy. Ton homme est une star, madame Dex ! assure-t-il. Enfin, ça, c'est ce que dit la légende. Parce que si je ne m'abuse, il n'est pas parvenu à poser son encre sur toi.

Je rougis imperceptiblement, peu à l'aise d'être la cible de tous ces regards, plus encore de l'étonnement marqué de certains. Je cherche déjà comment me sortir de ce mauvais pas, mais Robin est plus rapide.

– Es-tu sûr de ton fait, Billy ? Qu'elle n'est pas tatouée à un endroit que tu ne verrais pas ?

Aussitôt, je me souviens de l'allumeuse d'hier et de son tatouage dans une zone très intime. Cette seule idée me fait piquer un fard que chacun peut interpréter comme il l'entend.

Attentif, Vince fait dévier le sujet sur les zones de tatouages les plus improbables et je ris autant que je suis choquée de certaines doléances.

Plus que tout, je sens contre moi la peau de mon amant, son regard et toute l'attention dont il m'entoure. C'est un cocktail dangereusement addictif auquel je commence à trop bien m'accoutumer.

Heureusement, le rythme de la journée ne me permet pas de me pencher plus avant sur la question.

La plupart des prestations de Robin sont planifiées à l'avance, mis à part les quelques *speed tattoos* qu'il fait dans la dernière heure avant les concours du jour. Toute la journée, il a encré des pièces uniques, réfléchies et négociées à distance avec le client. Mais pas pour cette sorte de fast-food du tatouage. Quelques motifs dessinés à l'avance, un temps de réalisation bien plus bref. Pourtant, il tatoue avec la même minutie et la même attention la sirène pin-up du premier client de ce matin et les derniers symboles « infini » sur les chevilles de deux meilleures amies, juste avant de rejoindre le jury.

Mon admiration et un brin de fan attitude ne cessent de croître, tout autant que ce petit crépitement chaque fois que son regard me trouve et que son sourire en coin me caresse.

Tout en m'escortant jusqu'à la zone de délibération, il s'excuse. Cette fois, Vince ne jouera pas les chaperons. Lui aussi va servir de juge pour les catégories du jour. J'écarquille les yeux. Je ne savais pas qu'on faisait des concours de tatouages. Patiemment, Robin m'explique le fonctionnement tout en rejoignant la zone des juges. Je reste au pied de l'estrade, aux bons soins de ses autres amis. Et soudain, je comprends le sens de ses précautions en me marquant comme sa chasse gardée. Les regards ne sont plus juste curieux, les façons d'aborder sont également moins distantes. Je ne risque rien à proprement parler, mais j'entends. Les remarques moqueuses sur mon allure, sur le couple dépareillé que nous formons, les interrogations plus ou moins discrètes quant à notre situation. Je ne riposte pas, ne cille pas.

J'ai la discipline suffisante pour résister à ces provocations de bas étage. Tout au contraire, je me redresse, affermis mon sourire et ne dévie pas mon regard des tatouages exposés, mais surtout de la table des juges à laquelle Robin et ses collègues prennent des notes et échangent des avis.

Régulièrement, le regard turquoise se pose sur moi, attentif, presque inquiet. D'un signe imperceptible, Robin s'assure que je vais bien. Je le vois froncer les sourcils, décocher des œillades mauvaises à certains spectateurs, notamment à celui que ma froideur aiguillonne et qui ne cesse de m'entreprendre en des termes dont je n'ai pas l'habitude.

Ses paroles sont crues, ses propositions sans équivoque. Je les ignore, mais Billy intervient pour moi en le remettant à sa place. Loin de calmer l'importun, cette protection l'enhardit. Il approche d'un pas, se retrouve bien trop près de mon espace de confort et me dévisage avec l'intérêt d'un maquignon pour une pouliche à la vente. Je grince des dents, mais je lui rends un regard impassible.

– Si la bourgeoise veut se dévergonder, le rembarre-t-il, elle va trouver à qui parler.

– Rassure-toi mec, elle a déjà trouvé !

Oh, cette voix ! Je n'ai pas entendu Robin me rejoindre, avant de sentir sa main autour de ma taille et toute sa prestance à mon côté.

– Je crois que tu te trompes de fille, reprend-il très calmement, alors que la tension qui exsude de son corps se transmet jusqu'au mien. Celle-ci est prise et je n'ai pas l'intention de passer mon tour. Viens.

Robin ne perd pas un instant supplémentaire. Il entrelace nos doigts et m'entraîne à sa suite jusqu'à la tribune officielle. Je freine au pied de celle-ci.

– Ils n'ont pas entièrement tort. Je n'ai rien à faire là, plaidé-je, soudain fragilisée par les dernières phrases entendues.

– Ta place est là où je suis, rétorque-t-il. Il ne s'agit pas de faire de toi un juge. Tiens, assieds-toi là, près de nous.

Vince a en effet rapproché une chaise entre eux deux, juste en retrait. C'est depuis cette position, en prenant soin tout de même de rester invisible du public ou presque, que j'assiste aux délibérations pour les prix du jour. Je ne comprends pas tous les débats techniques, mais je suis bluffée par la qualité de certains dessins et la passion des professionnels qui désignent le meilleur.

Jusqu'à la fin de la journée, je ne pense à rien d'autre. Mais les doutes reviennent en force lorsque Robin pose sur moi son long manteau. Je m'en débarrasse d'un mouvement impétueux qu'il ne comprend pas.

– Si je te fais honte, indique-moi un magasin correspondant à tes goûts, ou laisse-moi à l'hôtel, attaqué-je, plus mordante que nécessaire.

Robin marque le pas, croise les bras et me toise avec sévérité.

– Tu sais que dans le genre têtu, tu as une longueur d'avance sur le reste de l'humanité ! grogne-t-il. Tu grelottes. J'en déduis que tu as froid. Je te donne mon manteau. Ni plus, ni moins. Si tu veux y voir je ne sais quoi d'autre, libre à toi de te pourrir la vie !

J'hésite. Ses paroles font sens, mais...

– J'ai entendu, tu sais, ce que disaient les gens.

Robin hausse les épaules.

– Moi aussi. Je n'en ai rien à foutre. Je te l'ai dit, Aurore. Cesse de te prendre la tête avec ce que les autres pensent de toi. Toi, est-ce que tu aimes ta tenue ?

– Oui, mais elle n'est pas en phase...

– Putain, Aurore, arrête ça et concentre-toi sur ma seule question. Être ainsi, tailleur, talons et tout le toutim, tu aimes ou tu préférerais être en jean et en cuir ? Attention, sois attentive. Pas « tu devrais », mais « tu préférerais ». Alors ?

Je secoue la tête. Il m'arrive de porter des tenues plus décontractées, mais là, je me sens dans mon élément. Je le reconnais à demi-mot.

– Question réglée ! Et si tu veux tout savoir, moi, ton look B.C.B.G. me fait carrément kiffer, surtout que moi, je sais ce qui se dévoile lorsque tu ne portes plus rien.

Un bouillonnement s'élève du fond de mes reins et se propage à la vitesse de l'éclair à tout mon corps. Je ne suis pas dupe. Robin a exactement atteint le but qu'il se fixait. D'ailleurs, il m'empêche encore de revenir sur les sujets fâcheux en m'entraînant loin de la convention, pour une soirée que je devine mémorable.

24

– Si tu me disais quel tatouage tu as préféré ? De toute la journée.

– Y compris parmi les tiens ? Je ne comprends pas pourquoi tu n'as pas concouru.

– Je l'ai fait, avant. Maintenant je me réserve pour les très gros concours où je rivalise avec des confirmés. Là, c'est essentiellement pour les confrères qui ont besoin de se faire un nom. Par contre, si tu veux me voir à l'œuvre, je concours à Milan dans quelques mois. Mais ne détourne pas la question. J'ai bien vu, quoi que tu en dises, que certaines pièces t'ont plu.

Je hausse les épaules. Comme s'il pouvait en être autrement ! Certains tatouages sont somptueux. Je crois que je les préfère en couleur, même si certains en noir et blanc, comme ceux de Vince, sont d'une classe folle.

– J'ai adoré ta sirène.

Robin ne masque pas sa surprise.

– C'est une grosse réalisation, non ?

J'esquisse un sourire. S'il croit m'avoir piégée !

– Je pensais que tu me demandais mon avis de spectatrice. Toi, lequel tu as préféré tatouer aujourd'hui ?

Il me ressert une rasade de cidre fermier, savoure la sienne sans me quitter des yeux. Derrière lui, les lumières de la baie nous entourent d'un halo protecteur.

– C'est une question difficile. J'aime toutes les pièces que je crée.

– Vraiment?

Je suis sceptique. Robin m'a habituée à davantage de transparence.

– Tu veux dire que tu as même apprécié le signe de l'infini tout bête de la fin?

Il prend un moment pour peser sa réponse.

– Je n'ai pas aimé le modèle simpliste mais l'histoire qui va derrière, si. De manière générale, je n'aime pas cette conception de *speed tattoo*. J'ai horreur quand des clients arrivent avec un dessin copié d'une star ou d'un magazine. Parfois, je fais jouer la propriété intellectuelle de l'œuvre originale pour au moins le retravailler. Le pire, c'est quand les gens arrivent et demandent un catalogue. Je suis pas un putain de fast-food. Je crée. Ce ne sont pas que des dessins. Ils ont un sens, même cet infini, si les deux filles m'avaient laissé y mettre ma touche. Mais bon, je m'adapte. Regarde, dit-il en sortant de son sac un carnet de croquis. Là, j'ai fait un phénix. C'est une pièce que je vais tatouer demain. Un phénix, c'est une figure récurrente. Mais tu en as une infinité. Resplendissant, renaissant, s'envolant. Ça symbolise la renaissance. C'est souvent le cas avec les oiseaux, les papillons, ce qui vole. D'autres ont un sens double. Regarde l'ancre. Pour certains, c'est la stabilité. Pour d'autres, c'est le voyage, donc l'espoir. Pareil pour la chouette, le chat, plein d'autres signes, précise-t-il en tournant les pages de son bloc.

Je le lui prends des mains et en fais défiler les croquis, tantôt juste esquissés, tantôt colorés. Certains semblent destinés à rester en noir et blanc, mais il y a tant d'ombres et de lumière que le résultat est tout aussi puissant.

Je ne pensais pas qu'on pouvait avoir un tel rendu avec juste de l'encre et des aiguilles. Sur ce carnet, les crayons sont entrés en action, mais je l'ai vu à l'œuvre. Je sais désormais de quoi il est capable. Je reporte mon attention sur l'explication que Robin continue à distiller tout en dégustant notre dessert.

– Il y a une multitude de tatouages, même avec des thèmes identiques. Tout dépend ce qu'on y met derrière. C'est pour ça que ce que j'aime, c'est qu'on travaille avec nos clients pour savoir précisément ce qu'ils veulent. Je n'aime pas les trucs vite faits, mal faits. Les conventions, c'est particulier. J'ai assez de réputation pour transiger un peu. Souvent les gens prennent rendez-vous avant.

– Et tu aimes ça, travailler comme une sorte de tatoueur itinérant?

Robin acquiesce en souriant.

– Je le fais de plus en plus. Avant, il a fallu réaliser des trucs moins fun, plus formatés. Mais ça permettait de se faire connaître, d'amortir les frais. Aujourd'hui, ça m'arrive encore mais c'est plus pour faire plaisir. Je suis invité dans la plupart des salons. Donc l'aspect purement alimentaire m'importe moins. C'est comme – je ne sais pas – une sorte d'autographe à l'aiguille.

Je souris de cette image et peine à m'en défaire tout au long de notre promenade sur les remparts. Le froid du début de la nuit tente de nous mordre de ses dents acérées. Il ne parvient qu'à nous rapprocher encore. Je ne proteste pas un instant. Au-delà des instants débridés de la nuit dernière et de la découverte de Dex le tatoueur qui m'impressionne totalement, j'aime retrouver notre facilité à communiquer, par des mots autant que des silences.

Et dans le silence protecteur de la ville ceinte, à peine troublé par le bruit, au loin, des pubs où la soirée bat son plein ou par le bruit des vagues, j'ai l'impression de me rapprocher de lui plus que jamais. Le fait qu'il m'ait ouvert les portes de son univers n'y est pas pour rien. Robin sait tous les préjugés que j'ai au sujet de son métier. Tous ne sont pas dissipés, loin de là. Mais je ne doute plus de son talent, ni de la beauté de sa passion.

Est-ce une bonne idée pour un simple… Un simple quoi, au fait? Angie parlerait sans fioritures d'un plan cul, Agathe évoquerait à demi-mot un ami avec avantages. Si pour une fois, je mettais moi-même un mot sur notre lien, quel serait-il?

Nous avons le temps de rentrer à l'hôtel que je n'ai pas trouvé de réponse à cette question. Une petite voix insidieuse m'incite à ne pas m'en préoccuper pour le moment. Lorsque je serai loin de lui, j'aurai tout le temps d'y repenser, de me demander si on va se revoir et de continuer nos petits jeux de messages.

Ce week-end, ce qu'on vit ressemble de près à une escapade de couple. Mais la mise en garde de Robin me revient en mémoire. Ni promesse, ni contrainte.

Si ce programme permet ce genre de parenthèses, je ne vais pas me plaindre. Mais je ne suis pas dupe. Je sais les tentations qui sont les siennes. En dépit de ma présence, j'en ai eu un aperçu assez net tout au long de la journée. Je n'ose imaginer celles qu'il reçoit en temps normal. Après tout, nous ne nous sommes rien promis. Si ma vie parisienne est totalement chaste et célibataire, rien ne l'oblige à en faire autant. Ni promesse, ni contrainte.

Cette idée perturbe la fin de notre déambulation, tel un poil à gratter.

Une fois que nous sommes lovés dans notre chambre douillette, mon hôte s'inquiète de mon silence.

– Sur la fesse gauche? La poitrine? Quelle est ta zone préférée pour poser ton autographe?

Je ne peux m'empêcher de laisser crisser ma voix. Bravo le numéro de la fille détachée! Robin hausse un sourcil, amusé. Il se penche, caresse ma joue de son souffle, bat des cils à proximité – sa façon « ailes de papillon » qui me fait fondre – et chuchote.

– J'aime quand tu es jalouse. Si c'était toi, je tatouerais les deux. Et plein d'autres endroits. Je ne plaisantais qu'à moitié avec Billy. Je marquerais des zones qui ne seraient qu'à nous. Pour le reste, tu n'as rien à craindre. Je te l'ai dit, Angie aussi : je ne baise pas les femmes que je tatoue. Par contre, il se pourrait que je tatoue une femme avec laquelle je couche. Tu veux être mon exception ?

Holà ! Je rêve ou ça ressemble d'un peu trop près à une déclaration ?

Je ne suis pas prête à en entendre autant. C'est contradictoire mais j'assume, ou pas. Je n'ai jamais prétendu que cette liaison avait un effet positif sur ma santé mentale.

Je me focalise sur ma simple réponse factuelle.

– C'est toujours non. Je suis trop douillette.

Robin écarte mon argument de la main. J'en ai vu toute la journée, des gens en train de subir ses aiguilles. La plupart d'entre eux ont toléré la séance avec stoïcisme. L'homme à la sirène me semble même avoir somnolé. Seules les deux filles à l'infini ont commencé à couiner… Oui, mais avant même que l'aiguille n'effleure la peau. Elles poussaient de petits cris très crispants déjà en choisissant leur motif. Je doute que la douleur y soit pour quoi que ce soit.

– La douleur dépend de chacun, expose mon amant, toujours aussi patient. Certains te disent que ça fait partie du rituel. D'autres sont capables de s'endormir pendant une séance. Mais je te promets que je prendrais mon temps et que je serais tellement doux que tu me laisserais te tatouer autant de fois que je le voudrais.

Je souris de son arrogance. Fin stratège, il préfère glisser sur un sujet moins épineux.

– Alors imaginons. Si je devais te tatouer, tu choisirais quoi ?

– Et toi ? Tu me tatouerais quoi ? riposté-je, peu désireuse de lui tendre une perche.

Têtu comme il est, il serait bien capable de dessiner en douce le modèle provenant de mon idée, celui auquel je ne pourrais pas résister.

– Non, non, je te l'ai dit, objecte-t-il, c'est personnel.

Bravo l'artiste ! Il vient de me piéger et n'a même pas la modestie de le faire avec discrétion. Les bras croisés, la lèvre pincée dans ce petit rictus sexy en diable, il attend ma réponse. Zut, je suis coincée. Je réfléchis brièvement à ce que j'ai vu, en cours de travail ou déjà tatoué, et je me lance.

– Euh, je sais pas, une rose.

Sa grimace ne m'échappe pas. Elle me trouble.

– C'est pas bien, une rose ?

– Si, si, tempère-t-il. Si c'est ce qui te tente, et pas pour faire comme tout le monde, ce sera très bien. Mais quelle rose ? Quelle couleur ? Combien de pétales ? Très ouverte ou en bouton ? Seule ou avec un ruban ?

Je pouffe de rire avant de me reprendre devant son regard acéré. Mais c'est qu'il ne plaisante pas en plus ! J'aurais dû dire une tulipe, ça aurait été plus simple finalement. Quoique, il aurait été capable de se montrer tout aussi pointilleux.

– Je ne sais pas. Allez, aide-moi, s'il te plaît. Si tu devais me tatouer, tu choisirais quoi pour moi ? Imagine que j'arrive un jour dans ta boutique et que je te laisse carte blanche.

Je lui adresse un sourire satisfait. Monsieur voulait me piéger. À lui de se retrouver en difficulté à imaginer un motif. Je le défie du regard, persuadée d'avoir marqué des points. Sa réponse presque immédiate me fait perdre de ma superbe. Visiblement, il a déjà bien réfléchi à son sujet.

– Je dessinerais une princesse, moitié conte de fées, moitié trash. Un truc très vif, très coloré, avec une dominante de turquoise. D'un côté, une réplique de la princesse de conte de fées, celle que tu présentes au monde entier ; et de l'autre côté, une version nettement plus sexy et hors de contrôle, comme je te vois quand tu t'offres à moi sans filtre.

Mon regard doit être aussi affolé que mon souffle, altéré par les images qu'il fait naître en moi. Il affiche alors son sourire le plus craquant et fait mine de réfléchir.

– Sinon un colibri. C'est mignon, un colibri, non?

Ma mine ne doit pas être convaincue car il me pousse doucement du poing, plus joueur.

– Allez, rigole. On négocierait. Il y a plein d'idées qui me viennent à l'esprit. À chaque fois que je te regarde, il en germe une dizaine de toutes sortes. Donc, il vaut mieux que tu donnes ton avis. À moins que tu ne veuilles quelque chose de plus discret. Je verrais bien une volute, quelque chose de très délicat. Je ne sais pas, peut-être là, ronronne-t-il en dégageant une mèche pour glisser le long de mon cou.

Mon corps frémit contre le sien, d'autant que, pour accéder à la zone en question, Robin entreprend de déboutonner mon chemisier et de mettre à nu ma peau hypersensible.

– Ou alors, je pourrais faire une arabesque très légère, un peu comme un bracelet, tout le long de ton bras, songe-t-il tout en dessinant le motif qu'il visualise du bout des ongles.

Tout mon épiderme vibre sous le passage de son doigt.

– Tu visualises? ronronne-t-il dans mon cou.

Franchement? Je ne visualise plus rien à part les flashs de plaisir sensuel qui m'agitent partout où il pose ses mains, son souffle, ses yeux.

Je balbutie un vague borborygme qui le fait sourire, ravi de l'effet qu'il a sur moi. Ses yeux chatoient d'une gourmandise qui me soumet entièrement à lui. En cet instant, s'il sortait de son sac le matériel nécessaire à un tatouage sauvage, je serais incapable de lui dire non.

Je devrais être inquiète, voire furieuse. À peine quelques semaines après m'être juré que plus personne, à l'instar de Cody, n'aurait de prise sur moi, me voici totalement malléable sous les caresses d'un autre. Le pire? Ça ne me gêne presque pas. Parce que Robin n'est pas Cody et qu'il n'a pas pour but de m'asservir. D'ailleurs, il n'a aucun projet avec moi, me rappelle une désagréable voix intérieure que je bâillonne temporairement.

Il m'a déjà prouvé qu'il ne me veut pas de mal, au contraire. Et surtout, nos corps s'entendent à la perfection et, ce soir, je ne demande rien de plus.

– Mouais, je n'en ai pas bien l'impression… Attends, je sais ce dont tu as besoin. Ne bouge pas. Ou plutôt si, viens t'installer plus confortablement, commande-t-il d'une voix rauque en me guidant jusqu'au grand lit. Tu permets?

Sans même attendre mon assentiment, Robin laisse tomber au sol mon chemisier détaché, remonte lentement mon caraco le long de ma peau et le fait glisser par-dessus ma tête. La soie qui m'effleure me secoue de frissons voluptueux. À demi nue, je suis vulnérable à son regard, mais ce n'est pas cette impression qui me fait trembler. Non, ce qui couvre tout mon corps d'une chair de poule et tend mes seins dans ma lingerie, c'est la gourmandise que j'y lis et une forme de dévotion que j'ai rarement inspirée. C'est à cause d'elle que je ne couvre pas mon torse de mes mains croisées.

Tout au contraire, je considère mon compagnon, un sourcil levé sur un sourire goguenard pour lui signaler qu'il est bien trop habillé. Robin, joueur, m'ignore et fait glisser ma jupe au sol. Galant, il me tend la main pour m'aider à l'enjamber. J'avance pour lui donner un baiser mais il se dérobe, le visage éclairé d'une pointe d'amusement.

Son esquive renforce mon appétit. Mais visiblement, il a d'autres projets pour le moment. Comme hier, il me déleste de mes bas, dégrafe mon porte-jarretelles et abaisse les bretelles de mon soutien-gorge, mais sans me l'enlever.

Un petit sourire m'échappe. Sa respiration plus hachée ne trompe pas. Cette fois, il va passer aux choses sérieuses ! C'est inévitable. Mon corps devient électrique, déjà prêt au plaisir.

D'un geste doux mais impérieux, il me tourne, trace une ligne courbe le long de mes omoplates, relie une épaule à l'autre. Il recommence dans une arabesque plus lente encore. Son mouvement est sûr, comme si son doigt était un pinceau qui se déplaçait sur ma peau au gré de ses lubies.

– Où est ta trousse à maquillage ?

Déjà à demi évaporée dans une brume de sensations enivrantes, je mets un instant à mettre du sens sur ses mots. Je lui indique mon sac et en sors ma trousse de voyage.

Robin, avec mon accord, l'explore, fronce les sourcils, réfléchit. L'attente fait crisser mes nerfs déjà plus que prêts à se tendre sous sa peau.

– Attends-moi un instant, mais surtout ne bouge pas.

Quoi ? Avant même que j'aie le temps de protester, Robin est hors de la pièce. Je l'entends fouiller dans ses affaires et mon cerveau turbine à toute allure, échafaudant mille scénarios. S'il ne revient pas très vite, tout mon corps, avide de lui, va se dessécher et ce sera tant pis pour lui.

Non, bécasse, ce sera surtout tant pis pour toi qui es si proche du point de non-retour que, pour un peu, tu te mènerais toi-même aux cimes du plaisir.

Cette idée envoie un spasme dans tous les points névralgiques de mon corps. Autant dire que, depuis que mon amant m'apprend à l'apprivoiser, il n'y a pas beaucoup de zones qui y échappent.

Enfin, un frisson m'avertit de son retour. L'air se déplace à peine avant que ses lèvres humides ne se posent au creux de mon cou. Je sursaute dans un petit cri, électrisée par ce contact que j'appelle de toutes mes forces.

– Nerveuse, princesse ? Il ne faut pas. Je te promets que je n'ai rien pris qui puisse te faire du mal.

Sa voix est à peine plus qu'un filet, mais elle diffuse dans tout mon corps une chaleur volcanique.

– Voilà. Je vais te montrer ce que tu m'inspires.

D'une chiquenaude joueuse, il me fait tomber sur le lit et y grimpe à son tour. Il pose près de nous ma palette de maquillage et ses crayons aquarelles. Dans la main, mon crayon noir.

J'écarquille les yeux. Je crois que je commence à voir où il veut en venir. Je m'oblige à une discipline absolue pour ne pas me tortiller entre ses mains.

Robin saisit délicatement mon bras gauche et l'éloigne de mon corps.

– Je t'achèterai un autre crayon, promet-il. Mais si j'utilise mon marqueur, tu risques de m'en vouloir.

J'esquisse un sourire et regarde avec avidité ce qu'il va faire.

– Je te banderais bien les yeux pour te faire la surprise. Mais je préfère sentir ton regard. J'adore la façon dont tu me regardes dessiner. Alors quand c'est toi mon support !

Il passe une langue gourmande sur ses lèvres charnues, fait mine de réfléchir. Je ne suis pas dupe. Je suis certaine qu'il sait déjà parfaitement ce qu'il va faire.

25

Ça ne rate pas. Au creux de mon épaule, il dessine d'un tracé net et à peine appuyé une rose juste éclose.

– Puisque tu veux une rose, sourit-il. Celle-ci me plaît bien. Juste en train de se révéler. Je verrai la couleur plus tard.

Je ne bouge pas, me tords le cou tant bien que mal pour voir ce qu'il fait.

– Tss tss, si tu bouges, je pourrais bien changer d'avis. Concernant tes yeux ou pire, concernant mon marqueur.

Je glousse légèrement. Il plaisante. Forcément. Son sourire creuse une fossette délicieuse qui me rend plus dubitative. Il n'oserait pas, si?

Par précaution, je cesse de bouger. Ce n'est pas une entreprise aisée alors que la mine serpente autour de mon épaule et que Robin dispose de mon bras comme d'un bloc d'argile qu'on façonne. Il le soulève, trace des courbes dans des zones très réactives, s'attarde, revient en arrière pour ajouter des détails. Je ne pensais pas que le simple glissement de la mine grasse sur ma peau pourrait y faire naître autant de sensations. Ça n'a rien à voir avec des chatouilles, mais tout avec un exercice à la sensualité affirmée.

Je ne suis plus que son modèle, mais un modèle tout en frémissements qui se demande si sa position sur les tatouages est fermement arrêtée. Bien sûr, il y a quelques nuances entre cet exercice extrêmement sensuel et un vrai tatouage. Ici, la seule douleur que je ressens, c'est celle de la frustration et du désir qui dévore mon intimité et me hurle de venir exiger ma délivrance. Il n'y a pas d'aiguille qui perce et reperce ma peau. Mais surtout, ce dessin d'une troublante beauté partira avec la prochaine douche ou à grand renfort de démaquillant. En effet, alors que les volutes de ce que je devine être une guirlande florale aérienne sont en train d'orner le dos de ma main pour s'achever à l'orée de mes doigts, je me figure un instant la réaction de mes clients si c'était un véritable tatouage, permanent et parfaitement visible. Je ne suis pas sûre que la direction apprécierait. Et je ne parle même pas de ma mère.

Encore ! Sérieusement, qui pense à sa mère lorsqu'une merveille de la nature court-circuite un à un tous ses neurones par ses caresses et son talent artistique ?

Mes réflexions ne s'attardent qu'un instant sur elle. Voilà que Robin, après avoir observé son œuvre de longues secondes et savouré mes frissons presque continus, fait tourner entre ses doigts plusieurs pastels qu'il pose successivement sur ma peau. Sa lenteur et la légèreté de ses effleurements sont machiavéliques.

Enfin, il arrête son choix et reprend son travail. Il parle un peu, se confie presque malgré lui. Je reste silencieuse. Depuis que je le connais, mon amant est parvenu sans aucune difficulté à vaincre ma réserve et à me voler des confidences que je lui ai offertes de mon plein gré. Il est plus rare qu'il soit dans le même état d'esprit. Aussi, je bois ses paroles. Tantôt il parle technique, commente son travail et les envies que je lui inspire. Pédagogue, il m'explique aussi la façon dont il procéderait pour obtenir tel ou tel rendu, non pas avec des crayons, mais avec de véritables encres. Mais le plus souvent, il parle de lui, de sa passion et m'ouvre quelques portes de plus sur sa vie. Il me raconte le premier tatouage sur sa sœur, qui bougeait tellement qu'il a failli l'assommer, me narre son premier concours. Et puis, au détour d'une phrase, d'une remarque, d'une expression, une révélation coule jusqu'à mes oreilles pleinement attentives. Alors je le laisse ouvrir son cœur dans ce moment qui n'est pas que physiquement intime.

Décidément, ce week-end ne ressemble pas à ce que je prévoyais. Je n'ai pas planifié grand-chose, mais dans rien de ce que j'avais imaginé on ne m'appelait « madame Dex ». À bien y réfléchir, je ne me retrouvais pas non plus quasiment nue, ornée d'un tatouage temporaire et impatiente d'être de nouveau son terrain de jeu, artistique ou autre.

Tout est parfaitement naturel entre nous et pourtant si fragile. Aussi, je prends ce qu'il m'offre sans rien exiger, entièrement concentrée sur son travail et sur les réactions de mon corps à ses attentions.

Lorsqu'il a achevé son œuvre, il me tend la main. Je me relève et le suis jusqu'à la salle de bains. Devant la grande psyché, je détaille son ouvrage en bougeant lentement mon bras pour avoir une idée globale de son travail.

– C'est beau. Pas très discret, mais vraiment très beau. C'est délicat. C'est féminin. C'est…

– Trop peu discret, acquiesce Robin. Dommage. J'adore.

Il fourrage un instant dans sa barbe, très concentré avant de lâcher une interjection jubilatoire.

– J'ai trouvé. En place, princesse !

Quoi ? Encore ? Il va passer sa soirée à dessiner sur mon corps au lieu d'en prendre possession ?

J'obtempère sans trop me faire prier. Pour dire vrai, j'ai rarement vécu de préliminaire plus sensuel que de livrer ainsi tout mon corps à cet homme qui le manipule comme un stradivarius pour y jouer la parfaite mélodie.

Comme tout à l'heure, je m'allonge sur le dos, offerte à son regard et à ses instruments.

Robin reste à quelques pas de moi. Son regard parcourt de nouveau tout mon corps, en partie coloré. Ses yeux légèrement plissés laissent passer un simple filet d'azur. C'est bien assez pour me donner chaud et hérisser mon corps d'une irrépressible chair de poule.

Mon tortionnaire sourit, satisfait de son effet. Pire, il pose un genou sur le matelas, tout contre ma hanche. Du dos de la main, il effleure mon flanc, flatte langoureusement le renflement de mon sein. Un gémissement passe mes lèvres entrouvertes.

J'aimerais quémander une caresse plus appuyée, mais je me laisse aller à ses mains expertes et me contente d'absorber tout ce qu'il m'apporte.

Je n'oppose pas de résistance lorsqu'il place une main sur ma taille, l'autre sur ma cuisse et me fait basculer face à lui. Il considère le tableau, claque la langue et abaisse lentement mon tanga pour découvrir mes hanches.

– Puisque tu veux quelque chose de plus discret, réfléchit-il à haute voix, la hanche droite est parfaite.

– Pourquoi la droite? Tu as quelque chose contre la gauche? persiflé-je en calant mon visage dans le creux de mon coude.

– Bien au contraire. Mais ta hanche gauche est déjà ponctuée. Or je ne tatoue pas sur les grains de beauté. C'est déjà si beau. Et puis quand tu es allongée face à moi, c'est ce que je vois. C'est beau, ça peut rester discret. Je trouve ça super sensuel parce que c'est un secret entre deux amants, comme on disait ce midi. Par contre, ça fait mal.

– Montre-moi ce que tu ferais, sans me faire mal.

Ma voix est à peine plus ferme qu'une supplique. Elle dénote toute l'emprise qu'il exerce sur moi en cet instant. Il n'en abuse pas. Je ne le redoutais pas, du reste.

Comme tout à l'heure, il pose d'abord un décor, une sorte d'entrelacs complexe. Il me chatouille de façon presque insupportable. Pourtant, rien ne pourrait me contraindre à lui demander de mettre fin à cet instant hors du temps.

Régulièrement, il abaisse le tissu, dénude ma peau pâle pour gagner un peu d'espace. Je ne lui propose pas de l'enlever totalement. Il est maître de la danse. Par contre, je retiens à grand-peine une bouffée de chaleur en pensant au nombre de femmes sur lesquelles il s'est ainsi penché, qu'il a ainsi peu à peu découvertes.

– Comment fais-tu au moment de tatouer? Tes clientes, tu les préfères dans quelle tenue?

Mon ton se voulait léger. Je crains que Robin ne soit pas dupe un instant. C'est ce que me dit son sourire conciliant.

– Pour tout te dire, certaines préfèrent être nues, d'autres avec un string ou mieux, un dessous qui se détache. C'est plus simple pour travailler. Bon après, précise-t-il dans un sourire plus large destiné à me rassurer, je recommande toujours de prévoir une grosse culotte en coton, limite culotte de grossesse, pour l'après-tatouage. C'est moins glamour, mais plus confortable. Mais on te l'a dit tout à l'heure: quelle que soit la zone, ce qui m'importe, c'est ce que j'encre.

Dubitative, je hausse le sourcil.

– Vraiment? Tu me certifies que là, si je passais ma main sous ta ceinture, tu serais de marbre?

L'œillade de Robin a des saveurs de défi.

– C'est pas ce que j'ai dit. Mais toi, tu interprètes mal. Même dans la fameuse culotte de grand-mère, toi, tu me ferais bander. Le dessin, c'est juste le bonus. Très agréable bonus. J'ai presque fini, tu vas voir dans quelques minutes.

Oh là là! Ses mots crus tendent tout mon corps d'une crispation aussi forte que celles qui préfigurent les orgasmes cataclysmiques.

Et ce ne sont que quelques mots! Si je veux garder un peu de tenue, je ferais mieux de ne même pas imaginer la suite de la nuit.

Vite, vite, faire redescendre la pression. Bilan comptable, masque à l'argile et au concombre, soin anti-points noirs… Tous les sujets les plus tue-l'amour suffisent à peine à éviter l'autocombustion.

Robin se comporte pour sa part comme si de rien n'était, alors qu'il pose les dernières touches à mon dessin.

– Et toi, tu ferais quoi?

Il me faut quelques instants pour comprendre qu'il ne parle ni des dix manières dont j'envisage de lui rendre la pareille, ni de la méthode la moins dégoûtante pour assainir la peau. Évidemment, il parle tatouage et, plus précisément, de ce que m'inspire son corps. Les bouffées de chaleur reviennent, aussi puissantes, aussi intempestives.

J'éclate de rire pour masquer ma gêne. Dans l'état d'excitation qui est le mien, si je pose la main sur sa peau, je le dévore en moins de cinq minutes.

– Tu plaisantes? Tu as vu mon niveau en coloriage? Tu veux une marguerite de maternelle? On ne doit pas être loin du summum de mes capacités.

Robin sourit. Difficile, même pour être galant, de me détromper.

– Tu peux aussi tatouer une phrase, une citation.

Je réfléchis.

Une phrase? Ça, c'est dans mes cordes. J'hésite à noter une longue citation.

Mais deux mots suffisent à résumer notre étrange parenthèse. Je prends le crayon avec détermination, plisse les yeux pour visualiser la zone qui me convient le mieux. Je la repère sans tarder. Sous le cœur, à quelques centimètres de l'organe que je sens battre à un rythme soutenu sous mes doigts.

Cet aveu involontaire me crispe à mon tour.

Inspire, Aurore, expire.

Ce n'est rien de dangereux, juste une blague sans conséquence.

Déterminée, je m'agenouille devant lui, ramène mes cheveux en une natte que je glisse par-dessus mon épaule et prends appui sur son cœur toujours aussi agité.

Je mime ma phrase en l'air pour réussir mon cadrage, et pose le crayon sur Robin.

La vache ! Je n'attendais pas un tel sursaut.

– Première fois ? demandé-je sans réprimer un sourire narquois. Rassurez-vous, je vais être si douce que vous ne pourrez plus vous en passer.

Le regard de ma victime du soir se fait perçant. Je m'empourpre. Fichu stress qui me fait dire n'importe quoi ! Dans les deux secondes, il va s'enfuir de la chambre en criant que je suis complètement folle. Ou pas.

Sa réaction me surprend tout autant. Sa voix plonge dans les tréfonds de la tessiture d'un baryton lorsqu'il répond.

– Je commence à me dire que vous n'avez pas tort.

Holà ! Panique à bord, attaque terroriste sur mon cœur de guimauve ! Robin vient de frapper un grand coup. Il est probablement lui aussi dans le jeu de la séduction sans enjeu. Cette idée, inexplicablement, me pince le cœur. Je me tance intérieurement. Allons bon ! Si ce n'était pas le cas, s'il y avait du vrai dans ses propos, je serais la première angoissée. J'opte pour la voie raisonnable.

– Ne me déconcentrez pas, s'il vous plaît, monsieur. Je ne voudrais pas vous tatouer une bêtise. Il paraît que ça s'efface mal, ce genre de chose.

Aussitôt, Robin adopte un air contrit, croise ses mains derrière sa nuque. Argh ! Toute sa musculature ne s'en trouve que davantage exhibée devant mes yeux. Je me force à ne considérer que la zone graphique, au point que mes yeux me piquent.

En deux minutes, une écriture très calligraphiée l'a gratifié d'un « *Carpe Diem* » de circonstances. C'est un petit ouvrage, mais il y a quelque chose de jouissif à laisser ma marque sur lui. Je recule un peu pour juger de mon travail. Les lettres sont sans doute trop féminines. Je m'apprête à effacer ce gâchis, mais Robin m'en empêche d'un geste.

– Laisse-moi voir.

Je retire mes mains. Il saisit son portable et prend quelques clichés de ma tentative maladroite.

– J'adore ! Sobre, élégant, raffiné. Tout toi. Et ça manquait sur ma peau.

Je rougis de sa moquerie.

– Ça va partir à la douche, rappelé-je.

– Surtout pas ! Je veux le garder. Tiens, d'ailleurs, ça me donne une idée !

Sans me laisser le temps de réagir, il me serre contre lui.

Tatouage ou pas, ma respiration s'emballe. Son corps durcit encore contre le mien et cette réaction me rassure un peu. Je ne suis pas la seule à avoir été émoustillée par cette séance. Mais il reste un dernier projet pour Robin. Il regarde attentivement dans la glace, sur son écran, ce que j'ai écrit. En parfaite symétrie, il écrit, dans des caractères qui ressemblent à s'y méprendre aux miens, une formule réponse : « *Carpe Noctem* », « Profite de la nuit ».

J'éclate de rire.

– Une annonce de programme ?

– Tu en as douté ? Laisse-moi immortaliser notre œuvre et prépare-toi. Mes mains, sur toi, sans faire de folies… Je ne tiendrai pas plus longtemps.

Encore plus frémissante, j'obéis et prends la pose pour ses nombreuses photos. J'ai toujours refusé ce genre de cliché compromettant. Robin ne m'inspire pas de crainte. Et pas seulement parce qu'Angie réduirait sa virilité à néant s'il me jouait un sale tour. La dernière photo, celle de nos citations en regard, est particulièrement sensuelle. Robin est du même avis car c'est lorsqu'il la regarde qu'il s'empare de mes lèvres et entreprend de me prouver qu'il suit la devise qu'il a inscrite sur moi. « Profite de la nuit. » Il ne se fait pas prier pour le mettre à exécution.

26

Le réveil est difficile ce matin. Je suis toute courbaturée par une nuit passionnée et très brève. Sans mes huit heures de sommeil, j'ai du mal à être performante. Or si j'ai passé presque six heures dans ce lit, le temps dédié au repos est bien moindre. C'est la raison pour laquelle je suis d'humeur chagrine. Oui, ça ne peut être que ça. Absolument pas parce qu'il ne me reste que quelques heures dans la cité corsaire et auprès de mon amant.

Près de moi, Robin dort encore. Sa bouche gourmande est retroussée dans une moue boudeuse, alors qu'il gobe mon épaule dénudée. Sous ses lèvres, les couleurs sont presque estompées mais offrent un tableau impressionniste du plus bel effet. Je m'étire lentement pour ne pas le déranger et immortalise cet instant. C'est peut-être puéril. Nous ne sommes pas censés partager ce genre de souvenirs. Tant pis. Robin lui-même ne s'est pas privé de collecter des images de notre folle soirée.

En reposant mon téléphone, j'avise un message de maman. L'heure doit être grave pour qu'elle compose un message écrit.

[Pourrais-tu m'apporter ce midi
quelques échantillons
de ce nouveau soin pour les ongles
que tu avais l'autre jour?]

Ma réaction affolée réveille Robin. Il émerge du sommeil en un temps record et s'enquiert de mes soucis. Sans un mot, je lui montre le message.

– Ta mère utilise des échantillons de maquillage ? s'étonne-t-il.

– Quoi ? Non, c'est juste un prétexte pour me rappeler le brunch de ce midi. C'est la tradition familiale. Mais vu que depuis... quelques semaines, notre relation est étrange, elle utilise un moyen détourné pour savoir si je serai bien là.

– Eh bien cette fois, ce n'est pas le cas. Je te séquestre ! déclare-t-il avec une légèreté que je suis loin de ressentir.

Ma contrariété ne lui échappe pas, mais il ne dit rien pendant que je décommande le rituel familial par le même biais. Encore une entorse à mes habitudes que maman va avoir du mal à comprendre et qu'elle risque de prendre comme un rejet de ma part. Je dois reconnaître que, toute à mon week-end, je n'y ai pas pensé un instant avant le message.

Appuyé sur un coude, offrant à mon regard ce qui reste de son « *Carpe Diem* », Robin m'observe en silence.

Je baisse les yeux vers lui et pousse un cri de contrariété. Les draps sont bariolés des taches de couleur de nos exploits nocturnes. C'est à peine croyable ! Une vengeance du karma pour me punir de ces instants de plaisir volé ?

– Mais que va dire le personnel ?

– Que tu ne sais pas dessiner sans déborder, s'esclaffe Robin. Sérieusement, princesse, ce n'est rien de dramatique. Je suis convaincu que le personnel d'entretien voit des trucs bien pires que des traces de crayon dans des draps !

– Peut-être que c'est dans tes habitudes, pas dans les miennes !

À peine cette phrase franchit mes lèvres que je la regrette. C'est incroyablement condescendant, peut-être même infondé. Mal à l'aise de me montrer aussi désagréable, je me lève d'un bond, cherche du regard quelque chose pour me couvrir et m'enfuis dans la salle de bains.

– Je verrai ça avec la réception, quitte à les indemniser pour les dégâts.

Sans attendre la réponse de Robin, je m'enferme dans la pièce. J'y reste sans doute plus que nécessaire, même en tenant compte de l'effacement des tatouages. J'hésite à y rester jusqu'à ce qu'il parte au salon. Ce n'est pas très courtois, pas très courageux non plus, sans doute même pas très mérité pour Robin, mais pendant quelques minutes, ça me paraît une solution acceptable.

Mais je me rappelle qu'il doit se préparer également pour sa prestation. Œil sombre et tête basse, je rejoins la pièce principale.

Robin m'attend, très calme en apparence, les bras croisés sur son torse sculpté. Pourtant, son regard n'a rien à envier au mien, niveau colère. Même les écailles de son dragon semblent frémir d'une fureur contenue.

– J'en ai pour quelques minutes. Je dois garder tes chaussures en otages pour être sûr que tu ne t'enfuies pas, ou je peux te faire confiance pour m'attendre et qu'on tire ce réveil au clair?

Sa voix n'est ni caressante, ni conciliante. Il a l'air furieux et je ne peux entièrement lui donner tort. Je ne lui fais pas remarquer que je serais capable de partir sans chaussures si je n'avais pas le choix.

– Je ne bouge pas.

– Bien. Je ne serai pas long.

Je me mords la lèvre pour ne pas lui dire de prendre tout son temps, au contraire. Je suis attachée à Robin joueur, sérieux, sensuel, taquin. J'ai tenu tête, les premiers jours de notre rencontre, à la version plus pugnace de mon amant. Mais je suis très impressionnée par le modèle glacial de colère maîtrisée.

Il sort en un temps record. J'ai à peine eu le temps d'échanger un message avec ma mère qui, comme je l'imaginais, se sent injustement repoussée, et deux avec mon père, un pour qu'il m'aide à dédramatiser les angoisses de son épouse, l'autre pour lui certifier que je vais bien et que je ne fais rien de déraisonnable.

Pour ce dernier aspect, je suis heureuse de ne pas être face à lui. Mon père n'est pas un grand parleur, mais il observe et déduit. Je n'ose imaginer les conclusions qu'il tirerait de ma réaction face à Robin, les cheveux encore mouillés et torse nu. Son regard balaie rapidement la pièce jusqu'à me trouver, sagement assise au bord du lit. Il incline brièvement la tête. Quelques gouttes d'eau restent accrochées dans les griffes de son dragon. Je ne peux en détacher mes yeux, pas plus qu'il ne se détourne de moi. Son souffle est court. Pourtant, il n'a rien à voir avec celui des moments où je le séduis. Il est plus crispé. Je devine qu'il a dû se préparer au pas de course. La cause est évidente. Il craignait que je m'échappe !

Ce manque de confiance – oui, j'y ai pensé, mais il n'a pas besoin de le savoir ! – ravive toute ma contrariété. J'en fais la liste pour entretenir mon esprit combatif : brunch oublié, draps tachés, retour à la réalité…

Brunch oublié, draps tachés, retour à la réalité. Brunch oublié…

– On s'explique ici avec ces foutus draps sous les yeux ou on fait ça devant le petit déj, au risque que je pète un câble en public ?

Résumé ainsi, je me demande si je n'ai pas intérêt à retourner m'enfermer dans la salle de bains et à attraper le premier train qui m'emmènerait loin de la fureur de mon sublime tatoueur.

– N'y pense même pas, prévient-il dans un grondement plus proche de l'australopithèque que de l'humain civilisé. À me fuir encore, à aller t'enfermer dans cette putain de salle de bains sans rien m'expliquer. Parce que je t'avertis aimablement que sinon, je vais avoir des frais avec l'hôtel pour le défonçage d'une putain de porte. Et ça les gonflera infiniment plus qu'une putain de paire de draps coloriée ! Alors ?

La force brute qui émane de lui et explose en grossièretés ininterrompues devrait m'effrayer. Elle est aux antipodes des hommes rassurants que je fréquente habituellement. Mais de façon totalement inexplicable, c'est exactement le contraire qui se produit.

Robin aurait pu nous laisser partir, mes angoisses, ma mauvaise humeur et moi. Après tout, on ne se doit rien l'un à l'autre. Mais non ! Non seulement il ne me met pas dehors, mais c'est tout le contraire. Cette réaction me crispe d'une drôle d'émotion. Je l'analyserai plus tard. Pour le moment, M. Nerfs-sur-pattes attend ma réponse.

– Ça fait beaucoup de gros mots pour une simple discussion.

Robin me dévisage comme si un troisième œil avait poussé au milieu de mon front. La colère la dispute à une forme d'amusement. Pendant quelques instants, je me demande ce qui va l'emporter. Il souffle bruyamment et pour la première fois, mon amant attentionné m'apparaît sous un jour que j'avais presque oublié. Celui d'un homme au caractère bien trempé. D'un adversaire dont le tempérament me stimule. D'ailleurs, je me redresse et soutiens son regard. Visiblement, ça marche. Le coin de ses lèvres frémit et se change en quelque chose qui ressemble à un sourire.

– Trop de gros mots pour toi, princesse ? Si je surveille mon langage, il y a moyen de discuter ? Bon, si tu m'expliquais ?

J'écarquille exagérément les yeux.

– Ne joue pas à ça, Aurore. Sinon je vais recommencer à jurer. Je me suis endormi après une journée parfaite, une soirée à l'avenant et une nuit…

Son regard me donne toute une liste de qualificatifs pour cette nuit qui me fait largement rougir.

– Et je me réveille avec une porte de prison tendance psycho-rigide. D'où je te demande : que s'est-il passé ?

– Je ne sais pas. Peut-être que tu as juste vu la vraie Aurore. Pas la vacancière détendue, du moins selon mes critères, mais celle que je suis d'habitude. Celle qui mange tous les dimanches avec ses parents et culpabilise quand, pour la première fois, elle les oublie purement et simplement alors que les choses ne sont pas simples avec sa mère. Celle qui a l'habitude de toujours être irréprochable, qui a du mal à se fondre dans le cadre détendu dans lequel tu évolues. Celle qui supporte mal la moindre imperfection, que ce soit dans ses vêtements, sa façon de se tenir, ou la chambre d'hôtel qu'elle quitte. Je suis comme ça, Robin. Je ne suis pas une femme amusante, ni quelqu'un de spontané. Je planifie tout. Et depuis qu'on se connaît, c'est exactement le contraire ! Une virée imprévue, ce week-end que j'ai décidé sur un coup de tête et dont je n'ai même pas prévu le retour. D'habitude, le dimanche, je consacre la fin d'après-midi à tout préparer pour la semaine : les tenues, les menus… J'ai besoin de ça pour être sereine. Et là, tout mon cadre explose.

Robin réfléchit. Son attitude est transparente. Il se relâche progressivement.

– Est-ce que je serais loin de la vérité si je te disais qu'il se peut que tu aies un tout petit peu paniqué à cause de tous ces bouleversements ? Que tu aies eu du mal à assumer le fait de ne pas être dans ton confort de fille modèle ?

Vu tout ce que je viens de lui expliquer, la conclusion coule de source. Mon amant garde le silence encore quelques instants. Je sais ce qu'il fait. Il analyse, il classe, il solutionne. À la façon dont son sourire s'élargit, je sais qu'il y est parvenu.

– Donc, si je résume. Tu n'es pas du matin ou plutôt, tu gères mal les imprévus du matin. Tu as besoin que les choses soient un minimum planifiées.

– Et je suis un peu maniaque.

– D'accord, tu es un peu maniaque. Rien qui paraisse insurmontable. Si je prends ça en compte, tu peux envisager de te détendre? À quelle heure tu commences demain?

Je hausse les épaules.

– Le lundi, personne n'est prêt à démarrer avant neuf heures trente.

Robin pianote sur son téléphone et m'offre un sourire triomphant.

– Si je te dis que j'ai un train direct qui arrive avant neuf heures à Paris, tu accepterais de rester avec moi jusqu'à demain? Je sais que ça t'oblige à sortir de ta zone de confort, que ça ne te donne pas le temps de planifier à l'avance ta semaine. Quoique, tu peux faire toutes les listes du monde dans la journée si ça te tranquillise. Je ne ferai aucun commentaire. Mieux, je te prêterai un bloc-notes. Mais ça me ferait plaisir, vraiment.

Sa voix reprend des intonations plus douces. Le gros de la crise semble passé. Par ricochets, je me détends aussi.

– Si j'accepte ton offre, tu me certifies que je prendrai ce train?

« Si j'accepte ton offre… » Qui donc est-ce que je crois leurrer avec cette précaution? Je suis incapable de l'expliquer, mais j'ai déjà cédé. Sans l'ombre d'une hésitation. Je n'ai aucune envie de mettre fin à ce week-end moi non plus.

– Mon réveil, ton réveil, le service d'étage. À moins d'une grève surprise de la SNCF – auquel cas je te promets de te raccompagner moi-même en voiture –, tu n'as aucun risque de rater ce train. Oh, et fais le point. Si tu veux, il y a un service de nettoyage. Ça, c'est au cas où tu aurais besoin d'une tenue pour demain.

Je le remercie d'un signe de tête. Je n'ai pas vraiment les mots pour le dire mais j'apprécie la façon dont il a désamorcé la tension, celle avec laquelle il prend en compte mes manies.

Je ne devrais pas. On n'est pas dans ce genre de lien, lui et moi. Mais ça me touche qu'il prenne soin de la fin de ce week-end comme si je comptais un peu pour lui.

Pour être exacte, je trouve ça tellement rassurant que je suis à la limite de lui confier la gestion de ma mère qui, de toute évidence, est blessée de ce nouvel élément qu'elle ne comprend pas.

Au cours du petit-déjeuner que nous prenons finalement, plusieurs messages me confirment sa nette contrariété. Je soupire. Visiblement, ce n'est pas tout de suite que nos relations vont revenir au beau fixe.

– Tu veux que je m'en charge ? propose-t-il l'air de rien par-dessus sa tasse de café alors que je repose mon appareil, écran vers la table, comme si ça pouvait me préserver.

– Non, c'est gentil. C'est entre elle et moi. Je ne vois pas ce que tu pourrais lui dire qui apaiserait son « immense tristesse de voir que je n'ai même plus le désir de passer avec eux ces trop rares moments en famille ».

– Eh ben ! s'étonne Robin. Je ressortirai ça à ma mère. Parce que, quand elle me pourrit par textos, c'est quand même vachement moins classe. Tu es sûre, tu ne veux vraiment pas que je l'appelle ? Ne serait-ce que pour lui dire que, même quand tu es une emmerdeuse au réveil, tu l'es avec élégance et courtoisie ?

Sa remarque m'arrache un sourire et il poursuit comme si je n'avais pas secoué la tête pour repousser son offre.

– Je te jure, je sais très bien parler aux mères. Généralement elles m'adorent. Allez, promis, je serai diplomate.

Je me représente la scène et cette fois, j'oscille entre le rire nerveux et la crise de panique.

– Comme tu l'as été avec Cody ? lancé-je sans pouvoir m'en empêcher.

Le sourire de Robin se teinte d'une pointe d'insolence. Le parfait garnement est très fier de son coup.

– Non, je me vois mal dire à ta maman que je ne te laisse pas rentrer aujourd'hui parce que j'ai encore plein de projets qui incluent de te faire jouir avec ma langue, avec mes doigts, ou avec toute autre partie de mon corps que tu autoriseras à toucher le tien.

Holà ! Alerte incendie à la table 3 ! On signale un cas d'auto-combustion avancé chez un individu de sexe féminin très, très réactif et qui peine à refermer la bouche face à une déclaration purement inflammable.

Sans tenir compte du flottement de mon hébétude érotique, Robin fait mine de réfléchir tout en tartinant une tranche de brioche d'une généreuse couche de caramel beurre salé – un péché capital à lui seul.

– Non, je ne pourrais pas lui dire ça, n'est-ce pas ? Tiens, quitte à rester bouche bée devant moi, goûte ça. Pile ce qu'il faut pour prendre des forces !

Perdue pour perdue, autant perdre aussi de vue le compte raisonnable des calories et commencer la journée par une folie supplémentaire ! Surtout que mon tentateur a raison, c'est purement diabolique. Et totalement intéressé, comme je le comprends bientôt.

– Bien, maintenant que le sucre anéantit toutes tes défenses mentales, raconte-moi. Le problème avec ta mère, ce n'est pas seulement ce brunch ?

Il n'y a même pas de véritable question. Il sait. En tout cas, il se doute de suffisamment de choses pour avoir une idée précise. Je lui explique le reste : le guet-apens de Cody, ma réaction, son incompréhension, sa crainte de me voir m'éloigner.

– Je t'avoue que moi non plus, je ne comprends pas bien. Pourquoi tu ne lui expliques pas carrément ? Tu crois que ta mère, c'est l'espèce de caricature que dépeint ton ex ? Qu'elle fermerait les yeux pour garder son statut social ?

Je secoue la tête, autant par conviction que pour me rassurer moi-même. En mon for intérieur, je suis convaincue qu'elle ne l'est pas, mais les mots du beau parleur avec qui j'ai failli me marier ont entretenu le doute.

– Laisse-la s'apaiser, comprendre que ce n'est pas juste un caprice de ta part. Ça finira par se tasser.

J'approuve en silence.

– Ou alors, reprend-il, plus combatif, balance tout. Il n'y a pas de raison que ton ex s'en sorte avec les honneurs et mette à mal ta réputation en faisant croire que tu t'es envoyée en l'air dans son dos !

– Techniquement, objecté-je en rougissant, ce n'est pas faux.

– Ah non ! Ne le laisse pas te convaincre, gronde-t-il en s'agaçant sur un croissant innocent. Techniquement, tu t'es envoyée en l'air alors que vous étiez séparés. Ou alors, je plaide non coupable, me provoque-t-il.

J'esquisse un sourire. Il sait aussi bien que moi, et que Cody lui-même, qu'il n'en est rien.

– Non, sérieusement, que tout le monde ait une mauvaise image de toi pour que lui s'en sorte blanc comme neige, ça ne t'énerve pas ?

Je hausse les épaules, coincée dans mon propre raisonnement. Robin l'a écouté et utilise mes arguments contre moi. Je cherche comment me justifier. Les amis de Cody ? Ses proches doivent savoir à quoi s'en tenir ou peu s'en faut. Les autres ? Ce ragot ou un autre… Je ne sais pas ce qui est le pire. Passer pour la fille légère ou pour la femme bafouée. Mes amis proches…

Aussitôt, je pense à Agathe et à Rose. À elles non plus, je n'ai rien dit de précis. Mais elles ont pris parti. Pour lui, contre moi. En aurait-il été autrement si je leur avais dit autre chose que la version que je leur ai livrée : « Il m'a trahie, d'une façon telle que je ne peux plus envisager de lui faire confiance » ? Il a fallu moins que ça à Angie pour m'ouvrir les bras.

Pour éviter de répondre, je me sers une nouvelle tasse de café et m'enquiers du programme à suivre. Pas dupe de ma dérobade, mon guide se contente de ce que j'ai bien voulu lui confier et confirme qu'une journée intense nous attend encore.

Je devrais en être contrariée. Je reste sur place pour être avec lui mais, comme hier, je n'aurai que des instants volés. Je m'en contente sans peine. Je sais pourquoi. Robin me perce trop facilement à jour. Il parle à des parties de moi que j'ai l'habitude de garder sous contrôle. Ce lien trop fort qui s'établit entre nous me fait peur.

C'est peut-être en partie pour ça que j'ai paniqué ce matin. Pour aucun homme je n'ai ainsi perdu la notion des jours et des convenances. Pour du travail oui, pour un amant jamais. Encore moins pour une aventure ponctuelle.

Or, son attitude – mais surtout mes propres réactions – fait glisser l'équilibre de cette non-relation. Je ne peux pas me le permettre. Robin n'a pas de place pour moi dans sa vie, et moi…

Une nouvelle fois, je me laisse emporter par le tourbillon de la journée pour ne pas me poser ces questions auxquelles je n'ai pas de réponse.

27

Quatre heures quarante-cinq du matin. C'est ce que disent conjointement nos deux portables et le service d'étage qui vient de confirmer le réveil. Mes yeux obstinément clos, eux, me certifient qu'il ne peut guère être plus de deux heures du matin. Pour être fatiguée à ce point, il est impossible que j'aie dormi plus d'une heure ou deux, je ne vois aucune autre explication sensée… ou alors juste une, qui a tout à voir avec le regard azur fixé sur moi. Totalement éveillé – quelle injustice ! – Robin me regarde, un peu emprunté. Je suppose qu'il se souvient encore de mon réveil d'hier. J'esquisse un sourire embrumé auquel le sien répond comme un écho.

– Salut toi, murmure-t-il d'une voix encore rauque de sommeil. Alors avant que tu ne stresses, ta valise est bouclée, on a largement le temps d'être à la gare.

Son attention me touche. Il a pris la mesure de mes angoisses et s'y adapte. J'étire mes muscles perclus d'une fatigue aux causes plus qu'agréables et me retrouve dans les bras de mon tatoué qui m'emprisonne quelques instants pour m'offrir un baiser à couper le souffle.

Je résiste pour la forme. Je ne me suis pas encore lavé les dents, mon haleine doit être… Oh, et puis zut ! C'est notre dernier réveil, sans doute l'un de nos derniers baisers. Je ne vais pas le gâcher avec des considérations aussi futiles.

D'un geste souple, Robin me hisse jusqu'à lui. Son corps est déjà dur. Pourtant, il me repousse doucement.

– Si jamais je cédais à cette envie, là on risquerait d'être en retard, dit-il en atténuant son rappel à l'ordre d'un sourire chaud.

Je retiens un soupir. Pas de dernière étreinte, si j'ai bien compris. Je fais taire une pointe de déception. La dernière fois, il est parti pendant mon sommeil. C'était presque aussi bien. Pas d'au revoir et aucune tristesse à assumer de ma part.

Ce matin, c'est différent. Robin va me raccompagner à la gare. J'ai essayé de le convaincre que ce n'était pas nécessaire. Il n'a rien voulu entendre. Je crains presque cet instant. C'est idiot. Nous ne sommes pas un couple qui se sépare. Je ne sais toujours pas exactement ce que nous sommes, mais pas un couple.

La perspective de prendre ce train est plus complexe aussi parce que moi, j'ai vécu ce week-end différemment. J'en ai pris l'initiative. J'y ai découvert ce que je n'avais pas voulu envisager la première fois, lui dans sa globalité, dans son métier, dans sa passion, avec ses amis.

Mais il m'a vue, moi aussi, sous un autre jour, moins avantageux mais plus sincère.

Bref, presque malgré nous, nous avons fait de cette escapade sans conséquence quelque chose d'autre. Je n'y étais pas prête. Je ne crois toujours pas l'être. Dans ce contexte, mon départ s'apparente dangereusement à une fuite salutaire. Mais je l'assume.

Robin, pour sa part, agit comme si de rien n'était. Il est prévenant, léger. Un gentleman un peu bourru qui raccompagne une agréable invitée à la gare. Je ne sais comment il y arrive, mais il a la distance parfaite.

Du moins jusqu'à la gare. Nous sommes en avance. Pas loin d'une demi-heure avant l'annonce de mon train. C'est largement le temps pour un petit-déjeuner que Robin tient à m'offrir. Pour la première fois depuis le réveil, le silence n'a rien de simple ni de confortable.

– Au fait, il se pourrait que, pendant que tu dormais, j'aie mis une ou deux petites choses dans ta valise. Ne t'étonne pas quand tu l'ouvriras.

– Encore des dessins?

Le connaissant, je suis presque certaine que ce seront des petites attentions choisies avec soin qui ne manqueront pas de me toucher. C'est déjà le cas, du reste. Mais je ne peux clairement pas le lui dire. Il arbore une pudeur identique.

– Si je te le disais, il n'y aurait plus de surprise. Déjà, je ne voulais rien te dire. Mais je craignais que tu prennes peur devant un colis suspect dans tes affaires.

Je souris. Il me connaît bien. J'aurais sans doute réagi comme il vient de le décrire. Je tente de reprendre la main sur le jeu pour ne pas lui avouer que j'ai pensé, moi aussi, à lui concocter ce genre de surprise mais que le temps m'a manqué puisqu'hier, je n'ai pu détacher mes yeux de son travail. Pas après avoir vu ce qu'il avait créé sur mon corps!

– Dis-moi au moins s'il y aura du caramel beurre salé? demandé-je en tentant de l'amadouer.

– N'essaye même pas de me faire avouer, démon tentateur, plaisante-t-il en tapotant du bout du doigt le bout de mon nez.

Je devrais détester ce geste puéril. Il emballe mon cœur un peu trop vite et active tous mes codes d'alerte.

Mais sa phrase suivante me porte le coup de grâce.

– Tu avais raison. Six heures du matin, c'est bien trop tôt. La prochaine fois, on verra si tu peux poser un RTT. Ou alors j'adapterai ma prestation pour qu'on ait plus de temps

Mon cœur manque un battement avant de s'emballer comme un fou. Tout le sang affleure sous ma peau. Elle se teinte instantanément d'un rouge carmin parfait pour la prochaine collection d'hiver, mais très éloigné de la réserve que je comptais conserver jusqu'au départ du train. Je cherche une réponse éloquente, claire, spirituelle. Au lieu de quoi, je couine lamentablement.

– « La prochaine fois »?

Robin affiche son assurance comme un bouclier. Il prend mon visage en coupe, plonge son regard dans le mien. Bon sang comment résister à cette arme de persuasion massive?

– C'est exactement ce que j'ai dit. La prochaine fois.

Il me laisse le temps d'une réaction qui ne vient pas. Dire que j'ai espéré autant que redouté ce genre de propositions tout le week-end est un euphémisme.

Je ne mesure pas totalement la profondeur derrière ces trois petits mots. Je ne sais pas comment y réagir. Il a toujours été clair, non? « *Sans contrainte, ni promesse.* » Et ça me convient. Enfin, je crois que ça me convient… Oui, oui, ça me convient!

Mon cerveau et quelque chose qui s'apparente à mon cœur se télescopent avec violence et cherchent à emporter une joute dont je ne saisis pas tous les tenants.

Robin, pour sa part, semble en tirer les conséquences plus vite que moi. Il se trouble. Un instant seulement, celui où il libère mon visage de son étreinte. Lorsque ses mains se reposent sur la table, il a déjà recomposé son visage souriant et égal. Il enchaîne sur un autre sujet de discussion, plus volubile soudain. Je pourrais croire qu'il a oublié sa proposition, qu'il ne l'a lancée que comme une boutade. Mais moi aussi, je commence à lire en lui. Je sens son brin de réserve lorsqu'il pose un unique baiser léger sur mes lèvres glacées et me recommande de prendre soin de moi.

Je promets d'une voix aussi blanche que ma peau et monte dans le train, le cerveau en ébullition et le quelque-chose-qui-s'apparente-à-un-cœur serré. Je m'en veux.

Je m'en veux de ce départ qui gâche tout ce superbe week-end. Je m'en veux de ne pas avoir bondi sur sa proposition. Je m'en veux de ne pas lui avoir dit à quel point, peut-être, elle fait écho à tous ces petits moments où mon cœur a tressailli. Je m'en veux de ne pas savoir si je suis prête, moi, à assumer une prochaine fois. Mais si je n'en veux pas, alors pourquoi mon cœur bat-il aussi douloureusement à l'idée de le quitter, peut-être pour la dernière fois?

Je suis à deux doigts de redescendre du train pour lui confier tout ça. À la place, je m'installe dans mon siège, raide de l'effort que je m'impose pour ne pas le rejoindre.

Je le vois parfaitement à travers la vitre. Il a les yeux braqués sur moi. Il a beau être à une distance tout à fait respectable, je suis comme nue sous son regard bleu glacier.

J'esquisse un sourire. Il doit à peine dépasser le stade du rictus. Pourtant, il crispe ma mâchoire, serrée pour éviter de trembler.

Ma réaction est la bonne. La seule, à vrai dire. Mon cerveau en est convaincu ou presque. Mon corps le traite de tous les noms. Comment peut-on être bête au point de renoncer à des moments aussi fous? Jamais quelqu'un n'avait su m'offrir autant de plaisir, ni me révéler tant de mes envies. Quant à mon cœur... Il bat douloureusement dans une cage trop étroite pour lui. Il bat à contretemps, incapable de se dire qu'il a eu raison de se taire, incapable d'admettre qu'il aurait dû se faire davantage entendre.

Robin reste sur le quai jusqu'au moment où le train s'ébranle. Jusqu'à l'instant où, paniquée à l'idée de le voir pour la dernière fois, je claque mes mains à la vitre pour attirer son attention. Y suis-je arrivée? J'ai cru voir un sourire dans son regard avant que la locomotive ne prenne de la vitesse. Ma rétine a voulu y croire en tout cas. Mon cerveau, lui, est persuadé que ce n'est qu'un réflexe de midinette.

***

Les deux heures et quelques du trajet sont une torture insidieuse. Je ne parviens pas à dormir. Impossible de fermer les yeux sans voir les siens, depuis le premier étonnement de vendredi jusqu'à ce dernier échange silencieux. Le dernier… J'abaisse mes lunettes de soleil pour ne laisser personne deviner la teneur de ma réaction.

Pour autant, fuir le sommeil ne tient pas les souvenirs à distance, tant s'en faut. Lorsque je laisse le contrôle à mon esprit, il ne s'encombre plus de souvenirs mais cherche, enfin, à faire le point sur ces dernières heures. J'ai tant de fois remisé mes questions qu'il en est plus que temps. Cette perspective me déprime. Une liste objective des avantages et des inconvénients de la situation m'aidera sans doute à y voir plus clair.

Je sors de mon sac un bloc-notes – celui qu'il m'a prêté hier et qui contient quelques ébauches de croquis.

J'en tourne lentement les pages, savoure la force de son trait comme s'il était encore un peu près de moi. Difficile de continuer à me mentir. Je ne suis pas aussi détachée que j'ai voulu le prétendre. Ce week-end a été une merveilleuse parenthèse. Il est bien plus que ça. La confirmation de ce qu'ont esquissé nos échanges de messages. Je m'attache à Robin, bien plus que je ne l'avais prévu. Bien plus qu'il ne le faudrait.

Nos emplois, nos lieux de résidence sont des obstacles majeurs. Il y en a un autre que je connais sans avoir besoin de l'écrire : nous sommes différents. On dit que les opposés s'attirent. L'attirance n'est pas un problème. Même moi, je la reconnais sans peine. Mais elle ne suffit pas à construire quelque chose.

Je souris tristement. J'exagère. Je ne crois pas que Robin ait proposé quoi que ce soit de tel. Il a parlé d'autres week-ends. Une nouvelle fois, je m'emballe un peu. Quoique.

Robin a été le premier à poser les jalons d'une liaison sans engagement. Pourtant, il m'a présentée à tous, n'a pas rectifié le « madame Dex » qui a tinté un peu trop naturellement à mes oreilles. Il a dit clairement qu'il aimerait qu'il y ait plus de moments comme ceux-là.

C'est bien le premier pas vers « autre chose ». Dans mon univers, en tout cas, ça l'est.

Cette idée se forme malgré moi. Elle me foudroie. Il est là, le fond de tout le problème. Son univers. Le mien.

Il m'a laissé poser un pied dans son monde. Serais-je capable de lui rendre la pareille ? Mon esprit se fige sur une vision apocalyptique. Robin et son dragon serrant la main parfaitement manucurée de ma mère. Le genre de confrontation qui n'existe pas, sauf quand deux dimensions parallèles se heurtent.

Cette idée est si puissante qu'elle annihile toute autre pensée. Un mot s'imprime en lettres de feu, capable de balayer d'une flammèche tous les autres arguments. INCOMPATIBILITÉ.

Fin du round. Fin de la discussion. Fin de la partie.

La conclusion est logique, implacable… et incroyablement douloureuse. Je suis même obligée de presser mes deux mains sur mon cœur qui se débat contre ma certitude avec une énergie qui ne peut que conforter ma résolution. Vu ses réactions, il est plus que temps de mettre fin à ce rêve lumineux et coloré.

28

L'idée a le temps de cheminer avant que je n'arrive à Paris. Robin n'a pas menti, j'arrive au bureau en même temps que Victor.

Galant, il me tient la porte et désigne d'un geste ma valise.

– Je ne te savais pas sur le départ, Aurore. À moins que…

Il me détaille en tapotant sa lèvre de son index.

– Valise à la main, petite mine, sourire à la fois épanoui et triste, tu reviens juste de week-end. Je me trompe ?

Je secoue la tête, formule une justification. Mon patron m'arrête d'un sourire.

– Je plaisante. Tu as bien droit de prendre du bon temps. Et puis, je suis rassuré. Qui que soit l'heureux mortel, ce n'est plus Cody Porter et pour être honnête, je ne suis pas mécontent qu'il soit sorti de ton décor.

Cette entrée en matière me laisse perplexe. Ma bonne éducation m'empêche de le questionner en ce sens. Une autre considération me retient. Ce que fait Cody ne m'intéresse pas. En ce moment, le seul qui m'intéresse, c'est Robin et la façon dont nous nous sommes quittés.

Mon patron ne me laisse pas longtemps dans l'ignorance.

– Tu sais que samedi, c'était soir de gala chez les Belletoile.

J'acquiesce d'un signe de tête. Cette information m'est vaguement familière. Rose a dû m'en parler, et pour cause. Depuis son mariage avec Augustin, c'est aussi sa famille. J'ai participé à un nombre incalculable de ces soirées. Cadre somptueux, ambiance feutrée, musique bien dosée, buffet raffiné et compagnie triée sur le volet, au point d'ailleurs que cette année, je n'y ai pas été conviée. Rose me l'a annoncé à mon retour de Marseille, très gênée. La décision ne venait pas d'elle mais, dans notre rupture, la famille Belletoile n'a pas choisi mon camp. Je l'avais presque oublié. Samedi, de surcroît, au moment où un sempiternel quatuor à cordes entourait les convives d'une douceur ouatée, je servais de toile au plus talentueux des artistes. Non, décidément, je n'ai rien raté.

– Je n'avais pas particulièrement envie d'y aller. Les mondanités et moi… Mais Éléonore y tenait absolument.

Il n'ajoute rien. Ce n'est pas la peine. Éléonore, son épouse depuis une dizaine d'années obtient de lui ce qu'elle veut, y compris une nouvelle grossesse trois ans après la naissance des jumeaux, y compris un planning de travail qui n'annihile pas leur vie de famille. Y compris, donc, une soirée chez les Belletoile.

– Bref, Martha était aussi de la partie. Il paraît que c'est important, les relations publiques, tout ça.

De nouveau, il fait mine de se plaindre. De nouveau, je souris. Victor est totalement à son aise dans ce genre de cadre. Il y a grandi, tout autant que moi. Je n'ai guère plus de temps pour comparer nos pedigrees familiaux. Il ne prend pas de pincettes pour énoncer la suite. C'est l'une des choses que j'aime dans son tempérament, très éloigné de l'éducation que nous avons reçue.

– Samedi, c'était donc soir de fête chez les Belletoile. Et il se trouve que, pendant la soirée, nous avons rencontré l'attraction du soir. Ton ex. En très charmante compagnie.

J'accueille la nouvelle sans broncher. Après tout, samedi, moi aussi, j'étais en très charmante compagnie.

– Mandy, je suppose ?

Victor hausse les sourcils.

– Mandy ? Non, non, rien de si tristement vulgaire, m'oppose-t-il d'un ton précieux qui me fait habituellement sourire.

Moi, je connais l'envers du personnage, capable de jurer comme un charretier quand il est contrarié ou qu'il décroche une belle affaire.

– Porter a pavané toute la soirée au bras de la très jeune, très blonde, très bien élevée et très décorative Charlotte Belletoile.

Charlotte Belletoile ? La jeune sœur d'Augustin ? Donc, par voie de conséquence, la belle-sœur de Rose ?

Cette fois, le coup est un peu plus dur à encaisser. Pas tant pour le nouvel attachement de Cody. Les souvenirs que j'ai de Charlotte confirment le portrait de mon patron et j'imagine bien que c'est très conforme à ce que recherche mon ancien fiancé. Non, ce qui me laisse un goût amer est un sentiment plus pernicieux, celui de la trahison. Cody et Charlotte. Rose ne pouvait l'ignorer. Et même si elle ne l'a appris que samedi, elle aurait pu m'en avertir aussitôt plutôt que je l'apprenne ainsi. Je ne crois pas un instant à la surprise. Je connais les codes de communication dans mon monde. Que Vince me présente spontanément comme « Mme Dex », c'est une excentricité qui peut aller avec le personnage. Mais Cody n'aurait pas pris le risque d'une seconde humiliation en annonçant trop vite une relation non confirmée. Donc, Rose était forcément au courant. Et dire qu'il y a quelques jours, Agathe et elle me faisaient la morale quant à la fin de mon couple !

Finalement, le silence de Rose n'était peut-être pas lié à sa gourmandise ou à son refus de s'impliquer, mais à quelque chose plus proche de la mauvaise conscience.

Je me recompose un visage plus lisse.

– Eh bien, je souhaite à la jeune Charlotte plaisir et courage.

– Au moins, ça confirme que le fâcheux Porter ne cherchera

plus à s'incruster dans le paysage. Et ça, si tu veux mon avis, c'est une sacrée bonne nouvelle.

J'acquiesce avant de tourner les talons pour rejoindre mon bureau. J'ai besoin de réfléchir quelques instants. Je me moque de Cody et de sa nouvelle fiancée parfaite. Non. Deux éléments ont précipité mon brusque retour dans une réalité qui ne me séduit pas un brin : les mensonges, au moins par omission, de mes soi-disant plus proches amies ; mais surtout la façon dont nous nous sommes quittés, Robin et moi. Je croyais en avoir fini dans le train. Visiblement, j'avais tort. J'hésite à lui envoyer un mot. Pour lui dire quoi ?

Que je regrette de l'avoir éconduit ? C'est exact, mais je ne suis pas sûre de pouvoir le lui avouer. Jouer la fausse indifférence ? Il ne le mérite pas. Pas plus qu'il ne mérite d'être le défouloir de mon autre contrariété.

Après dix essais, je me satisfais presque du message que je lui envoie.

[Je suis bien arrivée.
En même temps que mon patron.
Merci encore pour ce délicieux week-end.
Je t'embrasse.]

J'expédie ce message, certainement trop froid. Avant même que j'y aie réfléchi, mes doigts en composent un autre, presque malgré moi.

[Et bien sûr, à peine trois heures après t'avoir quitté,
tu ne me manques pas du tout.
Ni ta voix, ni ton sourire,
ni ta chaleur. Ni le plaisir fou
de ce week-end dans ton univers.]

Je l'envoie avant même de me censurer. J'espère que Robin ne le prendra pas au premier degré. Ce n'est que le prolongement de nos jeux de ces dernières semaines. Sa réponse tarde. Ce délai me blesse plus que je ne l'aurais imaginé. En même temps, je ne suis pas sûre de mériter autre chose que ce silence. Je l'ai contrarié, blessé dans son orgueil. Peut-être même un peu plus. Quoi qu'il en soit, sa réponse qui ne vient pas aggrave ma colère.

Sans hésitation, cette fois, j'adresse un message à Rose et Agathe.

[C'est étrange. Quand vous m'avez parlé
de confiance, de compréhension
et de notre « indéfectible amitié »,
je n'avais pas entendu tous les non dits
et les mensonges qui allaient avec.
Comme quoi, la confiance n'est
qu'une question de point de vue.]

Je me verse une tasse de café dans la salle de repos.

À mon retour, trois messages ont été enregistrés. Mon cœur s'emballe aussitôt, avant de se calmer dans la foulée. Aucun n'est de Robin. Tous sont de Rose.

Je m'autorise un petit rire sans joie. J'aurais parié sur elle. J'imagine par avance la teneur de son message. Ça ne rate pas. D'une voix peu assurée, elle me certifie qu'elle est désolée, qu'il y a un malentendu et m'invite bien sûr à la contacter au plus vite. Je sais que je n'en ferai rien. Par chance, Martha me sort de mon état chagrin. Le client annulé vendredi vient d'annoncer son arrivée cet après-midi. Il faut que je me replonge dans ma préparation. Voilà de quoi faire passer la journée bien plus vite.

D'ailleurs, elle est obligée de venir me chercher elle-même car je ne réponds à aucun de ses messages. Je lève la tête de mon travail, désigne d'un geste vague mon portable, passé en silencieux et posé face contre table pour me protéger des jérémiades de Rose ou me préserver du silence de Robin.

– On va déjeuner sur le pouce, comme ça, on reverra notre stratégie.

Il n'y a pas lieu d'hésiter. C'est un ordre bien plus qu'une invitation, à l'image du tempérament de Martha. Tout le monde la prend pour la diplomate du duo qui nous dirige. Ce n'est qu'une image, sans aucun doute. Malgré son allure parfaite de femme de la bonne bourgeoisie, elle a dû être tyran dans une vie antérieure ! Et ceux qui la côtoient de près ne s'y trompent pas.

Je prends mon sac, laisse délibérément mon téléphone que j'enfouis dans un tiroir, avant de lui emboîter le pas. Martha ne rate pas mon oubli, mais elle ne dit rien. J'aime sa discrétion. Encore un élément qui conforte notre complicité professionnelle.

Tout au long du repas, elle se comporte comme si rien ne comptait à part notre future entrevue. Elle a cette capacité à s'immerger totalement dans le travail, comme moi. En conséquence, elle ne me parle ni de son week-end, ni du mien. Je lui en suis reconnaissante.

Le repas est à son image. Carré, efficace. Après la folie de ce week-end et le maelström dans lequel se débattent mon cœur et mon esprit, c'est reposant. Nous retournons au bureau bien assez tôt pour attendre le client sans stress… du moins jusqu'à ce que nous l'apercevions, déjà dans le hall.

– Merde, jure exceptionnellement Martha. Après nous avoir posé un lapin vendredi, voilà qu'il arrive avec une heure d'avance ! Tu te sens prête ?

J'acquiesce d'un signe de tête, moi aussi connectée au mode femme d'affaires. Décidément, c'est une bonne chose que notre repas n'ait pas tourné au bureau des cœurs brisés. Je suis totalement opérationnelle. Le client est conforme à ce que j'escomptais.

Exigeant et pas séduit pour deux sous par le charme féminin de notre tandem. C'est même le contraire. Il est enclin à quelques remarques misogynes. À croire que le mouvement #MeToo lui reste totalement étranger.

Martha l'ignore. Je l'imite. La séance de travail est exténuante. J'hésite même à demander un autre café. Mais hors de question d'admettre une faiblesse ; plus encore de reconnaître que les bavardages incessants de mon client sont purement lénifiants. La réunion dure près de deux heures selon l'horloge de la salle de réunion, mais mon horloge interne la chronomètre à cinq ou six heures de torture psychologique. Le moyen qu'a trouvé le karma pour me punir de mes hésitations sans doute.

Lorsqu'enfin la réunion s'achève, le plus gros de notre ligne d'action est déterminé. En principe, il ne reste que des détails qui seront réglables à distance. Pourtant, avec ce genre de personnages, je me retiens de crier victoire trop tôt. Il n'est pas exclu que dans une semaine, il exige une refonte complète.

Mais pour l'heure, la campagne de communication autour du lancement de son nouveau parfum va être mon bébé. Je ne pensais pas que Martha me la confierait en charge pleine. Dans un coin de mon cerveau, j'en rêvais. Cette marque de confiance m'honore. Elle me permet de chasser plus vite les déceptions de la matinée.

29

– Ouf! lâche Martha en se laissant tomber sur une chaise. Tu as été exemplaire. Tu te sens de le gérer, lui et ses « ma petite » à tout bout de champ?

Je hausse les épaules. Comme elle, j'ai grandi dans un monde où les femmes doivent choisir : soit jolie, soit intelligente. Du moment qu'il ne prend pas ma politesse pour de la faiblesse, je devrais m'en sortir sans trop de peine.

– On en a discuté, avec Victor, la semaine dernière. On te fait totalement confiance. On te laisse la gestion totale du dossier. Sans supervision. Mais tu sais aussi que si ça devient trop dur à gérer, on est là.

Tout mon esprit part dans une danse de la joie la plus débridée. Mais je me contente d'un signe de tête. Martha n'en attend pas plus.

– Bon, et maintenant, tu m'en parles de ce week-end? Ne crois pas que, parce que j'étais entièrement focalisée sur ce meeting, je n'ai noté ni tes cernes, ni cet air indéfinissable entre le très heureux et le totalement dépité. Mais tu remarqueras que je ne t'ai pas parlé de Cody, moi.

Martha me montre d'un clin d'œil qu'elle sait que son frère a vendu la mèche. Ma moue confirme que je m'en moque éperdument.

– Pour être honnête, je ne sais pas exactement quoi t'en dire.

– Il s'est si mal passé que ça?

Je soupire.

– Non, au contraire. La seule chose qui s'est mal passée…

– C'est les au revoir? Du style merci, ciao, à la prochaine? Si tu es tombée sur ce genre de mufle, j'espère au moins qu'il est beau comme un dieu grec et qu'il a assuré comme une bête.

Je ne retiens pas un petit rire. Le franc-parler de Martha est une bouffée d'oxygène. Je rougis légèrement. Que puis-je répondre à ça? Que c'est exactement l'inverse? Que c'est moi qui ai refusé la possibilité d'une prochaine fois? Je me sens bête soudain. Encore plus que ce matin. La remarque de Martha éclaire surtout la situation d'un jour différent.

Mon silence alerte ma supérieure. Elle m'examine plus en détail.

– Non? Ne me dis pas que…

Je me raidis, passe ma main dans mes cheveux. Je n'ai pas l'habitude d'évoquer ma vie privée au travail. Et Robin encore moins que le reste. Pour des tonnes de raisons, je n'ai pas l'intention d'en parler avec qui que ce soit, même avec Martha, en dépit de notre bonne entente. Je ne dois pas oublier qu'elle est ma supérieure, pas mon amie. En parlant d'amies, d'ailleurs… Une rage sourde revient me percuter en pensant à Rose et à Agathe.

Ma répulsion doit être parfaitement visible. Martha la saisit sans peine. Son sourire est chaleureux.

– Loin de moi l'idée de forcer tes confidences, Aurore. Mais si tu as envie de discuter, tu connais le chemin de mon bureau. D'accord?

Une nouvelle fois, je me contente d'un sourire avant de m'éclipser.

J'ai besoin de me poser pour faire le point sur tout ce qui m'échappe. Il faut croire que je manque de courage. Je mets d'abord en ordre tout ce que j'ai à faire. J'y consacre l'essentiel de ce qu'il reste de ma journée de travail, jusqu'à ce que le ciel s'obscurcisse et que le silence qui envahit progressivement le bureau me confirme qu'il est temps de décrocher, moi aussi. Je ne doute pas du programme de ma soirée. Défaire ma valise, en préparer une autre pour le travail. Y glisser peut-être, à la réflexion, quelques affaires plus décontractées. M'accorder un long bain, un verre de vin et un peu de temps pour moi.

Presque malgré moi, mon regard se pose sur le téléphone que je n'ai toujours pas repris. Il m'attend, posé dans mon tiroir. Rectification. Enfoui dans mon tiroir, pour éviter de faire face à la persévérance de Rose à se justifier, ou peut-être pour ne pas avoir à admettre que Robin ne m'a pas répondu.

Allons, Aurore, tu n'es pas une poule mouillée. Tu affrontes toujours les obstacles. Tu seras capable d'affronter le silence de Robin.

Le silence oui, mais son message, ça, c'est moins sûr !

En effet, Robin m'a enfin répondu. Pour être exacte, il l'a fait alors que je finissais de déjeuner.

[Pardon de ne pas t'avoir
répondu plus tôt.
Je suis sur la route.]

Sur la route ? Je ne pensais pas qu'il rentrait dès aujourd'hui. Une bouffée de remords me traverse. Je n'ai pensé qu'à moi. J'ai gâché ses retrouvailles avec ses amis ce week-end. Et voilà qu'il ne peut même pas rattraper le temps perdu aujourd'hui.

Je relis ce message et identifie ce qui me serre le cœur. Il n'y a rien, à part une information brute, sans trait d'humour, sans provocation, sans rien.

C'est ce que j'ai voulu. Robin ne fait que respecter ma décision.

J'en pleurerais d'une improbable déception. Et maintenant quoi ? Je m'incline et je passe à autre chose ? Je n'ai pas fini de formuler cette idée que mes doigts s'activent déjà sur l'écran.

[Je ne pensais pas
que tu rentrerais si tôt.]

Contrairement à mes craintes, sa réponse me parvient presque aussitôt.

[Moi non plus.
Mais quand je suis rentré à l'hôtel,
je me suis rendu compte
que mon séjour avait perdu
beaucoup de son charme.]

Une bouffée d'espoir fou me saisit. Je ne devrais pas. Aussi je reste très neutre dans ma réponse.

[Tu m'enverras un message pour
me dire que tu es bien arrivé ?]

[Pourquoi ?]

Aïe. La réponse est sèche. Elle tue dans l'œuf toute envie de lui dire que je ne serai rassurée que lorsque je le saurai rentré chez lui, sain et sauf. Je lui livre une semi-vérité.

[Pour être rassurée.
C'est une longue route
quand on est seul.]

[Et qui te dit
que je suis seul?]

Oh! Mon cœur rate un battement ou deux. Mon cerveau, pour sa part, s'emballe, surchauffe, cherche à comprendre. Je ne me suis pas renseignée pour savoir s'il était monté avec un collègue. Presque malgré moi, l'image de la cliente au tatouage intime s'impose à moi. Je suffoque et peine à reprendre le contrôle de mes mains tremblantes.

Je ne cherche même pas quelle réponse formuler. Je ne sais pas qui est le passager de Robin. Je ne sais pas si c'est une femme. Mais la douleur qui me traverse de part en part me surprend par son intensité.

Je jette l'appareil et récupère toutes mes affaires. Le départ est une nécessité tant que je suis maîtresse de mes nerfs. Je devrais être en colère. C'est pire. Je suis dévastée. C'est bien excessif pour ce que nous vivons, mais je ne peux me raisonner.

Je reprends l'appareil pour commander un chauffeur et frémis de voir son nom. Robin m'a encore envoyé un message. Que veut-il? Finir de me montrer ce que j'ai raté et parachever sa revanche?

Malgré tout ce que hurle ma raison, j'appuie sur l'icône assassine.

[Pardon. C'est une plaisanterie pourrie.
Il n'y a que moi dans la voiture.
Moi, les souvenirs du week-end
et mes milliards de questions.]

Je ne retiens pas un cri proche de l'hystérie et me fige aussitôt, surprise de la violence de ma réaction. J'aurais pu pleurer de dépit il y a cinq minutes. Je serais presque capable d'improviser une gigue irlandaise au milieu du hall dans la seconde. Il n'y a qu'une certitude. Cet homme bouscule toute ma tranquillité… Et j'adore ça.

À plus forte raison quand son message suivant s'inquiète de mon silence et me promet des nouvelles dès son arrivée. La peste en moi sourit de le voir désormais mal à l'aise. Ça lui apprendra !

Mon esprit revanchard a disparu lorsque, deux heures plus tard, mes affaires rangées et mon colis surprise déballé, je reçois la confirmation de son arrivée. Son message est moins incisif que dans la journée. Ce n'est rien de tangible, mais je le sens radouci. Mue par un besoin impérieux, je fais un pas dans sa direction.

[Je me répète.
Merci pour ce week-end
presque parfait.]

Cette fois, Robin prend du temps pour répondre. Ce n'est pas bon signe. Je ronge mon frein en me fustigeant. Aucun doute, mon amant doit me prendre pour une folle ou une irrésolue. Je ne sais pas ce qu'il pense, mais en tout cas, il répond malgré tout.

[Moi je sais ce qui a manqué
pour qu'il soit parfait.
Mais toi, tu en penses quoi ?]

L'animal est malin. Il ne me facilitera pas la tâche. Je prends un instant pour me décider. C'est inutile.

[J'en pense que je déteste les matins
et plus encore les au revoir
en queue de poisson.]

Mon téléphone sonne au bout de quelques instants.

Je sursaute. Ce n'est ni Agathe ni Rose, mais un nom qui emballe mes pulsations. J'hésite à répondre. Je suis pétrifiée de peur. Je vais devoir faire face à mes mots et à mes silences, mais surtout à mes envies réelles. Je me jette presque sur le bouton d'appel avant de perdre la communication.

– Bonjour.

– Techniquement, c'est rebonjour, corrige la voix grave dont les résonances caressent tout mon corps. Tu es rentrée ?

– Oui, enfin. Une grosse journée au boulot. Je finis à peine. Et toi ? Tu es bien arrivé ?

– À peine. C'était une longue route. Mais ça m'a fait du bien. J'aime rouler. Ça me permet de me vider l'esprit et de réfléchir. C'est contradictoire, hein ? Mais j'avais pas mal de sujets de réflexion.

Il n'en dit pas plus. J'espère que j'ai été une part de sa réflexion. Quoique. Cette idée m'angoisse tout autant.

– Et toi ?

– Moi aussi, une grosse journée. On a fait la présentation dont je t'ai parlé. Je vais gérer le dossier toute seule.

– Bravo, princesse. Je suppose que ça va te bouffer pas mal de temps dans les semaines à venir. Mais c'est un challenge à ta taille.

Je le remercie du bout des lèvres. Je sais ce qu'il fait. Il me laisse la main, encore une fois. Je peux très bien poursuivre cette discussion banale, entre deux connaissances. Il ne dira pas un mot qui sorte de ce schéma en premier. À moi de savoir si je veux me mouiller. Je ne prends même pas le temps d'y réfléchir.

– C'est une bonne nouvelle, oui. Mais je n'ai pas trop l'esprit à la fête ce soir.

Robin laisse un léger silence entre nous.

– La fatigue ? hasarde-t-il.

Nos soupirs se répondent l'un à l'autre. S'il n'est pas l'heure de se jeter à l'eau, ça y ressemble à s'y méprendre.

– Pas vraiment. La désagréable impression, plutôt, que c'est une drôle de journée. Avec une merveilleuse nouvelle, mais qui n'occulte pas…

Les mots peinent à sortir de ma bouche. Tendue, la voix de Robin vient à ma rescousse. Enfin.

– Qui n'occulte pas quoi ?

– Ce qui s'est passé ce matin.

– Mais encore ?

Je ris doucement.

– Tu ne me faciliteras pas la tâche ?

Je sens le frémissement d'un rire contenu.

– Ce n'est pas au programme, non, me nargue mon amant.

– Ta remarque m'a surprise. Sur les prochaines fois, clarifié-je. J'étais restée sur ton planning de départ. Sans contrainte ni promesse. Je ne pensais pas que tu avais évolué là-dessus.

– Moi non plus, admet Robin du bout des lèvres. Je n'avais rien prévu, rien prémédité. C'est un peu compliqué à expliquer.

– J'ai tout mon temps.

À mon tour de le pousser à se livrer. La distance rend la démarche plus simple. Robin inspire lentement. Le connaissant, il met ses idées en ordre. Pour ma part, je suis en apnée, suspendue à ses déclarations.

– Je pensais ce que je t'ai dit au sujet de l'engagement. Non, ce n'est pas comme ça que je veux le dire. Je le pense toujours. C'est… Pfff, c'est compliqué. Ce qui s'est passé à Marseille. C'est différent de ma façon de fonctionner. Il est rare qu'il y ait une deuxième nuit. Encore plus que j'emmène quelqu'un chez moi. En virée touristique, n'en parlons pas.

– Je ne te l'ai pas imposé. C'est comme ça que tu as compris les directives d'Angie ?

Ma voix est glaciale ? Probable. Son entrée en matière est pour le moins blessante.

– Absolument pas, princesse. Pas la peine de sortir les crocs. Je fais comme je l'entends. Si j'ai agi comme ça, c'est parce que c'est comme ça que j'en avais envie. J'essaie d'être honnête. J'ai pas dit que ce serait agréable. Je continue ?

Un vague borborygme tient lieu d'accord.

– Quand je suis parti, le dernier matin, j'étais sincère. Pas de contrainte, pas de promesse, pas d'engagement.

– Et j'étais d'accord avec ça, rappelé-je.

– Sauf que j'ai vite compris que ce n'était pas aussi simple. Je suis parti. L'Allemagne, les USA. J'ai voulu reprendre mes habitudes de célibataire.

Je ne réponds rien. Pourtant, à l'intérieur, c'est le Vésuve en éruption. J'hésite à raccrocher. Je n'ai pas à m'infliger ça ! Mais la phrase suivante suspend mon geste.

– Je n'ai pas pu. Pas par manque d'opportunité. Mais parce que je n'avais envie de personne. Personne à part toi. Ça m'a pris la tête.

Je reste coite, de plus en plus difficilement. Mon cœur, lui, est parti dans une danse endiablée. À moins que…

– Tu as résolu ton dilemme ?

Robin rit doucement.

– Tu ne veux pas poser la question directement ? Non, je n'ai couché avec personne, même au retour. Mais je ne savais pas où tu en étais.

– Sérieusement ? Tu pensais que…

– Honnêtement, j'espérais bien que non. Mais tu avais l'air d'accord avec ma façon de conclure notre parenthèse. Mais quand tu as répondu à mes messages… et quand je t'ai vue à Saint-Malo… et cette nuit… Quand tu t'es endormie, j'ai réalisé que c'était la dernière fois que je te faisais l'amour. Et… c'est con à dire, mais je me suis rendu compte que je n'avais pas envie. Que ce soit la dernière fois. Alors ce que je t'ai dit ce matin, à la gare… ça m'est juste apparu comme LA chose à te dire.

Oh mon Dieu ! Une chose est claire, lorsqu'il se confie, ce n'est pas à moitié. Je suis heureuse d'être assise, parce que je ne suis pas très stable face à ce qui ressemble presque à une déclaration. Même sa phrase suivante me refroidit à peine.

– Attention, princesse. Je n'ai pas changé d'avis. Pas vraiment. Je ne m'engage pas. Je ne te promets rien. Je m'adapte juste. Je n'ai envie de personne d'autre que toi pour le moment. J'ai envie de te voir davantage. Rien de plus. Je ne suis pas une girouette. Je ne change pas d'avis en une journée. Je me suis juste montré honnête dans mes envies. Mais si tu remarques bien, ce n'est pas moi qui ai la main sur la décision. Tu as été très claire ce matin…

– Vraiment ? Je me suis trouvée tout sauf claire. J'ai été surprise. Je n'ai pas su comment réagir. Alors j'ai fait ce qu'on m'a appris de mieux. Rien. J'ai laissé les éléments me porter, pour ne pas me prononcer. Tu sais, c'est ce que font les jeunes filles de bonne famille. Elles attendent patiemment qu'on décide pour elle.

Robin lâche un rire, bref mais réconfortant.

– J'oubliais la princesse dans son donjon en attente d'être délivrée. Tu vois, parmi mes hypothèses optimistes, il y avait plutôt la manifestation de ta désormais légendaire humeur du matin. Tu sais, dans sa version crise de panique.

Je souris de sa légèreté. Mais je décide de lui livrer le fond de ma pensée.

– Il y a de ça. Mais je ne suis pas sûre que ça ne soit lié qu'au matin. Je crois surtout que ta proposition me fait très envie. Envie à un point qui me fait peur. Et le fait est que je ne suis pas aussi téméraire en temps normal. Mais quand c'est avec toi…

Robin lâche un long soupir qui affole mon cœur. Il a retenu son souffle dans l'attente de ma réponse.

– Ça veut dire, hasarde-t-il, plus joueur, que si je renouvelais ma remarque, j'obtiendrais une autre réaction?

Un poids énorme quitte ma poitrine, mais se déplace vers le creux de mon estomac, habité d'une gourmandise amoureuse.

– Je ne sais pas. Je ne crois pas avoir entendu d'autre question, si?

Cette fois, un rire fait frissonner toute ma colonne vertébrale. Je me livre, timidement, et forme les mots que je déteste lâcher.

– Je suis désolée.

– Moi aussi.

Je m'enhardis, un peu plus en confiance.

– Je ne voulais pas te repousser.

– Je ne voulais pas te brusquer, murmure-t-il en réponse.

– J'ai tout aimé dans ce week-end… sauf la fin.

– Idem. Et si on en faisait un autre pour voir comment c'est un week-end parfait sans en rater la fin cette fois?

Sa proposition me coupe le souffle. Pourtant, je m'entends lui répondre.

– Quand?

Je sursaute de cette question aussi directe. Décidément, Robin me fait passer d'un extrême à l'autre, de la fin de non-recevoir à la décision la plus impulsive.

– Si je n'écoutais que mon envie, je te dirais « maintenant ». Mais ce n'est pas raisonnable. Et je me connais. Moi aussi, je risque de mal réagir, si j'admets que tu me manques déjà trop pour mon équilibre.

Oh! Sa remarque atteint en droite ligne un point très précis, au centre de l'estomac, à droite. L'épicentre de toutes les émotions intenses. Elle me donnerait envie de sauter dans le premier avion pour le rejoindre. Pour me prémunir de cette flèche qui assèche ma bouche et emballe mon cœur, j'opte pour l'humour.

– Avoue que ce serait un comble. Si juste après avoir dompté mes angoisses, tu cédais aux tiennes.

Robin se joint à mon rire. Pourtant, lorsqu'il s'éteint, sa voix redevient grave et me chamboule tout autant.

– J'avoue tout ce que tu veux, mademoiselle Farni. Y compris que tu es en train de prendre une place que je n'avais pas envisagée et que ça me fait cogiter.

Heureusement que Robin ne me voit pas en cet instant, ou il réviserait peut-être sa position. La bouche grande ouverte pour reprendre un peu du souffle qu'il m'a coupé, je suis probablement aux antipodes du visage du glamour.

Je dois lui répondre vite, avant de laisser un nouveau malentendu s'installer.

– Et qu'est-ce qui est ressorti de cette réflexion?

– Je suis en ligne avec toi, non?

Ouh là! Robin se targue peut-être de ne pas être une girouette. Mais il ne peut nier que son humeur est changeante ce soir. Sa phrase sèche en est la preuve. Mon premier réflexe serait de le lui faire remarquer. Ce qui, vu mes réactions du week-end, serait tout de même très malvenu. Je peux même assez facilement comprendre ce qu'il a ressenti et même ses réactions.

– L'ambiguïté sur la passagère, chuchoté-je. Quand tu dis que tu as peur de ta réaction, ça a un lien avec le fait de m'avoir laissé croire que tu rentrais avec quelqu'un… ou même quelqu'une.

Mon ton tient de l'accusation? Tant pis. Après tout, si Robin veut tirer les choses au clair ce soir, c'est une exigence à double sens. D'ailleurs, il soupire longuement.

– Ça se pourrait bien, reconnaît-il du bout des lèvres. Il se pourrait bien que ta réticence de ce matin m'ait blessé. Il se pourrait que j'aie cherché pendant trois heures les raisons pour lesquelles c'était mieux comme ça. La distance physique, mon passé, le tien… Il se pourrait que je me sois dit que tu sortais d'une histoire foireuse et que je ne voulais pas être une compensation. Il se pourrait que je me sois rappelé que ma seule véritable histoire s'est mal finie et que je n'accorde plus ma confiance. Il se pourrait que j'aie admis que j'ai très envie de te l'accorder, à toi. Il se pourrait que ça m'ait foutu une frousse terrible, surtout au moment où j'ai reçu ton message. Bref, il se pourrait que j'aie réagi comme un con.

Je laisse les mots cheminer entre nous. Visiblement, Robin est aussi peu à l'aise que moi avec les excuses. Pourtant, j'entends, dans ses mots comme dans les miens, que nous avons franchi des étapes. Et à en croire ce qu'il vient de reconnaître, on en est aussi inquiets l'un que l'autre.

– Si tu as besoin de temps, je te laisse résoudre ce dilemme. C'est le tien. Moi, c'est déjà fait, sans quoi je n'aurais pas repris contact.

– Et crois-tu que je t'aurais rappelée si je n'avais pas tiré mes propres conclusions? Il me semble que j'ai été limpide.

Je m'arrête un instant. Si je comprends bien, nous sommes en train de nous affronter pour nous dire que nous sommes d'accord? Que pour lui comme pour moi, l'option « aventure sans lendemain » n'est plus vraiment d'actualité? À croire que Robin a tiré les mêmes conclusions car c'est son rire chaud qui retentit bientôt à mes oreilles.

– Si on s'engueule aussi quand on dit la même chose, ricane-t-il, ça promet. Alors, ce week-end à deux? Si je te dis que je peux me libérer le mois prochain. Pas de boulot, pas de convention, juste une virée en tête-à-tête. Dis-moi combien de jours tu peux m'accorder, je m'occupe de la destination.

30

Autant le reconnaître, Robin a un sens de l'organisation qui m'impressionne. Il nous permet de nous évader régulièrement, pour des week-ends prolongés salutaires au milieu du stress du travail. Main dans la main, je redécouvre avec lui des capitales européennes ou des coins de France qui valent le détour. Parfois, je le rejoins dans son Sud chéri, ce qui me permet de profiter de Zélie et d'Angie. Personne ne nous met la pression, mais je sens bien les regards qui nous accompagnent. Ils parlent légitimité et annoncent une forme de stabilité qui me convient bien mieux que je ne l'aurais cru.

Je suis obligée d'admettre qu'il y a entre nous bien plus qu'un simple plan amélioré. Je ne crois pas qu'on puisse se dire en couple. D'ailleurs, pour la première fois sans doute, je vis loin des codes et de leurs diktats. Je vis. Simplement.

Mon travail me passionne, mon amant me comble, ma filleule m'émeut, ma meilleure amie me soutient. Le reste est secondaire.

Le reste ? C'est ma mère qui observe sans la comprendre vraiment ce qu'elle appelle ma « métamorphose » et souffre en silence d'en être exclue. C'est mon père qui tente de nous convaincre, elle de me laisser le temps de me confier, moi d'être plus conciliante. C'est le cercle de mes anciens amis que je fréquente de moins en moins. Les invitations sont revenues, moins nombreuses, mais nourries de mon succès chez Chérion Communications. Je n'échappe pas toujours aux regards pleins de commisération, mais Victor et son père ne ratent jamais l'occasion de vanter mes talents. Je suis tombée à deux reprises nez à nez avec Cody et Charlotte. La deuxième fois? Il y a moins de deux minutes lors de ce goûter récréatif organisé par mon parrain. Difficile de se défiler. Tout aussi délicat de tourner les talons devant le couple phare de la saison.

Mon patron a raison de qualifier Charlotte de décorative. C'est exactement ça.

Elle pose sur son compagnon un regard d'admiration absolue. J'avais probablement le même avant. Je la plains plus qu'autre chose et ris sous cape de sa façon de serrer frénétiquement le bras de son promis chaque fois qu'il tente de se rapprocher de moi.

Je me mords la langue pour ne pas lui dire que ce n'est certainement pas de moi que vient le danger, peu importent les invites à peine voilées du futur politicien qui traîne à accomplir les projets familiaux.

– Tu sais que sur un simple geste de toi, il mettrait fin à toute cette mascarade?

Sans me retourner, je reconnais la voix pincée d'Agathe. Je ne prends pas la peine de lui répondre. À quoi bon?

Je connais sa position. Elle n'ignore pas la mienne. Nous les avons échangées avec assez de violence il y a quelques mois, lorsque j'ai appris ce que Rose et elle me cachaient.

Lasse de voir cette dernière saturer ma messagerie, j'ai accepté une entrevue pour solder nos comptes. Les murs de mon appartement ont résonné longtemps des cris de ma déception face à leur silence coupable, des sanglots de Rose et des hauts cris de sa sœur.

– De quel droit te permets-tu de me donner des leçons?

– De quel droit? Du droit de la – selon tes termes – « meilleure amie » qui a la désagréable impression de s'être fait prendre pour une idiote. Dis-moi, Agathe, m'inciter à revenir avec Cody alors qu'il roucoule avec la belle-sœur de Rose, tu n'appelles pas ça te moquer du monde?

– Allons, Aurore, ne te donne pas des airs de martyr! Charlotte n'est qu'une doublure. Une pâle doublure. Nous en sommes tous parfaitement conscients, même Augustin et ses parents. Elle n'a qu'une fonction: occuper l'espace le temps que tu te reprennes et que tu retrouves ta place et tes esprits. Que veux-tu que fasse un homme comme Cody lorsque sa fiancée manque à ses devoirs? Tu voudrais qu'il reste à se morfondre? Je ne t'imaginais pas si cruelle. Depuis votre rupture ou même avant, va savoir, tu as pris du bon temps! Ne nie pas, ça se voit! Alors ne reproche pas à Cody de continuer à tenir son rang et de ne pas paraître dans nos événements comme une âme en peine.

– Tu sais, a renchéri Rose, je ne crois pas que ce soit sérieux entre eux. Enfin, je veux dire, Charlotte a toujours eu un faible pour le charme de Cody. Mais lui… je crois, comme le dit Agathe, qu'il n'est pas aussi impliqué. Pas autant qu'avec toi en tout cas. Ce week-end encore, il m'a demandé de tes nouvelles.

Notre discussion s'est achevée dans une impasse. Pour être honnête, chaque tentative, d'un côté ou de l'autre, pour arrondir les angles a subi le même sort.

J'aurais pu rompre totalement avec mes deux amies. Angie ne comprend pas vraiment que ce ne soit pas le cas. Mais elle est accoutumée, depuis toutes ces années, à agir comme si elles n'existaient pas. J'y arrive assez bien en dehors de nos rencontres, moins fréquentes qu'avant.

Elles gardent l'apparence de la normalité. Mais je ne suis pas dupe. Ce qui reste de notre amitié relève surtout d'une certaine routine. Aucune d'entre nous ne prendra l'initiative d'une rupture, sauf cas extrême. Non, c'est presque pire. Nous ressemblons à un vieux ménage, tenu ensemble par la force de l'habitude et les souvenirs communs, mais qui serait incapable aujourd'hui de savoir pour quelle raison chacun a choisi l'autre.

Je reviens, difficilement, au monologue d'Agathe qui décortique tous les regards que Cody jette dans ma direction. Elle n'est pas la seule, j'en suis certaine. Il n'y a qu'à voir le soin qu'a pris mon ex à saluer ma mère, à se placer à chaque instant dans mon champ de vision, voire sur mon chemin.

Je n'en rate rien, mais je m'en moque éperdument. Ma priorité est ailleurs. Je jette un regard à ma montre, encore un. Je me suis imposé un temps de présence acceptable. Il arrive bientôt à son terme. Ensuite, je partirai directement à l'aéroport. Direction Milan où Robin m'attend déjà. Il m'a envoyé une photo de notre hôtel il y a quelques minutes. Le cadre m'intéresse peu. J'ai par contre souri du cliché suivant. La peau nue de mon amant et une phrase calligraphiée à même sa peau. J'en reconnais les mots et le motif. Je les lui ai tatoués, pour de faux, un soir à Saint-Malo.

Depuis, une encre définitive a remplacé mon crayon gras, ainsi que je l'ai découvert à notre dernière rencontre.

[Il ne manque que toi à la perfection.]

Comment ne pas fondre face à une telle déclaration? Je n'ai pas la solution. Je ne la cherche pas vraiment, d'ailleurs.

– Tu t'amuses bien, ma chérie? Il y a longtemps que je ne t'ai vue aussi rayonnante.

Je sursaute en reconnaissant la voix de ma mère. Déjà tournée vers le départ, je ne l'ai pas entendue arriver.

Je lui rends avec plaisir son étreinte. Une nouvelle fois, j'hésite à lui expliquer les causes de mon euphorie. Malgré certaines collisions de nos caractères, maman ne veut que mon bonheur, je n'en doute pas. D'ailleurs, elle a observé une réserve polie face à Cody, comme pour me confirmer qu'elle ne le tient plus pour son gendre potentiel.

– En fait, je vais m'éclipser dans quelques minutes. J'ai un vol à prendre. J'ai laissé ma valise au vestiaire.

– Pour rejoindre un homme? subodore-t-elle. Je le connais?

À la façon dont elle balaie la salle du regard, je sais ce que fait ma mère. Elle liste mentalement les hommes à marier absents de cet événement couru, afin de réduire son champ d'investigation.

Je souris de ce réflexe chevillé à sa personnalité.

– Ne le cherche pas. Il n'est pas ici. À vrai dire, tu ne le connais pas. Il n'est… Il n'est pas de notre cercle.

Maman masque sa surprise en un battement de cils. Le temps que je cligne des yeux, elle s'est recomposé un visage lisse et bienveillant.

– Et c'est ce qui t'empêche de nous le présenter? souffle-t-elle, reproche et regret teintant sa voix.

– Maman… ce n'est pas le lieu, ce n'est pas le moment.

– Le brunch de dimanche non plus? Ah non, j'oubliais, tu ne seras pas là, de nouveau.

Je regarde autour de nous, mal à l'aise. Maman ne quitte pas son masque social, mais je n'ai pas envie que toutes les oreilles plus ou moins bien intentionnées profitent de notre aparté.

– Je rentre mardi de Milan.

– Milan? Tu y vas pour la *fashion week*? Attends, ce n'est pas un mannequin tout de même?

Sa moue réprobatrice douche mon élan de confidences. Je lui oppose un sourire égal. Intérieurement, par contre, je me mure entièrement.

– Rappelle-toi, ma chérie. Quel que soit le nouvel élu de ton cœur, tu dois te poser les questions qui comptent. Pourrais-tu paraître à son bras dans ce genre d'événements, dans ce type de cercles ?

Je ne réponds rien d'autre qu'un sourire assuré. Mais sous le masque, c'est la tempête. Il y a cinq minutes, je n'étais que joie et enthousiasme. Hors de question de laisser les doutes m'assaillir de nouveau. Robin et moi évitons soigneusement Paris et ces cercles dont parle ma mère. Mon amant ne semble pas s'en émouvoir. Quant à moi, ça me convient parfaitement. Près de lui, je peux être moi-même, sans tenir compte de ce genre de contingences sociales et de ces préjugés. Toutes ces perspectives m'incitent à hâter le départ. J'ai encore deux heures avant le début de l'embarquement, mais dès que je serai à l'aéroport, j'aurai déjà l'impression d'être plus proche de lui, plus loin de mes doutes.

Mais une contrariété ne venant jamais seule, il faut évidemment que je tombe sur un autre importun alors que j'attends qu'on m'apporte ma valise.

– Hey, *sweetheart*, je vais finir par croire que tu m'évites. Tu t'esquives, tu n'es jamais là où je suis.

– Au contraire de toi, Cody, qui t'arrange systématiquement pour être au même endroit que moi. Même devant le… vestiaire. Un rendez-vous galant ? Un départ anticipé ?

– Je serais tenté de te dire que ça ne dépend que de toi.

– Oh !

Son culot me coupe la parole un instant. Il ne manque pas d'air. Une seule réponse me vient à l'esprit. J'éclate de rire et remercie d'un signe de tête la préposée qui me remet mon manteau et ma valise. Cette dernière retient l'attention de mon ex.

– Tu es déjà prête au départ ? Je n'en attendais pas tant. Mais ça me va.

Je secoue la tête, incrédule. Cody plaisante. Il ne peut en être autrement. Ou alors il pense qu'en m'imposant sa confiance en lui, je ploierai obligatoirement. L'ancienne Aurore aurait peut-être fléchi. Moi, j'ai un avion à prendre, un amant à retrouver. Et personne, Cody moins que tout autre, ne m'en empêchera.

– Prête au départ, c'est une évidence. Mais certainement pas avec toi. Je crois que tu te trompes de blonde, Cody. Charlotte doit être dans la salle de réception.

Le geste désinvolte de ce malotru ne m'échappe pas. Est-ce ainsi qu'il m'évoquait avec celles qu'il voulait séduire ? Je n'en ai rien à faire, à vrai dire. Je veux juste attraper mon avion. D'ailleurs, mon taxi ne devrait plus tarder. Hors de question que cet arrogant me le fasse rater.

Je fais un pas pour le contraindre à se décaler. Évidemment, ce n'est pas ainsi que Cody l'entend. Il croise les bras, me défie du regard. Qu'à cela ne tienne, j'esquisse un pas pour le contourner. D'un mouvement leste, il attrape mon poignet. Son geste est inhabituellement ferme. Je n'aime pas la pression qu'il entend exercer sur moi.

– Lâche-moi, Cody !

Ma voix est très calme, parfaitement posée. Surtout, ne pas lui montrer que je peux le craindre, ni que ses doigts me font mal. Je ne détourne pas les yeux un instant pour donner plus de poids à mes paroles. Elles le font sourire. Au lieu d'obtempérer, il tente de me ramener à lui.

– Lâche-moi, Cody !

Je répète ma demande, tout aussi fermement mais légèrement plus fort. Je tente de dégager mon poignet, ce qui l'incite à renforcer sa prise.

– Sinon ? crâne-t-il.

Oh ! Voilà une autre facette de Cody. Je l'ai connu manipulateur, jamais menaçant.

– Sinon, je vais parler plus fort, jusqu'à ameuter toute la joyeuse assemblée ou même – qui sait? – appeler des services d'urgence. Ça ferait mauvais genre, tu ne crois pas?

Le regard de mon ancien fiancé se fait plus affûté. Il semble me découvrir.

– Tu n'oserais pas, siffle-t-il en desserrant toutefois légèrement son étreinte.

Parfait! Il doute, c'est le moment d'en profiter.

– On parie? Tu prendrais ce risque? Et ne pense pas que j'hésiterais un instant, Cody. Grâce aux mensonges que tu as racontés sur moi, ma réputation est déjà largement écornée. Je ne risque plus rien, moi.

L'argument porte. Cody recule d'un pas en levant les mains, dans un geste de reddition. Sa voix se fait plus plaintive.

– Je ne comprends pas ce qui nous arrive. *Sweetheart*, le monde est à nous. On le mérite. Ne me laisse pas alors que tout est prêt. Charlotte est très jolie. Mais elle n'a pas ta prestance, ni toutes ces qualités qui nous mèneront à notre but.

Je retiens un sourire amer. Pauvre Charlotte! Je ne pense pas qu'elle se doute un instant de la piètre opinion que son fiancé a d'elle. Le laïus pitoyable de mon interlocuteur ne me donne qu'une certitude, celle d'avoir échappé à un destin bien peu enviable.

– Je ne sais pas où te mène ton but, Cody. Le mien prend une autre route. Pour l'heure, c'est celle de l'aéroport.

Je profite de son manque de réaction pour empoigner ma valise d'un geste assuré et quitter les murs de l'hôtel particulier. Le taxi m'attend devant la porte cochère. Je confie ma valise et m'y engouffre sans précipitation apparente. Ce n'est qu'une fois la portière refermée et le moteur lancé que je m'autorise à relâcher la tension et même à trembler un peu.

Je remarque à peine à cet instant la marque rouge que sa prise a laissée sur mon poignet. Je le frotte machinalement, bénissant presque le temps de vol qui me permettra de reprendre mes esprits avant de retrouver Robin.

31

Je ne sais pas si j'ai retrouvé mon calme. En revanche, je perds la tête dès que je vois mon beau tatoué, nonchalamment appuyé contre un pilier dans le hall d'arrivée. Malgré l'heure tardive, il y a encore du monde dans l'avion, mais aussi dans l'aéroport. Pourtant, je ne vois que lui. Dès que je sens son regard sur moi, je le repère sans peine. Il n'est pas le plus grand, ni le plus bruyant, mais sans conteste le plus magnétique de tous.

Mes pas me portent vers lui, de plus en plus rapides, synchrones avec les battements de mon cœur. Peu importent les regards que l'on pourrait poser sur moi, je ne vois que lui. Je n'ai plus qu'un besoin, puiser mon air au sien, sentir le volume de son corps, m'enivrer de son parfum. Il fait partie des fragrances qui me permettent de trouver le sommeil sans coup férir. Je m'endors régulièrement dans l'un de ses tee-shirts et son écharpe noire est l'une des entorses que j'autorise à mon bon goût vestimentaire.

Cependant, pas un de ces expédients n'a la puissance de l'original. Je me jette dans les bras ouverts qui se referment jalousement autour de mon corps. Enfin. Il ne s'est passé que trois semaines depuis notre dernière rencontre, à Bruxelles. Nous nous parlons tous les jours. Nous échangeons des messages, tantôt amusants, tantôt profonds, souvent tendres, plusieurs fois dans chaque journée.

Mais rien ne vaut cet instant de retrouvailles. Je réalise seulement à quel point il m'a manqué. Il y a quelques semaines, ce constat m'aurait fait fuir. Ce soir, je le revendique. Robin ne se pose pas la question. Ses mains se glissent déjà dans l'ouverture de mon manteau pour me rapprocher de lui d'un geste autoritaire qui me fait perdre pied. Plus étonnant, j'en fais autant. Je suis affamée de retrouvailles enflammées, d'étreintes à perdre le souffle et de tous ces gestes qui remplacent les mots que nous ne prononçons pas.

Tout au long de la journée, Robin, arrivé du matin, m'a envoyé des clichés des lieux qu'il comptait me faire découvrir *by night*. Mais en sortant de l'aéroport, une seule nécessité absolue me guide. Elle me fait oublier la réticence de ma mère et le comportement de Cody. Je n'ai qu'une priorité. Je la lui avoue d'une voix haletante.

– Ramène-moi à l'hôtel.

Le grondement néanderthalien de mon chauffeur me confirme que je ne suis pas la seule très éloignée des considérations touristiques en cette heure.

La nuit est à peine assez longue pour reprendre pied dans notre étrange relation. Aux alentours de deux heures, je tente de plaider la raison.

– Robin, on devrait dormir. Les heures à venir vont être difficiles.

– Pour qui? Pour toi, princesse marmotte? Si tu veux faire la grasse matinée, ton accréditation te permet d'accéder à tout le salon, même sans moi.

Je décoche une bourrade à son torse solide, encore frémissant de la fine couche de sueur de notre nouvel assaut. Je le rate à demi et m'effondre lamentablement. Robin glousse, me ramène contre lui et laisse ses doigts à l'agilité diabolique courir le long de ma colonne vertébrale.

– T'es bête. Je ne te laisse pas. Mais toi, tu pars sur un week-end de gladiateur. Tu as besoin de prendre des forces.

Robin joue avec ses muscles en mode macho d'opérette, puis il se penche vers moi, repousse des mèches folles avec son souffle et ronronne à mon oreille.

– Des réclamations à faire sur ma forme, mademoiselle Farni ?

Je frissonne longuement. Incroyable. Quel sortilège fait-il peser sur moi ? Moi, habituellement si sage et pondérée, je me transforme à son contact en une boule de sensualité, toujours prête à me réactiver entre ses mains. Et sous son regard, je me sens toujours aussi incandescente.

– Absolument aucune. Mais je te rappelle que tu vas te livrer à un véritable marathon pour le *Best of Shows*.

Robin rit doucement. Son mouvement fait onduler son torse et agite mollement tout mon corps, comme un tapis vibrant qui accroît toutes mes sensations.

– Tu as bien fait tes devoirs, princesse. C'est vrai que je me suis fixé un joli challenge.

Je souris. C'est le moins que l'on puisse dire. Entre vingt-cinq et trente heures de travail réparties en trois jours, c'est un véritable défi.

J'adore le modèle qu'il a choisi. Il va tatouer le dos et une partie du torse de Jay, l'un de ses amis. Il a longuement élaboré son croquis, à la fois très viril et d'une finesse qui confine à l'orfèvrerie.

Nous en avons discuté à de nombreuses reprises ces dernières semaines. Robin m'a montré ses esquisses. Il m'a demandé mon avis, sincèrement. J'en ai été touchée, surtout quand il a infléchi certaines de ses idées selon mes remarques.

– Tu t'inquiètes ?

Robin resserre sa prise autour de moi.

– Non, pas vraiment. Je sais ce que je fais. Je suis endurant. Je rêve d'un ouvrage de ce genre depuis que la patronne d'Angie m'a laissé voir sa dentelle à son anniversaire.

– Tu aurais préféré tatouer une pièce comme celle-là ?

De nouveau, Robin, qui me connaît décidément trop bien, rit doucement.

– Non ma tigresse, je ne rêve pas de passer vingt-cinq heures sur la peau d'une femme, à moins que ce ne soit toi. Mais je ne pense pas que tu m'offriras ton dos comme ça, ajoute-t-il, faussement songeur. La pièce que je prévois pour Jay me convient parfaitement. J'espère juste que lui va tenir le coup. Parce que j'ai vu grand : le haut du torse, les épaules et le dos. En principe, j'aurais fait au moins trois séances.

– Je ne peux rien faire pour Jay, par contre toi, je peux veiller à ton bien-être.

Le son guttural qui sort de la gorge de Robin me confirme que l'on n'envisage pas exactement de la même manière la façon d'atteindre le bien-être. Mais je suis toute prête à tester sa méthode.

***

Cette convention n'a clairement pas grand-chose à voir avec celle de Saint-Malo. Tout est plus grand, plus bruyant, mais je réalise avec un heureux étonnement que j'ai quelques repères, à commencer par la petite bande de Robin. Chacun me salue chaleureusement et j'accepte sans hésiter mon nom usuel de « madame Dex ». Même le principal intéressé me désigne ainsi, avec un sourire amusé. Vince se pose en mentor attentif. Il veille sur lui et ne me perd pas de vue.

Je passe quelques heures à déambuler dans les travées, y compris du côté de ses rivaux. Ils sont très bons, eux aussi. Mais bien évidemment, aucun ne me paraît aussi doué que Robin qui progresse à un rythme soutenu, sans pour autant négliger la qualité d'un travail minutieux. C'est l'impression que j'en ai, au même titre que les membres du jury et les spectateurs. Nombreux sont ceux qui demandent un rendez-vous, quitte à se déplacer jusqu'à son salon.

Contrairement au projet initial, M, son assistante, n'a pas pu venir, bloquée par une violente sciatique. Je me fais donc un devoir de distribuer les cartes, de noter les adresses e-mail et de jalonner le travail que Robin et son équipe n'auront plus qu'à valoriser.

Malgré l'ampleur de son défi, Robin trouve le temps de profiter de son groupe et de moi. Je savoure tout ce week-end sans me poser la moindre question. Qu'importe ce que penserait ma mère? Je me sens totalement à ma place, assise dans le stand.

Mais je ne suis pas que sa groupie. Je suis aussi celle qu'il enlace au vu et au su de tous, à chaque fois qu'il marque une pause. Pire, cette fois, je revendique cette place sans avoir l'impression d'être une usurpatrice. Je ne me sens plus menacée et, pour la première fois, je me détends et savoure. Je note même, l'air de rien, le planning des prochains événements auxquels il doit participer.

J'aime les moments où nous ne sommes qu'Aurore et Robin, amants insouciants jouant aux touristes. J'apprécie de plus en plus les instants où je suis Mme Dex, la moitié de cet artiste de génie. Apprécierais-je autant qu'il soit mon prince consort, le garde de mon corps dans ma vie parisienne?

Pendant tout le week-end, je ne me suis pas posé la question. Maintenant, elle tourne en boucle et pollue le moment majeur des délibérations. J'y assiste sans vraiment y participer, jusqu'à ce que les cris autour de moi me confirment ce que je sais déjà. Mon homme est le meilleur de sa catégorie.

Il me gratifie d'un baiser d'anthologie que je lui rends avec un enthousiasme égal. Je remise loin dans mon esprit cette question qui m'irrite comme une plaque urticante. Je me blottis contre Robin lors des traditionnelles photos auxquelles il a voulu m'associer.

Je m'y sens peu légitime, même si je savoure cette marque d'attention. Un instant, je me rappelle qu'il y a un risque que ces photos, par la magie d'Internet, atteignent des gens que je connais. Je me crispe, tente de me dérober. Le regard de Robin se pose sur moi, perplexe. Il sent ma réticence, je pourrais le parier. D'ailleurs, il ne fait pas un geste pour me contraindre. Je crois même qu'il écarte son bras de quelques centimètres, pour me laisser totalement libre de ma décision. Je la pèse en un battement de cœur et l'enlace farouchement.

Peu importe le monde en dehors de notre bulle. C'est son moment et, s'il m'y associe, la reconnaissance et la fierté sont les seuls sentiments que je m'autorise.

Je penserai plus tard à ce que les gens pourraient imaginer s'ils me voyaient là. Pour l'heure, je suis à mille lieues de ma vie civile et je compte bien profiter de notre week-end jusqu'à l'ultime seconde.

Il nous reste une journée entière après le salon, exclusivement réservée à nos plaisirs.

Elle s'achève devant une excellente table. Mon vol est prévu demain matin à la première heure mais la prochaine rencontre ne tardera pas. Je suis totalement détendue, parfaitement heureuse, si pleinement confiante que je baisse la garde. Robin n'en attendait pas davantage.

– Tu n'as pas à faire semblant avec moi, déclare-t-il calmement en trempant ses lèvres dans un verre de vin capiteux.

J'écarquille les yeux. Le vin rouge n'est certes pas mon préféré, mais je ne boude pas mon plaisir face à celui-ci !

– J'ai senti ton instant de malaise. Les photos lors de la remise des prix. Si tu ne voulais pas poser près de moi, il suffisait de le dire.

– Ce n'est pas une question d'envie. Je ne suis pas légitime sur cette photo.

– Conneries ! Tu es parfaitement légitime et tu le sais. On a parlé de ce projet pendant des heures, toi et moi. Tu as étudié mes esquisses, validé mes choix. Tu es restée avec moi pendant ces deux jours et demi. J'ai senti ton regard quand je flanchais. Tu as même lutté pour ne pas t'endormir avant moi, alors que je sais que tu as besoin de tes huit heures de sommeil.

– C'est normal. Je suis là pour toi. Mais tu as raison. Je n'avais pas vu les choses ainsi.

– Tu n'assumes toujours pas ?

Il n'y a pas qu'une question dans son regard. Il y a aussi une affirmation, qui tire légèrement sur l'accusation.

– C'est plus compliqué que ça. J'assume de mieux en mieux. Ici. J'ai pris plaisir à collaborer à ta victoire, même de loin, à te seconder pour les rendez-vous, tout ça.

– J'ai vu. Et j'ai adoré te voir t'impliquer comme ça. Mais on est dans mon univers, sur mon territoire. La question se pose ailleurs, n'est-ce pas ? Qui sait pour nous ?

– Je n'ai pas l'habitude de m'épancher sur ma vie privée. Et il n'y a pas grand monde d'assez proche pour le faire. Je n'ai pas dit grand-chose à Angie. Tu vas me dire, ce n'est pas la peine. Ce que toi ou moi ne lui avons pas dit, elle a dû le deviner et je préfère éviter les interrogatoires et son autocongratulation.

Ma remarque nous fait sourire de concert. C'est vrai que question modestie et mesure, Angie a de très nombreux wagons de retard.

– C'est raisonnable, admet Robin. Je vis avec elle. Et je te jure que j'ai failli déménager à force de l'entendre me rabâcher que tout ça, c'est grâce à elle ! Mais ta vie ne se résume pas à Angie, si ? Tes collègues ?

– Au bureau, je n'ai pas vraiment d'amis. Du moment que je

suis efficace, que je ne suis pas une rivale pour la femme de mon patron et qu'aucun *golden boy* ne risque de me faire démissionner, personne ne se préoccupe de ma vie sentimentale et ça me convient tout à fait.

– C'est triste, non? Je veux dire, tu passes des heures tous les jours avec eux, vous vous faites confiance au point qu'ils te confient de gros dossiers et ils ne connaissent rien de toi? Toi, tu les connais, les mecs ou les nanas de tes collègues, de tes patrons? Il n'y a jamais de fête de boulot?

Aïe, c'est la question piège. Il n'y a pas la même décontraction chez Chérion que dans son salon. Mais je mentirais si je voulais lui faire croire que personne ne parle de sa vie sentimentale. J'argumente, trop mollement pour être convaincante.

– Je leur ai parlé, au bout d'un certain temps, de Cody. Ils le savaient quand je suis entrée en poste. Mais je suis restée discrète. Jusqu'à ce que ce soit lui qui se mêle carrément de mon travail en demandant à mon patron de préparer mon départ. C'est même pire que ça. Je crois même, quoiqu'on ne me l'ait jamais dit aussi clairement, qu'il a voulu le convaincre de me congédier. Après ma rupture, j'ai décidé que je ne mélangerai plus mes deux univers.

Robin plonge son regard unique dans le mien et me sourit plus franchement. Pourtant, il attend encore. Je pince les lèvres pour réprimer un sourire. Sacrée Angie! Je suis sûre qu'elle n'a pas pu s'empêcher de lui parler d'Agathe et Rose.

– Si tu parles de mes autres copines, là, je reconnais, c'est volontairement que je ne parle pas de toi. Mais tu n'es pas le seul sujet que j'évite. Je ne leur confie plus rien d'important. Je ne leur accorde plus suffisamment ma confiance pour ça. On se fréquente en soirées, on se voit encore de temps en temps. On maintient une apparence de normalité. Mais c'est quelque chose de... je ne sais pas, de factice. Or toi, tu es bien au-delà de ça.

Et, avant que tu poses la question, je n'ai pas non plus parlé de toi à ma mère. Ce n'est pas le genre de maman à confidences. J'envie la relation qu'Angie et toi avez avec vos mères. Mais c'est différent chez moi.

– Tu ne lui as jamais parlé de Cody?

Le ton de Robin se fait presque accusateur. Derrière ces mots, il y a une forme de douleur que je n'attendais pas. Elle me stupéfie un instant et me serre le cœur. Notre relation a dépassé depuis longtemps le simple passe-temps sans implication. Je m'avoue sans peine la place que Robin prend dans ma vie, mais aussi dans mon cœur. Il ne manquerait pas grand-chose pour que je prononce des mots nettement moins anodins.

J'y rechigne, non par manque d'envie, mais par peur d'effrayer l'un d'entre nous.

Mais si je ne peux lui avouer que mes sentiments sont de plus en plus dévorants, je peux lui offrir mon honnêteté.

– Je n'ai pas eu à lui en parler. Cody, c'était différent. Nos mères ont fait leurs études ensemble. Je me demande même si elles n'avaient pas planifié notre mariage avant notre naissance. Elles nous ont placés dans une situation où notre couple tombait quasiment sous le sens. Et c'est ma mère qui a initié mes premières confidences.

– Ça ressemble à un truc du style mariage forcé, ton histoire!

– Dans ce cas, il n'est pas très réussi. Je n'ai plus mon très gros et très voyant solitaire.

– Fan de diamants?

Sa remarque me désarçonne. Il y a trente secondes, il était à la limite de la jalousie concernant Cody, et maintenant, il badine bijoux et pierres précieuses? Pas de doute, cet homme a le don de me déstabiliser.

– Non, ce serait plutôt émeraude ou saphir, mais dans le monde de nos mères, la bague de fiançailles est un solitaire. Je n'ai pas eu mon mot à dire.

– Et maintenant?

– Elle accepte à peu près ma rupture. En même temps, je ne lui ai pas laissé le choix. Mais elle n'est pas prête à me voir passer à quelqu'un d'autre.

– Surtout à quelqu'un comme moi.

Je ne réponds pas. Je ne pourrais rien lui dire sans lui mentir. J'ai encore en tête sa réaction quand elle a pensé que je rejoignais un mannequin. Alors un tatoueur!

– Je vois, murmure Robin. Si je comprends bien, je suis ton secret honteux.

Oh là! Robin souffre. Il ne cherche pas à me le cacher. Et cette douleur le rend amer. Je pose ma main sur la sienne. À sa crispation, je sens qu'il hésite à se dérober. Je presse légèrement sa peau et me rapproche pour accrocher, à mon tour, son regard. Il est plus froid, comme une protection pour se prémunir des blessures.

– Tu te trompes, Robin. Tu n'as rien de honteux. Au contraire. Tu es un secret merveilleux, à la façon d'un jardin secret. Tu es mon étincelle d'égoïsme. Celle sur laquelle je n'ai de comptes à rendre à personne. Avec toi, je me sens libre et je n'aurais pas envie que qui que ce soit m'enlève ça. Tu comprends? Ce qu'on a me convient parce que je peux être moi. Une version de moi moins formatée, moins artificielle. Si tu me voyais au naturel, je ne sais même pas si tu te retournerais sur moi.

Cette dernière remarque arrache un sourire à Robin.

Son regard prend des teintes canailles qui font monter le rouge à mes joues. Visiblement, il se retournerait. C'est flatteur. Mais ça ne résout qu'une partie de notre discussion.

– Et si moi, j'avais envie de te voir au naturel…

Oh! Voilà une évolution que je n'attendais pas. Vraiment?

J'écarquille les yeux, assez proche de la panique. Mais contrairement à la réaction malheureuse que j'ai eue la première fois où il a évoqué son envie de plus, je ne m'enfuis pas.

– C'est une simple question oratoire?

Mon ton se veut léger. Il témoigne des sentiments puissants qui m'habitent et qui ont tous le même dénominateur, la peur. Celle de me faire des illusions, qui la dispute à celle de faire face à la collision de mes deux univers.

– Pas vraiment. Plutôt le fruit de mes interrogations. Tu sais, quand on n'est pas ensemble, j'ai beaucoup de temps pour penser. Angie dit que ce n'est pas bon quand un homme cogite.

– Et je peux savoir ce que tu as conclu de tes réflexions?

Robin prend son temps pour répondre. Il boit lentement, presque solennellement, une nouvelle gorgée de vin, avant de me défier du regard.

– Elles m'ont entraîné à me demander ce qui se passerait si je voulais plus. Plus que ce qu'on a pour le moment, quelque chose de… je ne sais pas, plus public, plus assumé, plus parisien.

Sa proposition, assortie à son regard le plus pénétrant, suspend mon souffle. On y est. Je mentirais si je disais que je n'y ai pas pensé, moi aussi, que je n'ai pas espéré ce genre de proposition. Formulée ainsi, elle semble parfaitement logique. Pourtant, je sais aussi tout ce qu'elle implique par rapport au silence confortable pour lequel j'ai opté. Est-il suffisamment important pour prendre le risque de perdre cette relation de plus en plus essentielle?

À mon tour, j'ai besoin de réponses, de certitudes.

– Et à quel titre? Cette sortie du bois, tu la présenterais comment?

Il y a du défi dans le regard qui caresse le visage régulier de mon amant. Ses lèvres pleines frémissent d'un demi-sourire sous sa barbe. Il sait que je ne cède rien dans cette joute et ne semble pas s'en plaindre.

– Je te l'ai déjà dit, je n'ai pas besoin de mettre un nom sur tout. Tu en dis quoi ?

Je fais mine de ne pas comprendre le sens de sa question et me contente de répondre à son interrogation première.

– Si tu as envie de plus, je crois que je suis prête à faire bouger les lignes pour te faire une place.

32

À l'instant où je la prononce, cette réponse me paraît la seule logique et légitime.

De retour à Paris, je suis moins sûre de ma position. Deux semaines plus tard, ma témérité semble évanouie dans toute une série de raisons valables.

Sans doute influencée par mon nouveau regard sur les hommes séduisants, je propose, en toute confiance, le projet final de ma campagne pour le lancement du parfum. Il est recalé sans ambages par mon client, visiblement très peu sensible au charme un peu trash du mannequin que j'ai retenu, tout en tatouages et en piercings.

Pire, là où j'attendais du soutien de mes supérieurs, leur verdict est sans appel. Erreur de cible.

– Tu as mal étudié ton marché, *bella* ! lâche Martha. Le style bad boy tatoué, ça peut faire fantasmer la ménagère, je te l'accorde, mais ce n'est pas ce qu'elle cherche quand elle offre un parfum à son mari. Idem pour les hommes. Ils ne vont pas se comparer à un type aussi peu *corporate*, tout ça pour deux piercings et un tribal.

Je suis donc priée de préparer un nouvel angle d'approche, et vite. Mon assurance en prend un coup sur le plan professionnel autant que personnel. Comme si cela ne suffisait pas, je fais face à l'interrogatoire discret mais tenace de maman au sujet de mon potentiel *crush* de la *fashion week* et au retour dans mon décor de Rose et d'Agathe.

Plus exactement, le retour des larmes de Rose, un soir sur mon palier, avec un plein chariot d'excuses et de macarons en guise de calumet de la paix. Nous parlons longuement. C'est plus simple avec ma brunette, moins incisive que sa sœur et plus pétrie de remords.

– Je te promets que je ne savais pas pour Cody et Charlotte.

– Rose, on peut clore tout de suite le sujet Cody. Je vous l'ai dit sur tous les tons. Ce qu'il fait ne m'intéresse pas. Votre silence m'a fait mal. Pas sa consolation rapide.

– J'ai compris, murmure-t-elle. Mais mon amie me manque. Je sais que les choses ne sont plus pareilles. Mais je veux vraiment qu'on reparte sur de bonnes bases. Pas comme on le fait depuis tout ça. Tu sais, les sourires hypocrites et tout le reste.

Je suis plus émue que je ne veux bien l'admettre par cette démarche. Lorsque Rose repart, tard dans la soirée, elle a presque réussi à me convaincre que mes anciennes relations me manquent. Un déjeuner est au programme. Je ne suis pas entièrement convaincue. Mais après tout, vingt ans d'amitié méritent bien qu'on se redonne une chance.

À midi, comme promis, elles sont en bas de mon bureau. Je suis contente de ma matinée. Ma nouvelle proposition, plus conventionnelle, a passé l'étape préliminaire de la validation par mon patron. Suite au dernier accroc, Victor a préféré s'assurer de la conformité de mon travail. Je ne suis pas totalement satisfaite d'avoir dû céder au compromis. Mais c'est une concession nécessaire pour satisfaire le client.

Je sors de ma présentation rassurée. Impatiente aussi. Robin m'a confirmé un week-end en amoureux, la semaine prochaine, dans le Val de Loire. On ne sera pas à Paris mais on s'en rapproche, à une distance raisonnable.

Rose m'embrasse avec enthousiasme, Agathe avec davantage de réserve. Vu les horreurs que nous avons échangées dernièrement, je ne peux lui en vouloir. Heureusement, le babillage de sa sœur permet de meubler les silences, le temps de rejoindre le restaurant.

Soudain, Agathe se fige.

– Oh mon Dieu, les filles, ne vous retournez pas ! Il y a un type qui vient vers nous ! S'il s'approche à moins de trois mètres, je vous préviens, je hurle, s'affole-t-elle.

Sans tenir compte de son ordre, Rose se retourne, roule à son tour des yeux effarés et ne peut retenir une grimace qui s'apparente à du dégoût, tout en resserrant sa prise sur son sac à main. Occupée à consulter mes textos, je ne me suis pas encore retournée. Mais dans un ralenti digne d'un film, je SENS. La chaleur d'un regard qui embrase soudain mon corps, le regard horrifié de mes amies… Je SAIS qui est là, avant même d'entendre sa voix et mon cœur s'arrête devant l'imminence d'une catastrophe.

– Salut, princesse. Avec ces conneries de correspondances, j'ai failli te rater.

Mes compagnes suffoquent d'horreur alors que je me retourne le plus lentement possible, le temps d'analyser la façon dont je veux réagir.

Non, je sais comment je voudrais réagir : en me jetant à son cou, en nouant mes membres autour des siens et en perdant mon souffle sur ses lèvres pour lui rappeler que deux semaines depuis notre dernière escapade, c'est deux semaines de trop et que je suis ravie qu'il ait mis sa promesse à exécution.

Mais aux larmes qui montent déjà à mes yeux, je comprends, en un clin d'œil, que je ne peux pas le faire. Pas ici, pas devant mon travail, mes amies et leurs a priori.

Sans doute alerté par ma raideur, Robin s'arrête à un pas de moi. Il ne fait pas un geste et me laisse l'initiative. Tout ce que j'aurais aimé éviter. Ma voix sonne faux lorsque je le salue.

– Robin ? Quelle surprise !

Mon amant hausse les sourcils, croise ses bras colorés sur son torse solide, me toise de ses yeux clairs.

Je me tourne vers mes amies, guindée.

– Je vous présente Robin Choste, le cousin d'Angélique. Il est tatoueur professionnel.

J'aurais pu le présenter comme proxénète ou dealer que la réaction n'aurait pas été différente.

Mon Dieu, comme je me déteste !

Je lui ai certifié que j'étais de taille à assumer et voilà que je ne suis même pas capable de le présenter correctement ! Je grince des dents de le renier ainsi et n'ose affronter son regard. Pourtant, en bon caméléon, il entre dans le rôle que je lui ai taillé.

– Le cousin d'Angie. Je n'aurais pas employé de meilleur titre.

Le sang quitte mon visage et seule ma volonté, tendue à faire hurler tous mes muscles, m'empêche d'exploser en sanglots. Je me souviens de ses paroles à Milan, lorsque je m'interrogeais sur le titre que je devrais lui octroyer. Je viens de lui imposer le pire. Celui d'une vague connaissance, du cousin d'une femme que mes amies exècrent et méprisent. Je me déteste de ma faiblesse. Mais Robin enchaîne comme si de rien n'était.

– Je suis ici pour une prestation privée et je voulais te saluer, ajoute-t-il en m'adressant un signe de tête, sans même chercher à me toucher.

Mon regard l'implore. De quoi exactement ? Je n'en sais rien. De ne surtout pas me trahir en dévoilant mon mensonge ? De passer outre ma lâcheté et de revendiquer ses droits sur moi ?

Je connais assez Robin pour savoir qu'il ne fera rien qui puisse me mettre mal à l'aise. Il est ici car il a accordé du crédit à mes propos. Comme si j'étais assez téméraire pour ça ! Je lui ai dit que j'étais capable d'assumer. Et il m'a crue. Normal, à ses côtés, je suis capable de dépasser mes blocages, mes angoisses, ma faiblesse. Mais là, je dois faire face seule. Ou plutôt, je dois assumer, pour lui, et c'est un courage que je n'ai visiblement pas. Et voilà le fiasco. Je n'ose imaginer ce qu'il pense en cet instant. Je suis tellement mal à l'aise que je ne parviens pas à croiser son regard.

– Oh, eh bien, c'est très aimable, je partais déjeuner avec mes amies.

– Bien sûr, admet-il, conciliant en apparence et adressant un sourire charmeur aux deux femmes toujours aussi choquées d'être vues avec un homme « comme lui ».

Elles ont tort. Il est au comble de son sex-appeal dans sa tenue fétiche. Un pantalon sombre, une chemise blanche aux manches remontées qui dévoilent ses bras somptueux, un gilet *old fashion* et un manteau de coupe parfaite sur le bras. Sa barbe est bien taillée et sa mèche rebelle virevolte légèrement. Son dragon me fait de l'œil. Je perds la parole en le contemplant. Lorsque je croise le feu de ses yeux, je retiens à grand-peine le frémissement de ma peau et mes pas qui me mènent vers lui.

Son sourire me montre qu'il en est parfaitement conscient. Pourtant, il déclare.

– Bon, je ne voudrais pas te déranger avec tes amies. Je suis juste de passage pour quelques jours. Je suppose qu'on se croisera chez Angie. Si tu as le temps de venir sur Marseille. J'ai cru comprendre que tu étais très occupée.

Robin s'approche de deux pas. Derrière moi, Agathe couine et resserre sûrement sa prise sur son sac. Quelle idiote !

La seule chose qui soit en danger face à Robin, c'est l'intégrité de ma lingerie. Mes yeux se fixent sur sa bouche gourmande.

Je ne parviens pas à m'en détacher malgré le risque que je me jette sur lui. Il est là, à deux pas. Depuis deux semaines, je n'ai pas eu l'occasion de l'approcher d'aussi près. En inspirant lentement, je peux même sentir son parfum et l'odeur de sa peau. Son regard pèse sur moi comme une invitation diabolique. Si je m'autorise à m'y noyer, je plonge. Et si je plonge, je ne ferai pas demi-tour. J'en serai proprement incapable.

Allons, Aurore, juste un peu de courage. Relève la tête. Un instant, pas plus. Une seconde et tu décideras ce qui est le plus fort.

Le mouvement de Robin me prend par surprise. Il pose ses lèvres sur ma joue. Juste une caresse, à peine le battement d'ailes d'un papillon. Je ferme les yeux pour emprisonner mes réactions. Je n'en ai pas le temps. Déjà, je perds le contact.

Robin tourne les talons, m'adresse un petit signe de main, et s'éloigne d'une démarche nonchalante. Rien qui laisse penser que je l'ai blessé. Pourtant, je sais que c'est le cas. Mon cœur se comprime dans ma poitrine. Lui aussi n'attend qu'une chose. Prendre son élan pour bondir à la poursuite de celui auquel il appartient.

Près de moi, mes amies pérorent et s'inquiètent de l'opinion de ceux qui ont pu nous voir. Je serre les dents pour ne pas leur hurler de se taire. Mais je m'en veux tout autant de ma trahison.

Rose enroule sa main autour de mon bras et m'entraîne précipitamment vers le restaurant où nous avons nos habitudes. Je suis incapable de lui résister, malgré ce que hurle mon cœur. Encore une lutte qu'il perd face aux convenances.

Souris, Aurore !

Tu as été capable de garder la tête haute lorsque tu as filé tes bas au beau milieu du bal d'hiver des Kerjonc. Tu as su sourire lorsque tous tes « amis » se délectaient de voir Cody au bras de Charlotte. Tu peux résister à la pression d'un déjeuner avec tes amies. Même lorsque tout ton corps est crispé du désir de le rejoindre.

Je ne résiste pas plus loin que l'entrée. Mon regard accroche la sérénité d'une statue : un bouddha assis en tailleur invite les futurs clients à un calme qui m'échappe totalement.

Mes jambes sont agitées de tics nerveux. Je consulte toutes les deux minutes mon téléphone en quête d'un improbable message. Bien sûr, il n'y en a pas et ce silence me rend folle. Je ne peux le supporter plus longtemps. Je ne sais pas encore comment, mais je dois le retrouver, le forcer à m'entendre. Je ne peux pas rester ici, à perdre mon temps en écoutant ces discussions stériles.

Je me lève si brusquement que mon siège vacille. Rose sursaute, choquée de ma réaction. Le regard d'Agathe, une nouvelle fois, est plus affûté que celui de sa sœur lorsqu'il se pose sur moi. Je suis certaine qu'elle n'est pas dupe. Et alors ! Il ne manquerait pas grand-chose pour que je confirme ses doutes. Mais je préfère tourner les talons en marmonnant de vagues excuses et me défiler. Encore.

Je n'ai pas encore franchi la porte du restaurant que j'envoie mon premier message. Il reste sans réponse, comme tous ceux dont je l'abreuve au cours de l'après-midi.

Il ne répond à rien, pas plus qu'aux appels que je multiplie. Je me fais même violence pour ne rien faire qui s'apparenterait à du harcèlement. Rien de bon ne sortira de cette manœuvre. Si, au moins, je savais où il travaille aujourd'hui… Angie le saurait peut-être.

Je ne suis pas désespérée au point d'encourir ses foudres en lui avouant que j'ai préféré préserver mes amies plutôt que son cousin. Non, je ne sais pas comment, mais je vais me débrouiller par mes propres moyens. Et pour le moment, je dois achever ma tâche du jour. J'ai un mal fou à me concentrer, mais je m'acharne. Rien de mieux pour éviter de cogiter. Je traîne d'ailleurs indéfiniment.

Je rejoins mon appartement sans plus d'entrain. À cette heure, d'habitude, Robin et moi échangeons des appels, des messages, des confidences et des rires. Mais ce soir, seul le silence percute les murs de mon appartement comme un écho incessant.

Rien n'apaise le vide qui m'oppresse. Pourtant, j'applique tous les trucs qui fonctionnent habituellement en cas de crise. C'est une procédure que j'expérimente avec succès depuis des années. Mais rien ne me détend ce soir. Ni le bain moussant dans lequel je tente de me délasser, ni la série que j'essaie de suivre sans succès. Le constat est terrible mais implacable. Mes repères ont volé en éclat, malgré moi, pour Robin. Sans lui, je suis une coquille vide.

Il est près de vingt-deux heures lorsqu'enfin il se manifeste. Jusque-là, il a gardé un silence obstiné. Pas d'appel, pas de message spirituel, ni de mot doux. Pas même de griefs ou de reproches. Là encore, son texto n'a rien d'éclairant. Il ne m'envoie que l'adresse de son hôtel et le numéro de sa chambre.

C'est un bien mince espoir, mais il n'est pas question que je le laisse filer. Je ne veux pas perdre un instant. Je me prépare en un temps record sans même soigner ma mise, saute dans ma voiture et roule à tombeau ouvert.

Je m'arrête un instant sur le seuil de son hôtel. Je ne sais pas comment me comporter. Je n'ai pas l'habitude d'être une invitée clandestine. Que dois-je faire? Me présenter au réceptionniste? Faire avertir Robin de mon arrivée? J'opte pour une troisième voie et je traverse le hall sans dévier de ma route. L'ascenseur me mène au troisième étage. Chambre 314.

M'y voilà! À deux mètres de l'homme dont je suis amoureuse. *L'homme dont je suis amoureuse…*

C'est la première fois que je formule cette idée. Elle s'insinue partout, parcourt mon corps d'une énergie galvanisante. Celle qui me donne la certitude que je peux soulever des montagnes, sortir dans la rue, crier que j'aime mon tatoueur et l'annoncer en pleine réunion… Bon, là, on ne va peut-être pas s'emballer tout de suite. Avant tout ça, il me reste d'abord un des travaux d'Hercule à mener à bien. Convaincre le principal intéressé que je vaux le coup d'une autre chance. Pour être sûre de ne pas céder à une nouvelle lâcheté, je frappe à la porte. Trois coups brefs mais décidés. Trente secondes d'une attente interminable. Au moins trois cents battements de cœur dans ce laps de temps. Et soudain, plus rien sinon deux yeux bleu acier qui me dévisagent lorsque le battant s'ouvre.

33

Robin ne m'accueille pas. Il laisse un instant son regard glisser sur mon corps, puis il fait volte-face, laissant la porte ouverte. C'est le seul signe qui montre qu'il accepte ma présence. Je vais devoir m'en contenter.

J'entre d'un pas décidé. Qu'importe, qu'intérieurement, je tremble de tous mes membres. Je dois être sûre de nous, même malgré lui. Impossible d'entamer pour le moment le long plaidoyer que j'ai répété longuement dans la voiture. Les mots meurent sur mes lèvres, emprisonnés par ma gorge serrée. Robin s'est éloigné de moi. Je crois même qu'il ne pourrait pas faire plus loin en restant dans la même pièce. Je prends le temps de le détailler, puisque c'est aussi ce qu'il fait. Il est tout à fait lui – élégant dans son pantalon sombre, sa chemise et son veston – mais pas tout à fait le même. Il est pieds nus, sa chemise est largement déboutonnée, laissant apparaître les premières lettres du tatouage que je lui ai inspiré. Il dégage une aura moins contrôlée, plus sauvage, qui me fait perdre pied. En quelques enjambées, je traverse la pièce, entoure ses épaules solides de mes bras et me jette sur lui pour atteindre sa bouche.

Il me la dérobe en tournant la tête et me repousse des deux mains. Il n'y a rien de violent dans son geste. Pourtant, je recule de plusieurs décimètres et me plie en deux, le souffle coupé de sa réaction. Je ne m'attendais pas à être reçue avec champagne et petits fours. Mais là !

Les mains sur les hanches, je me redresse malgré tout, mobilise toute la force de ma certitude et cherche son regard. Robin lève les yeux vers le plafond. Ses lèvres sont entrouvertes comme pour puiser un supplément d'air.

Sa pomme d'Adam monte et descend furieusement. Je la fixe, hypnotisée par cette peau que je rêve de parcourir de mes lèvres. Mais le premier rejet de Robin m'a considérablement refroidie.

– Comment tu vois ça, princesse ? On tire un petit coup vite fait bien fait, puis tu t'éclipses avant que qui que ce soit puisse t'identifier près de moi ?

Sa voix n'est qu'un torrent de glace qui coule sur moi et me pétrifie. Je ne mérite peut-être pas mieux que son accueil. Mais je voudrais tellement lui dire tout ce qui emplit mon cœur et menace de déborder en flux incontrôlés que je ne sais plus par où commencer.

Robin se méprend de mon silence.

– Je n'ai pas l'habitude d'avoir honte de ce que je suis. Mais c'est exactement ce que j'ai ressenti tout à l'heure.

– Je sais que les filles ont cette façon de regarder…

– Ce ne sont pas « les filles », explose-t-il.

Il frappe le mur derrière lui et, en deux pas, il me rejoint. Tant de sentiments contradictoires émanent de son corps puissant que j'en tremble, d'excitation bien plus que de crainte.

– Ce ne sont pas « les filles » qui m'ont adressé ce genre de regard, reprend-il d'une voix plus sourde, presque atone. C'est toi. L'élan de panique à l'instant où tu m'as vu et que tu t'es demandé ce que tu pouvais faire de ma présence sans perdre la face. Je suis con. Tu m'avais averti que tu étais ce genre de femme. Je ne t'ai pas crue. J'ai eu tort.

– Ce n'est pas si simple que ça. Comprends-moi, c'est compliqué.

– « Compliqué »? De dire à tes copines coincées que je suis… que je suis quoi, d'ailleurs? Ton sextoy grandeur nature, ton secret honteux, ton plan cul caché?

– Arrête, tu es bien plus que ça et tu le sais bien. Je te rappelle que je t'ai posé la même question à Milan et que tu disais que les mots importaient peu. Mais ce n'est pas la question. Tu m'as surprise. Tu es dans mon espace, avec les pires personnes que j'aurais pu souhaiter pour ce premier contact.

– Charmant! Je ne me suis pas posé ce genre de questions. Ou si, je me les suis posées et je les ai résolues avant de te demander de t'investir dans quelque chose de plus profond. Quand je t'ai emmenée en congrès, est ce que je t'ai donné l'impression de me soucier de l'opinion de mes potes? Est-ce que j'ai trié ceux à qui je pouvais te présenter sans risque pour ma réputation? Quand je me suis battu pendant des nuits entières contre toute mon expérience qui me rappelait pourquoi je ne voulais plus m'engager? Quand j'ai fait le choix de te laisser entrer dans ma vie bien plus que je ne l'avais prévu? Parce que je t'ai choisie, moi! Je nous ai choisis. Et toi… Laisse tomber. J'ai cru que tu avais fait une erreur. Mais en fait, c'est moi qui ai eu tort, malgré toutes tes mises en garde et tes reculs, de vouloir y croire malgré toi.

– Non!

Ma voix est un gémissement rauque. Tout l'air qui reste dans mes poumons douloureux sort en un cri incontrôlé qui ricoche sur les murs de la chambre. Je vacille. Deux mains me retiennent pour m'éviter de tomber sur l'épaisse moquette. Robin m'accompagne au sol.

Pourtant, il prend un peu de distance dès que je suis en sûreté. La douleur en est intense. Déchirante. Irradiante. Elle me dévore de l'intérieur. Je crains de me disloquer en perdant cette part de moi qui lui appartient. Par un réflexe dérisoire, je referme mes bras autour de moi, protection bien futile. Mes ongles se plantent dans ma chair pour retenir ce qui m'échappe. Je ressens à peine la douleur. Plus rien ne compte que cette peur panique qui m'empêche de former toute pensée plus réfléchie que le simple mot que je psalmodie sans fin.

– Non, non, non, non, non, non…

Je m'enfonce dans ma souffrance. Seule la main que Robin pose sur la mienne pour m'empêcher de me blesser à coups de griffes me retient de me lacérer la peau.

– Chut, tout doux, princesse, arrête. Tu vas te faire mal, murmure-t-il d'une voix rauque.

– Je m'en fiche ! Rien ne me fait mal comme l'idée de te perdre.

Son soupir fait redoubler mes larmes. Je hoquette les explications que j'aurais voulues claires et convaincantes. Démuni, Robin tente d'essuyer mes joues du bout des doigts. Il ne répond rien à mes justifications, à l'aveu de ma faiblesse, pas plus qu'aux protestations de mon attachement.

Mais je suis de nouveau dans ses bras. Il m'y accueille pour calmer mes sanglots suffocants et ne semble pas décidé à m'en chasser. C'est heureux.

La proximité de son corps, ses mains sur moi, son souffle sur ma peau, tout concourt à apaiser progressivement mon halètement et mes tremblements. Je n'ai pas les mots pour le convaincre de ce qu'il représente. Je pourrais lui souffler comme un aveu que je l'aime. Il risquerait de prendre ça pour une réaction désespérée ou pire, pour une stratégie.

Si les mots me manquent, mon corps, lui, a des choses à dire. Mes lèvres trouvent naturellement le chemin de son cou. Sous ma langue, je sens palpiter son pouls, aussi désordonné que le mien.

– Princesse, je ne crois pas que ce soit une bonne idée.

Je me hisse sur ses cuisses, saisis son visage entre mes mains et écrase sur sa bouche un baiser désespéré. Hors de question d'accepter qu'il me repousse alors que, je le sens, lui aussi palpite contre moi. Pour le moment, je n'ai pas meilleur moyen de lui prouver ce que je ressens. Dans un souffle, il objecte encore, plus mollement. Ses mains, elles, enserrent ma taille dans un geste déjà possessif. Je l'embrasse plus farouchement. Son corps se tend contre moi alors que ses mains se glissent sous mon pull et empaument mes seins hypersensibles.

Je gémis contre sa bouche et plaque mon front contre son épaule. Mes réactions sont décuplées par toutes les émotions de cette journée. J'ai besoin de lui, tout autant que j'ai envie de nos corps en osmose. Et ce soir, tout en moi est réceptif au moindre de ses gestes. Mieux encore, je suis entreprenante comme jamais.

Je le repousse, décidée, sur la moquette. Après un regard surpris, Robin me laisse les commandes. Je finis rapidement de défaire sa chemise et dénude son torse. Je dénoue mes cheveux. Il grogne son contentement. Je halète. Sa réaction m'enhardit. Sous ses yeux, je me sens belle et désirable. C'est l'effet qu'il a sur moi et que j'admets pour la première fois sans douter. Je parcours son ventre par tous les moyens dont je dispose. Je caresse, je griffe, je suçote, je mordille, je chatouille de ma chevelure transformée en arme d'émoustillement massif.

Sous mes cuisses fermes, Robin tressaille mais il tient bon, sans demander grâce. Ses mains restent crispées sur mes hanches. Il ne fait pas un geste de plus, me laisse toute l'initiative de cette nuit. Mais ses yeux, eux, me font déjà l'amour.

La température monte subitement et mon corps se couvre d'un nuage d'envie. Si je m'écoutais, je lui arracherais immédiatement le reste de ses vêtements et je viendrais m'empaler aussitôt sur son membre que je sens pulser contre mon intimité. Cette perspective crispe mes mains sur ses abdominaux parfaits. Robin sursaute. Je m'excuse d'un baiser mouillé.

Il rassemble mes cheveux dans sa large main et découvre mon visage. Je rougis de plus belle, gênée de lui paraître sous ce jour nouveau. Je sursaute. C'est précisément pour cette raison que je suis venue le rejoindre. Pour lui prouver, et à moi aussi par la même occasion, que je suis capable de changer pour lui, de laisser s'exprimer ce qu'il y a de moins policé en moi. C'est exactement ce que je vais faire, non par obligation, mais parce que j'en ai envie et même besoin.

Je recule sur ses cuisses, quitte un instant le contact de son bassin. Mon corps le réclame aussitôt avec une frénésie presque douloureuse. Je défais les derniers boutons de son pantalon et tire sur la toile. Obligeant, Robin soulève son bassin et plonge son regard dans le mien au moment où je referme ma bouche sur son boxer. Je ressens les volumes de son sexe encore enfermé sous le tissu.

– Hey, princesse, tu n'es pas obligée de…

– Chut, laisse-moi faire.

Ma voix faussement assurée me surprend moi-même, tout autant que je m'étonne de mes gestes déterminés. Sous mes assauts, Robin se tend, se mord la lèvre et gémit. Oh mon Dieu ! C'est ma bouche autour de sa hampe qui lui fait cet effet-là ? Je n'ai jamais été fan de ce genre de préliminaires. Mais à voir la réaction de mon amant et le plaisir qui inonde mon intimité, je sens que je renouvellerai volontiers l'expérience.

Soudain, Robin rompt le contact visuel. Il se redresse, glisse ses mains sous mes aisselles pour me forcer à en faire autant. Je grogne de frustration.

– Tout doux, princesse. Je ne veux pas jouir sans toi.

– Alors viens…

Mon gémissement se perd dans le premier baiser dont il prend l'initiative. Aussitôt, je perds toute notion de ce qui n'est pas son corps, ses mains et nos peaux qui se cherchent. Mes vêtements s'envolent par magie et bientôt, ce sont les lèvres de Robin qui sont plaquées sur mon intimité. Sa caresse est vorace, exigeante. Je ne retiens pas mes cris ni mes supplications. Il doit arrêter cette torture diabolique. Je ne tiendrai pas longtemps. Et moi non plus, je ne veux pas…

– Tu triches ! articulé-je péniblement alors que Robin, sans tenir compte des spasmes de jouissance qui agitent mon corps, continue à laper la liqueur de mon plaisir avec des bruits gourmands. Moi aussi, je voulais jouir avec toi.

– Mais qui te dit que j'en ai fini avec toi, princesse ? Ne bouge pas !

Lorsque mon amant revient quelques instants après, son sexe au garde-à-vous gainé dans sa protection, je ne me suis même pas encore relevée de l'orgasme foudroyant qu'il vient de m'offrir.

Avec une douceur du regard que démentent ses gestes enfiévrés, il retrouve sa seule place légitime, à l'instant où il me pénètre d'une longue poussée.

J'exhale un gémissement de plaisir et harponne son corps de mes membres. On a connu des lianes moins envahissantes, mais qu'importe. À aucun prix, je ne veux le laisser s'éloigner de moi. J'ai trop peur de ce qui se passera lorsque nous aurons quitté cet hôtel, cette chambre, ce sol qui m'apparaît soudain comme l'antichambre du jardin d'Éden.

Le plaisir est long à revenir. Non pas que je sois rassasiée de jouissance. Mais je veux retarder au maximum l'explosion, en savourer chaque instant, chaque claquement de nos peaux moites l'une contre l'autre, chaque gémissement avoué malgré nous, chaque caresse furtive.

Je suis à lui et je donnerais tout pour que rien ne s'arrête. Sur la même longueur d'onde, Robin, toujours à l'écoute des réactions de mon corps, ne ménage pas ses efforts pour nous maintenir le plus longtemps possible sur le fil du rasoir.

Mais la houle du plaisir nous rattrape finalement dans un élan simultané qui nous cueille et nous laisse, suants et pantelants, dans les bras l'un de l'autre. Je mets de longues secondes à reprendre mon souffle. Bien plus que ça à retrouver la possession de mes membres. Mon esprit, lui, tarde davantage encore à réapparaître. Je suis bien, à ma place, dans les bras de cet homme pour lequel mon cœur bat plus fort qu'il n'a jamais pulsé.

Le froid s'insinue entre nos peaux. Je lutte contre les frissons pour ne pas briser le charme de l'instant. Que se passera-t-il après? Lorsque Robin va se relever de la moquette où il s'est allongé pour me servir d'oreiller? M'indiquera-t-il le chemin de la sortie, comme il l'a annoncé tout à l'heure? Si je simulais le sommeil, je pourrais gagner quelques heures, peut-être jusqu'au matin, avant qu'il ne me mette dehors. Cette idée ranime un sanglot que je pensais disparu. Raté pour l'incognito. Qu'à cela ne tienne. Mon hôte se relève à demi, suffisamment pour passer un bras sous mes jambes, l'autre dans mon dos, et me hisser sans peine jusqu'au lit où il me dépose.

– Je reviens dans un instant, souffle-t-il. Je suis dans la salle de bains.

J'acquiesce d'un grognement et me pelotonne sous la couette qu'il a rabattue sur moi. Dans l'esprit de mon amant, le départ n'est plus d'actualité. Et une explication? Je ne me sens pas de taille à y faire face ce soir. Pas après toutes ces émotions. Pas alors que je plane encore dans les brumes post-orgasmiques de notre étreinte la plus puissante et que déjà le sommeil se profile.

Je sens le matelas s'enfoncer contre moi. Robin s'allonge dans mon dos, me ramène contre lui. Il m'enlace d'un geste possessif qui serre mon cœur de bonheur.

– Dors, princesse. Ne pense plus à rien. Je suis là.

34

Ma crainte refait surface dès le réveil. Robin n'est plus dans le lit. Je ne l'ai pas senti partir. Je manque de peu de m'affoler, jusqu'à ce que je le voie. Assis sur un fauteuil, il devait me regarder dormir et couve mon réveil d'un regard attentif.

Mon premier réflexe serait de me cacher. Je dois être affreuse, pas démaquillée, pas coiffée, l'haleine douteuse d'un fennec de première catégorie. Pourtant, je me redresse, prête à assumer ce que je suis.

– J'allais te réveiller, déclare-t-il de sa voix douce. J'ai commandé le petit déjeuner.

Je grogne un assentiment et me lève, insouciante de la nudité dont il se repaît sans vergogne. J'effleure du bout des ongles son torse encore nu et demande l'autorisation d'utiliser sa salle de bains.

Le petit déjeuner arrive quelques instants avant que je ne sorte, emmitouflée dans un peignoir moelleux.

Ma première tasse de café m'attend ainsi qu'une tranche de brioche. Elles me rappellent que Robin connaît mes habitudes et qu'il sait comment prendre soin de moi. Pour sa part, il ne s'est servi qu'un café, qu'il sirote sans me quitter des yeux. Nous avons connu des silences ensemble, complices, fragiles d'une tension sensuelle, lourds de reproches. Celui-ci est d'une autre étoffe. J'y ressens une forme d'anxiété contagieuse.

– Il me reste quelques heures de travail, commence-t-il. Mais je peux sans problème dégager un créneau pour toi. On se voit à déjeuner?

– Très volontiers. Donne-moi l'adresse de ton rendez-vous. Je te rejoindrai.

La teneur de son regard me renseigne. Cette question avait valeur de test. Je me décompose. Inutile de se voiler la face, je viens de le rater. Spontanément, je lui ai proposé la solution qui évite qu'il ne revienne sur mon lieu de travail. Je pourrais argumenter, prétendre que c'est plus pratique pour lui, que je meurs d'envie de voir son travail, que je veux lui éviter de se perdre. Ce serait cause perdue. D'ailleurs, Robin se détourne, pose sa tasse et se lève avec souplesse. Il franchit les quelques pas qui le séparent de la baie vitrée et regarde, sous nos fenêtres, le panorama parisien. Malgré l'instant tragique, je ne peux que rester en admiration devant l'œuvre d'art qu'est son corps, de sa silhouette parfaite aux tatouages qui recouvrent la partie non encore vêtue et que le soleil matinal éclaire en contre-jour.

– Je pense qu'il vaudrait mieux que tu repartes, Aurore. Il est encore tôt, personne ne te verra.

Le choc est terrible. La voix, polaire, la sentence, irrévocable, ma suffocation, instantanée.

– Robin, s'il te plaît. Ne fais pas ça…

Quoi? C'est à moi, cette voix gémissante, chargée de larmes que je n'ai pas senties se former. Ses épaules vibrent. Il sent, lui aussi, le changement dans mon attitude. Mais il tient bon. Hier, il s'est précipité à mon secours. Il s'ensuivit une nuit folle qui vient de se fracasser sur la réalité du matin. Je le pressens, il ne cédera pas deux fois à sa faiblesse. Il ne se retournera pas.

– Je ne fais rien, Aurore. C'est toi qui as les cartes en main. Tu les as toujours eues. J'ai eu la faiblesse de croire hier que ton insistance était un signe, ta panique une reddition, ta façon de prendre le pouvoir une déclaration. J'ai eu tort, encore…

– Non !

Je saute sur mes pieds et me colle à lui. Tout son corps se raidit. M'enrouler autour d'un bloc de marbre serait plus aisé. Je passe mes mains le long de son torse pour les poser sur sa poitrine. Il les réunit d'une seule des siennes et m'éloigne de lui, comme si mon contact lui était trop pénible.

Je laisse retomber mes bras, sans vie le long de mes cuisses. J'ai compris. J'ai cru qu'en me laissant entrer hier, il me rouvrait ses bras. En fait, il se donnait une dernière nuit. Je ne peux m'empêcher de lui en faire part avec amertume.

– Si, c'est ce que tu penses, souffle-t-il. Moi, c'est le contraire. J'ai cru que tu venais parce que tu étais prête à assumer et à aller de l'avant. Tu es une fille de rêve…

– Mais…

– Mais moi, je suis un mec réel. J'aime ma vie, j'aime la façon dont je la mène. J'aime la façon dont tu en fais partie quand on est chez moi, dans mon univers. Mais visiblement, ce n'est pas assez pour toi. Ce n'est pas assez compatible avec ton monde. Et moi, je ne veux pas me satisfaire de n'être qu'un à-côté dans ta vie. Donc…

– Non, ne dis rien de plus. Ne dis rien ! Je vais faire un effort.

Robin tape du plat de la main sur le cadre en bois de la baie vitrée. Tout le verre vibre de l'onde de choc. Je sursaute. Non pas que j'aie peur de lui. Je suis bien plus terrorisée par les mots qu'il va prononcer, dans quelques instants, lorsqu'il va me dire qu'il n'y a pas de place pour moi dans sa vie.

– C'est ça que tu ne comprends pas ! Ça ne devrait pas être un effort ! Je ne te demande pas d'être celle que tu n'es pas ! Je m'en fous que tu viennes en Louboutin dans un congrès de tatouage si c'est ça que tu aimes. Je me fous que tu paniques parce que tu laisses des traces de crayon sur les draps d'un hôtel. Je ne veux pas te transformer, moi. J'aurais été prêt à te prendre comme tu es. Si seulement tu l'avais pu aussi… Pars, Aurore… Pars.

Sa voix a perdu toute sa tonalité. Où est-il, mon tatoueur arrogant et sûr de lui ? Celui que tout le monde écoute et admire ? Je m'approche de nouveau d'un pas, bien décidée à plaider ma cause. Comment ? Je n'en ai pas la moindre idée ! Mais il faut que je fasse quelque chose.

Comme s'il sentait mon mouvement, Robin secoue sa tête rentrée entre ses épaules.

– Ne rends pas ça plus dur encore, princesse. Pars… s'il te plaît.

La souffrance qui suinte de tout son être a raison de ma résolution. Consciente de la catastrophe que je viens de causer, j'enfile à la hâte mes vêtements, fourre mes bas dans mon sac, retrouve mes escarpins perdus dans la joute qui nous a conduits tous deux hier aux cimes du plaisir.

Un regard par-dessus mon épaule m'apprend que Robin n'a pas quitté son poste.

Je cherche les mots capables d'éviter la catastrophe avant de me rendre à l'évidence. Il a raison. Il n'y a rien de plus à ajouter.

Vaincue par la fatalité et ma lâcheté, je quitte la pièce sur la pointe des pieds, consciente de laisser derrière moi quelque chose de bien plus précieux qu'un simple amant. La porte se referme d'un coup sec. Il claque comme le point final de cette histoire que je viens de gâcher pour de mauvaises raisons.

35

Groggy, j'attends l'ascenseur, espérant sans y croire que la porte 314 va se rouvrir. Il n'en est rien, bien sûr. Ma voiture m'attend là où je l'ai laissée, la carrosserie largement marquée d'une éraflure profonde. Je hausse les épaules. En temps normal, j'aurais été anéantie que quelqu'un abîme ma voiture. Au vu de la façon dont la journée a commencé, dois-je même m'en étonner? Je saisis mon portable.

Mue par un besoin morbide, j'ouvre le dossier où sont compilées toutes mes photos inavouables. Celles des jours heureux à Marseille, celles de nos week-ends volés sur le quotidien. Les remparts de Saint-Malo, les tatouages éphémères sur nos corps à demi nus. Les photos de Bruxelles. Le dernier selfie de Milan pris à l'instant où Robin m'a dérobé, par surprise, un baiser. D'instinct, mes doigts retrouvent mes lèvres où s'accrochent encore son goût et la fougue de ses baisers. J'essaie de me rappeler à quoi a ressemblé ce baiser. Notre dernier baiser. Je reste figée, l'esprit bloqué sur le rituel de Robin qui pose toujours ses lèvres sur mon ventre lorsqu'il se retire de moi. Un geste tendre qui n'a plus de raison d'être. Un geste qu'il offrira, peut-être, à une autre capable de mesurer sa chance.

Cette idée m'arrache un sanglot. Il ouvre les vannes refermées hier soir dans les méandres du plaisir. Mais cette fois, les chutes du Niagara n'ont qu'à bien se tenir. Je sanglote sans parvenir à reprendre mon souffle. Enfermée dans le cocon de ma voiture, à quelques pas de l'hôtel où il est peut-être encore, je hurle ma douleur, gémis mon désespoir, tempête ma bêtise et ma couardise, et m'autorise un premier temps de lamentation. Je ne me leurre pas. Il y en aura bien d'autres. Mais celui-ci est si puissant qu'un instant, je pense me faire porter pâle.

Tant que j'en suis capable, je dois d'abord m'éloigner du lieu de mon dernier plaisir et du début de mon supplice. Je sèche mes yeux d'un geste rageur, attache mes cheveux dans un chignon de fortune et m'insère dans la circulation du petit jour.

La sonnerie de mon téléphone me distrait un instant. Avec surprise, je reconnais le numéro d'Angie. Une coïncidence? Dès ses premiers mots, j'ai ma réponse.

– Putain, Blondie, je t'ai fait confiance! Je t'ai toujours fait confiance. J'ai toujours pensé que tu ne restais avec ces pétasses coincées que par conformisme. C'est pour cette seule raison que je t'ai fait entrer dans mon cercle, que j'ai été heureuse que tu tombes sur Dex, que tu le guérisses de son passé. Et toi, tu… tu… tu…

– Je foire sur toute la ligne. Je sais, Angie. Je sais. Si j'avais les moyens de tout réparer.

– Tu ferais quoi? Tu le verrais dans des lieux où tu ne risques pas de croiser tes précieuses copines?

Mon silence est éloquent. Je ne sais pas quoi lui dire, et ce ne sont certainement pas les sanglots qui obstruent de nouveau ma gorge qui vont me rendre claire. Aveuglée par les larmes, je roule sans savoir où je vais, slalome entre les voitures, récolte quelques jurons fleuris, flirte avec les limitations de vitesse.

– Ben non, je suis conne! C'est déjà ce que tu as fait! Et les horizons que Dex t'a ouverts, ça aussi, tu vas les renier? Moi aussi, tu vas dire que je ne suis qu'une vague connaissance ? Et Zélie alors ? Pas trop honteuse pour toi, princesse ?

– Angie, ne dis pas ça. Zélie et toi, vous êtes...

– Des encombrantes, des indésirables, des inavouables ?

Sa voix est cassante, sans appel. La version Terminator d'Angie poussée à la perfection. La panoplie qu'elle n'enfile que pour défendre jusqu'au sang ceux qu'elle aime. Elle n'agit pas autrement en cet instant. Et assez logiquement, elle aime son cousin plus que moi.

Je ne peux lui en vouloir. Moi-même, ce matin, je ne voudrais pas de quelqu'un comme moi en tant qu'amie, marraine ou amoureuse. Je vais tout perdre. Et le pire ? Je n'arrive même pas à trouver d'arguments pour défendre mon cas, à part la certitude viscérale que je ne veux pas les perdre.

– Non !

Ma voix s'étrangle d'un sanglot.

– Ce sont deux choses différentes, Angie ! Ce que je vis avec ton cousin, et nous ! Tu le sais, Angie ! Zélie et toi, vous êtes, vous êtes... Je vous aime tellement toutes les deux !

Un rire méprisant me répond, qui me fait suffoquer. En plus de Robin, je suis en train de perdre ma meilleure amie et ma filleule... Les mots de mon amie obturent toutes les autres sensations. La route devant moi, les obstacles à mes côtés, tout s'efface.

– Tu nous aimes ! Tant qu'on reste loin et qu'on ne salit pas ton décor parfait, Aurore. Et si plus tard, Zélie ne rentre pas dans tes cases, tu la renieras aussi ? Rassure-toi, je ne laisserai pas ça arriver. Pour une simple et bonne raison. À partir d'aujourd'hui, on ne risquera plus de te faire honte, ni l'une ni l'autre.

– Nooooooooon !

Mon cri de désespoir se fracasse dans l'habitacle, j'accélère, balaie le parcours du regard, à la recherche d'une zone où rebrousser chemin.

– Non ! Oh mon Dieu ! Qu'est-ce que j'ai fait ? Je dois y retourner. Lui faire entendre raison ! Je ne veux pas le perdre, Angie ! Je ne veux perdre aucun d'entre vous ! Non ! Je ne laisserai pas ça arriver. Tant pis, j'y retourne. Il va m'écouter ! Il le faut !

Je ne sais plus si je parle à Angie, si je tente de me motiver, si je me donne du courage alors que je fais un demi-tour sauvage en pleine avenue, coupant allègrement une ligne blanche sous les klaxons et les bruits de freins martyrisés. Tout ça ne compte plus. Je dois le voir. Je psalmodie ce mantra tout en forçant la circulation. Peu importent les protestations et les insultes qui émaillent mon parcours. Peu importent le silence d'Angie et de savoir si elle a raccroché ou pas. Je perds pied, je suffoque. Rien ne compte à part mon idée fixe. Rejoindre Robin avant qu'il ne m'échappe à jamais.

– Plus que deux rues. Non, le feu ! Pas maintenant !

Encore un coup d'accélérateur. Tant pis pour le feu vaguement orange. Tant pis pour la vitesse. Je ne vois même pas le compteur. Il vaut mieux ! Hystérique, je ne sais plus si je ris ou si je crie.

Devant moi, une tache rouge. Un feu. Je vais trop vite. Non !

J'écrase le frein. Vite ! À gauche, une lueur vive. Dans mon oreille, des bruits stridents. Klaxon. Freins malmenés. Un hurlement de terreur. Le mien ? Pas le temps d'analyser. Ma vitre vole en éclats. L'impact éteint toute lumière. Rideau.

36

Bon sang, mais que quelqu'un arrête de frapper ainsi sur mon crâne ! La lumière crue qui tente de s'infiltrer entre mes paupières est déjà un supplice suffisant ! Je cherche à me tourner pour voler encore quelques minutes à ce qui ressemble de très près à la pire gueule de bois de ma vie, mais une douleur perçante me réveille dans un sursaut.

Un cri m'échappe. Où suis-je ?

Rien n'est familier autour de moi. Ni le matelas, trop dur, ni l'oreiller, trop mou, pas plus que les murs, d'une couleur indéfinissable sauf dans sa laideur. Par une vitre close, je crois apercevoir un coin de ciel hésitant entre le menaçant et le carrément moche.

Mais ce n'est rien au regard d'une odeur qui me fait plisser les narines dans un réflexe de rejet. En dépit d'un parfum sucré – sans doute les deux très gros bouquets de fleurs face à moi –, je ne peux échapper à un relent tenace d'antiseptiques.

L'arrivée, dans mon champ de vision, d'une créature entre deux âges en casaque et pantalon blancs dissipe les derniers doutes.

– Réveillée, mademoiselle Farni ? Vous dormez depuis plus de vingt-quatre heures.

Quoi ? Mais c'est une catastrophe. J'ai des choses à faire,

dont une qui m'échappe pour le moment, mais que je sais d'une importance capitale. L'idée me glisse entre les doigts, se rapproche dans un brouillard pour mieux me fuir de nouveau, entretenant une frustration intense.

– Où suis-je ? Que s'est-il passé ?

– Vous êtes à l'hôpital. Vous avez eu un grave accident de la route. Enfin, spectaculaire, plutôt. Heureusement, tout le monde s'en est bien sorti, parce que vous auriez pu faire des victimes, à commencer par vous !

Quoi ? Un accident de la route ? Au ton sévère de l'infirmière, je dois y avoir une responsabilité. C'est impossible ! Je suis une conductrice modèle. La prudence incarnée. Et pourtant, à en croire le regard réprobateur, mon attitude a dû être particulièrement délictueuse. Instinctivement, je jette un œil à mon poignet. Ce simple mouvement s'avère complexe à cause de l'imposant collier qui immobilise mon cou. Bon, visiblement, j'ai abîmé quelque chose dans cette région. Cette constatation ne m'éloigne pas totalement de mon objectif premier. Ouf, je ne vois pas de menottes. Un bref soulagement me traverse. Au moins, je n'ai blessé personne d'autre. À moins que ce ne soit que dans les séries américaines qu'on menotte les coupables à leur lit d'hôpital. La migraine ne facilite pas ma réflexion.

– Est-ce que… Est-ce que j'ai provoqué des dégâts ?

Cette idée me terrorise. Je ne peux pas avoir blessé quelqu'un, par pitié !

– À part votre voiture ? Fort heureusement, non, il n'y a aucun blessé à déplorer. Vous-même, vous avez eu beaucoup de chance. Quelques éclats de verre vous ont blessée au visage et au bras. Rien de grave, me rassure-t-elle en me voyant porter instinctivement les mains à ma figure.

Je sens sous mes doigts des petites croûtes. Apparemment,

elle a raison. Même si ma peau tire, je ne sens rien de profond.

– Une entorse cervicale, énonce-t-elle encore, une côte fêlée et un bras cassé. Vu la violence du choc, vous avez vraiment eu de la chance. Je passe sur l'abrasion cutanée du torse. C'est la ceinture. Visuellement, c'est impressionnant, mais ce n'est pas très grave. Oh, et bien sûr, il y a eu la commotion cérébrale. C'est elle qui nous a le plus préoccupés. Vous n'avez heureusement rien qui ait nécessité de traitement invasif. Le médecin répondra à toutes vos questions. Au départ, on a dû vous administrer un sédatif. Vous étiez très agitée lors de votre transfert ici. Vous vouliez absolument repartir, retrouver quelqu'un.

Cette déclaration trouve aussitôt l'interrupteur de mes souvenirs. Bien sûr que je voulais retrouver quelqu'un !

– Robin !

Son nom passe mes lèvres sans que je puisse le contrôler, comme un cri d'alerte. Il fait naître un sourire sur la bouche de l'infirmière.

– Voilà qui devrait rassurer tout le monde quant à votre mémoire. C'est effectivement ce nom-là que vous n'avez cessé de prononcer lors de votre arrivée et à chacun de vos micro-réveils. Vous l'avez appelé avant même de reconnaître votre maman.

Je me mords les lèvres pour ne pas riposter. Évidemment que c'est son nom que j'ai appelé. Il n'y en a pas de plus important. Malgré ma migraine, je le sais parfaitement. Tout comme je sais pourquoi je le réclame, désespérément, mais en vain. Aïe ! La mauvaise nouvelle, c'est que ça fait aussi mal au réveil qu'avant l'accident. Pour ne pas me laisser engloutir par les idées sombres, je reviens à la discussion en cours.

– Et donc, ma mère est venue ?

L'infirmière esquisse un sourire surpris. Comme s'il pouvait en être autrement. Même moi, je n'en doute pas un instant.

– Vous avez reçu de la visite. Des fleurs aussi, indique-t-elle en désignant plusieurs bouquets à mon chevet.

Des cartes y sont accrochées. Je les verrai plus tard.

D'autant qu'on a encore des questions à me poser. Cette fois, elles émanent du docteur qui vient d'entrer. Quinquagénaire énergique et soucieux de son apparence, il confirme le compte rendu de son infirmière, puis inspire longuement. À la modulation de sa voix, plus prudente, mes sens se placent en alerte.

– Sur le plan clinique, je voudrais pratiquer quelques derniers examens, maintenant que vous êtes réveillée, avant de vous laisser sortir. Par contre, vous devrez rester sous la surveillance de quelqu'un pour s'assurer que tout va bien, sans compter qu'entre votre nuque et votre bras, vous allez avoir besoin d'aide dans les jours à venir. Et il serait peut-être bon que vous preniez le temps de voir le Dr Perrin. Pour parler un peu.

Il s'interrompt, laisse sa phrase cheminer jusqu'à moi. Je veux bien parler au Dr Perrin, encore faudrait-il que je sache de quoi il souhaite m'entretenir, et ses propos sibyllins n'aident pas.

– Les policiers ont évoqué une conduite particulièrement risquée. Or, d'après vos parents, ce n'est pas dans vos habitudes.

Je confirme d'un clignement d'yeux – secouer la tête est trop douloureux pour le moment.

– Je ne comprends pas ce qui s'est passé. C'est encore flou. Il fallait absolument que je rejoigne Robin. Cette idée passait avant tout. La prudence, le Code de la route, les autres voitures.

– Mais vous avez freiné au beau milieu du carrefour… souffle-t-il d'une voix neutre.

Je prends le temps de reformer mes souvenirs. Ce que me dit cet homme m'est familier. Je crois même que j'ai brûlé d'autres feux, voire coupé une ligne blanche. Quelle conduite suicidaire quand, comme moi, on se targue d'avoir encore tous les points de son permis ! Enfin, jusque-là, parce que j'ai dans l'idée qu'il va en être tout autrement.

Conduite suicidaire... Soudain, cette discussion prend un éclairage nouveau.

– Votre docteur Perrin, sa spécialité, c'est la psychiatrie, c'est bien ça ?

Le médecin acquiesce, soulagé de ne pas avoir eu à en dire davantage.

– Vous pensez que lui parler serait une bonne idée ? demande-t-il en douceur.

– Je comprends à quoi ça peut ressembler vu de l'extérieur. Et j'admets que j'ai perdu tout discernement pendant quelques minutes. Mais je vais bien maintenant.

Un rire m'échappe, une légère plainte aussi, en provenance de mes côtes.

– Enfin, « bien », c'est une façon de parler. Je ne pense pas avoir besoin d'accaparer votre collègue. Mais si ça vous rassure que je le vois...

– Je vais en discuter avec lui. On en reparle tout à l'heure.

Il ressort, me laissant seule à mes réflexions.

Même si mon corps douloureux me punit de mon coup de folie, pour les bobos, ça va. Pour le reste, le vide, le sentiment d'avoir fichu en l'air la chance de toucher au bonheur, c'est une souffrance qui reprend peu à peu ses droits et fait peser sur ma poitrine un poids infini. Voir un psy ? Si ça peut rassurer mes proches... Je ne sais pas ce qu'il me dira. Que j'ai réagi de façon disproportionnée ? Qu'il faut laisser du temps pour soigner les blessures de l'âme comme celles du corps ? D'un coup, je pense à la princesse dont je porte le prénom.

Quelqu'un peut-il me jeter un sort pour que je m'endorme maintenant, tout de suite, du moins jusqu'à ce qu'un prince vienne me réveiller d'un baiser ? Tatoué et aux doigts agiles, de préférence. Une hypothèse bien improbable, mais qui me réconforte dans ce moment de face-à-face avec moi-même.

37

– Oh ma chérie, tu nous as fait si peur !

Apparemment, j'ai bien fait un retour au pays de la Belle au bois dormant. C'est une voix aiguë qui me réveille. Et sans aucun doute possible, pas celle que j'espérais.

Rose me couvre de son corps replet et son parfum m'entoure aussitôt d'une odeur trop sucrée qui aggrave ma migraine. Ce n'est pas faute de lui avoir répété que rien ne l'oblige à porter de l'essence de rose sous prétexte que c'est son prénom. Je ne me parfume pas à la rosée, que je sache !

Je m'efforce de faire bonne figure et accueille les deux sœurs avec le sourire fatigué mais courtois de circonstance. Il se crispe rapidement lorsque je dois endurer la leçon de morale d'Agathe sur mon inconséquence, le souci que j'ai causé à mes parents et la mauvaise image que j'ai renvoyée.

– Enfin, tu te rends compte ? Un accident, au petit jour, dans un quartier très éloigné de ton appartement !

J'écarquille les yeux. Je pensais avoir tout entendu de sa part, mais elle arrive encore à me surprendre. J'ai failli mourir, tuer des gens, j'ai démoli ma voiture – cette idée, que j'intègre à peine, est un crève-cœur tant j'étais attachée à ma Mini – et tout ce qui lui importe c'est que, visiblement, j'avais découché. Je n'ai pas le temps de lui livrer le fond de ma pensée qu'elle reprend.

– Et comme si ça ne suffisait pas, tu n'imagineras jamais! Il a eu le toupet de venir! ajoute-t-elle, le nez froncé comme si une odeur plus écœurante encore que celle des produits hospitaliers et de l'eau de rose de sa sœur agressait son nez artificiellement fin.

– Qui ça? demandé-je tout en me tançant intérieurement.

Si je relance leur discussion insipide, elles ne partiront jamais!

– Tu sais bien, le cousin d'Angélique, le… tatoueur, lâche Rose en baissant le ton comme si elle venait de prononcer la pire des insultes.

Je sursaute dans mon lit et tente de me redresser d'un bond. Mauvaise idée, me rappellent ma tête douloureuse et le vertige qui me déstabilise aussitôt. Je ne suis pas sûre qu'il ne soit lié qu'aux restes de ma commotion.

– Robin est venu?

Toutes deux hochent la tête en chœur, avec une synchronisation qui n'est pas sans me rappeler celle des pantins articulés.

– Tu imagines! Il est venu jusque dans ta chambre! Et ta mère l'a trouvé à ton chevet! Non mais quel culot! Qui sait ce qu'il aurait pu te faire si elle n'était pas arrivée?

Les idées se bousculent dans mon cerveau un peu plus lent qu'à l'ordinaire. Ce qu'il aurait pu me faire? Visiblement, nous n'avons pas les mêmes idées. Les miennes me font lâcher un soupir plein de regrets. Ce que maman a pu en penser? Je m'en moque à peu près autant que de l'opinion de ces deux pimbêches. Mue par une énergie que je ne reconnais pas, j'inspire aussi fort que mes côtes douloureuses me le permettent avant de prononcer les mots fatidiques que j'aurais dû dire depuis bien longtemps.

– Je ne sais pas ce qu'il aurait pu faire. Mais j'espère qu'il m'aurait fait autant de bien que depuis qu'on est ensemble.

Rose sursaute et lâche un cri scandalisé. Agathe, pour sa part, esquisse un sourire en coin qui n'a rien de bienveillant et me toise de toute sa suffisance. Visiblement, ma déclaration ne la surprend pas totalement.

– J'aurais dû m'en douter. Venant du cousin d'une fille comme Angélique !

Mon sang ne fait qu'un tour.

– Et ça veut dire quoi, ça ? « Une fille comme Angélique » ? Angie est la meilleure amie dont on puisse rêver. Celle qui t'accueille à bras ouverts sans exiger une seule explication, quand tu es au fond du trou. Celle qui accepte de rester ton amie de l'ombre pour ne pas heurter des pimbêches comme vous deux ! Celle que vous vous permettez de regarder de haut alors qu'elle vaut mille fois plus que vous deux réunies. Alors je vous interdis de les juger, que ce soient Angie, Zélie ou Robin. C'est clair ?

Les deux sœurs me regardent, interloquées de ma façon de leur tenir tête. J'attends qu'elles renchérissent, ce qui me permettrait au moins de pouvoir me défouler. Mais elles sont plus malignes que moi, visiblement.

– C'est pour ce type que tu as quitté Cody ? demande Agathe froidement.

– Absolument pas. Et si tu m'avais écoutée quand je t'ai appelée pour te dire que je le quittais, tu ne poserais pas ce genre de question. Robin, c'est celui qui m'a guérie. Qui m'a permis d'admettre, après Cody, que je valais plus que le rôle d'ornement auquel on me destinait depuis ma naissance.

– C'est vrai que d'être la conquête du moment d'un personnage de cet acabit, c'est tellement plus valorisant, persifle-t-elle.

– Pourquoi tu ne nous as rien dit ? intervient Rose au même instant.

– Pourquoi ? Parce que j'ai été lâche et assez idiote pour me soucier de commentaires de ce genre !

– La preuve surtout qu'il te reste un peu de bon sens, objecte Agathe, décidément incisive. Aurore sait parfaitement qu'il n'y a rien de bon à attendre de ce type d'amusement. Tu as de la chance que nous soyons les seules au courant de cet écart.

De la chance? Je ne suis pas sûre que nous mettions le même sens derrière le mot. Je ne vois aucune chance dans mon silence, aucun privilège à ce qu'elles soient les premières averties. J'ai dans l'idée que la nouvelle sera rapidement ébruitée.

J'aurais préféré être maîtresse de la diffusion, mais je m'en moque. La seule chose qui me bouleverse c'est que, à peine annoncé, ce scandale n'aura déjà plus de raison d'être, puisque Robin ne veut plus de moi. Cette idée me poignarde encore. C'est sans doute pour ça que je trouve, enfin, le courage de dire ce que j'aurais dû affirmer bien plus tôt.

– Le bon sens dont tu parles, Agathe, ça aurait été de vivre cette histoire sans me soucier du qu'en-dira-t-on et de comprendre bien plus tôt que tout ce qui compte, c'est ce qui me rend heureuse. Les gens qui m'aiment peuvent le comprendre. Les autres…

De mon poignet valide, je lance un geste désinvolte.

Mes visiteuses n'apprécient pas la remarque. Même la conciliante Rose semble piquée au vif. D'ailleurs, c'est elle qui reprend la parole.

– Et que fais-tu de celles de tes amies qui te diront qu'il n'y a rien de bon à attendre de cette relation? Que tu te fourvoies? Pire encore, que tu vas nuire à ton image et peut-être même à celle de tes proches?

Je ris brièvement, avant que la douleur me rappelle que mon coup de folie me prive de toute joie pour le moment.

– J'aurais des choses à leur dire, mais tu risquerais d'ajouter la vulgarité à la liste de mes défauts. Alors je vais me contenter de la version correcte. Si la façon dont je veux mener ma vie paraît incompatible avec la vôtre, la porte est là et le plus sage serait que vous la preniez, sans penser à revenir.

Rose se décompose. Eh oui, ma fleur, quand on lance ce genre d'ultimatum, il faut être prête à en assumer les conséquences.

– Tu parles sous le coup du choc, des médicaments, tente-t-elle de nuancer, pour donner une dernière chance à ce lien qui n'a plus lieu d'être.

– Même pas ! Pour la première fois depuis longtemps, je suis exactement en accord avec moi-même.

Le silence se pose longuement entre nous. Il est teinté de tout ce que notre bonne éducation ne nous permet pas de nous dire. Les regrets, les rancœurs réciproques, l'éloignement. Tout ce qui dicte mes derniers mots.

– Et merci de refermer la porte en partant.

Mon ton est sans appel. Mon regard tout autant. La première, Agathe se détourne, sans un regard pour moi, entraînant Rose dans son sillage. Pour ma part, je ne détourne pas un instant le regard de leur sortie.

Je soupire. Ce n'était pas si difficile finalement. De se mettre en accord avec la façon dont je veux vivre et aimer. Dommage qu'il ait fallu perdre autant avant de trouver le courage nécessaire pour assumer celle que je suis, que je veux être.

38

Je ne sais qui a tenté de me convaincre qu'une alimentation équilibrée était la base d'une vie saine et heureuse. Sûrement quelqu'un qui ne connaissait pas le merveilleux mélange de la glace vanille-noix de macadamia et du cookie au chocolat noir !

Depuis une semaine que je suis revenue chez mes parents, c'est mon compagnon idéal aux petites heures de la nuit. Parfois, je tente des défis fous ! Hier, c'était sorbets mangue et melon avec des cigarettes russes. C'est un peu comme si j'avais rempli mon quota de fruits de la journée, non ?

Je glousse toute seule de cette idée puérile. La vérité, c'est que depuis que j'ai quitté l'hôpital, après avoir guetté en vain une nouvelle visite de Robin, je suis un peu déphasée.

J'ai accepté de retourner provisoirement chez mes parents. Je ne l'avais pas réalisé avant de le vivre, mais j'ai besoin de leur présence, de ce qu'ils m'apportent, chacun à leur façon. En ce moment, c'est ce qui contribue à me tenir debout. Officiellement, la raison est plus pragmatique. C'est plus commode avec ce plâtre qui entrave toujours mon bras. Mais surtout, je n'assumais pas totalement de me retrouver seule dans le silence de mon appartement. C'est ironique. Robin n'y a jamais mis les pieds, et pour cause. Mais je me sens si proche de lui, lorsque je suis là-bas.

Non, pour être honnête, je le sens partout, comme un spectre attaché à chacun de mes pas. C'est pathétique, sachant qu'il n'a répondu à aucun de mes messages, ni écrits ni vocaux. Je ne sais même pas s'il en a pris connaissance. À chaque fois que je téléphone, mon cœur s'emballe lorsque j'entends les sonneries. Il s'arrête un instant lorsque la messagerie se déclenche.

De son côté, rien. Aucun des bouquets de ma chambre ne venait de lui. Aucun message, ni humoristique, ni même blessant. Rien. Rien qu'un silence qui me terrifie, alors que mon esprit entend inlassablement sa voix lorsque je prends un peu de repos.

Aussi, j'ai opté pour une solution radicale. Je ne dors plus. En tout cas, rien de plus que ce dont j'ai besoin pour tenir le rythme fou de mes journées.

En dépit de la prescription du médecin et malgré les propos rassurants de mes patrons qui, eux, ont fait livrer des fleurs et sont venus me voir, j'ai repris le travail depuis deux jours, avec acharnement.

Victor et Martha ont tenté de le modérer. Ils semblent avoir compris que je n'en ferai qu'à ma tête et, même plus, que j'en ai besoin. Chez mes parents aussi, nulle critique, nulle pression. Tout le monde se montre attentif et conciliant, mais sans m'étouffer ni se montrer intrusif. Dans les moments comme celui-ci où j'ai le temps de penser et d'analyser la situation, j'admets que, vu les circonstances, j'ai de la chance.

De la chance ? Je glousse en luttant contre mes larmes. La notion de relativité et moi...

– Tu permets que je me joigne à toi ?

Je sursaute. Maman est sur le seuil de la cuisine. Avec un sourire doux, elle me contourne et ouvre la porte du congélateur. Elle examine un instant les différents pots de glace que je trouve chaque soir, choisit le sien et rapproche une chaise de la mienne.

– Comment tu vas, ma chérie ? demande-t-elle en plantant sa cuillère dans le pot saveur cookies, comme si tout était normal.

Ma mère, Mme Équilibre-du-sommeil-et-calcul-de-calories, attablée à l'aube devant un pot de crème glacée, sans même une coupelle ou une présentation soignée, ce n'est pas ma définition de la normalité, mais au point où j'en suis…

Je hausse les épaules pour éviter de répondre. Que lui dire ?

– Physiquement, ça suit son cours. Je m'en sors bien. Mais j'aimerais retrouver toute mon autonomie.

– J'imagine. Même si c'est agréable de te retrouver à la maison, j'aurais aimé que ce soit pour d'autres raisons. Et moralement, comment vas-tu ?

Je hausse les sourcils. Qu'est-ce que maman entend par là ? J'ai eu un accident bête, à cause d'un moment d'inattention. Depuis mon réveil, je ne lui ai pas tenu d'autre discours. Pourtant, son regard me dit qu'elle n'est pas dupe.

– Pas la grande forme. Mais je n'ai pas envie de m'appesantir sur le sujet.

Maman déguste une cuillerée de sa glace et me considère comme un objet d'étude. C'est déstabilisant au possible et très loin des règles de la bienséance qu'elle m'a inculquées.

– Un homme ?

Je sursaute.

– Et pas Cody.

Cette fois, j'assortis mon geste d'un regard sombre.

– Ce n'est pas une question, ma chérie. Je n'ai pas eu l'occasion de t'en parler avec… les événements. Mais je pense que je te dois des excuses.

J'écarquille les yeux et suspends la cuillère de glace qui prenait le chemin de ma bouche. Ma mère s'excuse sincèrement. Je pousse un peu l'avantage. Ce n'est pas très sportif. Mais en ce moment, tout ce qui me permet de me sentir un peu moins seule à souffrir m'est un vrai réconfort.

– Des excuses ? Pour quoi ? Pour ton guet-apens ? Pour les semaines où tu m'as battu froid ?

Un sourire tendre adoucit son visage, pour une fois moins contrôlé. C'est plus que ça. Je note ce que je n'avais pas encore relevé. Mme Perfection est en tenue d'intérieur, la peau vierge de tout maquillage. Elle semble plus marquée par le temps, mais bien plus humaine, plus maternelle aussi lorsqu'elle replace une mèche de cheveux derrière mon oreille.

J'attends une critique sous-jacente sur ma coiffure négligée. Mais non, maman effleure les traces de coupure qui émaillent encore mes joues.

– Ça cicatrise bien, remarque-t-elle.

Je hausse les épaules. Peu importe que ma peau retrouve sa régularité. Cet accident fait partie de ma vie. Il me marque bien moins que ce qui l'a causé, mais dont les cicatrices sont invisibles.

– Pour en revenir à Cody…

Je me crispe et adopte un air sombre que maman feint d'ignorer.

– Je ne te battais pas froid. J'étais perdue de me sentir si loin de toi, blessée que tu me tiennes à distance de ce qui est important pour toi. Je n'ai pas l'habitude que tu me traites comme une étrangère. Mais ce n'est pas la question. Laisse-moi finir, ma chérie. Ce n'est pas évident pour une mère d'admettre qu'elle a eu tort.

Quoi ? Je perds un instant le souffle et prête à peine garde à la fine goutte de glace qui atterrit sur la table. Je sursaute, repose la cuillère et referme le pot que je replace au congélateur. Autant de secondes gagnées pour faire face au changement dans la course de l'univers. Je reste adossée au meuble dans l'attente de la suite des confessions. Ma fragilité ne s'accommode pas de trop de gentillesse et dans l'état où semble ma mère, je crains le pire.

– Tu sais peut-être que la fête de fiançailles de Cody a eu lieu le week-end dernier.

J'esquisse un sourire et secoue la tête avec précaution. Je l'ignorais, mais ça ne me fait ni chaud ni froid. Je ne m'attendais pas à recevoir d'invitations.

– Charlotte Belletoile est plus rapide que je ne l'étais.

J'accompagne ma réponse d'un soupir fort peu convaincant en levant les yeux au ciel.

– Il y a beaucoup de choses qui vous différencient, Charlotte et toi, répond-elle, un demi-sourire sur les lèvres, mais une teinte plus dure dans le regard. Elle est, par exemple, bien moins discrète que tu ne l'es. Sais-tu que tout le salon a entendu ses hurlements lorsqu'elle a découvert Cody dans une situation très embarrassante, dans le vestiaire, avec une certaine… Mandy ? Un nom qui te rappelle quelque chose, non ?

– Moi au moins, je les avais surpris dans un lit. Enfin, lui en tout cas y était.

Je soutiens le regard clairement choqué de ma mère. Elle a enfin appris la vérité sur l'irréprochable Cody. C'est bien. Mais j'aurais préféré qu'elle n'ait eu pas besoin de preuves extérieures.

– J'aurais dû me fier à ton jugement, admet-elle à mi-voix, comme si elle lisait dans mes pensées. J'aurais dû savoir que tu ne rompais pas pour des raisons puériles, mais que tu voulais ménager les apparences. Mais tu l'as laissé te traîner dans la boue pendant tout ce temps…

Je hausse les épaules avec légèreté. Robin a été surpris lui aussi. Je n'ai pas su comment lui expliquer mon indifférence, à lui non plus. Mais c'est un fait. Ça ne m'a pas autant atteint que je l'aurais cru.

– Ça m'a permis de déblayer mon carnet d'adresses. C'est assommant de devoir fêter tant d'anniversaires et expédier autant de cartes de vœux.

Je fais rapidement le tour de ceux qui se sont éloignés, que ce soit pour se ranger dans le camp de Cody ou parce que je les ai moi-même chassés. Le regard acerbe d'Agathe me vient directement à l'esprit. Une rupture de plus de vingt ans d'amitié. J'aurais craint de la vivre plus mal.

Mais la vérité, c'est que ce n'est rien en comparaison des autres pertes. Cette perspective me coupe le souffle. De nouveau. Plus que la côte fêlée qui m'empêche de respirer librement – de rire aussi mais ça, j'en ai moins l'usage en ce moment –, c'est ce sentiment de vide qui me donne un vertige si puissant que je dois me raccrocher à la surface la plus proche.

Juste le temps que je me reprenne. Que je retrouve mon souffle. Que je chasse de mon cerveau la dernière image de lui, sa dernière phrase m'expulsant de sa vie. Le timbre rauque et brisé de cette décision qui semblait le faire souffrir autant que moi. La teinte probable du regard qu'il m'a refusé. Juste le temps que mes oreilles oublient ses dernières imprécations à elle, lorsqu'elle a pris naturellement son parti. Juste quelques secondes encore pour laisser la douleur me bercer comme la compagne familière de ces derniers jours.

Ensuite, le masque se repositionnera, rigide, imperméable, fort de mes années d'entraînement assidu. Alors, je pourrai tromper mon monde. Ou pas.

Maman me détaille en silence, songeuse. Son observation n'a rien de négatif. Pourtant, je me retiens de me dandiner d'un pied sur l'autre. Elle est de la même étoffe que moi. A-t-elle eu, elle aussi, à camoufler sous de longs artifices, des souffrances qui lacéraient son âme et ôtaient de son esprit jusqu'à la perspective de la moindre pensée heureuse?

Je souris intérieurement.

Allons Aurore, on parle de la femme qui aurait pu inventer le concept de poker face. *Celle capable de ne verser qu'un nombre de larmes clairement autorisé aux obsèques de son père, le tout sans ruiner son maquillage. Que peut-elle savoir du marasme qui reste de ton cœur, de tes amitiés et de tes amours?*

– Ils ont raison, lâche-t-elle songeuse, de penser que je ne te connais pas aussi bien que je le croyais.

Allons bon. Que maman me parle par énigmes passe encore. Mais si elle pouvait me donner quelques indices et semer des petits cailloux, ça m'arrangerait.

Certes, la commotion cérébrale est derrière moi, mais mes longues insomnies ne favorisent pas vraiment ma capacité de réflexion.

– Écoute, maman. Je ne suis pas d'humeur à jouer aux devinettes. Je ne sais pas ce qu'Agathe et Rose t'ont raconté…

– Je ne parle pas d'elles. Je sais que tu les as chassées. J'étais derrière la porte à ce moment. Et si tu veux mon avis, ça fait un moment que tu aurais dû te débarrasser d'Agathe. Pour Rose, je suis moins catégorique, mais c'est ton choix. Comme quoi, une nouvelle fois, pour des enfants d'aussi bonne famille…

Et la voilà repartie dans ces considérations qui m'ont formatée au point que je suis incapable de garder les êtres les plus importants de ma vie.

– Maman!

Malgré moi, je frappe sèchement sur le plan de travail. Elle sursaute, arrachée à ses pensées.

– Qui ?

– Ah, ça… Eux.

Bien sûr, dans le genre cryptique, on fait difficilement mieux. Je fronce les sourcils, prête à exploser. Ma mère sera la victime collatérale de frustrations dont elle n'est pas entièrement responsable, mais tant pis. La fureur gronde du tréfonds de mes entrailles en une boule d'énergie et je plains quiconque sera sur son trajet quand je la libérerai.

– Eux. Angélique et son cousin Robin.

39

Quoi? Mon énergie se dissout dans la stupeur et mes jambes me lâchent. Je me laisse glisser au sol, abasourdie. Maman se lève à demi, alarmée de la puissance de ma réaction. Mais elle reprend sa place sans me quitter des yeux.

– Robin? Mais quand? Comment?

Les deux sœurs diaboliques m'ont parlé de sa visite. Mais j'ai besoin de l'entendre de la bouche de maman. Je me mords la lèvre pour ne pas la presser de questions, lui demander si elle l'a trouvé beau, si elle a été correcte avec lui. J'aimerais qu'elle me décrive par le menu toutes ses réactions. Mais ce serait reconnaître toute une série d'éléments que je ne suis pas prête à lui confier. Pas parce que j'en ai honte. Juste parce que repenser à tout ce que j'ai perdu me blesse trop fort.

D'un geste doux, maman m'invite à la rejoindre. Elle prépare deux tasses de café, même pour elle qui y est habituellement réfractaire, et en dépose une entre mes mains.

– Je crois que c'est à mon tour de lever quelques zones d'ombre. J'ai contacté Angélique. En réalité, quand j'ai récupéré tes affaires aux urgences, ton téléphone n'arrêtait pas de sonner. Je lui ai répondu. Elle était encore en ligne au moment de l'accident.

J'opine d'un simple mouvement de tête. Je n'en étais pas sûre. Avec les mots que nous venions d'échanger, elle aurait tout aussi bien pu mettre sa menace à exécution et me rayer de sa vie.

– C'est moi qui lui ai dit où tu avais été transférée. Elle était affolée et Robin te cherchait partout.

L'aisance avec laquelle elle parle d'eux me met mal à l'aise. Je sais les raisons pour lesquelles je ne lui ai pas parlé des tournants de ma vie. Mais j'aurais aimé avoir le choix des révélations.

– Angélique s'en voulait de ton accident. Donc elle a été forcée de me parler de son cousin. C'est une bonne chose.

– Ça a atténué le choc en le voyant?

Il n'y a pas de contrition dans ma remarque, tout au contraire un défi. Même s'il est trop tard, j'assume enfin son image, nos différences, tout ce que j'ai été trop lâche pour affirmer plus tôt.

– Non. Je crois que rien ne peut atténuer le choc de ces yeux! assène-t-elle comme si rien d'autre n'avait retenu son attention. Mais ça m'a permis d'annoncer son éventuelle visite au personnel soignant pour qu'ils le laissent accéder jusqu'à toi.

Je recrache presque mon café. Elle a fait quoi? Maman hausse imperceptiblement les épaules. Elle ne peut pas non plus rompre avec toutes ses traditions.

– Oui, seule la famille est autorisée à voir les patients en soins intensifs.

– Mais il n'est pas de la famille!

– Il se pourrait bien que je l'aie un peu annoncé comme ton fiancé, reconnaît celle qui m'a toujours appris que le mensonge est le pire de tous les péchés mortels.

– Heureusement que je me suis dépêchée. Il était là à peine dix minutes après ma discussion avec sa cousine.

Je pose les coudes sur la table, entrelace mes doigts et en fais un berceau pour mon front trop lourd.

Trop d'informations. Trop de révélations qui me laissent abasourdie. Trop de silences aussi, de ma part et de la sienne.

– Tu sais que, techniquement, on n'est pas fiancés?

Bravo Aurore, tu n'as pas plus clair pour annoncer qu'il t'a quittée? Non, qu'il t'a poussée vers la sortie parce que tu l'as renié en premier.

Maman rit doucement.

– À vrai dire, je l'espérais.

Et voilà. Le temps des remontrances arrive à grands pas. C'était trop beau pour durer. Certes, elle a eu peur pour moi, mais maintenant que je suis pleinement réveillée, je vais avoir des comptes à rendre. J'aurais dû m'y préparer. Quelle idiote d'avoir ainsi baissé la garde! Je tente de reprendre in extremis la maîtrise de moi-même. Mais rien ne m'a préparée à la suite.

– Même si tu as fait beaucoup de choses sans m'en parler, j'espère tout de même que tu aurais appelé ta mère pour qu'elle soit la première à savoir que tu te fiançais!

Je tressaille. Qui est cette femme qui se paie ouvertement ma tête? Qu'a-t-on fait du parangon de respectabilité qui m'a élevée et qui n'aurait jamais ouvert tout grand sa porte à un homme comme Robin?

Je la regarde plus attentivement. Pas de doute, tout m'est familier en elle, et pourtant pas totalement. Je réalise qu'elle pourrait en dire autant de moi. S'il y a une chose que m'a apprise ce gâchis, c'est que les secrets ne donnent rien de bon. Je ne veux plus de non-dits toxiques entre nous. Qu'elle comprenne ou pas, ce n'est pas si grave. Moi-même, je ne suis pas sûre que tout soit clair, à commencer par l'appel d'Angie qui ne veut plus jamais me voir et la présence de Robin qui en pense autant.

– Avant que tu t'inquiètes, Robin et moi… Quoi qu'il y ait eu entre nous, c'est fini.

Ma voix s'écorche sur ces derniers mots. Ils ont été prononcés depuis plus d'une semaine, mais ils sont tout aussi douloureux.

Maman pose sa main sur la mienne et la serre légèrement. Juste assez pour que je sache qu'elle est là. Trop peu pour que je sois tentée de craquer.

– Il m'a dit exactement la même chose. Mais il y a les mots, et tout le reste. Le reste, comme un homme qui se précipite au chevet de ma fille chérie pour être sûr qu'elle va bien, qui reste des heures à son chevet, qui fait face à ses parents.

– Vous l'avez vu? Il a vu papa?

Décidément, je suis lente. Je me demande si je ne devrais pas prendre rendez-vous pour un autre scanner. Peut-être y a-t-il des lésions qui sont passées inaperçues aux autres contrôles?

– Il a croisé ton père en sortant de ta chambre. On ne peut pas dire qu'ils se sont vus. Mais ce que je lui en ai dit a eu l'air de le convaincre.

– Et toi?

Maman rit doucement. Décidément, cette discussion nous rapproche comme je n'ai pas le souvenir qu'on l'ait été depuis... Je ne saurais même pas dater un tel moment de vraie complicité.

– Si mon opinion t'intéresse...

Je me mords les lèvres pour ne pas exiger de réponse directe.

– Il m'a fait bonne impression. Solide, fiable, sensible.

J'acquiesce. Je pourrais ajouter des dizaines de qualificatifs sur sa fougue, sa douceur, sa maestria. Mais je ne peux pas dire ça à ma mère. Moi-même, cette simple idée me fait rougir... puis soupirer, parce que c'est fini.

– Mais son look, maman. Les tatouages...

Maman esquisse un petit sourire.

– Je suppose que ça fait partie de lui. Et, compte tenu de sa profession, c'est assez logique. Mais plus que voir ses tatouages, j'ai entendu ses mots. À un instant où personne n'était censé les entendre. Ça compte nettement plus qu'un serpent rouge.

– Un dragon, corrigé-je machinalement avant de sursauter. Tu as entendu ce qu'il disait?

Maman le confirme en silence. J'attends, pas dupe de son sourire en coin. Elle sait. Mais elle ne me dira rien. Par contre, elle relance.

– Et donc, Robin?

– Je me suis comportée comme une peste avec lui.

Sans savoir comment, je me retrouve à confier à ma mère tout ce que je lui cache depuis des mois. Je n'ose pas la regarder. Je joue avec le marc de café qui dessine d'étranges volutes au fond du mug. Lorsque j'achève ma confession, finalement soulagée d'avoir tout dit, je me risque enfin à relever les yeux vers elle.

La colère que j'y lis ne me surprend guère. Je déroge aux règles qu'elle m'a toujours inculquées. Une liaison irréfléchie, un homme que je ne pourrai présenter en société. Pourtant, je me redresse. Je ne regrette pas un instant que j'ai vécu avec lui. À vrai dire, je n'ai qu'un regret, mon reniement pour rester dans ce moule dont je ne veux plus.

Mais les mots de ma mère me coupent le souffle.

– Et tu attends quoi pour secouer les convenances qui ne te conviennent pas?

Je glapis.

– Tu es consciente de ce que tu me dis, maman? Toi qui as passé ma vie à me demander de me conformer aux bonnes manières, d'être une jeune fille bien sous tous rapports! Et maintenant, tu me dis quoi?

– Que je me suis sans doute trompée d'avoir voulu te formater. Je t'ai encouragée à épouser un homme qui ne te respectait pas et je te retrouve à te morfondre pour un homme qui te rend heureuse. Je pensais que ce cadre te procurerait le bonheur. Ce n'est pas le cas, alors je m'adapte. Un jour, je te souhaite d'avoir, toi aussi, à faire ce genre de choix. Parce que tu seras en train d'aider tes enfants à grandir et je ne te souhaite rien d'autre. Et tu verras que tu te confronteras toujours au modèle que tu as reçu, pour le reproduire ou l'éviter. Il semblait te convenir, je ne me suis pas posé de questions. Mais si je te retrouve au petit jour, au bord de l'overdose de sucre, il en est autrement.

Ma mère marque une pause. Malgré un ton qu'elle veut léger, je sais qu'il lui en coûte de revenir ainsi sur la plupart de ses principes. J'en suis d'autant plus émue. Jamais, je crois, je ne me suis sentie aussi proche d'elle. Elle prend ma main pour donner plus de poids à la suite de son discours.

– Je ne veux pas que tu passes à côté de ta vie. Alors si tu estimes que Robin doit en faire partie, on trouvera le moyen de le faire revenir ! Après tout, j'ai élevé une fille extraordinaire, il faut juste que tu le lui fasses voir.

Sa déclaration, elle qui en est si avare habituellement, me fait monter les larmes aux yeux. Mon premier mouvement me précipite dans ses bras, mais je me retiens. Rien à voir avec les convenances cette fois. Juste une sécurité personnelle. Dans mon état de faiblesse, si je baisse la garde maintenant, je vais m'effondrer.

– Je ne sais pas si je saurai faire. Le faire revenir, lui montrer qu'il peut y croire encore. Il y a cru pour nous deux et j'ai tout gâché. Les choses seraient peut-être plus simples si…

La table vibre sous l'impact de la main de ma mère. Je sursaute. C'est quoi ce geste de colère brute et ce regard flamboyant qui me donnent envie de me recroqueviller sur moi-même ?

– Être parent, c'est guider ses enfants pour leur éviter de renouveler ses propres erreurs. Et tu peux me croire, Aurore, même si je dois me battre contre toi, je ne te laisserai pas gâcher ta chance si tu estimes que c'est ton grand amour.

Sa voix se fêle sur le dernier mot. Interdite, je regarde cette quasi-étrangère qui me fait face et me parle comme si, elle aussi, elle avait…

Nerveuse de mon attention, elle pianote sur la table de la main droite, tandis que la gauche fait tourner son bracelet à breloques de façon compulsive.

Je n'ai jamais compris ce qu'elle trouvait à ce bijou, bien plus modeste que tout le reste de sa joaillerie. Maman saisit la direction de mon regard. Elle m'accorde un sourire nostalgique.

Je suis heureuse d'être assise. Je crains de ne pas être prête pour les prochaines révélations.

– Je suppose que tu as compris l'essentiel. Moi aussi, j'ai eu le cœur brisé. Pas le petit chagrin d'amourette. Non, la douleur si forte qu'on pourrait accepter n'importe quel pacte diabolique, juste pour que l'étau se desserre et que le cœur batte normalement, ne serait-ce que quelques heures. Mon histoire ressemble à la tienne, et pourtant pas totalement. J'étais un peu plus jeune que toi. 17 ans à peine. Je n'avais pas de situation. Pour tout dire, je n'étais pas très douée à l'école. J'étais bien plus préparée à la perspective d'épouser un beau parti, comme toutes les femmes de ma famille. Mais il y a eu cet été-là. Ce garçon-là. Ionas. Il étudiait la psychologie et, pour financer ses études, il officiait comme maître-nageur l'été. Je l'ai aimé comme on n'aime qu'une fois. En tout cas, comme on aime la première fois. Tes grands-parents ont brisé notre idylle. Grec, orthodoxe, sans le sou. Comme cadeau d'engagement, il m'a offert ce simple bracelet. Impensable pour eux. Bref, j'ai cédé parce que j'avais la sensation de ne pas avoir le choix. Peu de temps après, j'ai rencontré ton père. Ne te trompe pas, ma chérie. Il a été un excellent mari, il m'a fait le plus merveilleux des cadeaux – toi – et m'a offert une vie dorée. Nos sentiments sont profonds et sincères. Mais les jours plus difficiles, je me suis demandé ce qui se serait passé si j'avais tenu tête.

Cette histoire, dont je ne soupçonnais rien, me touche plus que je ne l'aurais pensé. Mais elle renvoie à un élément que je dois clarifier.

– Tu dis que grand-père et grand-mère le voyaient d'un mauvais œil. Je ne suis pas dépendante de vous et je suis libre de mener ma vie comme je l'entends, je le sais. Mais si ça marche, j'ai besoin de savoir, parce que je ne veux pas me retrouver dans une situation intenable. Tu te sentiras de présenter ton gendre, tatoueur et tatoué, issu d'une famille plus modeste, à tes amies?

– Plus que mon gendre, futur président des USA, qui honore ses assistantes de ses faveurs sexuelles dans les placards à balais? C'est ce que tu veux dire? Ne t'inquiète pas de ce que diront mes amies, Aurore. Ça les occupera, de se demander s'il a un tatouage placé à un endroit inavouable.

Je hoquette de rire et de stupeur mêlés en me représentant la scène. Un instant seulement. Tout autant que le temps que je passe dans les bras de maman pour la remercier de tous ses mots.

J'ai plus urgent à faire, comme trouver le moyen de me rapprocher de Robin de nouveau. Ce ne sera pas une mince affaire. Je lui envoie des messages tous les jours depuis que j'ai récupéré mon portable. Il ne répond à aucun. Je n'ai pas voulu les assortir d'un accusé de réception, pour ne pas apprendre qu'il refuse de les lire ou qu'il dédaigne de me répondre. Une autruche, moi? Ça se pourrait bien.

Face à moi, maman, visiblement aiguillonnée par ma vie sentimentale et le challenge qu'elle représente, parle reconquête et grandes manœuvres.

– Tu vas voir, on va réparer ça.

Je lutte contre mes larmes, émue de sa façon de prendre ma guerre à son compte.

– Il ne veut plus me voir, ni entendre parler de moi.

Maman tapote ses lèvres de son ongle verni. Soudain, son visage s'éclaire.

– Alors il ne te verra pas ni ne t'entendra jusqu'à l'estocade finale. J'ai une idée. Et on va avoir besoin d'une alliée.

Je sais à qui elle pense, bien sûr. Je devrais en être stupéfaite. Mais dans ce contexte, plus rien ne me surprend.

– Elle non plus ne veut plus entendre parler de moi.

Loin de se laisser abattre par mon pessimisme, maman lâche un petit soupir contrarié.

– Et si tu faisais un peu confiance aux gens qui t'aiment? Pour changer. Tu pourrais être surprise! Allez. Il est sept heures, elle a une petite fille, elle est sûrement réveillée.

– Il y a intérêt, sinon elle va commencer par me tuer avant de m'exterminer.

Je ronchonne pour le principe, plus inquiète de l'accueil d'Angie que de son sommeil. Ma mère n'est pas dupe et pousse mon téléphone vers moi.

40

Le téléphone sonne une fois, deux fois. Je soupire déjà. Soit Angie dort, soit elle va zapper mon appel, comme son cousin. Et je ne peux même pas lui en vouloir. Je ne mérite pas mieux. Troisième sonnerie. Je ne sais même pas si j'aurai la force de laisser un message.

– Tu as de la chance de m'avoir fait la pire peur de ma vie, idiote ! Je ne pourrai plus jamais te faire la tête après ça !

La voix et l'accueil d'Angie, que je n'attendais plus, ont raison de ma résistance. Au lieu de tout ce que je voudrais lui dire, ce sont mes larmes qui la saluent.

– Putain, Blondie, tu me réveilles alors que, pour une fois, Zélie dormait. Alors par pitié, dis-moi quelque chose. Parce que sinon, je vais pleurer avec toi. Et après, j'aurai une sale tête pour toute la journée.

Sa plaisanterie me fait rire. C'est un mélange détonnant de sanglots gloussés, de rires sanglotants, une espèce hybride que je ne maîtrise pas. Décidément, je pleure beaucoup en ce moment. Je ris aussi. Je vibre. Bref, je vis. Et je veux vivre encore. Davantage, plus intensément.

J'aurais tant à lui dire. Des bouquets d'excuses, des tonnes de déclarations et des heures de rattrapage de notre amitié blessée. J'aurai le temps plus tard, si tout va bien. Sinon, je ne veux pas la leurrer. J'entre aussitôt dans le vif du sujet.

– J'ai besoin de toi… Il paraît qu'il est venu à l'hôpital.

Angie soupire longuement. Visiblement, elle hésite à me faire ses confidences.

– Je l'ai appelé dès que j'ai entendu l'impact, quand tu ne répondais plus. Il t'a cherchée partout. Un vrai film d'angoisse, à mi-chemin entre l'horreur et le thriller. Bon, on ne se le cache pas, ce n'est pas Jason Bourne qui a résolu l'enquête, mais ta mère qui m'a contactée.

– Je sais. Elle m'a dit qu'il est venu me voir?

– Tu en doutes? Il s'est fait passer pour ton fiancé. Et tu sais quoi? À l'hôpital, ça n'a choqué personne.

Son ton est accusateur. Elle en a le droit.

– Personne, personne… Tu oublies Rose et Agathe…

Angie renifle tout son mépris.

– Je sais que ce sont tes amies, Blondie, mais honnêtement, l'avis de ces coincées du bulbe ne compte pas le moins du monde pour moi.

Je prends une profonde inspiration, plus consciente à chaque instant de la tournure que je veux donner à ma vie, de qui y est nécessaire et de qui en est sorti sans une hésitation.

– Tu as raison. C'est en substance ce que je leur ai dit… J'aurais aimé conclure par un très élégant: « Et si ça ne vous convient pas, vous voyez votre cul, vous voyez la porte? Moi, je vois très bien vos culs de l'autre côté de la porte! » Mais je me suis contentée de les virer. C'était moins rock'n'roll. Mais je crois qu'elles ont compris que si Robin, Zélie et toi êtes indispensables à ma vie, elles, elles n'ont plus rien à y faire!

Un silence stupéfait me répond, avant de muter en un fou rire bruyant et inextinguible.

– Mon Dieu, qui êtes-vous et qu'avez-vous fait de ma princesse?

Aurore, rassure-moi, ta mère nous a bien tout dit de ton état de santé ? Tu n'as pas un souci style changement de personnalité ? Tu me fais peur, d'un coup.

– Ne t'en fais pas, Angie, je vais bien. Enfin, aussi bien que possible. Mais je ne change pas ! Tout au plus, j'ai enfin compris ce qui comptait vraiment. Mais mon évolution a été lente. Trop lente ; elle n'a abouti qu'au moment où j'ai cru que je perdais tout. Elles ont mal parlé de Robin, de toi. Je n'ai pas pu le supporter. Pardon. Tu avais raison. Je me suis comportée comme une idiote.

Le silence s'étend à l'autre bout du fil. Je joue beaucoup en cet instant. À vrai dire, je joue tout, ou presque.

– Je te ferai remarquer, Blondie, que tu as failli me piquer ma formule fétiche pour me débarrasser des nuisibles. Je ne sais pas si j'ai envie de t'embrasser pour ça ou de te facturer des droits d'auteur. Et ça pourrait te coûter cher.

Je respire plus librement. Pour un peu, je pousserais un cri de Sioux. Derrière sa moquerie, je devine tout ce que la pudeur d'Angie l'empêche de dire.

– Ajoute sur ma note le montant que je te dois pour que tu me pardonnes d'avoir été aussi bête.

– Ça, ça devrait pouvoir se régler en heures de baby-sitting.

Un gloussement m'échappe. Du baby-sitting. Revoir ma Zélie. Je pleurerais presque de soulagement.

– En baby-sitting ? Je ne vais rien te dire de peur que tu changes d'avis, mais je ne vois pas où est la punition. Par contre, j'ai besoin d'un devis pour ma dernière requête.

De nouveau, Angie prend le temps de me répondre. Elle ne doit guère avoir de doute sur la teneur de celle-ci. Je n'ai pas la patience d'attendre son verdict. Si je ne parle pas, mon cœur va exploser.

– Qu'est-ce qu'il faudrait pour que tu m'aides à réparer mes âneries? À tout mettre en œuvre pour reconquérir Robin?

Seul le bruit mécanique de la machine à café me répond d'abord. Je me fie aux bruits familiers de la maison. Angie a dû rejoindre la terrasse. Je m'imagine sans peine assise près d'elle, savourant le soleil et la vue féerique.

– Pourquoi?

Je m'attendais à cette question. Je ne la pensais pas si frontale. Quoique. C'est Angie, pas la reine de la diplomatie.

– Parce que rien n'a de sens sans lui. Parce que j'ai essayé de l'appeler des dizaines de fois et qu'il ne répond à rien, que je ne sais même pas s'il a lu la centaine de messages que je lui ai envoyés. Parce que je sais ce que je ressens pour lui et que je ne veux pas passer à côté de lui pour des raisons stupides. Vous aviez raison tous les deux. Je n'aurais pas cru devoir vous perdre pour m'en rendre compte.

– Et on peut savoir ce que tu ressens?

Je ris doucement. L'étau autour de mon cœur desserre assez son emprise pour que je me sente de taille à plaisanter.

– Même pas en rêve! C'est à lui que je le dirai en premier.

– Pff, t'es même pas drôle. Avant que je te donne ma décision, tu dois savoir deux, trois choses. Oui, il lit tes messages. Oui, il est super mal. Et oui, je t'en ai voulu de l'avoir démoli comme ça. Mais vu que j'y ai ma part de responsabilité, et que tu n'as pas l'air dans un meilleur état… Bref. J'ai une seule question. Qu'est-ce qui me prouve que tu ne lui referas pas le même coup, la même volte-face pour ne pas déplaire à ton entourage?

Sa question tranchante fait fondre sur moi une chape de désespoir glacé. Elle a mille raisons de poser cette question, et moi aucune certitude à lui opposer. À part peut-être le regard bleu, identique au mien, que je croise par-dessus la table et qui me donne la force qui me manque.

– Je n'ai aucune preuve à t'apporter. Juste ma parole. Je ne sais pas s'il reste une minuscule chance pour moi mais si elle existe, alors je ferai tout pour la saisir. Mais je n'aurai pas la moindre chance sans ton aide. Tu as toutes les cartes entre les mains et quelle que soit ta décision, je la respecterai et je t'aimerai aussi fort. Mais si tu te dis, quelque part sous toute ta colère et toute ta déception, que, peut-être, je peux le rendre heureux, alors j'ai désespérément besoin de ton aide.

Au silence lourd, je sais qu'Angie pèse mûrement sa décision. C'est encourageant. À sa place, j'aurais peut-être refusé aussitôt. Ce n'est pas le cas. Mais on ne peut pas se dire qu'elle se précipite sur ma proposition non plus. J'essuie du bout des doigts une goutte de sueur froide qui s'est formée sur ma tempe. Mes doigts tremblent. Mon cœur ne sait plus s'il doit suspendre ses battements ou s'affoler. Et ce fichu silence…

– D'accord. Je vais t'accorder une chance, Blondie. Une dernière. Parce que je suis sûre que c'est ce qu'il vous faut à tous les deux, et parce que vous êtes aussi malheureux l'un que l'autre. Mais attention, Aurore ! Si tu lui fais du mal de nouveau…

– Je ne le ferai pas. Je te le jure, Angie. Oh mon Dieu, merci, merci, merci !!

– Eh, les élans sucrés, les embrassades et les trémolos, ce sera quand tu me garderas Zélie pour un week-end entier de remise en forme que, évidemment, tu m'offriras après avoir reconquis mon cousin. Je suppose que tu as un plan…

Ma voix chevrote lamentablement. Je repousse d'un geste les larmes qui perlent au coin de mes paupières et inspire longuement. Avec mon Angie à mes côtés, maman décidée à me soutenir, pour la première fois, j'entrevois une lueur d'espoir, ténue sans doute, mais bien plus réelle que les ténèbres de ces derniers jours.

41

– Je suis impressionné, Aurore. En à peine six semaines, depuis ta reprise, tu as abattu un travail colossal. Le client est ravi. Il parle déjà de te donner sa nouvelle campagne. Quant à nous, on est bluffés. N'est-ce pas, Martha ? On savait que tu ferais un excellent travail, mais on est encore au-delà de nos attentes.

Victor, en bras de chemise et cravate dénouée, conclut notre débriefing du jeudi soir. L'ambiance est déjà plus détendue. Le vendredi est un jour particulier dans la société. Certains posent leur journée, d'autres leur après-midi. Mais le gros du travail s'achève ce soir. Et le dernier point abordé avec mes patrons est ma gestion du dossier en cours.

Je rougis de cette avalanche de compliments. Pourtant, ils sont entièrement mérités. Même moi, j'en conviens. Je me suis jetée corps et âme dans la réussite de cette campagne pour ne pas me précipiter chaque jour à Marseille, et suivre la stratégie que nous avons établie, Angie, ma mère et moi.

Aussi incroyable que ça puisse paraître, elles ont collaboré sans rechigner. Mieux encore, Angie et Zélie sont venues nous rejoindre pour quelques jours de vacances et ma filleule a fait la conquête de mes parents. Évidemment, ils ne nous ont pas suivies dans nos deux jours de princesses à Disneyland Paris. Mais les bises échangées à l'heure du départ et les invitations à se revoir bientôt étaient sincères de part et d'autre.

Comme elles me le répètent chacune de leur côté, il faut laisser le temps – et le travail de sape discret mais efficace d'Angie – faire son œuvre.

Mon père, habituellement si réservé, n'est pas en reste. Il agit autrement. À sa façon. En m'invitant à déjeuner pour me dire toute la confiance qu'il a dans mes décisions. En m'envoyant des messages plus fréquents et surtout plus personnels que d'habitude. En m'assurant que, lorsque je serai prête, il sera honoré de me conduire jusqu'à la gare ou à l'aéroport, pour s'assurer jusqu'à la dernière seconde que la peur ne me fasse pas passer à côté de ma vie.

Ces rapprochements m'émeuvent plus que je ne l'aurais supposé. Ils rendent plus sensible l'éloignement de celui qui compte. Aussi, pour ne pas devenir folle, je travaille deux fois plus. Le résultat est spectaculaire. D'ici moins d'un mois, la nouvelle gamme masculine sur laquelle je travaille sera lancée en grande pompe, lors d'une soirée que j'ai mis des jours à peaufiner.

Et ce soir, mes patrons viennent d'en valider les derniers détails. Tout est prêt depuis longtemps et même la perfectionniste que je suis a coché tous les éléments de sa liste. Évidemment, d'ici le jour J, une tonne d'impondérables peuvent se poser. Mais pour le moment, je suis presque sereine. C'est inhabituel. Je me l'explique sans trop de peine. Ma passion pour mon travail est intacte, le succès la décuple. Pourtant, sans Robin, ce succès est presque vain. Il perd en tout cas une large part de sa saveur.

Maintenant que tout est prêt, j'ai besoin d'avoir l'esprit libre pour l'autre projet. Machinalement, je frotte une trace invisible de mes blessures, juste sous mon œil.

J'attends avec impatience la fin de la réunion

– On va manger des sushis, *bella*?

Martha se tient devant mon bureau, son sac sur le bras, prête à lever le camp. Je sais déjà qu'elle a troqué son tailleur pour un jean et des chaussures plus confortables. C'est le signe d'une fin de semaine nettement moins studieuse pour elle que pour moi.

Je vais passer mon vendredi – et probablement mon week-end – à travailler. C'est le seul avantage à ne pas avoir de moment à partager loin d'ici.

– En fait, j'ai deux faveurs à te demander avant de penser à ingurgiter sushis et sashimis. Je vais prendre quelques jours.

Martha m'adresse un sourire amusé.

– À quatre semaines de ta présentation, tu es sûre? persifle-t-elle. C'est en lien avec ton accident? Si jamais tu as besoin, je suis sûre que ton médecin te prolongera. Tu as repris trop tôt, si tu veux mon avis.

– Une patronne qui propose un congé à son employée… Tu veux me virer, c'est ça?

Cette fois, elle éclate de rire.

– Non, ce n'est pas la patronne qui te parle, mais l'amie qui s'inquiète de ta petite mine. Donc si tu as besoin de quelques jours, une semaine, vas-y, prends-les, et reviens-moi en ayant retrouvé le sourire que tu avais avant ton accident. Ceci dit, pas de blague! Je te veux de retour avant ta présentation, bien sûr!

L'allusion est à peine larvée. Nous échangeons un sourire de connivence. Je ne lui ai jamais parlé de mes déboires amoureux. Mais ce n'est pas la peine.

– Je ne raterai la présentation pour rien au monde. Ce qui m'amène à ma deuxième requête. Si je retrouve…

– Ton sourire? hasarde-t-elle pour me faciliter la tâche.

– Voilà, « mon sourire », j'aimerais qu'il assiste à la présentation. Tu pourrais me garder une invitation?

Cette fois, le sourire de Martha pétille autant qu'une eau gazeuse.

– Toutes les invitations que tu veux, *bella*, et une place à la table d'honneur. Tu m'en parles?

Je me rembrunis. Je ne suis pas tout à fait prête encore. La superstition guide mon silence; je ne raconterai rien au risque d'essuyer un échec.

– Je dirais à ma patronne que c'est quelqu'un qui compte et pour qui, je l'espère, j'ai encore assez d'importance.

– Et à l'amie, tu dirais quoi?

Martha ne se formalise pas de mon silence. Elle sourit, compréhensive.

– Si tu préfères me faire la surprise, ça me va également. Mais si tu veux en parler, tu sais que je suis là. Mais je ne te cache pas que ton silence m'intrigue. Tu me certifies que tu n'as pas invité Cody Porter…

– Oh! À ma patronne, je dirais sobrement que ce n'est pas lui. Mais à mon amie, je dirais que si elle veut que je lui pardonne cet affront, elle a intérêt à payer la note du restau parce que j'ai très faim.

– Bon, et quel nom je mets sur l'invitation?

Je réfléchis un instant avant de lui offrir un sourire espiègle.

– Mets « M. Sourire ». Je ne suis pas folle au point de te donner son nom. Je n'ai pas envie que dans la seconde, tu sois en train de le googliser.

Martha porte, théâtrale, une main à son cœur.

– Je suis blessée que tu aies cette opinion de moi, Aurore. J'aurais au moins attendu que tu sois sortie de mon bureau! Allez, va pour « M. Sourire » et viens vite manger. Qui sait? J'arriverai peut-être à te faire parler entre deux *spring rolls*!

42

Robin
Marseille, quelques semaines plus tôt

– Dex. J'ai besoin d'un service.

Allons bon, voici qu'Angie me sert son sourire irrésistible. Je secoue la tête. La dernière fois qu'elle m'a demandé un service, c'était de bien accueillir sa meilleure amie qui devait arriver le lendemain. Le meilleur service qu'elle m'ait jamais demandé… Le pire aussi. Celui à cause duquel je ne suis plus bon à rien depuis que je suis rentré de Paris.

Je suis exécrable. Je crains même qu'un de mes tatoueurs démissionne, à moins qu'il ne me tatoue une bite sur le front pendant que je dors. Ce serait assez raccord avec l'insulte qu'il m'a lancée hier.

Si j'étais moins fier, je lui expliquerais les raisons pour lesquelles je suis un véritable emmerdeur en ce moment. Mais rien que *son* nom me tord les tripes. Chaque fois qu'il apparaît sur mon portable, je me fais violence pour ne pas lui répondre, pour ne pas plonger encore dans le piège de son regard. Ses messages, je les lis toute la nuit, jusqu'à en avoir mal aux yeux. Je les écoute en boucle au point de connaître par cœur chacun de ses sanglots, chacune de ses protestations.

Elle est sortie de ma vie. Pourtant, elle m'obsède. La preuve? Vince, qui est venu me voir le week-end dernier, m'a fait un nouveau tatouage : ma princesse mi-sage mi-trash. Ses jolies mains entourent maintenant le « *Carpe Diem* » sous mon cœur. Pour l'occasion, mon ami a même accepté de faire de la couleur. Pour la première fois, il m'a demandé si j'étais sûr de mon motif.

Le travail a été rapide, soigné. Pourtant, il n'a pas empêché mon ami de me sermonner.

– Je ne te comprends pas, Dex. Soit tu ne veux plus d'elle et ce tatouage est une connerie. Soit elle vaut le coup que tu te battes… et alors bordel, qu'est-ce que tu fais encore ici?

– Je fais ce qui est le mieux pour elle. Je ne lui impose pas de choix.

– Donc elle a tourné la page? Elle ne cherche pas à reprendre contact?

Je soupire et ferme les yeux. Pas parce qu'il repasse les mèches blondes de ses cheveux le long de mes côtes et que, même pour un habitué comme moi, c'est putain de douloureux, mais pour endiguer la souffrance.

– Si. Elle m'écrit chaque jour. Elle me laisse presque autant de messages.

– Mais?

Putain! Il ne lâche pas le morceau! Si j'avais su, j'aurais mis de la musique! Nan! J'aime ces moments à cœur ouvert. Pire, j'en ai besoin. C'est pour ça que je lui ai confié à lui, à personne d'autre, le soin de me tatouer.

– Mais elle réagit comme ça parce qu'elle a mal. Et parce que ça ne lui coûte rien de me dire qu'elle peut assumer. Elle me l'avait déjà dit. Avant. Et quand il a fallu passer des mots aux actes…

– Et tu ne crois pas qu'elle ait pu changer? Que ton départ, son accident, tout ça l'a fait réfléchir? Regarde-toi! Quand Ambre…

– Ça n'a rien à voir !

Mon grondement le fait sourire. Il pose sa main sur mon torse pour m'empêcher de bouger et de défigurer ma princesse.

– Je suis d'accord. Quand Ambre s'est barrée, tu t'es bourré la gueule pendant des jours et tu as baisé tous les petits culs à ta disposition. Là, combien de conquêtes depuis Paris ?

Je ferme les yeux en silence. Il me connaît trop bien. Il n'y a eu personne. Je n'y ai même pas pensé. Envie de personne d'autre qu'elle. C'est son odeur qui me hante lorsque je ferme les yeux, le bruit de ses soupirs de jouissance qui m'accompagne lorsque le sommeil me prend, le grain de sa peau que j'imagine sous mes doigts, elle que j'imagine lorsque je me soulage de mon trop-plein d'envie.

Je suis loin d'en être guéri. Pire, je n'en ai pas envie. Machinalement, je dessine les contours de mon tatouage sous mon débardeur.

Un claquement de doigts devant mes yeux me ramène à l'instant présent. Angie et son service.

– Allô, tu m'écoutes ? J'ai besoin de toi pour un tatouage particulier.

Je respire plus librement. J'étais parti loin dans mes délires.

– Pas de problème, que veux-tu comme motif ?

Angie rit.

– Non, non, ce n'est pas pour moi. C'est pour une amie. Une amie de ma vie d'avant. Elle est en pleine reconstruction. Elle veut tourner des pages.

– Un traumatisme ? Elle devrait voir avec l'association.

– Non, pas ce genre de traumatisme. C'est juste une nana qui a morflé. Et je veux l'aider. À un moment de nos vies, elle a eu besoin de moi et je lui ai tourné le dos. J'en suis pas très fière même si, à l'époque, j'étais persuadée que j'avais raison. Bref. J'ai besoin de toi.

– Angie, les plans avec tes copines…

– Mais non, ça n'a rien à voir. Je ne te parle pas de sortir avec. Je veux lui offrir un tatouage.

– Euh, le plan tatouage surprise, je suis pas fan !

– T'es chiant ! T'es fan de rien en ce moment.

Elle se tait et s'empourpre. Je sais à quoi elle pense, à qui elle pense. Ça me gonfle que tout le monde me traite comme un convalescent. Mais à vrai dire, je m'en fous. D'ailleurs, Angie reprend du poil de la bête.

– Je suis pas inconsciente non plus ! Elle sait parfaitement que tu vas la tatouer. Elle n'a jamais osé sauter le pas jusque-là, mais elle rêve d'un tatouage. Et elle a vu ton travail. Elle est sous le charme.

– Angie, tu sais que je n'aime pas ça. Les premiers tatouages, ça demande une vraie mise en confiance et là, je ne suis pas trop – comment dire – pas trop disposé.

– Ça tombe bien, objecte Angie. Ce n'est pas une cliente comme les autres. À vrai dire, elle ne peut pas beaucoup se déplacer, ce qui veut dire que tu ne la verras que le jour J.

– De mieux en mieux ! C'est non, miss. Même pour toi, c'est non !

Un silence me répond. Oh non ! Je n'aime pas ça. Je me dérobe un instant, parce que je sais déjà que la miss me fait son regard de cocker. Le même que celui de sa fille. Elles ne sont que trois à qui j'ai été incapable de résister dans ce cas… Putain ! Il faut que je *la* sorte de mon crâne ! Que j'arrive à l'en sortir assez longtemps pour être sûr que mon seul esprit ne compose pas le numéro à ma place !

– Angie, putain, c'est non !

– Même si je te dis que ça compte beaucoup pour moi ? C'est quelqu'un de particulier, une nana super qui se retrouve dans une situation pourrie. Elle a fait des mauvais choix. Elle veut redémarrer de zéro. Ne me dis pas que ça ne te touche pas, Dex.

Tu en aides des dizaines, des femmes dans ce genre de situation. Et là, c'est moi qui te le demande. S'il te plaît. Tu sais que je ne ferais pas ça si ça ne comptait pas autant pour moi.

Je grogne pour la forme. Mais on sait elle et moi que j'ai déjà cédé, si même il y a eu un combat.

– Angie, si c'est encore un plan pourri pour me faire rencontrer une de tes copines…

– Non, ne t'en fais pas. J'ai compris la leçon pour quelques dizaines d'années… Tu as des nouvelles?

Je ferme les yeux et serre les dents à en fendre l'émail. Pourtant, je lâche ma réponse.

– Des messages tous les jours. Plusieurs fois par jour même.

– Tu les lis?

L'air que j'expire lentement chuinte entre mes dents.

– Si tu veux que je tatoue ta copine, ce n'est vraiment pas la bonne façon de t'y prendre pour m'amadouer… Oui, je les lis. Je les écoute. Plusieurs fois. Je me maudis de le faire. Je lui en veux de me maintenir dans cet état pourri de dépendance à elle. Je te déteste de me l'avoir présentée. Je me hais de ne pas avoir la force de les effacer.

– Ben alors, appelle-la! énonce Angie, logique dans son raisonnement.

L'appeler? Inutile de lui dire que j'y pense toute la journée, plus encore le soir lorsque je la revois entre mes draps. J'ai déserté la villa ces temps-ci. Officiellement, j'ai trop de travail pour perdre du temps en trajet. En réalité? Tout y porte son empreinte. Trop pour ma tranquillité. Chez moi, ce n'est pas mieux. Mais au moins, je ne croise pas le regard navré d'Angie. C'est déjà ça.

– Bon alors pour ta star, on fait comment? Il faut que j'aille la rejoindre? Si c'est pas trop loin, je devrais pouvoir faire ça dans la journée.

– Non, tout passe par moi. Je te l'ai dit, c'est quelqu'un de difficile à bloquer. Pour le moment, elle est peu disponible.

– Putain, je fonctionne pas comme ça ! Je suis un mec discret. Je tatoue du beau monde. J'ai encré à peu près tous les joueurs de l'OM et certains de leurs potes. Pas un ne m'a gonflé comme ton invitée mystère. Je peux pas préparer le croquis à l'aveugle, merde ! J'ai besoin de savoir la couleur, la texture de la peau, la zone à tatouer…

– La zone, c'est la hanche. Et pour la partie technique, j'ai demandé à un de tes collègues de te préparer le travail. C'est un bon, tu le sais. Tu m'as assez souvent dit à quel point il t'a appris toutes les bases avant que tu partes à Nashville. Il t'a même fait ta dernière pièce.

Je m'incline. Encore. Elle a tout prévu. Je me demande même pourquoi je m'en étonne. Qu'elle ait réussi à embarquer Vince me surprend davantage, mais bon. Je suis bien placé pour savoir comme elle peut être convaincante. Et puis au moins, la préparation sera parfaite. Bon, passons à la suite. Le motif.

Un cri triomphal me répond. Visiblement, ma cousine n'était pas si certaine de mon accord. Je suis un âne. J'aurais dû jouer de mon avantage au lieu de lâcher prise aussi facilement.

– À vrai dire, elle a quelques idées mais je crois qu'elle attend des propositions de ta part, par rapport à ce que je t'ai dit.

– Je récapitule, tu veux ? Une inconnue, que je ne connais ni d'Ève ni d'Adam, veut un tatouage mais ne sait pas vraiment quoi et je dois faire ça à l'aveugle, comme si je la connaissais. Putain, Angie, je ne sais pas ce que tu fous, mais ça me gonfle déjà ! Tu sais que je t'adore mais je suis à deux doigts de l'envoyer se faire foutre et toi avec, et de dire de vous rabattre sur Vince.

Ma voix doit claquer très sèchement. Suffisamment en tout cas pour lui couper le sifflet quelques instants. Le temps pour moi de reprendre mon souffle.

– Non, non, je préfère que ce soit toi. C'est un cadeau pour elle et Vince n'est ni aussi doué, ni aussi doux que toi. Bon, je vais la recontacter et lui demander une indication de motif. Mais je suis sûre que si tu arrêtes de râler, tu pourras lui faire des propositions au top. Combien de temps il te faudra pour être prêt ? C'est pour organiser son déplacement.

43

Robin

Le déplacement, c'est aujourd'hui. Le motif, on l'a arrêté, Miss Z et moi, il y a quelques jours. Une volute aérienne, très féminine. Elle finit sur un papillon d'un mauve tendre en train de sortir de sa chrysalide.

J'en ai discuté avec Vince qui, tout comme Angie, me pense le mieux placé pour réaliser cette pièce.

– Pour un premier tatouage, ça ne fait pas trop ?

– Ne t'en fais pas, Dex. Ton croquis est sublime. Elle l'adore et elle est très motivée.

Peut-être, mais moi, je ne le suis pas tant que ça. Je n'aime pas cette façon de travailler, de faire un dessin comme ça, selon ma seule idée ou presque.

Non, c'est une connerie. J'adore dessiner, même sans client ou sans commande, juste pour le plaisir. Je suis capable d'y passer des nuits entières, lorsqu'une idée me vient. Je n'ai eu qu'à faire de même. Vu ma difficulté à dormir depuis ma dernière nuit avec Aurore, j'ai du temps à tuer.

Elle sera là dans une heure. Pour sa venue, j'ai privatisé le salon. M est la seule encore présente. Mais elle partira dans quelques minutes. Ensuite, ce sera entre Miss Z et moi. Et Angie qui accompagnera son amie. Une centième fois, je secoue la tête. Quelle connerie ai-je encore acceptée?

Je reprends le listing que ma cousine m'a transmis et les indications de mon mentor.

Un instant j'essaie d'imaginer ma cliente et ce que ses idées disent d'elle. Une femme en pleine rupture, probablement. Pas plus de trente-cinq ans. À en croire Vince, la peau est souple et parfaite, la cliente hyper patiente et déterminée.

Je ne vois pas quelle relation d'Angie ce pourrait être. Je pensais les connaître à peu près toutes. Mais Angie n'a jamais beaucoup parlé de sa vie avant qu'elle ne revienne dans le Sud, quand j'étais aux États-Unis. Je sais qu'elle était proche d'Aurore… Son simple nom me lacère de l'intérieur.

M a raison. Il faut que je me reprenne en main. On m'a parlé de temps pour reprendre le dessus. J'ai bien peur que ça n'ait rien à voir avec ça.

– Boss, Angie est là!

M passe la tête par la porte de mon bureau. Son sourire ne trompe pas. Elle sait que je cède à un caprice et elle me connaît assez pour mesurer l'exploit, même venant de ma cousine.

Angie est dans la salle d'accueil. Seule. J'écarquille les yeux. Elle m'aurait fait faire tout ça pour que son amie se dégonfle? Putain, elle va m'entendre!

Sauf si elle trouve, une nouvelle fois, la façon de me couper le sifflet.

– Il faut que je te dise, il y a un changement de dernière minute. Mon amie. Elle est un peu intimidée que tu la voies presque nue. Donc on a pensé un truc, avec M.

– De mieux en mieux! Tu veux quoi? Que je tatoue dans le noir?

Cette nouvelle exigence fait monter ma colère d'un cran. Pas de quoi impressionner Angie qui lève un sourcil pour me montrer à quel point je l'impressionne peu.

– Tu saurais faire ? Non, je plaisante. C'est juste, on a installé un paravent pour que tu ne voies que ton travail et pas son visage.

– C'est une idée à la con. J'ai besoin de voir le visage de mes clients pour mesurer leur niveau de résistance à la douleur. Surtout une première fois. C'est important.

– Je resterai avec elle. Et je t'avertirai si ça coince. Mais je pense que c'est mieux de lui faciliter les choses.

Dans quelle galère je me suis foutu ?! Une nouvelle fois, je suis à deux doigts de tout envoyer bouler, au lieu de quoi je file me préparer, récupérer mon nouveau stencil. Je n'ai pu m'empêcher d'améliorer encore un ou deux détails. Quand je rentre dans mon espace, effectivement, je ne vois rien au-dessus du ventre. Ma cliente a enfilé un string très échancré, attaché sur les hanches. C'est parfait. Je n'aurais pas fait mieux si je le lui avais recommandé.

– Bon, eh bien, je suppose que je peux quand même vous parler, à moins que vous ne soyez sourde également. Je vais vérifier si tout est en ordre, puis j'attaquerai. J'ai fait un ou deux ajouts. Je peux vous les montrer ?

– Donne !

La main d'Angie passe sur le côté du paravent. De mauvaise grâce, j'obéis. À la façon dont le corps sous mes yeux sursaute et se crispe, on peut dire que j'ai suscité de l'émotion. Mais laquelle ? Bordel ! Je hais ce plan ! Mon regard s'attarde un instant sur la peau laiteuse, parfaite. Vince avait raison, c'est un terrain de jeu parfait. J'ai presque envie de l'effleurer du bout des doigts, sans gants.

Je sursaute ! Qu'est-ce qui cloche avec moi ? C'est une cliente qui est sur ma table. Pas une conquête potentielle. Et peu importe que, pour la première fois depuis Paris, un corps me fasse de l'effet !

Je détourne les yeux, toussote et récupère le stencil.

– C'est parfait, Dex. Tu t'es surpassé. Elle est contente et impatiente de commencer.

– À moins qu'elle soit muette, elle pourrait le dire elle-même ! marmonné-je en finissant de disposer mon matériel. Surtout, si ça ne va pas, vous le dites ! Vous avez mangé, dormi ?

– T'en fais pas, Dex, tout est en ordre, me coupe Angie en lançant une playlist, sans doute pour que je ne les entende pas discuter. On n'attend plus que toi !

Je grommelle un juron. Je vérifie d'un regard professionnel toutes les caractéristiques que m'a indiquées Vince. Il n'a pas menti. Jolie peau, très pâle, sans défaut, à part quelque chose que je n'avais pas vu sur les photos.

Un putain de trio de nævus qui forme des points de suspension sur la hanche, pile sous l'attache du nœud qui retient son string.

C'est quoi ce bordel ? Je suffoque. Cette peau, souple et laiteuse qui fait réagir ma peau comme aucune autre ? Machinalement, aux antipodes de toute mon éthique professionnelle, je m'autorise le geste que j'ai retenu il y a quelques instants. Je laisse un doigt glisser sur cette chair soyeuse. Cette texture ! Cette façon dont l'épiderme frémit !

– Putain, c'est quoi ça ?

Je me lève brusquement, recule le plus loin possible du corps étendu sur la table et cherche à reprendre mon souffle.

Je réprime avec la même force une envie folle de taper dans quelque chose. Un mur, un T-Rex enragé, un adversaire à la taille de cette déferlante que je ne parviens pas à analyser. Mon regard ne peut se détacher de ces trois points sombres qui ont mis ma vie en suspens et me narguent là.

Mais quel con ! Depuis le départ, je dis que ce tatouage surprise pue ! Mais quel naïf !

– OK, on ne joue plus.

Je dégage le paravent d'un geste brusque. Angie n'est plus là. Je ne vois qu'elle, appuyée sur les coudes, prête à m'affronter. Aurore est blême, respire par à-coups. Son regard, lui, ne fléchit pas un instant face à la colère qui suinte de tout mon corps tendu à l'extrême.

Je sors en trombes. Je suis incapable de me contrôler. Dans le même battement de cœur, je veux tout et son contraire. Sauter sur elle et couvrir son corps du mien pour ne plus jamais la laisser douter de ce que nous sommes l'un pour l'autre. La jeter hors de mon salon pour ne plus jamais lui donner l'occasion de me faire du mal.

La rayer de ma vie alors qu'elle cherche à y revenir comme un passager clandestin.

Je tremble de terreur à cette idée. La laisser sortir de mon existence et ne plus ressentir tout ce qu'elle m'inspire? Plutôt crever!

44

Robin

J'inspire longuement, expire brusquement, m'étire et fais craquer mes doigts. Je suis prêt. Et elle ?

J'ouvre la porte d'un geste décidé. Le bois claque contre la paroi ? Parfait.

Aurore sursaute. Elle est assise, les genoux ramenés vers son menton. Sa peau, habituellement pâle, est carrément livide et ses yeux brillent d'une lueur que je connais, malheureusement. Je l'ai aperçue, brièvement, dans la vitre de ma chambre d'hôtel le dernier matin, à l'instant où j'ai dû me faire violence pour ne pas me laisser happer par ses larmes et céder à mes sentiments plutôt qu'à ma raison.

– Pourquoi es-tu venue ?

Ma voix est trop cassante, presque agressive ? Tant pis. J'ai trop souffert ces dernières semaines pour lui faciliter la tâche. Elle a voulu venir ? Qu'elle assume maintenant !

J'attends que mon attitude la désarçonne et qu'elle s'enfuie ? Mouais, possible ! Qui pourrait m'en blâmer ?

Mais contre toute attente, au lieu de détaler, elle se redresse.

– Je crois que ça se voit. Je suis venue me faire tatouer. Tu m'as envoyé une très jolie volute avec un papillon qui sort de sa chrysalide. J'aime beaucoup. Je me demandais juste : tu pourrais le transformer en une guirlande plus florale, avec une rose qui éclot ? D'un rouge profond. Le même que celui de tes écailles, ce serait parfait. Quelques pétales déjà entrouverts sur le papillon qui s'envole. Et pour ses ailes, j'aimerais un bleu clair, un turquoise si tu as ça en stock.

Je réfléchis un instant. Elle a retenu nos discussions, ça ne fait pas un doute.

– Non.

Ma réponse claque, sans appel. Elle reste longtemps en suspension, électrique comme la foudre après être tombée au sol. Aurore se décompose. Son souffle se suspend sur ses lèvres livides. Sa mâchoire crispée délivre un message limpide. Elle retient ses larmes. Pourtant, fière comme toujours, elle redresse le menton et s'apprête à descendre. Malgré moi, ma main se pose sur son bras. La décharge qui nous traverse génère le même tremblement. Il la hérisse d'une chair de poule qui n'a pas d'équivalent, sauf lorsque je la menais aux portes de la jouissance. Je resserre un peu ma prise sur elle, laisse mon pouce errer sur sa peau lisse.

– Pas sur cette hanche. Personne ne touche à mes points de suspension.

Je revendique par réflexe ses grains de beauté comme étant miens, au même titre que tout le reste. À quoi bon lutter contre ce qui hurle en moi depuis que je suis reparti de Paris ? Je ne veux plus me battre. Je veux juste m'assurer que sa présence n'est pas un nouveau leurre, qu'elle ne fera pas de nouveau marche arrière. Ni pour son tatouage, ni pour nous. Aurore réagit au-delà de mes attentes. Elle s'empourpre, baisse les yeux un instant avant de se reprendre, en bonne petite guerrière. Elle plante son regard dans le mien et tout en moi réagit.

Ma queue, en grève depuis des semaines, proteste d'être emprisonnée alors que l'objet de ses désirs est à deux pas. Je pourrais, d'un simple mouvement, la toucher, la caresser, la posséder. Je n'ai aucun doute. Elle me laisserait faire. Et après?

Cette fois, je ne me contenterai pas de demi-mesure. Et je n'entamerai rien sans être certain qu'elle est sur la même longueur d'onde.

– Relève-toi.

Ma voix résonne plus durement que je ne le voudrais. Tant pis. Je ne sais pas exactement ce qu'Aurore imagine. Mais la discussion qu'on va avoir, pas plus tard que tout de suite, ne va pas être une succession de guimauve et de bons sentiments.

– Tu es là. Tu n'as plus besoin de te servir du prétexte du tatouage. Par contre, on va discuter. Vraiment.

Aurore fronce les sourcils. Son nez se plisse dans ce mouvement qui me donne envie de tomber à ses pieds. Je me détourne pour ne pas céder. Pas avant de tout avoir réglé.

– Tu te trompes !

Allons bon ! La princesse passe en mode attaque.

Subitement, mon tatouage me semble totalement dans le ton. Elle est excitante comme jamais. Je lutte de toutes mes forces pour garder mes distances.

– Tu te trompes, répète-t-elle plus doucement. Je suis venue pour discuter, parce que j'en ai marre que ton répondeur soit mon nouveau meilleur ami. Mais je ne quitterai pas les lieux sans mon tatouage.

– Pourquoi? Vous avez bien manœuvré, avec Angie. J'étais tellement loin de penser à ce qui se tramait que je n'ai rien vu venir. Mais tu n'as pas besoin de jouer un rôle différent pour moi. Ou alors c'est que tu n'as toujours rien compris !

D'un geste souple, Aurore, les yeux luisant d'une énergie

inflammable, saute du fauteuil et vient se planter devant moi. Je ne peux empêcher mon regard de la caresser. Bordel, je dois rêver. En string et débardeur, très loin de l'image policée qu'elle arbore toujours, je suis impressionné.

– Ou alors, c'est toi qui ne comprends rien ! Je veux ce tatouage. Je le veux parce que, depuis la première fois que je t'ai vu faire, sur le corps des autres, puis sur le mien dans cette chambre d'hôtel, je rêve que de ça. Je le veux parce que le dessin que tu as préparé, même sans savoir qu'il était pour moi, est une pure merveille. Je le veux parce que je sais parfaitement ce que je veux que tu y ajoutes, que je sais où je veux l'avoir et que je sais qui pourra, ou non, en voir l'essentiel. Et je le veux parce que je veux que personne n'ignore à quel point je suis fière de ton talent, de ta créativité, et de porter à la face du monde la preuve que l'homme que j'aime a posé sa marque sur moi ! Alors je veux ce putain de tatouage, et je ne partirai pas d'ici sans ! Oh, et autant te le dire tout de suite, j'ai averti mes patrons que je m'absentais pour plusieurs jours, alors j'ai tout mon temps.

Aurore conclut sa tirade d'un petit geste de défi qui finit de me mettre à genoux. D'ailleurs, si je ne craignais pas de perdre tout contrôle de moi, je serais déjà à ses pieds, les bras autour de sa taille et le front contre son ventre plat. Au lieu de quoi, j'attrape un peignoir aux couleurs du salon, le pose délicatement sur ses épaules. Mes mains y restent un peu trop longtemps. Je les enlève juste avant de ne plus être capable de me détacher de sa peau.

– Relève-toi tout de même.

Je savoure son sursaut dépité. Ce n'est pas très courtois. M'en fous ! À mon tour de m'amuser un peu. Juste le temps de digérer tout ce qu'elle vient de me dire. De contrôler les battements de mon cœur. Ce con est capable de me lâcher sous le coup de l'émotion. Quant à mes mains, elles tremblent tellement qu'il vaut mieux que je ne tienne pas tout de suite mon aiguille. Encore moins pour la poser sur cette peau que j'adore.

– Il se trouve que j'ai une cliente qui semble décidée à me rendre dingue et que je vais devoir reprendre tout son croquis. Ce qui te laisse le temps de te réchauffer, de boire un café, de me parler… Et je ne réussirai rien de tout ça si j'ai ton corps à moitié nu étendu devant moi. J'ai passé assez de nuits à l'imaginer, tu peux me croire.

Et vlan ! Il n'y a pas que toi qui peux m'anéantir en trois phrases, princesse !

Ses yeux s'arrondissent comme des billes et ce qui sort de sa bouche imite à s'y méprendre le couinement d'une souris au bord de l'extase. Ça ne ressemble à rien, c'est peut-être même digne d'un bêtisier, mais c'est ma nana et, rien que pour ça, j'adore cette réaction comme toutes les autres. D'autant qu'elle tente de reprendre la main, la joueuse !

– Discuter, c'est indispensable. Un café, j'en rêve presque autant que de t'embrasser. Mais refaire le croquis ? Laisse-moi rire. Je suis sûre que tu es capable de le faire à main levée, directement sur mon corps.

L'embrasser ? Bon sang, le con ! Je suis tellement scotché par son retour que je n'y ai même pas pensé. Rien à faire, mon vieux, elle menace sérieusement ta santé mentale… et j'adore ça.

– Café contre baiser, hein ? Voilà un deal qui me plaît.

Je sors une nouvelle fois de la cabine de tatouage et en laisse la porte ouverte. Libre à elle de voir ce qu'elle va faire. Je ne retiens pas un sourire triomphant en la voyant trottiner jusqu'à moi, pieds nus, le peignoir resserré pour planquer un peu son corps de déesse. L'intérieur du salon est invisible depuis l'extérieur, mais c'est un sacré pas hors de sa zone de confort.

Je la précède dans l'espace réservé au personnel et lui indique un canapé pendant que je nous prépare deux cafés serrés. J'ai comme l'impression que ce ne sera pas du luxe !

Je lui tends une tasse, prolonge sans raison le contact de nos doigts autour du mug, tout autant que celui de nos yeux affamés.

– Je te dois quelque chose, murmure-t-elle.

Quoi ? Pour un café ? J'esquisse un sourire qui meurt à l'instant où sa main libre crochète ma nuque pour me rapprocher d'elle. Ses lèvres sont sur les miennes avant que j'aie le temps de réagir.

Nom de Dieu ! Ouiiiiii ! Mon sang s'échauffe dans mes veines. Comment ai-je pu passer ces semaines sans la chaleur de ses baisers, sans la douceur de ses lèvres et sans son corps qui se presse d'instinct contre le mien et menace de me faire exploser comme un ado à son premier flirt ?

Je dois reprendre un peu de distance… Juste une seconde… Une autre encore… Un autre baiser… Nonnnnnn ! Aurore rompt le contact la première.

– Un baiser pour un café, rappelle-t-elle aussi sereine que si elle parlait des derniers potins mondains.

En tout cas, c'est ce que je pourrais croire. Mais je connais mieux que ça l'éclat particulier de son regard lorsqu'elle est au bord de la rupture.

– Un baiser pour un café, répété-je de ma voix spéciale.

Quand je force mon timbre de baryton, toute sa libido s'exacerbe. Ça ne rate pas plus aujourd'hui qu'avant. Je cache mon sourire dans mon mug.

– Et avec plus qu'un baiser, reconnaît-elle, avec une

transparence qui me désarçonne, je ne pourrai plus me concentrer. Or je voulais te voir pour qu'on discute, en direct.

– Ah bon ? Tu n'es pas venu pour que mes doigts agiles marquent ton corps de déesse ?

Nouveau coup de chaud pour la princesse qui me renvoie un regard noir. Pas la peine. Cette simple idée confirme qu'elle a raison. Si explication il doit y avoir, il faut que ce soit à un moment où mon cerveau sera capable de tenir la pression.

– Accorde-moi quelques minutes. Le stencil sera prêt. On aura une bonne heure devant nous et tu seras peut-être contente que ton esprit soit occupé par autre chose que mes aiguilles.

45

Aurore

Quelques minutes... Je ne pensais pas que c'était une annonce à prendre au pied de la lettre. Et pourtant, me revoilà, allongée sur le poste de tatouage de Robin. Il m'a demandé plusieurs fois si j'étais sûre de moi, m'a présenté son nouveau croquis. Dès que mes yeux se sont posés dessus, je n'ai plus eu la moindre hésitation. Je VEUX que ce dessin couvre ma peau. Tout autant que je veux que Robin entende ce que j'ai à lui dire.

Mon portable vibre une nouvelle fois. Angie s'inquiète de ne pas avoir de mes nouvelles. Robin aperçoit son nom. Un sourire mince étire ses lèvres alors qu'il finit de disposer son support sur ma peau. Je suis certaine qu'il prend plaisir à m'effleurer plus que nécessaire. Je ne pipe mot. J'ai tellement craint que ses mains ne se posent plus jamais sur moi que je suis prête à tout prendre. Je défais moi-même les rubans de satin qui retiennent ma lingerie. Je devine plus que je n'entends sa longue expiration. Sa voix est pourtant assurée lorsqu'il précise.

– Dis à ma cousine que je mets un point d'honneur à honorer le contrat qu'elle a passé auprès de moi et que si elle ne veut pas que sa meilleure amie finisse avec une grille de morpion en guise de tatouage, elle arrête de me déranger à partir de maintenant.

Je souris de sa provocation, rédige rapidement un message bien plus diplomate et éteins l'objet du délit.

– Prête ?

Robin plonge une dernière fois son regard dans le mien. Dans ce simple mot, il y a tellement de questions, et l'essentiel de mes réponses quand je réponds sobrement.

– Prête.

Il acquiesce, met sa machine en marche et pose son aiguille sur ma peau. Outch, ça picote. Rien d'insurmontable non plus, mais ce n'est que le début.

– Concentre-toi juste sur ton souffle. Je ne te quitte pas des yeux et je ne ferai rien que tu ne puisses endurer. Alors focalise-toi sur ce que tu as à me dire. J'ai tout le temps de t'entendre. J'en ai au moins pour une heure. Le temps passera plus vite si tu me parles.

– Sinon, j'ai prévu une playlist.

Je devine le mouvement d'un sourire.

– Celle qui tournait tout à l'heure ? Le peu que j'en ai entendu n'avait pas l'air très gai.

– Je suis désolée. C'est celle qui a tourné en boucle ces dernières semaines chez moi. Elle reflétait assez mon état d'esprit. Si tu n'aimes pas, je peux le mettre sur mes oreilles.

– Et si moi, j'ai envie de t'entendre ? De savoir si tu as été dans le même état que moi ? Si j'ai besoin de savoir comment tu as pu convaincre Angie de monter ce plan foireux ? Si je veux savoir quels sont tes projets, pour toi, pour nous ?

Robin suspend son geste. Je pose le regard sur ma peau. Des lignes s'y dessinent déjà. Il n'y a pas à dire, il a raison. Ses paroles m'ont efficacement distraite de toute notion de douleur.

– Et tu pourrais entendre tout ça en me tatouant ?

– Tss. Tu m'as déjà vu à l'œuvre, princesse. Tu sais que je peux tout faire ou presque en tatouant. La question est différente.

Est-ce que toi, tu me fais confiance pour ne pas trembler, quoi que tu me dises ?

J'inspire lentement, m'efforce de ne pas bloquer mon souffle. Je parle à sa nuque où les écailles de son dragon bougent pour moi.

– Je t'ai déjà tout dit, tout écrit. Je ne sais pas quoi te dire de plus.

– Il va falloir, pourtant, siffle-t-il entre ses dents.

– Je t'aime…

Robin lâche un juron retentissant et relève dans un même geste sa main et sa tête. Son regard me foudroie.

– Bordel, Aurore ! Avertis avant de balancer des bombes comme ça ! Je te rappelle que ce n'est plus un crayon à paupières que je tiens entre les mains.

Je hausse les épaules.

– Tu m'as dit que rien ne te troublerait. Tu m'as demandé de te parler. C'est ce que je fais.

Mon regard plein de défi ne quitte pas le sien. Je crois y deviner l'ombre d'un sourire. Mais rien qui réponde à ma déclaration, ni qui la repousse, d'ailleurs. Je crois que je commence à comprendre son fonctionnement et ses attentes. Il attend que je sois pleinement honnête avant de se livrer. À moi de mener la bataille de ma vie.

– Je ne sais pas, hasarde-t-il. Tu aurais pu commencer par me dire que tu es désolée.

– Euh non, ça, je l'ai fait dans chacun de mes messages. Si c'est pour te répéter la même chose, ce n'était pas la peine que je te fasse perdre ton temps, tu ne crois pas ?

Cette fois, c'est sûr, Robin me sourit. C'est fugace. Il reporte aussitôt son attention sur ma hanche.

– D'accord, princesse, si tu veux la jouer comme ça, vide ton sac. Je t'écoute. Et d'abord, je veux comprendre.

– Comprendre quoi ? Le tatouage ?

– Le tatouage, le plan que tu as monté avec Angie. Pourquoi

ça t'a pris six semaines pour te décider. Je continue?

– Tu disais qu'on en a pour combien de temps sur mon tatouage?

Cette fois, mon tatoueur préféré rit franchement.

– Ne t'en fais pas pour ça. Au pire, je continuerai un autre motif.

Je pousse un petit cri faussement affolé.

– Oh non! Ne fais pas ça. J'ai déjà choisi la tenue pour le lancement du parfum. C'est une superbe robe avec toute une bande transparente.

De nouveau, Robin suspend son geste. Il n'y a plus trace d'amusement dans son regard. Toute sa mâchoire est crispée d'une rage mal maîtrisée. Il est temps que je plante ma deuxième banderille.

– Oui, toute une bande transparente, exactement ce qu'il faut pour qu'on voie parfaitement mon papillon s'envoler. Alors si tu dois ajouter autre chose, j'aimerais qu'on en parle avant. Question d'équilibre! Je veux que les gens sachent que je porte ta marque sur moi. Mais je veux qu'ils se creusent le cerveau pour savoir jusqu'où s'étend ton travail. Autant te le dire tout de suite, tu vas être l'attraction de la soirée. Je suis désolée.

Robin ne répond rien. Il continue de travailler avec vitesse et application. Pour ma part, je suis suspendue aux mots qu'il ne formule pas et mon cœur s'affole. Mon souffle devient plus heurté et la résonance de l'aiguille sur mon os plus aiguë. Une caresse sur ma peau apaise la douleur, pas mon angoisse.

– Robin, dis-moi quelque chose.

Il secoue la tête tout en attaquant le contour de ce que je suppose être ma rose.

– Dex, s'il te plaît, parle-moi. Parce que là, je commence à avoir mal, mais surtout parce que tu me fais peur. Je sais que j'aurais dû te demander avant si tu voulais bien m'accompagner.

– T'accompagner où, exactement?

Ah, bonne nouvelle, il n'a pas avalé sa langue. Pour autant, ce n'est pas le oui franc et massif que j'attendais. Décidément, ce doit être un sacré joueur de poker, vu comme il m'incite toujours à relancer.

– La soirée de lancement de ma campagne. J'ai averti ma patronne que je serai accompagnée. Et j'espère sincèrement que ce sera toi, sans quoi elle sera obligée de refaire le plan de la table principale.

– Et à quel titre attends-tu que je vienne?

La voilà, la question centrale, celle que, je le comprends à peine, il brûle de me voir aborder depuis tout à l'heure.

– Elle t'a surnommé « M. Sourire », parce qu'il paraît que depuis... ton départ, le mien manque cruellement. Je ne veux rien t'imposer.

– Aurore...

Sa voix gronde encore. Je serre les poings et plante mes ongles dans mes paumes pour ne pas trembler du désir qu'elle génère par ses modulations hautement inflammables.

– Si tu me demandes mon souhait, je voudrais que tout le monde me voie au bras de l'homme que j'aime... et qui, idéalement, m'aime aussi.

Voilà, je crois que j'ai abattu mon dernier atout. Si Robin ne me répond pas...

– Malin, le procédé, reconnaît-il sans me regarder. Tu as vraiment besoin que je te les dise, ces mots?

– Oui... Du moins, s'ils correspondent à ce que tu ressens.

Cette fois, il prend tout son temps, pose ses instruments, repousse sa mèche rebelle du dos de la main et se penche jusqu'à mon visage. Ses yeux cherchent les miens, s'y verrouillent. Oh mon Dieu! Quelqu'un a coupé la ventilation? Ou alors je fais une réaction à l'encre? Je ne sais pas ce qui se passe, mais je suis incandescente.

– Évidemment que je t'aime, Aurore. Si ça n'avait pas été le cas, les choses auraient été plus simples. Mais je t'aime. Et être seul sur ce coup m'a rendu dingue !

Les sentiments contradictoires qui suintent de chacun de ses mots me tétanisent. Il n'y a pas que du bonheur dans sa confession. Loin de là. La douleur, la colère et le doute y ont aussi une place telle que je me prends à trembler.

– Tu n'étais pas seul, confessé-je en chuchotant à quelques centimètres de sa peau. J'avais juste trop peur pour me l'avouer.

– Et qu'est-ce qui peut m'assurer que tu as guéri de cette peur ? Je ne revivrai pas ça une autre fois, prévient-il.

– Tu n'auras pas de raison de le faire. Je l'ai compris le dernier matin. Quand je te perdais. Je suis restée de longues minutes dans ma voiture. Je ne savais même plus comment on respirait sans toi. À l'hôpital, ils ont même cru que j'avais voulu… enfin, que je m'étais mise volontairement en danger.

Il incline la tête en silence.

– Je sais. Quand je suis venu te voir, on m'a posé des questions en ce sens.

– Je l'ignorais. Tu as dit quoi ?

Robin soupire.

– Je n'ai rien répondu. Dans l'état où tu étais quand on s'était quittés… Je savais que tu avais mal. Je ne savais pas à quel point. Mais entre-temps… j'avais entendu les confidences d'Angie. Alors je t'avoue que j'ai été incapable de répondre.

Son regard, lui, attend une explication. Décidément, ce n'est pas que mon corps que je dois mettre à nu pour lui.

– Je n'y ai pas pensé avant que le médecin ne m'en parle. J'étais paumée. Trop de pensées se télescopaient avec une violence folle. Mais une seule dominait. J'étais en train de tout perdre : Angie, Zélie, et toi. Juste parce que j'avais été incapable de te dire à quel point je t'aimais. C'est pour ça que j'ai fait demi-tour. Pour te forcer à m'écouter. Et j'ai paniqué. L'accident bête. Qui aurait pu avoir des conséquences terribles, pour moi, pour les gens sur ma route. Pour nous.

– Hey !

Pour la première fois, Robin esquisse un geste tendre. Il relève doucement mon menton vers lui. Son regard est plus doux.

– Hey, répète-t-il. Tu es là. Je suis là. Le reste, c'est ce qui aurait pu se passer. Et je ne veux pas vivre sur des hypothèses. D'où la dernière chose que j'ai besoin de savoir.

Je sais ce qu'il attend. La fin de ma confession. Je n'ai pas l'intention de la lui refuser. Plus de zones d'ombre, plus de non-dits. Je veux que tout soit limpide.

– Tu ne pourrais pas recommencer à tatouer ? Tu es trop, trop intense. Ça me trouble.

Un grand rire de félin me répond, qui fait vibrer tout mon corps en écho.

Néanmoins, après un baiser sur le bout de mon nez, Robin obtempère. La vache ! La pause m'a fait oublier que ça fait mal quand même !

– Concentre-toi sur ce que tu as à me dire. Que vont-ils dire ? Tes patrons ? Tes amis ? Tes parents ?

– Mes patrons ? Du moment que tu n'es pas Cody, que tu me rends mon sourire et que tu n'exiges pas que je quitte mon boulot, je crois qu'ils t'aimeront.

Robin souffle que tout devrait bien se passer alors.

– Mes amis ? En dehors de ma patronne, d'Angie et de Vince qui, je dois te l'avouer, a été un complice en or parce qu'il t'aime, je crois qu'il n'y a plus grand monde dans les parages.

– Vraiment ? Et les deux avec qui tu étais ? Celles que j'ai revues à l'hôpital ?

– Je leur ai dit qui tu étais pour moi. A posteriori, malheureusement.

Mais je les ai virées. Je ne peux garder comme amies des personnes qui méprisent, sans le connaître, l'homme que j'aime.

– Princesse ? Tu veux que je finisse ce tatouage dans de bonnes conditions ? Alors arrête de répéter que tu m'aimes. Parce que chaque fois que j'entends ces mots dans ta bouche, je rêve d'envie de t'arracher le peu de vêtements qui te restent pour que tu me le prouves.

Oh ! Je suis incapable de répondre autre chose qu'un glapissement tout sauf élégant, qui le fait rire.

– Et tes parents ? relance-t-il.

J'admire son sens de l'esquive.

– Comme si tu ne savais pas que tu as fait la conquête de ma mère !

Robin glousse.

– Je te l'avais dit, les mères m'adorent ! se rengorge-t-il.

– Ne fanfaronne pas. Mon père voudra sûrement te dire deux mots.

– Et je les accepterai avec plaisir. Tant qu'il ne me dit pas que je ne suis pas assez bien pour sa princesse, tout se passera bien. Sinon il apprendra, comme tous les autres, que je ne te laisserai plus jamais avoir peur du regard des autres sur nous, parce que je protégerai toujours celle que j'aime. Hey ! Ne bouge pas ou tu vas te retrouver avec un cafard à la place de ton papillon !

– Arrête de dire des choses qui me touchent autant et dépêche-toi de finir avant que je ne résiste plus à l'envie de te sauter dessus.

– Dit la cruelle qui a exigé un tatouage dans un secteur dont je rêve depuis six semaines… Allez, ne bouge pas, j'ai bientôt fini. Après quoi, j'ai bien l'intention de te rappeler pendant de très nombreuses heures que je suis celui qui t'aime. Tu as combien de jours ?

– Le nombre nécessaire pour qu'on se réconcilie et qu'on mette en place la suite. Je ne veux plus m'éloigner de toi, autant que possible. Mais je veux continuer à bosser. Ça veut dire qu'on va devoir trouver un équilibre.

– *Check* ! Avertis ton boulot que je ne te rendrai pas avant quelques années. Juste le temps de se réconcilier !

Je glousse et me laisse aller au bruit continu de son appareil, au son de sa voix qui me raconte tout ce que j'ai raté et à cet incroyable bien-être d'être enfin à ma place, entre les mains de l'homme que j'aime.

46

Robin
Paris, quatre semaines plus tard

– Tu peux m'aider à ajuster ma robe ?

Oh bordel ! Je m'attendais à quelque chose de spectaculaire, mais là ! Aurore est moulée dans une robe noire, en apparence très sobre, à deux tout petits détails près : une fente jusqu'à mi-cuisse, bordée d'un motif très proche de la volute que je lui ai tatouée et surtout, toute une bande transparente qui dévoile largement son ventre plat, et donc la rose et le papillon que j'ai encrés sur elle. Elle me l'avait annoncé lorsqu'elle est venue me retrouver. Mais je ne pensais pas qu'elle irait au bout de son idée.

Pourtant, j'aurais dû savoir. Son opération commando – qui continue de me bluffer par son culot – n'était pas qu'un pas en avant. C'est carrément un bond. Tout s'en ressent, même si nous sommes restés discrets jusqu'à ce soir.

Lorsqu'elle est repartie seule, au bout d'une semaine, j'ai tremblé d'un revirement. Je n'aurais pas pu le supporter. Je me suis trop battu avec mes craintes pour lui faire une place. J'ai trop souffert quand elle m'a renié. Sur le quai de la gare, tremblante dans mes bras de sanglots réprimés, elle a soufflé contre mes lèvres.

– Fais-moi confiance.

Si j'ai douté pendant les quinze jours loin d'elle, en dépit de ses déclarations enflammées, son accueil sur le quai de la gare a fini de me rassurer. Sans se soucier d'un éventuel public, elle m'a sauté au cou et gratifié du baiser le plus bandant de ma vie.

Bien sûr, jusqu'à ce soir, je n'ai rencontré presque aucun de ses proches, à l'exception de ses parents qui ont été au top. Mais c'est ce soir que tout se joue, pour sa soirée de lancement. Et le moins qu'on puisse dire, c'est que ma princesse n'a pas fait les choses à moitié. Deux cents invités triés sur le volet : son client, ses patrons, ses parents, des hôtes prestigieux… et moi.

Moi qui m'étrangle dans le costard de pingouin que j'ai absolument voulu porter pour lui faire honneur, moi qui tremble de peur en l'imaginant se dédire, moi qui vibre d'amour pour l'héroïne de la soirée et tout le travail qu'elle a abattu.

Et ladite héroïne ? Elle entre l'air de rien dans le salon de la suite que j'ai réservée pour la nuit, dans le palace où se déroule sa présentation. Pieds nus, ses boucles d'oreilles à la main et cette robe diabolique sur le dos, elle pourrait mettre le monde à ses pieds en un sourire. Il en faut moins que ça pour que je sois K.-O. Je ne peux retenir un sifflement en la faisant tourner sur elle-même. Je l'arrête exactement où il faut pour embrasser le point sensible sous son oreille, du côté où sa coiffure dégage son cou. Je la goûte du bout de la langue, savoure son long frisson.

– Je ne sais pas s'il est bien sage de te laisser sortir ainsi, grondé-je contre sa peau.

La façon dont Aurore glousse me tend dans mon costume.

– Il n'y a aucune contre-indication à me laisser sortir ainsi puisque c'est avec toi que je vais rentrer, et que nul autre que toi n'aura le droit de m'enlever cette tenue.

Oh bordel ! Quand elle parle comme ça, en laissant ses ongles effleurer mon torse, il me vient des bouffées de désir sauvage.

– Tu peux m'aider à m'ajuster, répète-t-elle. Je ne suis pas sûre qu'on voie bien mon papillon.

– Tu n'es pas obligée de…

– Chut. Ce n'est pas de l'obligation mais du choix. Et toi, tu fais carnaval ? demande-t-elle en désignant d'un geste mon smoking. Je ne te demande pas de te masquer.

– Je ne veux pas te mettre mal à l'aise. Je sais ce que cette soirée représente pour toi.

– L'aboutissement de plusieurs mois de travail, mon premier coup en solo ET le moment où je me montre enfin telle que je suis, follement amoureuse de mon homme-dragon. On a résolu cette question quand je suis venue te rejoindre. Plus personne ne me forcera à avancer cachée. Ni moi ni ceux que j'aime. Et je veux entrer à cette soirée au bras de mon homme dans son intégralité. Et surtout, je veux que tu puisses respirer correctement. Alors enlève cette cravate, relève tes manches et allons conquérir le monde !

Le monde je ne sais pas, mais l'assistance de cette soirée, c'est un bon début. Résolue, Aurore prend ma main et appelle l'ascenseur.

– Bon sang, Aurore, tu es là, j'ai failli faire une crise cardiaque ! La soirée commence dans moins d'une heure, où étais-tu ?

Je n'ai pas le temps de répondre au grand blond qui interpelle ainsi ma chérie. Une femme de haute stature, son pendant féminin, rapplique à grands pas.

– Relax, Victor ! Respire ou tu vas nous faire un ulcère ! Aurore a tout préparé. Elle avait bien droit à une petite pause !

Allons bon ! La nouvelle arrivante me détaille avec un sourire curieux. Si Aurore n'intervient pas très vite, je vais finir par être mal à l'aise.

– Relax, Victor, répète ma chérie avec un sourire malicieux. Robin a retenu une suite pour que je puisse souffler un peu et me préparer ailleurs que dans un vestiaire. Mais je suis là, et tout est prêt.

Pragmatique, Victor approuve d'un signe de tête. Mais son acolyte trépigne.

– Vic, ton manque d'attention est consternant. Non seulement tu ne notes pas qu'Aurore vient enfin de nous dévoiler « M. Sourire », mais en plus, tu n'as même pas remarqué ÇA ! braille-t-elle d'une voix qui frôle dangereusement l'hystérie.

Par « ça », bien sûr, il faut entendre le tatouage qui orne le bassin et la taille d'Aurore.

– C'est un vrai ? demande-t-elle encore.

Aurore acquiesce et prend ma main.

– Bien, puisqu'il n'y a plus de suspense, tu mérites bien d'être la première avertie, Martha. Voici Robin « Dexter » Choste. Mon compagnon. L'auteur de cette merveille de tatouage et de centaines d'autres… Oh, et parce que je suis vraiment gentille, je vais faciliter la recherche que tu ne manqueras pas de faire dans les cinq minutes. Si tu cherches les œuvres de Dexter, tu trouveras mon tatouage. N'est-ce pas, Dex ?

J'enlace sans façon la taille fine de ma compagne.

– À vrai dire, ton tatouage n'est pas encore en ligne. Je voulais te laisser l'opportunité de le dévoiler… et te laisser choisir quelle partie tu m'autorises à en montrer.

Aurore rougit légèrement de ma remarque canaille. Martha écarquille les yeux et garde la bouche ouverte, visiblement stupéfaite. Mais elle se reprend aussitôt et me tend la main.

Je réalise avec surprise que je respire plus librement, à l'instar de ma compagne. Je sais ce que représente cette soirée pour elle, tout autant que cette présentation informelle. Nous échangeons un sourire complice. La première étape est franchie avec succès.

Notre couple est l'attraction de la soirée. Je n'ignore pas

certains regards surpris, voire d'autres dubitatifs ou carrément moqueurs. Apparemment, on m'envisage comme une lubie d'Aurore, ou une révolte. Si Edwige, sa mère, me gratifie d'une étreinte chaleureuse et que son père me serre la main avec entrain, tout le monde ne manifeste pas le même enthousiasme.

Mais la palme revient sans conteste à l'autre héros de la fête, le client de l'agence pour lequel tout est organisé. Après la présentation, en grande pompe, du nouveau parfum de sa marque, de la campagne publicitaire qui va le lancer, film compris, il prend la parole et remercie tout un chacun y compris la créatrice de sa campagne.

– Aurore, vous êtes une petite maline. Savez-vous qu'il y a quelques semaines, cette charmante enfant m'a proposé une campagne bâtie autour d'un homme au look pour le moins décalé, qui faisait se pâmer toutes les femmes du monde ? Un mâle tout en tatouages. J'ai rejeté ce projet parce que je me disais que personne, parmi mes clients, ne pourrait croire à une telle association. Vous voyez où je veux en venir ? En vous affichant avec ce mannequin sur lequel tous les regards se retournent, vous venez incontestablement de marquer des points pour votre prochaine proposition. On pourrait presque y croire ! Bravo pour votre coup de com', mon petit ! Bien joué !

Tout contre moi, Aurore fulmine. Je la connais assez pour savoir que sous son sourire Ultra Brite, elle meurt d'envie d'éviscérer ce connard condescendant. C'est mon cas aussi. Mais sa façon de serrer ma main ne me laisse aucun doute. Je dois la laisser mener son combat.

De sa démarche de princesse, elle rejoint l'estrade. Tous les regards sont fixés sur elle. Maline, elle réajuste sa robe. Plus personne ne peut ignorer mon œuvre. Elle gravit les deux marches, accepte la bise de son client et les applaudissements fournis. Je ne me joins pas à la mascarade, tendu comme jamais. Une main se pose sur mon bras. Je suis à peine surpris de reconnaître son père. Il ne dit rien, m'adresse un sourire qui me tranquillise presque.

– Robert, je vous remercie des compliments dont vous avez bien voulu me couvrir. Cette campagne a été exaltante à mener. Je remercie d'ailleurs toute l'équipe qui m'a entourée, à commencer par Victor et Martha Chérion. Mais il y a une correction que je dois apporter. Lorsque je vous ai proposé mon premier projet, je ne pensais pas à une provocation ou à un coup de com'. Je suis allée chercher l'inspiration là où elle était. Juste sous mes yeux. Sur la peau de l'homme que j'aime. De celui qui m'a permis de comprendre que nous ne sommes pas ce que les autres attendent de nous ou voient en nous. Et c'est ce message que je voulais faire passer dans ma proposition. Je comprends votre confusion, Robert, en prenant Robin pour un mannequin. Je vous rejoins entièrement, il mériterait d'être en couverture de tous les magazines. Mais pour le moment, les seules photos pour lesquelles je lui demanderais de poser, ce sont celles que réalisent tous les couples amoureux pour leurs seuls yeux. Aussi, avant de vous laisser profiter de la fête et de porter un toast au succès de ce parfum, vous me permettrez d'aller trinquer avec mon compagnon et de lui dédier cette réussite, car son regard et son soutien sont mes meilleurs carburants. Bonne soirée.

Un silence stupéfait accueille cette sortie et la rapidité avec laquelle Aurore met fin à son allocution. Pour ma part, je ne sais comment réagir autrement qu'en réprimant mes tremblements et mon envie de l'emmener très loin de ce salon et de tous ces regards braqués sur nous, en un endroit où les vêtements seraient superflus et les seuls mots autorisés, ceux de notre désir. Mais je ne peux pas lui voler son moment, d'autant que ses parents et ses patrons commencent à applaudir, suffisamment fort pour couvrir le silence assourdissant. Je crois que d'autres se joignent à eux. Mais à vrai dire, je n'entends plus rien que les battements affolés de mon cœur. Je ne vois plus rien que la sublime créature qui vient de bouleverser tout son univers pour moi, comme on forme une promesse.

Si je la serre simplement au creux de mes bras et pose un chaste baiser sur son front, mon sang n'en bouillonne pas moins.

– Je t'aime, murmuré-je contre sa peau.

– Je t'aime, répond-elle pleine de ferveur.

– Si j'en doutais encore, tu viens de me le prouver, à moi et à toute l'assemblée.

– Parfait, sourit-elle, faussement angélique, comme ça, je n'aurai pas à le répéter.

– Vraiment ?

Je resserre mon étreinte possessive et cherche son regard.

– Et si moi, j'ai envie de les entendre encore, ces trois mots ?

Mutine, Aurore se hisse jusqu'à moi. Je me penche pour que sa bouche délicatement peinte se rapproche de mon oreille.

– À toi, je le dirai autant que tu veux. Quand tu dors, quand tu dessines. Quand tu me caresses, quand tu me dégustes, quand tu…

J'expire brusquement, au bord de l'implosion.

– Je t'accorde cinq minutes, princesse, pour prendre congé. Après quoi je me sentirai autorisé à montrer à tout le monde que je ne suis pas un simple mannequin ornemental, mais l'homme qui crève d'envie de te prouver jusqu'au petit jour, dans cette suite de rêve, à quel point il t'aime.

Aurore perd le souffle un instant, s'empourpre de cette teinte délicate que j'aime faire naître sur sa peau, et se hisse jusqu'à moi, prenant soin de chauffer tout mon corps sur son passage.

– Trois minutes feront l'affaire, après quoi, une nuit ne suffira pas pour tous mes « je t'aime », promet-elle avant de tourner les talons et de me laisser seul avec ma montre, pour les cent-quatre-vingts secondes les plus interminables et les plus excitantes de ma vie.

ÉPILOGUE

Aurore
Marseille, dix-huit mois plus tard

Le salon est encore éclairé malgré l'heure tardive. Comme souvent lorsque je rentre de Paris, j'aime surprendre Dex en train de tatouer, ou mieux encore, de créer.

J'aime le regarder exceller dans l'un ou l'autre des domaines. Je le sais depuis le premier jour. Rien n'est venu démentir cet attrait. Le délicat tatouage qui orne ma hanche me confirme tout son talent.

Sa renommée ne cesse de croître. La preuve, il est souvent invité à tatouer hors de son camp de base. Dans ce cas, il s'arrange pour caler ses rendez-vous en même temps que mes visites à Paris. De cette façon, soit nous nous offrons une escapade et nous en profitons pour voir mes parents, soit le temps passe plus vite pour l'un comme pour l'autre.

La promesse de nous séparer le moins possible a cet effet sur nous. J'accomplis la majorité de mon travail pour Victor et Martha à distance. En parallèle, je développe ma propre société de communication. Héloïse et Alexandre Dulac, les patrons d'Angie, m'ont déjà confié plusieurs missions. Avec un peu de chance, d'ici peu, ces contrats me permettront de rester plus encore auprès de mon tatoueur tout en continuant à exercer mon métier.

Mais ce soir, j'ai juste hâte de quitter ma tenue de businesswoman pour retrouver avec bonheur ma place préférée, le creux de ses bras.

Le salon est vide. Mais je sais où trouver Robin. Il est dans son atelier. Je reste quelques minutes dans l'ombre, sans bruit, à me gorger de cette vision qui m'émeut toujours autant. Lui, penché sur son bloc-notes, crayons et pastels à proximité. J'aime le regarder dessiner. Tout son être montre sa concentration et il sort tant de créativité du bout de ses doigts que j'en tombe amoureuse à chaque fois.

– Viens m'embrasser au lieu de te cacher, princesse.

Je m'empresse d'obtempérer et perds le souffle sous ses baisers brûlants. Deux jours sans le voir. Deux nuits sans m'endormir dans sa chaleur. Je suis clairement en manque. Robin quitte sa table de travail, s'installe dans son fauteuil Chesterfield fétiche et me prend sur ses genoux. Il ramène mes cheveux sur une épaule, découvre mon cou qu'il parcourt de caresses gourmandes. Calée contre son torse solide, je savoure ses attentions, mais je sais ce qui m'attend. Il me montre son travail des deux derniers jours.

– Qu'est-ce que tu en dis?

C'est plus qu'une formule oratoire. Je prends le temps de détailler tous les croquis. Je les commente, émets parfois un avis contraire qu'il écoute toujours avec attention. Je reste en arrêt sur le dernier projet en cours. Il représente une élégante composition florale autour de deux alliances.

– J'hésite à ajouter une banderole stylisée avec « Elle a dit oui ». C'est l'idée du client mais je trouve ça un peu kitsch. Tu en dis quoi?

Je m'empourpre. Quel est le sujet exact de sa question? La composition en elle-même ou le message qu'elle contient? Je reste muette de longues secondes et ose à peine le regarder.

– Merde, je le savais, tu n'aimes pas!

– Non, non, ce n'est pas ça. La guirlande, tout ça, c'est élégant, soigné, c'est parfait. C'est juste que… C'est pour toi ?

Robin sursaute.

– Quoi ? Non ! Oh putain, princesse ! Je n'ai pas fait attention au quiproquo. Non, non, non ! C'est vraiment pour un client. Tu croyais que c'était une façon détournée de… ? Oh merde, alors ! Désolé !

Je le rassure d'un geste, arbore un grand sourire, mais intérieurement, ce sont les chutes du Niagara. Qu'est-ce que je croyais ? Robin est non conformiste. Il me l'a toujours dit. Il n'est pas du genre à se marier. Je le sais, pourtant. Je m'en accommode sans problème. Pas de quoi en faire une telle histoire ! Cependant, malgré moi, mes yeux me picotent. Encore une réaction à la clim', certainement ! Attentif, Robin sent mon malaise. Il entoure mes joues de ses deux mains pour m'obliger à le regarder.

– Je ne me ferais pas tatouer ça. Je sais ce que j'ai dit. Chaque tatouage a son histoire. Mais moi, j'en ai tellement. Toi, tu seras mon seul bijou, si un jour on passe le pas.

Gentiment, mon compagnon se montre moins catégorique que lorsque sa mère ou sa cousine l'entreprennent à ce sujet, c'est-à-dire au bas mot une fois par semaine. Rien de mieux pour le rendre totalement rétif ! Mais ça ne règle pas la question de l'hypothétique tatouage.

– Tu m'as toujours dit que les tatouages étaient la seule chose qui restait jusque dans la tombe.

– Les tatouages, oui, mais j'en ai déjà pour toi, à commencer par ma princesse trash qui a tes traits. Et on en aura plein d'autres, promis. Le jour où on se mariera, je porterai une vraie alliance.

Je suffoque, mais reste coite un instant. Impossible de courir le risque d'une deuxième douche froide. Pourtant, la curiosité est la plus forte.

– Bien sûr, c'est une position tout à fait hypothétique.

– Bien sûr, sourit Robin en se tortillant sous moi.

Il me force à me relever, se redresse de toute sa hauteur et extirpe d'un coin de l'assise un écrin émeraude. J'écarquille les yeux, incapable de penser à ce que je vois sous mes yeux. Robin met un genou à terre et je me retiens in extremis à l'accoudoir avant de le rejoindre au sol, avec bien moins d'élégance.

– Tout comme ceci est purement hypothétique, ajoute-t-il en ouvrant l'écrin face à moi et en prenant ma main dans la sienne.

Oh mon Dieu ! Un « toi et moi » chatoie de mille feux. Ses deux saphirs, aux teintes très voisines de celles de nos yeux, se font face dans un prélude à un amour sans fin. Ma bague préférée, ma pierre favorite. Cette bague est parfaite pour moi ! Parfaite tout court ! Parfaite à porter à mon doigt tous les jours de ma vie.

– Et si, hypothétiquement, je te demandais de devenir officiellement « Mme Dex », quelle réponse me ferais-tu ?

– Hypothétiquement ?

Je fais mine de plaisanter, mais les larmes d'émotion sont aux portes de mes yeux.

Robin le sent. Il affermit sa prise sur ma main.

– Hypothétiquement ou pas, je te dirais oui. Ce soir, demain, qu'importe le jour où tu le demanderas. Je serai « Mme Dex », parce que je suis déjà à toi. Dans mon cœur, dans ma vie. Dans ma peau.

L'instant d'après, c'est surtout dans ses bras que se scelle mon accord. Avec promesse, engagement et toute la force de ma certitude.

Fin

REMERCIEMENTS

Finir cette quatrième aventure avec vous est un moment particulier. Ce roman a été celui des doutes, et des remises en question.

Pourtant, il me semble que je le porte depuis le jour où, assise devant un café, j'ai dit à ma mère : « Il faut que je te parle de quelqu'un » ; en sachant intuitivement que ce quelqu'un n'était pas que de passage et que, sans avoir un surnom de psychopathe et des tatouages, il ne correspondrait pas à sa *top list* du gendre idéal.

Mes premiers remerciements vont donc à toi, mon Homme, mon évidence, pour m'avoir permis de devenir celle que je suis, et à mes parents qui, j'en suis certaine, seront d'accord pour dire que ce n'est pas le papier qui fait le gendre parfait.

Un remerciement bien sûr à Jolie Princesse et Petit Homme, nos merveilles, de plus en plus présents dans toute cette démarche et dont le soutien et l'attention sont mes meilleurs moteurs.

Un grand merci à mes bêta-lectrices. À mes bêta-fées Sophie et Carine pour leur regard acéré et bienveillant qui me tire vers le haut, et pour tout ce qui nous unit en dehors de ces pages que nous dévorons et noircissons. Un merci tout particulier à ma bêta finale, ma superbe coïncidence, Audrey. Que le hasard fait bien les choses !

Une pensée affectueuse, comme toujours, à cette liste qui ne cesse de croître des blogueuses et auteures qui ont une place particulière dans mon cœur. Que personne ne se formalise, la liste suffirait à remplir un plein chapitre. Mais Lixia, Geny, Cara, Avril, Anna, Lily, Chloe, Emma, Louise, Caroline, Mahira, Ana, Erin et toutes les autres, vous êtes des plumes en or et des cœurs en émeraude, fragiles et parfaites dans vos failles.

Un merci tout particulier va aux Éditions Addictives, pour leur bienveillance totale, pour l'accueil fait lors des événements parisiens ou de mes multiples mails. Un grand bisou à Carole, ma victime du lundi matin, et à Maud, que j'ai retrouvée avec plaisir sur cette nouvelle aventure. Mais bien sûr, la bise, le café et l'orgie chocolatée sont pour toute l'équipe. J'étais une fan d'Addictives comme lectrice, je suis devenue une Addic'blogueuse passionnée. Plus que jamais, fière d'être une Addictive girl.

Et puis bien sûr, mes remerciements intenses, sincères et affectueux vont à vous, amies lectrices qui avez offert quelques heures à Aurore et Robin, après avoir accueilli Héloïse, Carla, Alessia et les garçons. Merci pour votre temps, vos retours, vos mots.

À très vite,

Gwen

Extrait

INITIATION WITH MY ENEMY

Camilla Simon

Aux Éditions addictives

1

Galiane

Je lisse des plis imaginaires sur ma blouse unie impeccable et remonte machinalement mes lunettes sur mon nez, pour la énième fois. Je sais qu'elles sont bien en place pourtant !! Le regard braqué sur mes pieds, je toque d'une main tremblante à la porte du bureau de mon rédacteur en chef.

Inspire. Expire.

Ça ne sera pas pire que la fois où j'ai dû faire un discours à ma remise de diplôme quand j'ai été reçue première de ma promo. J'ai cru me faire pipi dessus puis j'ai repensé à ce qu'Eda, ma meilleure amie, m'avait glissé dans l'oreille avant que je me lève : « Imagine-les tous à poil, même le doyen ! »

C'est ce que j'ai fait et je m'en suis sortie avec brio mais là je vais être seule avec mon chef qui me fout une trouille monstre et l'imaginer à poil n'est pas la meilleure des solutions : il est proche de la retraite et cela me collerait plutôt des sueurs froides. Beurk !

– Entrez !

Un frisson d'anxiété parcourt mon corps puis j'actionne la poignée et me jette dans la gueule du loup.

Je découvre mon rédacteur en chef, M. Stones, ainsi que le grand manitou installés dans un imposant canapé de cuir. Je travaille depuis peu pour ce magazine féminin britannique, *The Ladies*. J'y suis entrée pour effectuer un stage, et j'ai dû faire mes preuves au sein du service, à coups d'heures supplémentaires et d'acharnement, afin de conserver ma place à l'issue des six mois. Pourtant, même après tout ce temps, être seule face à ces deux hommes me tétanise : je sens la sueur couler le long de mon dos et mes mains devenir moites.

Et l'atmosphère générale de la pièce ne fait que me stresser davantage : tout est tellement en fouillis dans ce bureau ! Moi qui aime les choses carrées, rangées et organisées, j'en ai le cœur qui palpite. Oui, OK, je suis peut-être un petit peu psychorigide, mais j'ai besoin de garder le contrôle sur tout… D'autres diront que je suis maniaque, moi je me dis que je suis juste une fille un peu timide qui a besoin de rituels pour se sentir bien…

– Bonjour, Gaïa, asseyez-vous, me lance M. Stones.

– C'est Galiane, le reprends-je tout en m'asseyant face à eux avec un énorme chat coincé dans la gorge.

Je déteste qu'on écorche mon prénom.

Il balaye ma remarque d'un geste de la main puis s'enfonce dans le canapé tandis que je triture mes doigts avec nervosité.

– Vous faites du bon boulot ici. Vos articles sont très bien rédigés et documentés. Vous avez su faire preuve de ténacité, de régularité et d'originalité depuis le début de votre contrat, et même encore avant, pendant votre stage. C'est pourquoi nous avons décidé de vous proposer une nouvelle mission !

Je les regarde, surprise mais ravie : mon travail depuis ces derniers mois a enfin payé !

– Vous allez lancer une nouvelle rubrique numérique. Vous serez désormais Miss Love !

Quoi ?

– C'est-à-dire ? demandé-je en sentant mon rythme cardiaque s'emballer.

J'ai peur de la réponse…

– Ce sera une rubrique où vous parlerez de sexe ! s'exclame-t-il joyeusement, pas gêné le moins du monde. Vous allez aborder des thèmes divers et variés sur ce sujet sous la forme d'une chronique hebdomadaire. Notre magazine en fait défaut et nous avons besoin de renouveau pour mieux suivre les modes. Nous devons toucher un public plus jeune et vous êtes la benjamine du service, donc la plus au fait de toutes ces choses-là. Je suis persuadé que ça va plaire !

Si je dis non, il va se passer quoi ? Ils me vireront ? Je ne veux pas perdre mon job ! The Ladies est un magazine réputé en Grande-Bretagne, des milliers de journalistes en herbe rêveraient d'y travailler ! J'ai tout donné ces derniers mois afin que l'on m'offre un poste sérieux et intéressant. Et voilà qu'on me propose de rédiger une chronique sur le sexe.

Mais moi, je n'y connais rien au sexe ! Je suis vierge !

Eh oui, j'ai 22 ans et je le suis toujours !

Résumons : je suis une grande timide et je n'aime pas perdre le contrôle.

Conclusion : je n'ai jamais bu d'alcool ni fait l'amour.

Ma colonne vertébrale n'est plus la seule à être humide de sueur, je sens des gouttes descendre le long de mes tempes.

Je suis sûre que même M. Stones ferait une meilleure chronique que moi ! Au moins, lui, il peut prononcer le mot « sexe » sans rougir comme une pivoine…

Dis quelque chose, Galiane !

Les deux chefs me dévisagent dans l'attente d'une réponse de ma part, l'air serein, comme s'ils étaient persuadés de me faire le plus beau cadeau du monde. Alors je prends une profonde inspiration, m'éclaircis la voix et lâche un « oui » qui va tout bouleverser.

Cette chronique n'est pas une opportunité, non… C'est un fardeau. Et comment vais-je expliquer ça à mes parents ?! Mon père est pasteur !

« Salut papa ! J'ai eu une belle proposition aujourd'hui au boulot ! Je vais écrire des articles qui parlent de cul, de pénis et de vagin ! »

Je vais me taire, ça vaudra mieux…

– Parfait ! s'extasie M. Stones. On part sur un rendu en début de semaine prochaine, pour votre première chronique ? Ça vous laissera le temps de la peaufiner, même si je suis sûr que les idées fusent déjà ! Pour les sujets, vous avez carte blanche, choisissez ce que vous voulez et surprenez-moi !

Trop généreux…

Je vais parler de quoi ? Je n'y connais absolument rien, moi !

***

Pourquoi je lui ai raconté ?!

Ma meilleure amie se tord de rire derrière son comptoir en zinc. Elle est littéralement en train de se foutre de moi, elle a même arrêté de ranger les étagères derrière elle, où sont étalés tous les alcools possibles et imaginables.

J'ai les joues en feu. Elle n'est pas discrète : malgré la musique et le brouhaha habituel du petit pub rustique qu'est le Red Lion, les gens nous dévisagent et cela me met vraiment mal à l'aise.

– Eda ! Chut !

– Oh, mais c'est fort ça ! C'est une vierge qui va parler de cul !

– EDA !

Je baisse les yeux sur le bar et agrippe de mes deux mains mon verre vide.

Je sens sur moi le regard railleur de Sedge, le frère d'Eda, qui sert des clients à l'autre bout de la pièce. Même s'il ne nous entend sûrement pas de là où il est, il a dû remarquer mes joues écarlates et il doit être ravi de voir que je suis mal à l'aise…

On aurait pu penser qu'en tant qu'amie de sa sœur et petite sœur de son meilleur ami, j'aurais eu droit à au moins un peu de sympathie de sa part, mais non ! Il me déteste et me le fait bien sentir, et ce, depuis qu'on est gamins. Je crois qu'il n'a jamais raté une occasion de se foutre de moi !

Nos mères sont meilleures amies depuis le lycée pourtant. Elles ont d'ailleurs eu nos deux frères en même temps, et Eda et moi en même temps aussi, deux ans plus tard.

Bref, tout le monde s'entend à merveille dans ces deux familles, sauf Sedge et moi ! Il était parti à Paris pour ses études de commerce et j'aurais préféré qu'il y reste ! Sa sœur et lui ont eu ce pub grâce à leur oncle Phil qui a pris sa retraite depuis peu et qui leur a proposé de prendre sa suite. Il ne s'est jamais marié, n'a jamais eu d'enfants, et il avait bien envie que cet endroit qui lui tenait tant à cœur reste dans la famille. Son neveu et sa nièce avaient toujours adoré ce pub et ils ont tout de suite accepté : Eda a été formée par Phil et Sedge a décidé de suivre un cursus qui va lui permettre de mieux gérer cette affaire.

Mais apparemment ce cursus est fini…

Dommage !

Sedge est le genre de type arrogant et imbuvable que je préfère éviter à tout prix.

– Ton jus d'ananas, m'annonce Sedge, et j'entends très bien la moquerie dans sa voix.

Son bras me frôle alors qu'il dépose sans ménagement le verre devant moi, et je ne peux m'empêcher d'observer les muscles tendus de son avant-bras. Tiens, tiens, c'est nouveau ça… OK, Sedge a toujours été beau, mais il n'a jamais été baraqué comme ça, si ?!

Mes yeux remontent machinalement sur son visage pour continuer leur inspection. J'observe un peu plus attentivement que tout à l'heure sa barbe de quelques jours et sa mâchoire carrée.

Nan mais depuis quand il est devenu aussi… sexy ?

OK, il a toujours ce petit air supérieur insupportable, mais à part ça, waouh !

Cela fait déjà une semaine qu'il est revenu de France mais je suis toujours aussi surprise par son physique. Il a tellement changé. Le jeune homme a laissé place à un mâle beau à regarder, malheureusement… J'ai des yeux pour voir et je me dois d'être objective même si cela m'écorche de l'admettre.

Sedge doit sentir mon regard sur lui car il tourne la tête dans ma direction, et je détourne aussitôt les yeux. Autant éviter de lui tendre une perche pour qu'il se moque de moi s'il me trouve en train de baver devant son physique de beau gosse exécrable !

– Merci, fais-je du bout des lèvres en braquant mon regard sur le comptoir, me forçant à ne pas croiser ses yeux si particuliers, noisette au centre et vert sur le pourtour.

Pourvu qu'il n'ait pas compris les propos de sa sœur !

Ça aussi, ça serait une belle perche pour qu'il se foute de moi, tiens…

Ma virginité n'est pas quelque chose que je crie sur tous les toits. Il n'y a qu'Eda qui est dans la confession et j'ai mis du temps avant de lui dire. Elle ne me juge pas même si parfois elle essaie de me convaincre de me faire « sauter » par le premier homme venu pour que je sache au moins un peu de quoi il s'agit…

– Tu as un plan ? reprend Eda en se tournant vers moi.

– Un plan ?

– Pour cette Miss Love ? Tu vas faire comment ?

Je prends une gorgée de mon jus de fruits afin de me donner une contenance. Des milliers de questions sans réponses viennent me vriller le cerveau.

– Tu pourrais me parler de ta vie sexuelle ? demandé-je en faisant une mine triste.

– Ça va pas ! Si Lewis tombait sur ta chronique, il me priverait de sexe à coup sûr !

– Tu ne veux même pas prendre le risque pour ta meilleure amie ?

– Tu comprendras quand tu auras vu le loup, jeune demoiselle ! Je t'aime mais là, toi contre du sexe, c'est le dernier que je choisis.

Je lui adresse une moue boudeuse qui la fait rire. Sedge la rappelle à l'ordre silencieusement en lui envoyant un regard mauvais.

– Je dois me remettre au boulot, mon associé ne plaisante pas avec ça. Je vais finir par regretter qu'il ait fini ses études… souffle-t-elle en plissant le nez.

J'observe ma meilleure amie servir une bière à la pression et je pars dans mes pensées en admirant ses gestes fluides et alertes.

Toute cette histoire me stresse. Je ne vais quand même pas coucher avec le premier homme venu pour pouvoir rédiger ma chronique !

Je n'ai jamais été attirée par le sexe et surtout je ne me suis jamais sentie assez en confiance avec mon corps pour expérimenter la chose.

– Tu n'as qu'à regarder du porno, souffle Sedge à mon oreille, me faisant sursauter.

Mon jus d'ananas se renverse partout sur moi, mais sur le coup, je m'en fiche presque, car une seule information arrive à mon cerveau : il a donc tout entendu…

Sedge sait que je suis vierge ! Oh, mon Dieu…

Et en plus, ce salaud ne se gêne pas pour me le renvoyer à la figure !

Je le fusille du regard, attrape une serviette en papier sur le comptoir et essaye de réparer les dégâts, mais je pense que je ne fais que les aggraver.

– Et voilà ! Tu es content ?!

– Pas de ma faute si tu es toujours dans la lune. Je te donnais juste un conseil.

J'ai envie de lui coller mon poing dans la figure.

– Je n'en ai rien à faire de tes conseils, monsieur le queutard !

– Il faudrait peut-être que tu ailles en trouver une, de queue, petite fouine, si tu ne veux pas que tes chroniques tombent à l'eau et qu'ils te congédient, dit-il, moqueur.

Un sourire en coin apparaît sur son visage.

Ravie de voir que mon absence de vie sexuelle l'amuse…

Et puis il m'énerve avec ce surnom débile ! Quand j'étais enfant, j'étais très curieuse et je voulais toujours tout savoir, et bien sûr, il a retourné ça contre moi en m'affublant de ce petit nom.

Mais la petite fouine, elle lui dit merde !

Néanmoins, une boule se fiche dans mon estomac. Car, même si je déteste l'admettre, il n'a pas tort sur tous les points. Je vais me faire virer dans exactement une semaine…

Extrait

CAN YOU KEEP A SECRET?

Lou Garance

1

QUI DIT PREMIER WEEK-END DE MAI DIT SOIRÉE

Ambre

– Faites attention à vous, surtout !

Après un dernier signe de main dans notre direction, ma belle-mère démarre en trombe et disparaît sous un nuage de fumée.

– Toujours aussi bavarde, à ce que je vois, se moque mon amie Holly, près de moi.

Je secoue la tête doucement, amusée par le moment que nous venons de passer dans la voiture. Mia, la nouvelle compagne de mon père, a peu de temps libre à accorder à sa famille, toujours fourrée dans son bureau d'éditrice en centre-ville de San Francisco. Nous ne la voyons pas souvent, mais lorsqu'elle se libère enfin, nous ne pouvons plus l'arrêter de parler.

– Pour une fois qu'elle sort la tête de ses livres, réponds-je en rigolant, je ne vais pas m'en plaindre.

C'est vrai que les moments passés avec elle se comptent sur les doigts de la main. Elle a emménagé avec mon père il y a un plus de trois ans. Au départ, j'étais un peu réticente à la faire entrer dans notre vie, mais elle y a trouvé une place très rapidement. Déjà, parce que le besoin d'une présence maternelle commençait à se faire sentir chez ma petite sœur, mais aussi parce qu'il s'agit d'une femme adorable – malgré son goût prononcé pour sa vie professionnelle. Quoi qu'il en soit, elle a pris la place que ma mère a abandonnée il y a plusieurs années et rien que pour ça, je l'en remercie.

J'attrape le bras de ma copine et l'attire vers l'entrée de l'Écho, le bar où nous travaillons les vendredis et samedis. C'est de loin le boulot qui nous rapporte le plus depuis que nous avons l'âge légal d'avoir un job. Les pourboires lors des week-ends sont tous plus exorbitants les uns que les autres, et avec l'arrivée prochaine des grandes vacances, les soirées et privatisations du bar se multiplient.

– Salut, les filles.

Une caisse dans les mains, Austin, notre patron, nous fait un sourire en passant près de nous. Après avoir salué toute l'équipe, nous nous faufilons dans les vestiaires.

– Esther passe nous prendre vers une heure.

Le nez plongé dans son téléphone, Holly pianote énergiquement dessus, levant à peine les yeux dans ma direction tandis que je me change.

– Elle nous ramènera chez nous après la boîte ? demandé-je, tout en enfilant mon tee-shirt sur lequel est inscrit en lettres capitales mon prénom ainsi que le logo de l'établissement.

– Oui, elle a un repas de famille demain et veut éviter de picoler, me répond-elle en fourrant son téléphone dans son sac à main et en mettant comme moi sa jupe noire cintrée.

– Et grâce à elle, nous rentrerons saines et sauves !

Je mets le reste de mes affaires dans mon grand casier métallique attitré et le ferme à clé.

– Allons-y !

En deux enjambées, elle me pousse vers la sortie et nous retrouvons le reste des employés dans la grande salle.

***

Il est plus d'une heure lorsque nous rejoignons enfin Esther sur le parking. Adossé à sa Ford Focus rouge, le troisième membre de notre trio nous attend patiemment.

– Rappelle-nous déjà pourquoi tu es la seule à avoir tes soirées de libres ? lui demande Holly tandis qu'elle souffle bruyamment.

Ses talons claquent contre le béton et, à chaque mouvement de jambe, elle laisse échapper de ses cheveux un agréable parfum fleuri.

– Parce que je voulais profiter du début de l'été et ne pas être obligée de travailler aussi pendant les vacances ! se moque Esther en venant nous prendre dans ses bras. C'était si horrible que ça, ce soir ?

– Enterrement de vie de garçon, lui dis-je, lessivée. Ils n'ont pas arrêté de hurler dans le bar, de chanter et de boire.

Je pose mon sac à dos dans le coffre de la voiture et m'installe sur la banquette arrière.

– J'ai les pieds en compote, me plains-je en massant mes chevilles.

– D'où les baskets ? raille la conductrice qui semble, tout comme Holly, avoir mis des talons de dix centimètres.

– Non. Ça, c'est pour ne pas finir avec un orteil en moins.

Dans le rétroviseur, je la vois lever les yeux au ciel et esquisser un sourire.

– Tu me laisseras un jour m'occuper de ta tenue ? me demande

Holly par-dessus le siège avant.

– Pour quoi faire ? Je suis très bien comme ça, réponds-je, un peu blasée.

Chaque fois, c'est le même cinéma. Je suis le genre de fille à ne vraiment pas me prendre la tête lorsque je sors. Je n'arrive pas à comprendre celles qui ont besoin d'être montées sur des échasses. En boîte de nuit, tu dois pouvoir tenir debout toute la soirée. Avec des talons de vingt centimètres aux pieds, c'est loin d'être une tâche facile.

– Tu es très belle, me rassure Esther, mais tu le serais encore plus avec de jolies chaussures.

– Comment comptes-tu te trouver un mec si tu es habillée comme pour aller au lycée ? critique la brune à sa droite.

– Je n'ai pas besoin de me trouver un mec, la coupé-je avant de marmonner dans ma barbe : « Le dernier m'a suffi. »

C'était il y a à peine six mois et son souvenir est encore très frais dans ma mémoire. Le fait que nous fréquentions le même cercle d'amis n'aide pas non plus à l'effacer.

– Et alors, toi et Tyler ? reprend la conductrice d'un air espiègle.

– Quoi, Tyler ? répond Holly à ma place. Ambre, je t'interdis de retourner avec cet abruti.

– Calme-toi ! dis-je en me moquant un peu de sa réaction. Ce n'est pas prévu au programme.

– Tu dis ça maintenant, et puis quand tu auras bu quelques verres, vous allez encore vous chercher et on sait tous comment ça va finir !

– Arrête de lui donner des idées, râle Holly.

– Je l'aime bien, me défends-je. Mais je ne suis pas stupide, je l'ai quitté ce n'est pas pour revenir dans ses bras en courant.

Ou alors il va en baver un peu avant. Par principe.

Après une vingtaine de minutes de trajet, nous nous garons rapidement et rejoignons le reste de la bande devant l'entrée du Jerry. C'est une boîte de nuit fréquentée par les jeunes et nous y allons pratiquement une fois par mois. Nous avons la chance d'avoir des parents plus ou moins laxistes, ce qui nous permet de profiter de quelques soirées entre potes. Même si mon père aime bien, parfois, que je reste en famille le samedi soir. « Ça soude », comme il aime si bien dire. Enfin, ça lui permet surtout de passer du temps avec sa femme, alors je joue le jeu.

Les yeux rivés sur la longue file d'attente, je guette la présence de Cameron, mon demi-frère. Alors que mon regard se pose sur une touffe brune, je remarque instantanément la chevelure blonde impeccablement bien coiffée qui se trouve à côté. Un léger sourire vient fendre mon visage tandis que je le reconnais :

– Tiens, tiens, regarde qui est là… chuchote Esther à mon oreille, m'indiquant d'un mouvement de menton la direction dans laquelle je regardais quelques secondes plus tôt.

Je lui adresse un clin d'œil aguicheur avant d'exploser de rire avec elle – laissant Holly lever les yeux au ciel et me lancer un regard désapprobateur.

– Nous n'attendions plus que vous, nous accueille Cameron avec le sourire.

Ses deux meilleurs potes qui l'accompagnent se tournent vers nous et semblent tout aussi éméchés que mon demi-frère. Je ne peux empêcher mon regard de s'attarder sur Tyler. Le tee-shirt noir qu'il porte fait ressortir la blondeur de ses cheveux coiffés comme je les aime. Il m'adresse un sourire en coin, de ceux dont lui seul a le secret, et vient se placer près de moi.

– Ça a été, votre service ? nous demande poliment Garret, le troisième de la bande, beaucoup plus discret que les autres.

– Interminable, se plaint Holly dans un gémissement.

– Place à la détente alors, ajoute Tyler près de moi, les vibrations de sa voix se répercutant sur ma peau.

Le laisser galérer… Plus facile à dire qu'à faire, mais il mérite bien ça. Cameron avance dans ma direction et place un bras autour de mes épaules. Des effluves d'alcool se dégagent de son haleine tandis qu'il approche son visage du mien.

– Alors, sœurette, j'espère que t'es prête parce que ce soir je te fais picoler.

Depuis que nous habitons sous le même toit, c'est le seul surnom qu'il utilise pour m'appeler et je l'apprécie beaucoup. J'ai toujours rêvé d'avoir un frère et avec Cameron je ne pouvais pas mieux tomber. Il est réellement gentil, ouvert d'esprit et je sais que, quoi qu'il arrive, il sera toujours là pour moi. Nous étions déjà amis avant de nous retrouver propulsés dans la même famille. Le fait que nous ayons le même âge nous permet vraiment d'avoir une relation de frère et sœur. À l'opposé de celle que j'entretiens avec ce qui lui sert d'aîné… Je fronce instinctivement les sourcils au moment où cette idée me traverse l'esprit. Ce n'est clairement pas le moment de penser à *lui* ; plus il est loin de moi, mieux je me porte.

Après de longues minutes d'attente, nous finissons par passer les portes d'entrée du Jerry. L'odeur de transpiration mélangée à celle, étouffante, de la fumée se fait déjà sentir alors même que nous pénétrons dans l'enceinte de l'établissement. Nous déposons chacun nos affaires au vestiaire en essayant de tout faire rentrer dans le moins de sacs possibles. Une fois débarrassés, nous nous dirigeons directement vers le bar, faisant plusieurs pas au rythme de la musique tout en tentant d'éviter les danseurs sur notre passage. Les quelques tables présentes dans la salle sont déjà toutes occupées. Certaines filles dansent même dessus, se trémoussant avec fougue tandis que le DJ mixe un titre de Kiiara.

– Vous avez du retard à rattraper, les filles ! La première tournée est pour moi.

En vrai gentleman, Tyler sort sa carte bleue de la poche de son jean et commande à la serveuse un mètre de shots. La soirée commence à merveille, de l'alcool, de la musique et des potes : *let's have fun* !

addictives

Romans déjà parus et à paraître

Rose Becker
Le Bébé, mon milliardaire et moi (aussi en poche)
Torride, sexy & dangereux
Forever You – saisons 1 et 2
Dangerous

Phoebe Campbell
Tes ordres sont mes désirs – poche
Lui résister… ou pas – l'intégrale
You Again
Single Daddy. Try Me if You Can

Mia Carre
Bad for You
Teach Me Everything
Charmant connard !

Mélodie Chavin
Campus Rules

Olivia Dean
À lui, corps et âme – volumes 1 et 2 – poche

Ann Fox
Spring Break – l'intégrale

Emma Green
Toi + Moi : L'un contre l'autre (aussi en poche)
Toi + Moi : Envers et contre tout (aussi en poche)
Toi + Moi : Seuls contre tous (aussi en poche)
Call Me Baby – volumes 1 et 2
Call Me Bitch
Love Me if You Can
Kiss Me if You Can
Bliss. Le faux journal d'une vraie romantique – volumes 1 et 2
Jeux interdits
Jeux insolents
Jeux imprudents
Une toute dernière fois
Fallait pas me chercher ! – volumes 1 et 2
Corps impatients (aussi en poche)
Cœurs insoumis (aussi en poche)
Âmes indociles
Cent facettes de Mr Diamonds – l'intégrale
Bliss. Le faux journal d'une vraie romantique – l'intégrale

(Im)parfait
Love Me if You Can – l'intégrale
Kiss Me if You Can – l'intégrale
It's Raining Love!
The Boy Next Room
Call Me Baby – l'intégrale
Call Me Bitch – l'intégrale
PS: Oublie-moi!
Fallait pas me chercher! – l'intégrale
Recherche coloc: emmerdeurs, râleurs, lovers… s'abstenir!
10 bonnes raisons de te détester!
Just 17
Love & Lies on Campus

Kim Grey
Insolent Bastard

Megan Harold
Sublime-moi! – poche
Breaking the Rules
Initiation with my Boss

Amy Hopper
Gone Boy
Le Coloc

Julie Huleux
Alpha Player

Kate Jacobson
Révèle-moi – volumes 1 et 2

Charlie Lazlo
Mon insupportable boss

Sienna Lloyd
Mords-moi!

Caroline Mongas
Mariage forcé. Un contrat indécent

June Moore
Étreinte – volumes 1 à 3

Zoé Murat
Stepbrother Love
Boss Me Around

Clara Oz
Arrogant
Te séduire, te trahir

Lise Robin
Infiltrée. Sex, Drugs & Danger
Love Scandal
Forbidden Stepbrother – poche

Alex Roussel
The Casting

Gaëlle Sage
Kiss, Kill & Ride

Ana Scott
Dark Ride
Last Ride
Vicious Ride
The Dominant
Evil Ride

Camilla Simon
Le voisin parfait est un enfoiré
Initiation with my Enemy

Ève Souliac
Sexy Mistake

Liv Stone
Love Lessons

Lisa Swann
Adore-moi ! – l'intégrale

Louise Valmont
Toi & moi, c'est compliqué !
Mine Again

Chloe Wilkox
Ordonne-moi ! – l'intégrale
Extreme Lover – l'intégrale
Immoral
Your Game, My Rules – poche
Dominant Boss. Apprends-moi
The Virgin's Price

Romans déjà parus et à paraître

Ana K. Anderson
Indompté
Scottish Bastard

Sophie Auger
Be with Me

Laura Black
Dark Initiation
Games of Desire
H.A.R.D. Hot, Arrogant, Rebelle, Déterminé

Margot D. Bortoli
Too Young

Juliette Brunel
Delicious

Anne Cantore
On the Road with You
Promets-moi. Louise et Marco

Sarina Cassint
Avec toi… peut-être
Insolent Boss

Mary Ann Davis
Coach Me Love !

Nora Davy
Absolute Boss
Don't Resist

Gwen Delmas
Noël, toi & moi
Perfect Boss
Sex friends. Pas de contraintes, que du plaisir!

Cléa Dorian & Ninon Vars
Dark Love

Laurie Eschard
Love Naked

Lil Evans
Savage Rider
Crash & Burn
Boss Affair

Lou Garance
Can You Keep a Secret?

Alexandra Gonzalez
Shades of You

Erin Graham
Teach Me Love
The Boss
Secret Stepbrother
Strong Addiction

Joh Harper
Crazy Love

Marie Hayle
Under Control

Iris Julliard
Prends-moi contre toi
Catch & Shoot

Lucie F. June
Fight with Darkness

Sara June
Rider in the Dark
Sexy Wild Rider

Lena Jung
Mon coloc, mes désirs & moi

Emily Jurius
Love to Hate You

Allie Krown
High School Challenge

Pauline Libersart
Tiger. Entre ses griffes

Ella Lores
Mariée par accident à un connard arrogant rencontré la veille…

Jessica Lumbroso
Emma X. Secrète et insoumise

Mila Marelli
Dark Man in Love

Mag Maury
Fast Games
No Love, No Limits
My Hipster Christmas

Jeanne Pears
Insupportable coloc
Colocs & Sex Friends

Jeanne Périlhac
Only You… & Me

Alexia Perkins
Arrogant Fake Lover

Sophie S. Pierucci
L'Inconnu de l'ascenseur & Moi (aussi en poche)
My Stepbrother. L'initiation

Silvia Reed
Darkest. La dernière heure
Too Close

Anita Rigins
No Rules
My Rules

Avril Rose
Coffee, Sex & Law

Jana Rouze
Effet de vague – saisons 1, 2 et 3

Wendy Roy
Une seule fois (ou presque)

Ana Scott
À corps brisés

Léana Soal
Fight & Hope

Cara Solak
Perfect Obsession

Liv Stone
Initie-moi. Mes jours contre tes nuits

Lena K. Summers
Perfect Bad Boy

Kaly Swann
Austin. Breathe with Me

Alexane Tolley
The Boss Rules – poche

Lily Tortay
Dance for Me

Flore Valier
Ta peau contre la mienne

Anna Wendell
Arrogant Bad Boy
Apprends-moi le désir

Can You Keep a Secret?
Lou Garance

Il est son connard de demi-frère. Et il va la rendre folle…
Depuis des années, Jayden ne revient au domicile familial qu'en de rares occasions, et ça convient très bien à Ambre. Moins elle voit son insupportable demi-frère, mieux elle se porte ! Alors, quand elle apprend que Jayden-le-connard s'est fait virer de sa fac et qu'il est de retour à San Francisco, elle se prépare à vivre un été cauchemardesque. Jayden s'est toujours montré froid et méprisant avec elle, et ça n'a pas l'air d'avoir changé. Mais désormais, elle le découvre aussi viril, fascinant, terriblement sexy…
Et si leur été devenait tout à coup bien plus intéressant ?

Auteur : Gwen Delmas

Edisource – Éditions Addictives
100, rue Petit, 75019 Paris
Imprimé par FINIDR – Lipova cp. 1965 – 73701 Cesky Tesin,
République tchèque
Dépôt légal : avril 2021 – Achevé d'imprimer : février 2021
ISBN : 978-2-37126-357-4
Réf. contrat : ZORE_001